EMMA WILDES

Stunden der Versuchung

Buch

Mit ihrer atemberaubenden Schönheit hat Lady Angelina DeBrooke einst jeden Mann um ihren Finger gewickelt, doch ihr Ruf ist ruiniert: Ihre zwei ersten Ehemänner fielen einem Mörder, der bis heute nicht gefasst wurde, zum Opfer. Aus diesem Grund ist es Lady Angelinas größte Sorge, dass in Zukunft jeden Mann, den sie liebt, ein solch düsteres Schicksal ereilen könnte. Daher wendet sie sich an die einzige Person, die ihr helfen kann: Benjamin Wallace, einen guten Freund ihres zweiten Ehemannes.
Bei seiner Spurensuche fragt sich Benjamin schnell, ob es womöglich eine Verbindung zwischen der kürzlichen Entführung seiner Schwägerin und dem Tod von Lady Angelinas Männern geben könnte. Ja, ist der Täter womöglich sogar »ein Freund«, der Benjamin zur Jagd auf eine alte Beute herausfordern will? Benjamin und seine Frau Alicia beginnen eine spannende Ermittlung, die ihre Leidenschaft zueinander neu entfacht und zugleich den rücksichtslosen Mörder überführen könnte …

Autorin

Emma Wildes ist in Minnesota geboren, in New Mexico aufgewachsen und lebt heute im Mittleren Westen. Sie hat an der Illinois State University Geologie studiert. Mit ihrem Mann Chris, den sie während ihrer Studienzeit kennenlernte, hat sie drei Kinder. An warmen Sommertagen trinkt sie gerne ein Glas Wein an dem See, der sich in der Nähe ihres Hauses befindet. Am liebsten allerdings sitzt sie in ihrem Arbeitszimmer und schreibt Romane.

Von Emma Wildes außerdem bei Blanvalet lieferbar

Eine heißblütige Lady (37779)
Verlockung der Leidenschaft (37972)
Eine skandalöse Lady (37973)
Ein unwiderstehliches Angebot (37974)
Zeit der Verführung (38388)

Emma Wildes

Stunden der Versuchung

Roman

Deutsch
von Juliane Korelski

blanvalet

Die Originalausgabe erschien 2013 unter dem Titel
»Most Improper Rumor« bei Signet Eclipse, New York.

MIX
Papier aus verantwortungsvollen Quellen
FSC® C014496

Verlagsgruppe Random House FSC® N001967
Das FSC®-zertifizierte Papier *Holmen Book Cream*
für dieses Buch liefert Holmen Paper, Hallstavik, Schweden.

2. Auflage
Taschenbuchausgabe Juli 2015 bei Blanvalet,
einem Unternehmen der Verlagsgruppe Random House GmbH, München

Umschlaggestaltung: © Johannes Wiebel | punchdesign
Umschlagmotiv: © Chris Cocozza
Redaktion: Ulrike Nikel
ue · Herstellung: cb
Satz: DTP Service Apel, Hannover
Druck und Einband: GGP Media GmbH, Pößneck
Printed in Germany
ISBN: 978-3-7341-0008-6

Für Mary Ann Smith.
Wir alle vermissen dich.

Prolog

Es war fast Morgen.

Der Himmel draußen versprach einen schönen Tag, und die einsetzende Dämmerung tauchte den Raum in ein geheimnisvolles Licht. Kühl klebte die zerwühlte Bettwäsche an ihrer erhitzten Haut.

Vielleicht schaffte sie es irgendwann, wieder normal zu atmen.

Der Mann, der auf ihr lag, hob den Kopf und lächelte. Eigentlich handelte es sich, soweit sie im Halbdunkel erkennen konnte, lediglich um ein leichtes Verziehen seines sinnlichen Mundes.

Obwohl die Flammen der Leidenschaft nicht mehr so heftig loderten wie zuvor, schien ihre nackte Haut noch immer zu glühen.

»Ich glaube, ich bin gerade erst in diese Welt zurückgekehrt«, hörte sie ihn sagen.

Seine Lippen streiften ihre. Die heisere Stimme passte zu der trägen Zufriedenheit, die ihn erfüllte. Er stützte sich behutsam mit den Armen ab, damit sein Gewicht nicht allzu schwer auf ihr lastete. Trotzdem drückte sein muskulöser Oberkörper sich fest auf ihren weichen Busen, während er noch zwischen ihren gespreizten Schenkeln ruhte.

»Und du, bist du auch zurück?«, fügte er hinzu.

War sie wieder in dieser Welt? Sie war sich nicht sicher.

Augenblicke wie diese schienen eher Traum denn Wirklichkeit zu sein.

Angelina DeBrooke streichelte das Gesicht ihres Geliebten. Nur eine sanfte, fedrige Berührung mit den Fingerspitzen. Zärtlich sah sie ihn an. Der leichte Schatten eines Bartes verlieh ihm einen fast verwegenen Ausdruck.

»Können wir nicht ewig so liegen bleiben und nie mehr aufstehen?«, murmelte sie.

Er lachte, und seine Zähne blitzten in der Dunkelheit weiß auf. »Diese Einladung nehme ich gerne an.«

Wie konnte sie bloß eine so rücksichtslose Närrin sein? Das hier war einfach falsch – und dennoch zugleich absolut richtig und zauberhaft.

Eine verwirrende Mischung, die ihr über alle Maßen Angst einjagte.

»Liebster«, wollte sie ansetzen, doch er küsste sie, bevor sie weitersprechen konnte. Ein verführerischer Druck, sein Mund auf ihrem, seine Zunge zwischen ihren Lippen. Sie spürte, wie er sie erneut in Besitz zu nehmen begann …

Lachend stemmte sie ihre Hände gegen seine breiten Schultern. »Nicht so schnell«, flüsterte sie an seinem Mund.

»Warum nicht?« Seine Hand legte sich auf ihre Hüfte und zog sie dichter zu sich heran, obwohl das kaum noch möglich war.

»Willst du nicht lieber ein wenig schlafen? Es wird bereits hell.« Wehmut klang aus ihren Worten, Bedauern, während sie ihm über die dichten Haare strich, die mittelblond mit einem bräunlichen Schimmer waren.

Er schüttelte den Kopf. »Ich bin niemals müde oder ruhebedürftig, wenn du in meinem Bett liegst.«

Sie schon. Angenehm ermattet, ein wenig schläfrig und rundherum zufrieden. Aber sie wusste, dass sie sich ihm nicht verweigern würde.

Niemals.

Und dann sagte er diese verhängnisvollen Worte. »Ich liebe dich.«

Nein, dachte sie und schloss die Augen. *Du darfst mich nicht lieben.*

Kapitel 1

Es schien, als würde der Nachmittag nicht so öde, wie er erwartet hatte.

Benjamin Wallace, Earl of Heathton, studierte interessiert die Karte in seiner Hand und überlegte, wie er auf diese ungewöhnliche Anfrage reagieren sollte, die die eintönige, alltägliche Routine durchbrach. Sein Butler wartete mit höflich unbeteiligter Miene, die keinerlei Neugier verriet, auf eine Antwort.

Eigentlich stand für Heathton außer Frage, dass er diesen Besucher abweisen sollte, abweisen musste. Trotzdem übte die Situation einen Reiz auf ihn aus, dem er nicht zu widerstehen vermochte.

Und so betrat einige Augenblicke später Londons skandalumwittertste Frau, eine angebliche, wenngleich nicht überführte Mörderin, sein Arbeitszimmer. Gehüllt in raschelnde Schichten kostbarer Lyoner Seide und umweht vom Duft eines blumigen Parfums nahm sie anmutig auf einem Sessel Platz und richtete das Wort an ihn.

»Ich danke Euch, dass Ihr mich empfangt, Mylord.«

»Dankt mir nicht, Lady DeBrooke«, erwiderte Heathton, der hinter seinem Schreibtisch saß, auf dem sich vernachlässigte Stapel langweiliger Korrespondenz türmten. »Allerdings gebe ich unumwunden zu, dass Euer Besuch mich neugierig macht.«

Eine Untertreibung.

»Ihr wisst natürlich über mich Bescheid. Wie jeder in der Stadt«, erwiderte sie.

Er fand es erstaunlich, dass sie weder verbittert noch anklagend oder gar defensiv klang. Überdies wirkte sie exakt so verführerisch, wie man sie hinter vorgehaltener Hand zu schildern pflegte. Er fand ihre Haltung durchaus beeindruckend.

Sollte er zustimmen oder leugnen?

Er war sich nicht sicher, und wie immer in solchen Fällen entschied er sich für die goldene Mitte. »Ich weiß zumindest, wer Ihr seid«, erklärte er verbindlich.

»Wie diplomatisch, Lord Heathton.« Ihr gewinnendes Lächeln wollte nicht so recht zu dem leicht süffisanten Tonfall passen. »Allerdings seid Ihr bekannt dafür, stets hervorragend informiert zu sein. Deshalb bin ich sicher, dass Ihr alles wisst. Über meine ganze Geschichte. Über all die Gerüchte, die man sich über mich erzählt.«

Die kannte er tatsächlich. »Wir sind einander vor Längerem vorgestellt worden. Euer Ehemann war ein Studienfreund.«

Er erinnerte sich sehr deutlich an die Begegnung. Wer könnte eine Schönheit wie sie vergessen? Ihr rabenschwarzes Haar, ihr Gesicht mit den kristallgrauen Augen, über denen sich perfekt geschwungene Brauen wölbten, und der schmalen, geraden Nase, die elegante Gestalt mit dem üppigen Busen und der schlanken Taille. Eine Frau, die allgemein als Inbegriff verlockender weiblicher Schönheit galt. Ihre Kleidung verriet einen exquisiten Geschmack, war verführerisch, ohne aufdringlich zu sein, und ihre Bewegungen zeichneten sich durch geschmeidige Eleganz aus.

In den tonangebenden Gesellschaftskreisen hatte man ihr den Spitznamen Schwarzer Engel gegeben, und ihr Debüt war seinerzeit das gesellschaftliche Ereignis der Saison gewesen. Unzählige Gentlemen hatten sie, geblendet von ihrer Schönheit, umschwirrt wie Motten das Licht und nach ihrer Aufmerksamkeit gegiert.

Bis alles völlig aus dem Ruder lief.

Obwohl Benjamin Wallace ihr damals nicht hoffnungslos verfallen war wie viele andere, hatte er diese außergewöhnliche Schönheit noch deutlich in Erinnerung.

»Ihr meint meinen zweiten Ehemann«, sagte sie sachlich.

Er neigte zustimmend den Kopf. »Thomas und ich kannten uns aus Cambridge.«

»Wie eng wart Ihr mit ihm befreundet?«

»Bitte sagt mir, ob die Antwort wirklich wichtig für unser Gespräch ist, denn ich konzentriere mich gerne auf das Wesentliche.«

»Ein sonderbares Anliegen, Mylord. Offenbar ist es Euer Prinzip, nichts von Euren Intentionen preiszugeben.«

Solche Worte hörte er nicht zum ersten Mal. Ähnliches hatte man ihm bereits des Öfteren vorgeworfen. Es war seine Art, das Terrain zu erkunden, ohne sich vorzeitig festzulegen. Auch jetzt blieb er auf Distanz. Vorerst zumindest.

»Würdet Ihr gerne einen Sherry nehmen, ehe Ihr mir verratet, warum Ihr hier seid?«

Nach kurzem Zögern nickte sie, und er merkte, dass sie nicht annähernd so gefasst war, wie sie zu sein vorgab. Hinter der glatten Fassade lauerte eine tiefe Beklommenheit, die jedoch nur jemand wahrnahm, der selbst die geringsten Schwingungen zu wittern vermochte.

Ein Mann wie Benjamin Wallace.

Was aber erwartete sie von ihm?

Während er über diese Frage nachdachte, erhob er sich und trat zu dem Wagen mit den Getränken, um ihr das Gewünschte zu bringen. Er überreichte ihr den Sherry mit einer höflichen Verbeugung.

»Ich glaube, meine Frau hat mir gegenüber kürzlich erwähnt, Ihr wärt nach London zurückgekehrt.«

Er sah, dass ihre Hand, die das Glas hielt, leicht zitterte. Nicht viel und dennoch genug, um seinen Verdacht zu bestätigen, dass die demonstrativ zur Schau getragene Gelassenheit eine reine Fassade war.

»Ach ja, die Gesellschaftsseiten in den Zeitungen. Sie lassen mich einfach nicht in Ruhe«, murmelte die Besucherin.

»Es kann unangenehm sein, wenn man in einem gewissen Ruf steht, nehme ich an.«

Wenn diese offenen Worte ihr wehtaten, zeigte sie es nicht. »Ja.«

Für ihn wäre es ein Leichtes gewesen, dieses Katz-und-Maus-Spiel fortzusetzen und weiterhin der zentralen Frage nach dem Anlass ihres Besuchs auszuweichen. Kein Problem für ihn, denn diese Taktik beherrschte er aufgrund seiner in der Vergangenheit gesammelten Erfahrungen nahezu perfekt. Andererseits brachte es ihm nichts. Ihn interessierte lediglich, was sie von ihm wollte. Also entschloss er sich, direkt aufs Ziel zuzusteuern.

»Ich nehme an, Ihr seid nicht hier, um mir einen Höflichkeitsbesuch abzustatten.«

»Ich brauche Eure Hilfe.«

Prüfend blickte er die Frau an, die aufrecht auf ihrem Sessel saß. Als jemand das letzte Mal diese Bitte an ihn gerichtet hatte, war er in eine unschöne und nicht ungefährliche Verschwörung geraten, bei der es um Entführung und Verleumdung ging. Insofern verspürte er wenig Lust, ihrem Ersuchen zu entsprechen.

Auch hatte er seiner jungen Frau versprochen, ihr in Zukunft mehr Zeit zu widmen, und nicht zuletzt verlangte die Verwaltung der gräflichen Güter und Liegenschaften seine Aufmerksamkeit, wenngleich er diese Pflichten nicht sonderlich inspirierend und erfüllend fand. Aber es sicherte ihm ein angenehmes Leben.

Alles sprach also dafür, sich nicht auf diese Sache einzulassen.

»Welche Art Hilfe braucht Ihr?«, fragte er wider besseres Wissen.

Lady DeBrooke starrte auf die goldbraune Flüssigkeit in ihrem Glas. Die langen Wimpern warfen zarte Schatten auf ihre Wangenknochen.

»Ich bin ziemlich verzweifelt und habe gehört, Ihr verfügt über die Fähigkeit, kleine Rätsel mit erstaunlichem Können zu lösen.« Sie blickte hoch. »Ich hoffe, das trifft desgleichen auf große Rätsel zu.«

»Wer hat Euch das gesagt?«

»Ich bin nicht befugt, das zu beantworten.«

Das war für ihn in Ordnung. Früher oder später würde er es sowieso herausfinden. Zumal er bereits eine gewisse Vermutung hegte, von wem der Hinweis stammte.

»Wie groß ist das Problem?«

»Mord.«

Mord?

Er lehnte sich zurück und schätzte ab, was dieses eine Wort in ihrem Fall bedeutete. Dann seufzte er. Dass er überhaupt darauf einging, daran war seine verfluchte Neugier schuld, die man mit Fug und Recht als eine bedauerliche Charakterschwäche bezeichnen konnte, gegen die er schwer ankam. Außerdem fiel es selbst ihm bei aller Abgeklärtheit nicht leicht, einer schönen Frau einen Wunsch abzuschlagen.

Resigniert musterte er seinen Schreibtisch. Er hätte weiß Gott genug anderes zu tun. Wenn er sich jetzt auf eine neue Ermittlung einließ, müsste er all die Dinge liegen lassen.

Trotzdem hörte er sich sagen: »Ich kann Euch nichts versprechen, doch redet weiter. Ich höre zu.«

Anerkennend stellte er fest, dass sie nach wie vor beherrscht reagierte und ihm theatralische Reaktionen ersparte. Als sie mit einem sparsamen Nicken den Kopf neigte, gab sie den Blick frei auf ihren schmalen Nacken, wo der Knoten ihres glänzend schwarzen Haares einen fast dramatischen Kontrast zu der weichen, hellen Haut bildete.

»Wie Ihr vielleicht wisst, starb mein erster Ehemann vor fast sechs Jahren an einem unbekannten Leiden. Er war zehn Jahre älter als ich, und mein Vater hatte die Ehe arrangiert. Ich war erst achtzehn, aber er betrachtete William als gute Partie. Immerhin gehörte er als Baron dem Hochadel an, stand also über unserer Familie, die dem Landadel entstammte, und war überdies sehr wohlhabend. Grund genug für meinen Vater, sich für ihn zu entscheiden. Ich wurde nicht gefragt. Zwar war er nicht unattraktiv, aber eine Liebesehe war es nicht. Von keiner Seite. William wollte einfach eine Frau, mit der er gesellschaftlich glänzen konnte.« Ihr Lächeln verflog. »Er war angeblich mein erstes Opfer.«

»Ja, so heißt es. Davon habe ich gehört.« Er achtete darauf, einen sachlichen und emotionslosen Ton beizubehalten.

»Das kann ich mir denken.« Ihre Stimme klang zittrig und irgendwie verzweifelt. »Und vermutlich wisst Ihr auch, dass ich nicht lange danach erneut geheiratet habe.«

»Lord DeBrooke. Thomas, der unter ähnlich mysteriösen Umständen verstarb wie Euer erster Ehemann.«

Sie hob ihr Glas, als wollte sie seine Worte bestätigen. »Wie ich sehe, haben die Klatschgeschichten die Runde gemacht. Da Ihr ihn kanntet, muss ich Euch nicht erzählen, dass er ein netter Kerl war. Ich habe mich aus freien Stücken für ihn entschieden, nachdem mein Vater mich zu einer Wiederverheiratung gedrängt hatte. Ich sei zu jung, um zurückgezogen auf unserem Landsitz zu leben, meinte er. Also entschied ich mich für Thomas. Dass er dann so plötzlich starb, ist mir bis heute unverständlich. Schließlich war er jung und gesund.«

Sagte sie die Wahrheit? Er kannte sie nicht gut genug, um das beurteilen zu können – im Grunde kannte er sie überhaupt nicht –, also enthielt er sich eines Kommentars.

»Unmittelbar nach seinem Tod begann die Gerüchteküche zu brodeln, was ich allerdings zunächst nicht mitbekam, weil ich mich auf dem Land aufhielt. Erst durch meine Schwester erfuhr ich, dass Verdächtigungen gegen mich laut geworden waren. Ihr könnt Euch sicher mein Entsetzen vorstellen.«

Schockierte es sie, weil sie sich keiner Schuld bewusst war? Oder weil sie felsenfest davon ausging, dass niemand eine Frau von ihrer Anmut und ihrer Schönheit ernstlich für fähig halten würde, heimtückisch zwei Ehemänner zu vergiften?

Heathton sah auf seine Uhr.

Fast vier. Eigentlich war geplant, dass er mit seiner Frau

und einer ältlichen Tante den Tee einnahm, doch das reizte ihn im Moment wenig. Sich die unglaubliche Geschichte von Lady DeBrooke anzuhören, erschien ihm wesentlich spannender.

Daher stand er auf und holte sich einen Brandy vom Servierwagen. Alicia würde ihm verzeihen, wenn er die Teestunde ausfallen ließ. Natürlich nur, sofern er ihr von dem bemerkenswerten Besuch erzählte. Dann, davon war er überzeugt, würde seine Frau, die ihn in puncto Neugier sogar übertraf, ebenso fasziniert sein wie er.

Interessiert lauschte er also weiter der angeblichen Mörderin.

»Selbst mein Schwager verdächtigte mich und hat mich sogar vor den Friedensrichter gezerrt, aber es gab keine Beweise für ein Verschulden meinerseits. Zumal der Arzt, der Thomas behandelt hatte, einen natürlichen Tod für nicht ausgeschlossen hielt. Wodurch auch immer bedingt. Leider ähnelten die Symptome auffällig jenen, die William aufgewiesen hatte, und das begünstigte wahrscheinlich das Entstehen all dieser haltlosen, entwürdigenden Gerüchte.«

Er erinnerte sich gut an den Skandal, obwohl er inzwischen Jahre zurücklag. Seinerzeit hatte es einen Prozess gegeben, der zwar mit einem Freispruch endete, jedoch die Verdächtigungen nicht aus der Welt zu schaffen vermochte. Nach wie vor nahmen sich die Klatschspalten der Zeitungen genüsslich der Geschichte an und ließen Lady DeBrooke, die sich wieder aufs Land zurückgezogen hatte, nicht zur Ruhe kommen.

Für die Gesellschaft blieb sie die Gattenmörderin.

»Verstehe.« Statt sich wieder hinter seinen Schreibtisch zu

setzen, lehnte Heathton sich an ein Bücherregal und ließ den Brandy im Glas kreisen, während er forschend seine Besucherin beobachtete und in ihrer Miene zu lesen versuchte.

»Wenn ich Eure Worte richtig deute, geht Ihr angesichts der ähnlichen Symptome davon aus, die beiden könnten tatsächlich keines natürlichen Todes gestorben sein. Nur dass nicht Ihr es wart, die dabei die Hand im Spiel hatte.«

»Sehr scharfsinnig, Mylord. Das genau ist der Punkt. Ich hoffe, Ihr glaubt mir. Ich nämlich *weiß*, dass ich unschuldig bin.« Sie verzog leicht resigniert das Gesicht. »Es mag klischeehaft und vielleicht sogar wenig glaubwürdig klingen, dessen bin ich mir durchaus bewusst, und dennoch verhält es sich so.« Ihr Blick begegnete seinem.

Sein Interesse an dieser merkwürdigen Geschichte wuchs immer mehr, und er begann es als Herausforderung zu betrachten, sich mit den Hintergründen zu befassen. Allerdings wusste er zugleich, dass er nicht alle ihre Probleme würde lösen können.

»Ich will ehrlich mit Euch sein«, sagte er. »Die sogenannten besseren Kreise sind bekannt dafür, dass sie selten einmal verzeihen. Selbst wenn es mir gelingen sollte, die beiden Mordfälle aufzuklären, bedeutet das noch lange nicht, dass man Euch wieder Euren Platz in der Gesellschaft einräumt, Lady DeBrooke. Oder geht es Euch in erster Linie um Gerechtigkeit?«

»Um keins von beiden«, antwortete sie leise. »Ich möchte mich wieder verheiraten.«

Der Earl of Heathton war ganz anders, als sie ihn sich vorgestellt hatte. Vom Sehen kannte sie ihn natürlich, denn sie waren sich in der Vergangenheit das eine oder andere Mal auf Einladungen begegnet. Er war auf eine subtile Art attraktiv mit den dichten bräunlichen Haaren und den klassischen Gesichtszügen, dazu groß und breitschultrig. Was ihn aber von den meisten anderen Vertretern der Aristokratie unterschied, war seine wache Intelligenz, die selbst einem flüchtigen Beobachter auffiel. Ohne es klar definieren zu können, fand sie, dass er etwas vom Wesen eines Jägers hatte. Allerdings nicht von einem, der Tieren nachstellte.

Es hatte sie viel Überwindung gekostet, sich zu diesem Besuch aufzuraffen.

Im Laufe der schrecklichen Ereignisse, die nach Thomas' Tod einsetzten, hatte sie eine Menge über Verachtung und Verdächtigungen gelernt. Und über falsche Freunde, die sie mit einem Mal eiskalt schnitten. Zu diesem Kreis gehörte nicht zuletzt auch die Familie ihres Ehemanns, die sie lautstark mit Anschuldigungen überhäufte und auf Rache sann. Von daher hatte sie eher nicht damit gerechnet, dass Lord Heathton sie empfangen würde.

Zum Glück war es anders gelaufen.

»Ihr beabsichtigt, erneut zu heiraten, und wollt deshalb alle Zweifel an Eurer Unschuld ausgeräumt sehen? Sind diese Pläne bereits konkret? Gibt es einen Kandidaten, oder handelt es sich um eine vorbeugende Maßnahme?«, fragte er, ohne von dem sachlich-nüchternen Tonfall abzuweichen.

»Mir wurde ein Antrag gemacht, und ich fürchte nun, diesem Mann könnte ebenfalls etwas zustoßen, wenn ich Ja sage.« Sie nippte an ihrem Sherry. »Ich habe nämlich den Verdacht, dass die Morde sich im Grunde gegen mich richteten. Um mir zu schaden oder mich zumindest für alle Zeit gesellschaftlich zu ruinieren. Mir ist bewusst, wie melodramatisch das klingt, und möglicherweise bilde ich mir das alles lediglich ein … In Anbetracht der Unterschiedlichkeit meiner beiden Ehemänner komme ich indes immer wieder darauf zurück, dass ich den einzigen gemeinsamen Nenner darstelle. Eine andere Verbindung zwischen ihnen bestand nicht. Sie einte allein der unglückliche Zufall, mich geheiratet zu haben.«

»Eine interessante Theorie, das muss ich zugeben. Falls Ihr recht habt – wer könnte so viel Groll gegen Euch hegen, um zu einem derartig drastischen Schritt zu greifen und zwei Menschen zu ermorden? Habt Ihr die Spur eines Verdachts?«

»Wer verfügt überhaupt über eine so abgrundtiefe Bosheit, um derlei zu tun, Mylord?« Ihre Stimme klang brüchig trotz ihres Bemühens, die Fassung nicht zu verlieren.

»Zweifellos ein berechtigter Einwand. Ihr wärt indes überrascht, wie wenig es manchmal braucht, damit die Menschen Schreckliches tun. Dinge, die jedes normale Empfinden übersteigen.«

Angelina nickte betrübt. Als hätte sie nicht genug schlaflose Nächte und ruhelose Tage damit zugebracht, über diese Frage nachzugrübeln.

»Vielleicht ein verschmähter Liebhaber, Lady DeBrooke?«, spekulierte der Earl. »Ihr seid schließlich ausnehmend hübsch.«

Sie schüttelte den Kopf. »Danke, sehr schmeichelhaft, aber ich war beiden Männern absolut treu. Und vor der ersten Ehe war ich zu jung für Liebschaften. Als meine Verbindung mit William arrangiert wurde, hatte ich gerade mein Debüt in der Gesellschaft hinter mir. Es gibt also definitiv keine versetzten Liebhaber – wenigstens diesbezüglich ist mein Ruf über jeden Verdacht erhaben.«

Für den ersten Ehemann war sie wie ein kostbarer Gegenstand gewesen, auf dessen Besitz man stolz war und den man gerne herumzeigte. Immerhin vermachte er ihr persönlich ein hübsches Sümmchen zur freien Verfügung, von dem sie nach wie vor lebte. Um es vor jedwedem Zugriff zu schützen – etwa vor dem eines neuen Ehemanns oder dessen Familie, was völlig gesetzeskonform war –, hatte sie das Geld diskret mithilfe eines vertrauenswürdigen Freundes unter anderem Namen als Notgroschen angelegt. Eine glückliche Fügung, wie sich herausstellen sollte. Da Thomas' Familie sie nämlich verdächtigte, den Sohn und Bruder ermordet zu haben, ließ man ihr keinen Penny. Verwitwete Frauen waren eben gänzlich von der Gnade der Verwandtschaft abhängig, und da durfte sie nichts erwarten.

Gottlob wusste niemand von dem Vermögen aus erster Ehe, sonst hätte man ihr auch das qua Gesetz streitig machen können. Vermutlich hätte sie sich sogar strafbar gemacht, weil sie diese Konten erst gar nicht an Thomas' und dessen Familie ausgeliefert hatte.

Allein bei der Vorstellung lief es ihr eiskalt den Rücken herunter. Es war damals nicht mehr als eine Vorsichtsmaßnahme gewesen, entsprungen dem Wunsch nach ein wenig Unabhängigkeit. Im Lichte der späteren Ereignisse betrachtet, sah es hingegen nach purer Berechnung aus. Ein Grund mehr, möglichst bescheiden und unauffällig zu leben. Angelina tat alles, um keine zusätzliche Aufmerksamkeit auf sich zu ziehen.

»Ich werde eine Liste aller Diener brauchen, die in beiden Haushalten gearbeitet haben. Und eine Liste sämtlicher Freunde und Familienmitglieder, die Euch besucht haben.«

Überrascht hob sie den Kopf. »Dann werdet Ihr mir helfen?«

»Ich weiß nicht, ob ich wirklich von Nutzen sein kann, doch ich werde es wenigstens versuchen.« Obwohl seine Stimme verhalten skeptisch klang, weckte sie bei ihr Zuversicht.

Die Tatsache, nicht mehr allein den Verdächtigungen gegenüberzustehen, sondern einen Verbündeten an ihrer Seite zu haben, erfüllte sie mit schmerzlicher Freude und schenkte ihr die vage Hoffnung, dass diese ungeheure Bürde doch noch von ihren Schultern genommen würde.

»Schon dieses Versprechen ist mehr, als ich erwartet habe.«

»Erzählt mir von Eurem derzeitigen Liebhaber.«

»Was lässt Euch glauben, ich hätte …« Sie verstummte, schaute beiseite und spürte eine leichte Röte in ihre Wangen steigen. »Nun, bei meinem Ruf sollte es mich nicht verwundern, wenn Ihr solches voraussetzt.«

Eigentlich komisch, dachte sie. Erst vor Kurzem war sie vierundzwanzig geworden, aber jedermann schien sie für eine erfahrene, reife Frau zu halten.

»Was Ihr tut, geht mich nichts an. Allerdings kann ich umso besser diskrete Nachforschungen anstellen, je mehr ich weiß.«

Diskretion. Genau das wünschte sie – und genau aus diesem Grund war sie zu ihm gekommen. Heathton war nämlich ebenso bekannt für seine Verschwiegenheit wie für seine Spürnase.

Sie nickte. »Verstehe. Nur hat dieser Mann mit dieser Sache nichts zu tun, außer dass ich ihn nicht in Gefahr bringen will. Es muss irgendwann Schluss sein. Zunächst versuchte ich, mich vor der Welt zu verstecken. Abgesehen davon, dass es nicht funktioniert, habe ich erkannt, dass es meine Pflicht ist, die Wahrheit herauszufinden. Das bin ich mir sowie William und Thomas schuldig. Es wäre eine Sünde, es nicht zumindest zu versuchen.«

»Ich verstehe Eure Motivation, teile Eure Meinung und bin bereit zu helfen. Unter einer Bedingung: Ihr müsst es mir überlassen zu beurteilen, was von Wert für meine Ermittlungen ist und was nicht.«

Nachdenklich sah seine Besucherin ihn an.

Ja, das musste sie wohl akzeptieren. Die Sache lief lediglich zu seinen Bedingungen, zumal er an Geld kaum interessiert sein dürfte. Davon besaß der Earl selbst mehr als genug. So viel wusste sie. Sie konnte ihm außer der Herausforderung nichts bieten.

Und man hatte ihr versichert, dass genau das, eigentlich allein das, sein Interesse wecken würde.

Sie atmete tief durch und begann, über ihren Geliebten zu sprechen. »Ihn kümmert nicht die dunkle Wolke, die über mir hängt. Überdies glaubt er, sich selbst beschützen zu können«, erklärte sie. »Ich bin wie erwähnt ganz und gar anderer Auffassung. Wie kann man sich vor einem unbekannten Gift schützen? Vor einem zu allem entschlossenen Mörder? Gar nicht. Es sei denn, man lässt alle Speisen vorkosten, doch selbst das ist in der Praxis kaum möglich.«

»Ja, in England ist diese Tradition aus der Mode gekommen«, entgegnete Heathton mit einem leichten Lächeln. »Bei den Potentaten in Nordafrika soll es dagegen noch recht beliebt sein. Aus gutem Grund vermutlich. Bei den vielen Stammesfehden muss so mancher sicherlich bei jedem Bissen oder Schluck um sein Leben fürchten. Kenne ich diesen Mann übrigens, der Ihnen nahesteht?«

Eine höfliche Art zu fragen, ob er in denselben Kreisen verkehrte wie sie beide.

»Vermutlich«, gab sie zu.

»Das habe ich mir gedacht.«

Sein Kommentar erstaunte Angelina. Sie waren so besonnen vorgegangen, dass nicht einmal ihre Zofe den geringsten Verdacht geschöpft hatte. Zudem wählten sie stets unterschiedliche Orte und Zeiten. Mal morgens, mal abends und mal nachts, und nie zeigten sie sich gemeinsam in der Öffentlichkeit. Bei gelegentlichen, nicht vermeidbaren Begegnungen verbargen sie sogar, dass sie einander kannten. Darauf hatte sie bestanden, und widerstrebend war er darauf eingegangen.

Für sie kam seiner Sicherheit äußerste Priorität zu. Ihm durfte nicht das Geringste passieren. Alles konnte sie ertragen, das nicht. Allein der Gedanke, dass er ihretwegen in Gefahr schwebte, war unerträglich und versetzte sie in Panik. Wenn ihm etwas geschähe, wäre ihr Leben auf immer und ewig zerstört. Unwiderruflich.

»Wir lernten uns vor einem halben Jahr auf einer kleinen Hausparty kennen. Bei einer Freundin, die mir trotz allem geblieben ist.« Die Erinnerung an das Wochenende zauberte ein wehmütiges Lächeln auf ihr Gesicht. »Ich weiß, das klingt für Euch vielleicht wie das romantische Geschwafel einer Frau, aber es war wirklich einer dieser Momente. Ich betrat den Salon, wir sahen einander an, und ich *wusste*, dass er der Richtige ist.«

Gott segne Eve, die sie gemeinsam eingeladen hatte, fügte sie stumm hinzu.

»Dabei war ich die Letzte, die noch an Liebe auf den ersten Blick glaubte, Mylord«, fuhr sie fort. »Eigentlich glaubte ich an gar nichts mehr. Bis ich ihn traf und er meine abgestumpfte Sicht auf die Welt beendete und mir neue Perspektiven eröffnete. Durch ihn habe ich gelernt, dass Liebe selbst die tiefsten Wunden zu heilen vermag.«

Sobald sie die Worte ausgesprochen hatte, wurde es still im Raum. Angelina beschlich mit einem Mal das unbehagliche Gefühl, etwas Unpassendes gesagt zu haben. Hatte sie den Earl auf dem falschen Fuß erwischt, weil sie von der großen Liebe geschwärmt hatte? Jedenfalls wirkte seine sonst so beherrschte Miene irgendwie betroffen, und er wechselte rasch das Thema.

»Vermutlich bleibt Ihr vorerst in London. Gebt mir Eure Adresse, damit ich mich gegebenenfalls mit Euch in Verbindung setzen kann.«

Froh darüber, dass er nicht den Namen ihres Geliebten wissen wollte, nahm sie Feder und Papier entgegen, das er ihr reichte, und schrieb ihre derzeitige Anschrift auf. Natürlich musste sie Heathton reinen Wein einschenken, wenn er es verlangte, doch lieber war es ihr, den neuen Mann in ihrem Leben von allem abzuschirmen.

Als sie sich erhob und zum Gehen wandte, zögerte sie und drehte sich noch einmal zu Heathton um. Er lehnte an einem Bücherschrank mit kostbaren alten Lederfolianten und sah sie fragend an.

»Ich bin überaus dankbar für Euer Hilfsangebot«, stieß sie hervor. »Mehr, als ich in Worte zu fassen vermag. Trotzdem würde ich gerne wissen, warum Ihr bereit seid, Euch meines Falles anzunehmen.«

»Warum?« Seine haselnussbraunen Augen fixierten sie. »Sofern Eure Angaben der Wahrheit entsprechen, steht Ihr einem ziemlich eindrucksvollen Feind gegenüber. Und es wäre mir ein Vergnügen, ihn zu schlagen.«

Kapitel 2

Alicia Wallace drehte sich im Takt der Musik und lächelte ihren Tanzpartner höflich an, als die letzten Akkorde des Walzers verklangen. Dann machte sie sich auf die Suche nach ihrem Mann.

Vergeblich fragte sie im Kartenzimmer nach ihm, was sie nicht sonderlich verwunderte, denn er spielte nur selten. Obwohl er meistens gewann. Eine Tatsache, die er seinem überlegenen analytischen Verstand verdankte und der Fähigkeit, Wahrscheinlichkeitsrechnungen hinsichtlich der verteilten und gezogenen Karten anzustellen. Aber was für andere Spieler das höchste Glück gewesen wäre, das langweilte ihn.

Weil es keine Herausforderung mehr darstellte.

Alicia ließ ihre Blicke aufmerksam über die Menge schweifen. Wo um alles in der Welt steckte Ben bloß?

Sie entdeckte ihn schließlich zu ihrer nicht geringen Überraschung im Ballsaal, wo sie ihn noch weniger vermutet hatte als im Kartenzimmer. Er stand mit dem Premierminister und einigen wichtigen Parlamentsmitgliedern zusammen.

Wie frustrierend!

Mehr als alles andere wünschte sie sich, schleunigst den Heimweg anzutreten. Weg aus diesem Gedränge, weg aus der Hitze, die sie lähmte. Nach kurzem Nachdenken beschloss sie, das Gespräch der Herren zu stören.

Benjamin entdeckte sie als Erster. Ihre Blicke verschränkten sich, und er verstand praktisch auf Anhieb, warum sie Ausschau nach ihm hielt.

Zumindest hoffte Alicia das. Nicht dass sie sich mal wieder von romantischen Träumereien leiten ließ und ihren Mann ernstlich störte.

»Lady Heathton«, begrüßte Lord Liverpool sie höflich und beugte sich tief über ihre Hand. »Ihr seid so bezaubernd wie eh und je. Haben wir Euren Gatten über Gebühr mit Beschlag belegt? Sollte das der Fall sein, bitte ich vielmals um Entschuldigung.«

»Ganz und gar nicht, Mylord.« Sie mochte Liverpool eigentlich, obwohl sie seine Politik nicht immer schätzte. »Ich überlege lediglich gerade, ob ich mich nicht langsam verabschieden sollte.« Sie wandte sich an ihren Mann. »Ich könnte dir die Kutsche wieder herschicken …«

Heathton legte eine Hand auf ihre Hüfte. »Nicht nötig«, sagte er gelassen. »Ich würde nicht im Traum daran denken, dich alleine nach Hause zu schicken. Wenn Sie uns bitte entschuldigen würden, Gentlemen?«

Als sie aus dem Gebäude in den kühlen Abend traten, der sich mit einem wolkenlosen Sternenhimmel präsentierte, murmelte er: »Ich danke dir. Wie du weißt, mag ich solche Massenveranstaltungen ohnehin nicht.«

Sie wusste das allzu gut. Auch dass er sich liebend gerne in seinem Arbeitszimmer vergrub. Sechs Monate nach ihrer Heirat hatte sie deshalb beschlossen, ihn aus der Reserve zu locken. Nicht zuletzt hinsichtlich der ehelichen Intimitäten. Ihre Bemühungen hatten sich ausgezahlt. Ben war jetzt viel lockerer als zuvor, dazu aufmerksamer, zärtlicher und fantasievoller, und sie verbrachten auch tagsüber mehr Zeit miteinander. Und das alles verdankte sie ihrer Hartnäckigkeit und einer kleinen Erpressung.

Nachdem er ihr in die Kutsche geholfen hatte, stieg er ebenfalls ein und ließ sich auf die Polsterbank gegenüber sinken. Er streckte die langen Beine aus und klopfte ans Kutschendach, woraufhin sich das Gefährt ruckelnd in Bewegung setzte.

Ohne Umschweife kam sie auf das Thema zu sprechen, das sie bewegte. »Wenn eine der schönsten Ladys des Landes einen ihr fremden Gentleman besucht, ist es dessen Frau wohl gestattet, nach dem Grund zu fragen.«

Sein Mund verzog sich angesichts der gespreizten Wortwahl zu einem süffisanten Lächeln. »Hast du deshalb den ganzen Abend so abwesend gewirkt?«

Sie zögerte und überlegte eine Weile. Nein, daran lag es nicht in erster Linie.

»Ich denke, es steht mir durchaus zu, die eine oder andere Frage zu stellen«, erklärte sie schließlich entschieden. »Du hast dich Tante Heloise und mir nicht zum Tee angeschlossen.«

Da er anschließend ohne Erklärung ausgegangen war, hatte sich seither keine Gelegenheit ergeben, über diesen ungewöhnlichen Besuch zu reden.

»Yeats hat dir also von Lady DeBrookes Besuch erzählt, nehme ich an«, sagte er. »Sieht ganz so aus, als gäbe es in unserem Haushalt keine Geheimnisse«, fügte er resigniert hinzu. »Dabei sollte ein Butler eigentlich verschwiegen sein.«

Nun, *ein* Geheimnis gab es, dachte Alicia, doch davon würde er früh genug erfahren.

»Ich habe ihn natürlich gefragt, warum du nicht zum Tee erschienen bist. Und da hat er es mir verraten.« Alicia senkte den Blick. »Ich wollte nicht über Gebühr neugierig sein, und deine Privatangelegenheiten gehen mich nichts an, aber …«

»Lady DeBrooke ist keine Privatangelegenheit«, unterbrach er sie. »Ich wollte dir sowieso alles erzählen, sobald wir ungestört sind. Ich denke, du wirst das Ganze sehr spannend finden.«

»Oh?« Sie sah ihn mit unverhohlener Neugier an. Natürlich hatte sie nicht ernstlich mit einem amourösen Geheimnis gerechnet. Schon gar nicht bei dieser Lady, obwohl sie zweifellos umwerfend schön war.

Nur was steckte dann hinter diesem Besuch?

Ben erging sich in orakelhaften Andeutungen. »Ich glaube, es ist damals mehr passiert, als auf den ersten Blick ersichtlich ist.«

»Was meinst du damit?«

Sie runzelte die Stirn. Die Kutsche schwankte, und das Rattern der Räder auf dem Kopfsteinpflaster war so laut, dass sie die Stimme heben musste. Unverwandt blickte ihr Mann sie an. Trotz der Dunkelheit meinte sie seine braunen Augen, in denen goldgrüne Lichter blitzten, funkeln zu sehen.

»Stell dir bitte folgendes Szenario vor. Eine bezaubernde Debütantin wird von allen bewundert, von den Männern umschwärmt. Wie nicht anders zu erwarten, macht sie eine gute Partie. Überraschend stirbt ihr Ehemann nach einem Anfall, den die Ärzte sich nicht erklären können. Aber so etwas passiert bisweilen. Sie hält die angemessene Trauerzeit ein, kehrt dann in die Gesellschaft zurück und geht nach kurzer Zeit eine weitere vorteilhafte Ehe mit einem geeigneten Kandidaten ein. Ein Erfolg auf der ganzen Linie. Warum auch nicht? Sie ist schließlich erst zwanzig Jahre alt.«

»Lady DeBrooke«, stellte Alicia fest.

Benjamin nickte. »Ich kannte Thomas DeBrooke aus Studienzeiten. Soviel ich weiß, war er seiner jungen Frau zärtlich zugeneigt, und es gab keinerlei Differenzen zwischen ihnen. Nichts Ernsthaftes jedenfalls, und man sagt, dass es eine Neigungsheirat gewesen sei.« Heathton hielt inne, doch als seine Frau keine Fragen stellte, redete er weiter. »Nach nicht langer Zeit allerdings starb auch dieser Ehemann, und zwar unter ähnlichen Umständen wie der erste. Natürlich geriet sie sofort in Verdacht, die Hände im Spiel gehabt zu haben. Alle Blicke richteten sich auf sie.« Erneut legte er eine bedeutsame Pause ein, um die Dramatik zu steigern. »Das war wirklich gerissen. Geradezu teuflisch und zugleich genial. Wenn man ihr glaubt, war sie es nämlich nicht. Was bedeutet, dass jemand sie vorsätzlich ruinieren wollte. Sie, die gefeierte Schönheit. Mit ebenso abgefeimten wie raffinierten Methoden. Die Morde selbst waren banal, nicht indes die Inszenierungen. Die waren von einer erlesen bösartigen Raffinesse. Erinnert dich das zufällig an ein Ereignis der jüngeren Vergangenheit?«

Das tat es. Ziemlich heftig sogar. »Du denkst, dahinter könnte dieselbe Person stecken, die Elenas Entführung arrangiert hat, um einen Riesenskandal zu provozieren?« Aufgeregt schaute sie ihren Mann an.

Vor nicht allzu langer Zeit war ihre schöne Cousine entführt und mit einem berüchtigten Frauenheld fast eine Woche lang eingesperrt worden. Zum Glück war alles am Ende gut ausgegangen.

»Ja, darüber denke ich in der Tat nach«, erwiderte Ben, der sich seinerzeit mit diesem Fall befasst hatte.

»Verglichen damit ist Mord allerdings ein weitaus schlimmeres Verbrechen«, wandte sie ein.

»Ich glaube«, sagte er nachdenklich, »dass unser Gegner bei der Wahl seiner Mittel flexibel ist. Sein Ziel ist es vor allem, Macht auszuüben. Menschen und Situationen zu kontrollieren. Die Tat als solche interessiert ihn nicht. Er will jemandem oder mehreren Schaden zufügen, ihn oder sie leiden lassen. Das hat auf Elena ebenso zugetroffen wie auf Lady DeBrooke. Gott sei Dank ist sein Plan bei Elena nicht aufgegangen, weil unser schlecht beleumundeter Viscount Andrews sich hoffnungslos verliebte und sie heiratete. Lady DeBrooke hatte nicht so viel Glück.«

»Demnach hätte dieser Schuft bereits vor Jahren begonnen, sein Unwesen zu treiben.«

»Sofern es eine Verbindung zwischen dem Schicksal deiner Cousine und meiner Besucherin gibt, ja.«

Die Gemeinsamkeiten sprangen ins Auge, so viel stand fest. »Deine Theorie trifft jedoch nur zu, falls Lady DeBrooke unschuldig ist.«

»Stimmt.« Er senkte die Lider ein wenig. Eine Marotte, wenn er angestrengt nachdachte.

Alicia kannte diese Angewohnheit. »Mylord?«

Ein gereizter Ausdruck trat auf sein Gesicht. »Alicia, kannst du es dir nicht abgewöhnen, mich so zu nennen?«

Die Anrede erinnerte ihn an die ersten, wenig glücklichen Monate ihrer Ehe, als sie ihn gerne spöttisch so zu titulieren pflegte.

Dabei war es ihr einfach so herausgerutscht. Grundlos. Vielleicht weil sie mit ihren Gedanken ganz woanders war. An etwas Romantisches dachte wie ein Beisammensein unterm Sternenhimmel oder an Zärtlichkeiten auf blütenweißen Laken, an Rosendüfte …

Alicia ergriff die Flucht nach vorne und gab ihr Geheimnis preis. »Ich trage dein Kind unter dem Herzen.«

Für einen Mann, der sich stets einer herausragenden Beobachtungsgabe gerühmt hatte, war es eine demütigende Erfahrung, dass seine Instinkte ihn diesmal im Stich gelassen zu haben schienen. Sprachlos starrte er seine hübsche Frau an und brauchte einen Moment, um diese Eröffnung in sein Bewusstsein sickern zu lassen.

Und welche Konsequenzen sich daraus zweifellos ergeben würden.

»Ich hatte keine Ahnung, dass das möglich wäre.«

Alicia ließ ein belustigtes Lachen ertönen. »Wirklich nicht?«

Natürlich wusste er, wie unsinnig, ja idiotisch sein Kommentar gewesen war. Ein Ausdruck von Hilflosigkeit. Schließlich hatte er sich Gott weiß wie angestrengt, damit genau das passierte, und es war ihm stets ein Vergnügen gewesen. Und ihr hoffentlich ebenfalls. Aber es aus ihrem Mund zu hören …

Ein Kind?

»Ich meine …« Er verstummte erneut, suchte nach den richtigen Worten. Eine Vielzahl widerstreitender Gefühle lähmte ihn.

»Ja?« Ihr Lächeln wirkte verschmitzt, als würde sie den Triumph, ihn aus der Fassung gebracht zu haben, genießen.

Er empfand Freude, keine Frage. Doch zugleich beschlich ihn eine gewisse Besorgnis, denn die Geburt eines Kindes verlief nicht immer glatt. In der Theorie war er natürlich davon ausgegangen, dass seine Frau ihm ein Kind schenkte, vielleicht sogar mehrere. Jetzt hingegen, wo sie tatsächlich schwanger war, drohte die Furcht, dass ihr womöglich Schlimmes geschah, alles zu überlagern.

Mühsam räusperte er sich, versuchte den Kloß in seiner Kehle herunterzuschlucken. »Ich meine, dass ich nicht damit gerechnet habe, es könnte bereits so weit sein …« Er nahm ihre Hand. »Wie fühlst du dich?«

»Ich bin schneller müde als sonst und leide morgens gelegentlich unter Unwohlsein.« Alicia lehnte den Kopf gegen das Polster. »Inzwischen ist meine Blutung zweimal ausgeblieben. Außerdem nehmen die körperlichen Veränderungen zu. Anfangs waren sie nur ganz leicht, so langsam werden sie stärker. Du wirst es bald bemerken …«

Nachdenklich sah er sie an. So recht bedacht, hatte er durchaus etwas bemerkt, wenngleich nicht bewusst. Ihm war zwar aufgefallen, dass sie sich neuerdings mittags gerne hinlegte, aber er hatte dem keine Bedeutung beigemessen. Jetzt schalt er sich für diese mangelnde Aufmerksamkeit.

Ähnlich war es ihm mit anderen Dingen gegangen. Warum etwa ihr Busen im Dekolleté ihrer Kleider voller wirkte als früher. Ein zu enges Mieder oder ein neues Korsett, hatte er angenommen. Still schimpfte er sich einen blinden Trottel und richtete unwillkürlich seine Blicke auf den Ausschnitt des mitternachtsblauen Seidenkleids. Ja, ihre Brüste waren in der Tat üppiger als vor wenigen Wochen. Wie konnte er das so falsch interpretieren?

»Du bist im Grunde so schlank wie eh und je«, versuchte er sich zu verteidigen.

»Ich bin definitiv nicht mehr so schlank«, gab sie ein wenig verlegen zurück, weil ihr seine begehrlichen Blicke nicht verborgen blieben. »Alle Kleider sind mir in der Taille zu eng. Ich werde sie ändern lassen müssen oder gleich neue bestellen, die bequemer sind. Schließlich sollte ich mich gerade in dieser Zeit nicht einschnüren.«

»Natürlich nicht«, antwortete er sogleich. »Ich werde meinem Verwalter mitteilen, dass ihm einige Schneiderrechnungen ins Haus flattern werden. Was kann ich sonst tun?«

Sie schlug die Augen nieder und flüsterte: »Du könntest mir versichern, dass du dich auf das Baby freust.«

»Hast du den Eindruck, ich würde das nicht tun?«

Als sie ihn ansah, erkannte er den leisen Tadel in ihrem Blick. »Ben. Würdest du mir ausnahmsweise einmal klipp und klar sagen, was du empfindest, statt ständig um das Thema herumzuschleichen? Auf mich wirkst du weder besonders glücklich noch besonders unglücklich. Du bist einfach, wie du bist. Und das heißt, dass niemand zu erkennen vermag, was du denkst.«

Er wusste, dass sie recht hatte. Diese Art, auf verbalen Umwegen zum Ziel zu gelangen, war seine Stärke und das Geheimnis seines erfolgreichen Wirkens im Krieg. In dieser Situation jedoch war es vermutlich nicht das Mittel der Wahl, denn in Alicias Augen bemerkte er ein feuchtes Schimmern. Deshalb entschloss er sich zu absoluter Ehrlichkeit.

»Ich habe Angst.«

Seine Frau verstand nicht, worauf er anspielte. »Du wirst bestimmt ein wunderbarer Vater«, meinte sie nach kurzem Zögern.

Ich fürchte um dich. Und um mich, denn sollte ich jemals ohne dich sein, weiß ich nicht, wie es weitergehen soll. Bisher war mir nicht bewusst, wie tief diese Angst sitzt …

Das alles hätte er ihr am liebsten anvertraut, brachte es aber nicht über die Lippen. Um sie nicht zu beunruhigen, redete er sich ein.

»Ich werde mein Bestes geben«, versicherte er bloß. »Abgesehen davon solltest du auf jeden Fall einen Arzt aufsuchen. Um sicherzugehen, dass alles in Ordnung ist.«

Alicia zupfte nervös an ihrem Mantel. »Wenn du willst, mache ich das.« Sie war nicht annähernd so gefasst, wie sie tat – er erkannte es an ihren zitternden Fingern.

»Das möchte ich«, versicherte er ihr. »Es wäre für mich eine große Beruhigung, aus berufenem Mund zu hören, dass du gesund bist und alles normal verläuft.«

Sie war sein Leben, doch das sagte er nicht, weil es so dramatisch klang.

»Mylord …«, begann sie zu sprechen und verstummte abrupt.

»Alicia«, mahnte er, setzte sich neben sie und zog sie auf seinen Schoß. »Hör auf damit. Früher hast du mich damit aufgezogen, aber das ist schließlich Vergangenheit. Oder willst du mich vor unserem Kind weiterhin mit Mylord anreden?«

Lachend schlang sie ihm die Arme um den Hals. »Einverstanden, ich versuche, es mir abzugewöhnen. Und eigentlich wollte ich sowieso nur sagen, dass ich unglaublich glücklich bin.«

Er küsste sanft ihre Schläfe und genoss es, sie in den Armen zu wiegen. »Das bin ich ebenfalls.«

»War das so schwierig?«

»Nein.«

»Lügner.« Sie lachte erneut und küsste ihn.

Die Art, wie sie sich ungezwungen an ihn schmiegte, wie

sie ihren Körper an seinen presste – das alles war schlicht bezaubernd. Aufflammendes Begehren paarte sich mit dem Wunsch, sie zu beschützen. Er drückte sie an sich und küsste ihren Nacken mit der Inbrunst eines in seine Frau vernarrten Mannes. Ein machtvolles, faszinierendes Gefühl durchflutete ihn.

War das Liebe?

Ja, was sonst sollte es sein?

Natürlich fühlte er sich von ihrer Anmut, ihrer Schönheit, ihrer Intelligenz körperlich und geistig seit jeher angezogen, doch das hier war mehr.

Etwas, das sich schwer definieren ließ.

Sie rührte sein Herz und seine Seele an.

Viel mehr als alles andere auf der Welt.

Und deshalb auch seine Furcht, sie zu verlieren. Er hatte es ihr noch nie gesagt. Sollte er? Vor allem jetzt, da er um ihre Schwangerschaft, um ihr gemeinsames Kind wusste?

Benjamin Wallace rang mit sich und war heilfroh, dass ihm die Entscheidung abgenommen wurde, weil die Kutsche rumpelnd vor ihrem Haus zum Stehen kam.

Kapitel 3

Bevor sie ausstieg, brachte Alicia ihre Haare in Ordnung. Wenigstens so viel Tribut glaubte sie ihrer Stellung als Countess schuldig zu sein. Ansonsten liebte sie es eher, sich zwanglos zu geben. Dass die gesamte Dienerschaft Bescheid wusste, wo sie Nacht für Nacht schlief – nämlich im Bett des Earl –, das störte sie herzlich wenig. Und auch eine Umarmung oder ein flüchtiger Kuss galten für sie nicht als Tabu und schon gar nicht als Grund, rot zu werden.

Dass sie hingegen bei Berührungen ihres Mannes Wärme durchflutete, stand auf einem anderen Blatt.

Für den Moment indes gingen ihr andere Dinge durch den Kopf. War Ben wirklich glücklich über die Schwangerschaft, wie er behauptete? Wie fühlte er sich bei der Vorstellung, bald ein Kind zu haben? Sein Gesichtsausdruck jedenfalls hatte nicht gerade Begeisterung signalisiert, und das beunruhigte sie nicht wenig.

Mehr etwa als der dauernde Schlagabtausch, den sie sich zu Beginn ihrer Ehe mit wechselnden Resultaten geliefert hatten. Ob ihre Beziehung jemals in ruhigem Fahrwasser landen würde? Vielleicht, vielleicht auch nicht. Langweilig würde es jedenfalls nie werden.

Obwohl sie sich oft an seiner Undurchschaubarkeit gestört und sie als Gefühlskälte betrachtet hatte, war es gleichzeitig diese magische, geheimnisvolle Aura, deren Faszination sie von Anfang an erlegen war. Seit ihrer allerersten Begegnung. Und sie bezweifelte, dass sich daran jemals etwas ändern würde.

»Nach oben?« Sein Atem wehte warm gegen ihr Ohr, und seine Hand hielt ihren Ellbogen umfasst, als sie die Eingangshalle betraten.

»Kommt darauf an, ob du diese Diskussion in einem intimen Rahmen fortsetzen möchtest«, sagte sie betont sittsam. »Wie auch immer, wir sind noch nicht mit dem Thema fertig, *Mylord*.«

Er verdrehte die Augen. »Was bleibt mir da zu sagen?«, erwiderte er und führte sie zu der elegant geschwungenen Freitreppe.

»Ich glaube, in diesem Leben werden wir es nicht schaffen, einander alles zu sagen«, murmelte sie leise und fragte sich zum wiederholten Mal, wie man jemandem seine Liebe erklärte, der stur darauf beharrte, dass es sich bei diesem Gefühl mehr oder weniger um romantische Hirngespinste handelte.

»Vielleicht nicht. Lass mich einfach hiermit beginnen.«

Er demonstrierte ihr, was er meinte, indem er seinen Mund auf ihren legte, sobald sich die Tür seines Schlafzimmers hinter ihnen schloss. Seine Hände suchten besitzergreifend ihre Hüften, und er zog ihren Körper in unmissverständlicher Absicht an sich. Sie spürte seine Härte an ihrem Bauch.

Typisch Ben. Wenn ihm die Worte fehlten, demonstrierte er ihr auf seine Art, was er empfand. Und da sie ihn liebte und begehrte, ließ sie es gerne mit sich geschehen. Wenn er noch nicht bereit war, ihr seine Liebe zu gestehen, würde sie eben warten.

Was natürlich nicht bedeutete, dass sie die Worte ebenfalls nicht aussprach.

»Ich liebe dich«, flüsterte sie an seinen Lippen. »Und unser Kind auch. Jetzt schon, so winzig es sein mag.«

»Alicia.« Seine Finger nestelten an ihrem Kleid herum. »Ich würde für dich mein Leben geben.«

»Tu das bitte nicht«, entgegnete sie mit leisem Lachen und umfasste zärtlich sein Kinn. »Bleib für immer bei mir. Alles andere wäre schrecklich für mich.«

Schweigend hob er sie hoch und trug sie zu seinem Bett, legte sich neben sie und stützte sich auf die Ellbogen. Blickte ihr fragend in die Augen. »Dürfen wir? Ich meine …«

»Wir dürfen.« Hitze erfasste ihren ganzen Körper, brannte besonders heftig zwischen ihren Schenkeln. »Ich habe meine Schwester gefragt. Sie sagt, es sei kein Problem.«

Er wirkte plötzlich völlig konsterniert. »Du hast deiner Schwester von dem Baby erzählt?«

»Ja, warum nicht?« Sie zog ihm die Krawatte vom Hals. »Das machen Schwestern so, dass sie über solche Dinge reden. Zumal Harriet bereits Kinder hat, über ausreichend Erfahrung verfügt und mir folglich meine vielen Fragen beantworten konnte. Und dir wollte ich es erst sagen, wenn ich mir ganz sicher war.«

»Ich bin also der Letzte, der es erfährt«, brummte er leicht enttäuscht vor sich hin und zog das Jackett aus. »Alle wussten es bestimmt früher als ich. Ihr Mann, seine Freunde, die Leute im Club. Vermutlich stricken meine matronenhaften Tanten bereits kleine Jäckchen. Während *ich* keine Ahnung hatte.«

Alicia setzte sich lachend auf und löste ihr Haar. »Vielleicht hättest du einfach aufmerksamer sein sollen, Mylord.«

»Vermutlich. Diesmal hat mich meine viel gepriesene Beobachtungsgabe wirklich und wahrhaftig im Stich gelassen«, gab er reumütig zu und rückte zur Bettkante vor, um die Schuhe auszuziehen. »Frauen sind allerdings unberechenbar und schwieriger zu lesen als ein französischer Geheimcode.«

»Hast du das während des Krieges gemacht?«, fragte sie, denn es gelang ihr nur gelegentlich, ihm Auskünfte über seine Tätigkeit während der Kriege gegen Napoleon zu entlocken, und so packte sie jede Gelegenheit beim Schopf.

Wie immer antwortete er eher ausweichend. »Der Krieg ist vorbei. Warum sollte ich in diesem Moment an etwas anderes denken als daran, dich zu lieben? Wusstest du eigentlich, wie schön deine Haare im Kerzenlicht schimmern?«

Für seine Verhältnisse geradezu poetische Worte.

»Nein«, flüsterte sie. »Küss mich noch einmal.«

»Mit dem größten Vergnügen.«

Seine Lippen auf ihren, erkundete er ausgiebig ihren Mund. Seine Zunge forderte sie heraus, provozierte sie zu stürmischen Reaktionen, ließ sie vor Lust und Hingabe stöhnen.

»Sie sind tatsächlich deutlich größer geworden.« Um seine Worte zu unterstreichen, umfasste er ihre nackten Brüste und hob sie leicht an, als wollte er die Veränderung quantitativ bemessen. »Nicht dass vorher etwas gefehlt hätte, aber jetzt kommst du mir irgendwie noch weiblicher vor.«

Und empfindlicher, wenn sie das Beben richtig deutete, das ihren Körper durchlief. Sie blickte ihm in die Augen und las darin die Antwort, nach der ihr Herz verlangte. Sie war bereits seit Langem sicher, dass er so empfand, obwohl er es nicht zugab und nicht aussprach.

Wann würde er die magischen Worte über die Lippen bringen?

Hoffentlich irgendwann. Seufzend fuhr sie mit den Fingern durch sein dichtes Haar, hob ihm ihre Hüften entgegen, drückte sich fester gegen seine Erektion und schob eine Hand zwischen ihre Körper, um den Verschluss seiner Hose zu öffnen.

Er kam ihr zu Hilfe. »Erlaubst du?«, sagte er, befreite erst sich von seinen Beinkleidern und anschließend sie von Abendrobe samt Unterröcken und Hemd. Dann legte er sich vorsichtig auf sie. »Ich will dich«, flüsterte er an ihrem Ohr.

Mit einer forschen Selbstverständlichkeit griff sie nach seiner erigierten Männlichkeit. Es fühlte sich weich und zugleich hart an und wurde unter ihren forschenden Fingern ganz heiß.

»Ich will dich auch.«

Er schloss die Augen und zog scharf die Luft ein. »Mach das nicht.«

»Gefällt es dir nicht?« Eine unschuldige Frage mit einer nicht ganz so unschuldigen Anspielung.

»O doch, es gefällt mir viel zu gut.«

Es verschaffte ihr große Befriedigung, seine sonst leicht unterkühlt wirkende Fassade zu durchdringen, und sie überlegte gerade, wie sie ihn weiter anfeuern konnte, als er das Heft des Handelns wieder an sich riss. Federleicht glitt seine Hand an der Innenseite ihres Oberschenkels hinauf und drang mit einem Finger in die feuchtwarme Höhle ein.

»Das gefällt mir besser«, hörte sie ihn sagen.

Als sie das Kreuz durchdrückte, fügte er verführerisch hinzu: »Oder soll ich größere Geschütze auffahren?«

»Größere Geschütze?«, stieß sie abgehackt hervor und gab durch die Bewegungen ihres Körpers ihr Einverständnis. Mehr sagte sie nicht, dazu war sie zu erregt, zu sehr fokussiert auf den Augenblick. Auf das, was mit ihr geschah.

Automatisch öffneten sich ihre Beine, als er sich auf sie schob und seine Knie sanft gegen die Innenseiten drückte, als er in sie eindrang und für sie nur noch die Lust existierte.

Die Inbesitznahme durch ihn.

Die damit verbundene Intimität.

»Perfekt«, hauchte er und begann sich in ihr zu bewegen. Vorsichtiger als sonst, behutsamer. Sie merkte es sofort. Er hielt sich zurück aus Sorge, er könnte ihr Schaden zufügen. Sie war es, die drängte, als das Verlangen immer heftiger wurde. Ihr Atem flog.

»Ben«, stieß sie keuchend hervor.

»Warte«, ermahnte er sie. Seine Haare streiften ihre Wange, während er weiter einem gleichmäßigen Rhythmus folgte. »Es wird gleich passieren … Warte einfach ein bisschen.«

Eine Schweißperle rann über seine Schläfe. Sein Körper schmerzte vor Anspannung, und er verzehrte sich nach der Erlösung. Trotzdem hielt er sich zurück, bis Alicia ihren Höhepunkt erreichte. Erst dann erlaubte er es sich nachzugeben, wenngleich kontrollierter und weniger ekstatisch als sonst. Dennoch hatte er das Gefühl, sein Verstand würde aussetzen, als die Muskeln in ihrem Innern ihn fest umschlossen. Er erbebte und versteifte sich, während Alicia aufschreiend die Fingernägel tief in seine Haut grub.

Anschließend genossen sie die Stille in dem in Dunkelheit gehüllten Raum. Lagen eng umschlungen auf den Laken und hingen ihren Gedanken nach.

»Ich habe dir hoffentlich nicht wehgetan?«

»Nein.« Alicia lachte atemlos. »Ich bin nicht aus Zucker, Liebster, sondern bloß schwanger.«

»Egal. Ich habe mir fest vorgenommen, fürs Erste nicht mehr so heftig zu sein.«

»Oh, ich glaube, in diesem Fall war ich diejenige, die fordernd war.« Sie streichelte seine Wange, und ihre Augen funkelten verheißungsvoll.

Hätte sie sich nicht unter ihm geräkelt und er nicht ihre verlockenden Rundungen gesehen und gespürt, wäre er vielleicht in der Lage gewesen, etwas halbwegs Vernünftiges zu sagen.

Vielleicht.

Insgeheim bezweifelte er es.

Behutsam löste er sich aus ihren Armen und sank neben ihr auf die Matratze. Seine Finger streichelten ihre Wange, und ein leichter Windhauch vom Fenster strich über ihre erhitzte Haut.

»Du kannst von mir verlangen, was du willst«, flüsterte er.

Falls er dabei an etwas Romantisch-Intimes gedacht haben sollte, wurden seine Erwartungen enttäuscht.

»Ich würde gerne Lady DeBrooke treffen«, hörte er sie sagen.

»Was? Nein«, stieß er entsetzt hervor und schüttelte heftig den Kopf.

Alicia gab nicht auf. »Sie könnte mir Dinge erzählen, die sie dir verschweigt«, begründete sie ihr Ansinnen. »Frauen reden nun mal lieber mit Frauen. Es gibt ein paar Fragen, die sie dir niemals beantworten würde.«

Sein Blick glitt über ihr dunkles, schimmerndes Haar, über

die blassen Schultern und nackten Brüste. Jetzt bloß keiner Ablenkung nachgeben, rief er sich zur Ordnung und konzentrierte sich wieder auf ihr Gespräch. Obwohl er wusste, dass ihr Argument nicht von der Hand zu weisen war, widerstrebte es ihm, sich darauf einzulassen.

»Sie könnte eine Mörderin sein«, wandte er ein.

»Daran glaubst du ja selbst nicht.«

Er atmete kurz durch. »Nein.«

»Also, was kann dann passieren?«

»Dass du mir bei der Suche nach Elena geholfen hast, war ein besonderer Fall aufgrund der engen Beziehung zwischen euch Cousinen, aber er sollte eine Ausnahme bleiben.«

Sie bedachte ihn mit einem geradezu mörderischen Blick. »Warum?«

»Himmel, Alicia. Was glaubst du wohl, warum? Ich werde nicht das Leben meiner Frau und meines Kindes aufs Spiel setzen.«

»Sie wird schon nicht meinen Tee vergiften. Wenn sie so dumm wäre, hätte man sie bereits vor langer Zeit erwischt.«

Damit schien das Thema für sie erledigt zu sein, allerdings nicht, um sich ihm wieder zuzuwenden. Zu seiner Enttäuschung zog sie nämlich die Decke über ihren nackten Körper, gähnte auf dezente Weise und kuschelte sich in die Kissen.

»Ich bin ziemlich hungrig. Wäre es möglich, dass du nach unten in die Küche schleichst und mir ein Stück von dem Pudding bringst?«

Seufzend erhob er sich. Nach allem, was er über schwangere Frauen wusste, würde er in Zukunft mit solchen Bitten rechnen müssen. »Möchtest du außerdem etwas?«, fragte er, während er nach seinem Morgenmantel griff.

»Etwas Käse und Brot fände ich ebenfalls sehr verlockend.«

Und er fand sie verlockend, wie sie dalag. Schläfrig und nach dem Liebesspiel leicht zerzaust. »Du wirst bestimmt einschlafen, bevor ich zurückkomme«, mutmaßte er.

»Dann weck mich.« Ihre Lider senkten sich.

Er band den Gürtel fest zu, verließ das Schlafgemach und begab sich über die Hintertreppe in den rückwärtigen Teil des Hauses. Da er diesen Weg sonst nie benutzte und die Küche generell nie betrat, hatte er Schwierigkeiten, sich im Dunkeln zu orientieren. Zum Glück musste er zumindest nicht nach den diversen Speisen suchen, denn einer der Lakaien saß am Küchentisch und genehmigte sich einen Krug Ale.

Als Ben eintrat, sprang er hastig auf. »Mylord.« Er war sichtlich irritiert über den Aufzug seines sonst immer korrekt gekleideten Arbeitgebers.

»Ich brauche ein Stück Pudding vom Dinner sowie etwas Brot und Käse und würde es sehr zu schätzen wissen, wenn Sie mir behilflich sein könnten.«

»Selbstverständlich, Sir.«

Der Pudding stand auf einem Regal in der Vorratskammer, Käse und Früchte holte der junge Diener aus dem großen Küchenschrank. Frisch gebackenes Brot für den nächsten Tag lag zum Auskühlen auf langen Gitterrosten.

Er beäugte erst die Laibe und sah dann fragend den Lakai an. »Von welchem kann ich etwas nehmen? Nicht dass ich die Planung für den nächsten Tag durcheinanderbringe.«

»Nehmt, so viel ihr wollt«, beeilte sich der Bursche zu versichern. »Die Köchin wird nichts dagegen haben – wo Lady Heathton jetzt in anderen Umständen ist.«

Hatte er also doch recht gehabt mit seiner Vermutung: Außer ihm wusste wirklich *jeder* Bescheid. Leise fluchend wählte er ein Brot aus, das mit getrockneten Früchten und Nüssen verfeinert war, und packte alles auf ein Tablett. »Ich danke Ihnen …«

»Robert, Mylord.«

Er wusste wirklich herzlich wenig über seinen eigenen Haushalt, überlegte er auf dem Weg zurück nach oben. Zwar kannte er seine Diener vom Sehen, wie sie allerdings hießen oder wie lange sie bereits für ihn arbeiteten, das entzog sich weitgehend seiner Kenntnis. Regelmäßigen Kontakt pflegte er lediglich mit seinem Sekretär, seinem Verwalter, dem Butler und der Haushälterin. Dem Kommen und Gehen der anderen Angestellten schenkte er keine Beachtung.

Seine Überlegungen brachten ihn unverhofft auf eine interessante Idee. Hatte sich womöglich ein Mörder in Lady DeBrookes Haushalt eingeschlichen und sich Zugang zur Küche verschafft?

Sollte er sie danach fragen?

Nein, denn bestimmt hatte sie keine blasse Ahnung.

Dennoch war es eine Spur, die sich zu verfolgen lohnte.

Mit der Schulter drückte er die Tür zu seinem Schlafzimmer auf. Erwartungsgemäß schlief Alicia. Ihr Atem ging leicht und regelmäßig, und die langen Wimpern warfen Schatten auf ihre Wangenknochen.

Mit dem Tablett in der Hand stand er in der Tür und betrachtete sie einfach nur.

Selbst der friedlichen Schläferin merkte man an, dass ihr eine gewisse Umtriebigkeit innewohnte und sie für ständige Überraschungen gut war. Und insofern eine immerwährende

Bedrohung seines Seelenfriedens darstellte. Schließlich war das geordnete Leben, das er seit der Übernahme des Titels und des damit verbundenen Besitzes geführt hatte, durch sie ganz schön durcheinandergewirbelt worden. Was einerseits reizvoll sein mochte, doch andererseits beschlich ihn bisweilen das Gefühl, dass ihr abenteuerlustiges Wesen seine Kräfte überstieg.

Von Zeit zu Zeit fragte er sich deshalb, ob sie sein Leben mehr komplettierte oder verwirrte. Die schlüssige Antwort stand noch aus.

Vorsichtig stellte er das Tablett neben dem Bett ab und versuchte sie zu wecken. Ohne Erfolg. Zärtlich und seltsam berührt streichelte er ihre bloße Schulter.

Warum entschied sich ein Mann für eine Frau und verschmähte alle anderen? War es ihr Lächeln? Die Art, wie sie einen Raum durchquerte? Der Klang ihrer Stimme, die Melodie ihres Lachens?

Er wusste es nicht.

Ihm dämmerte lediglich, dass es mit jenem Gefühl zu tun haben könnte, dessen reale Existenz er so beharrlich bestritt und das allem Leugnen zum Trotz in ihm zu wirken begann. Liebe.

Kapitel 4

Der Regen prasselte gegen das Fenster und schien sich dem Rhythmus seiner ungeduldig trommelnden Finger anzupassen. Christopher Durham, seines Zeichens Baron of Lowe, griff rastlos zu seinem Weinglas und leerte es.

Noch ein Wort und er explodierte.

Was kaum ratsam, jedoch in dieser Situation durchaus verständlich wäre. Denn obwohl er gewöhnlich über eine bewundernswerte Selbstbeherrschung verfügte, stellte ihn das Gespräch am Kartentisch auf eine harte Probe.

»Sie ist unglaublich gefährlich, wenn ihr mich fragt.« Einer der Männer am Tisch lachte leise. »Trotzdem: Wenn sich mir die Gelegenheit böte, würde ich es riskieren und sie mir ordentlich vornehmen.«

Lowe ballte die Hände. Selbst Männer, die er als gute Freunde betrachtete, beteiligten sich an dem dummen und entwürdigenden Geschwätz.

»Ich wüsste nicht, was dagegenspräche, außer dass der Schwarze Engel nicht zur Verfügung steht. Heißt es zumindest.« George Harris warf einige Münzen in die Tischmitte. »Ihre Rückkehr nach London hat daran offenbar nichts geändert. Die wunderschöne Lady DeBrooke bleibt weiterhin lieber für sich.«

»Ich erhöhe den Einsatz, Forsythe.«

Obwohl sein Blatt nicht besonders gut war, wollte er unbedingt die anderen von diesem Thema ablenken. Das Geld, das er dabei verlieren würde, war es ihm wert.

Leider erwies sich sein Opfer als vergeblich, denn der Klatsch ging munter weiter.

»Ich weiß nicht, ob sie wirklich so unerreichbar ist«, äußerte sich der vierte Mann am Tisch, ein aalglatter Typ und älter als die anderen, den Christopher bloß flüchtig kannte. »Wie wär's, wenn wir eine Wette abschließen? Schließlich ist sie Witwe und genießt damit mehr Freiheiten als jede andere junge Frau. Könnte ja sein, dass sie sich nach einem Liebhaber sehnt.«

»Ich hätte nicht übel Lust, euch bei dieser Wette das Geld abzuknöpfen«, sagte einer der anderen vergnügt.

Das hier ging wirklich zu weit.

Lowe beschloss einzugreifen.

»Ich dachte, wir sind Gentlemen«, wandte er sich mit ernster Miene an die Mitspieler. »Das heißt, dass wir keine Wetten darauf abschließen, wem es gelingt, die Tugend einer Lady infrage zu stellen und ihren Ruf zu kompromittieren. Solange das Ganze unter uns bleibt, gut und schön. Falls einer von euch allerdings auf die Idee kommen sollte, eine derartige Wette bei White's zu notieren, werde ich denjenigen zum Duell fordern. Verstanden?«

Unglücklicherweise schienen sie nur zu gut zu verstehen, was er damit andeutete.

Nachdem er mit seinen mäßigen Karten überraschend das Spiel gewonnen hatte, verabschiedeten sich die anderen bis auf George und verließen hastig den Raum.

Sein langjähriger Freund hingegen beobachtete ihn nachdenklich. »Du bist heute ziemlich düster gestimmt, Chris. Ich frage mich, ob es am trüben Wetter liegt oder am Gesprächsthema. Irgendwie bin ich geneigt, an Letzteres zu glauben.«

»Es ist ein verflucht trostloses Wetter«, murmelte er und sammelte seinen Gewinn ein.

»Das stimmt.« George war so taktvoll, nicht weiter in ihn zu dringen. »Noch etwas Wein?«

»Nein danke. Ich gehe.«

»Das ist wohl das Beste.«

»Was zum Teufel soll das heißen?«

»Ich werde mich nicht mit dir streiten, mein Lieber.« George hob abwehrend beide Hände, und sein Grinsen geriet etwas schief. »Du bist sauer, und das entspricht so gar nicht deiner Art. Wer sie auch sein mag, sie hat dich ganz schön aus dem Gleichgewicht gebracht.«

Wer sie auch sein mag.

Immerhin schaffte er es, Georges Kommentar mit einem Anflug von Humor zu parieren. »Warum denkst du, dass es um eine Frau geht?«

»Wegen deines ritterlichen Einsatzes für diese Dame. Das war impulsiv und kam von Herzen.«

Christopher schwieg einen Moment. Suchte nach einer Begründung, die ihn nicht direkt mit Angelina DeBrooke in Verbindung brachte.

»Generell ist mir diese Art von Klatsch zuwider. Es wertet die Frau ab und ist unserer unwürdig. Deshalb bin ich in die Bresche gesprungen. Wir sollten keine Frau dermaßen in den Schmutz ziehen.«

»Es war jedenfalls sehr galant von dir, die Lady zu verteidigen.«

Obwohl sich der skeptische Unterton in Georges Worten

nicht überhören ließ, tat er unbeteiligt und zuckte mit den Schultern. »Sie wurde freigesprochen.«

Zu seiner Erleichterung schien George den hässlichen Gerüchten wenig Bedeutung beizumessen. »Das stimmt«, meinte er, bevor er diskret das Thema wechselte. »Du scheinst aufbrechen zu wollen, wie es aussieht. Dann werde ich mich mal im Ballsaal umsehen. Bisher habe ich ihn gemieden, aber das eine oder andere Tänzchen muss ich wohl absolvieren, um der Pflicht Genüge zu tun. Mein Vater drängt mich verstärkt zu einer Heirat.«

Lowe stand auf und nickte. Würde sein Vater noch leben, sähe er sich zweifellos mit denselben Problemen konfrontiert. So nicht. Außerdem lag es ihm fern, mit einer Debütantin zu tanzen. Er musste zu einer Verabredung.

Sie würde sich verspäten.

Zwar bestand Angelina auf dieser in ihren Augen notwendigen Geheimnistuerei, doch sie ließ ihn selten warten.

Der heutige Abend indes hatte ihre Planungen durchkreuzt. Erst war ihre Schwägerin zu Besuch gekommen, was zum Glück nur selten vorkam, denn nach wie vor begegnete ihr Thomas' Schwester mit kaum verhohlener Feindschaft. Da sie aber nun einmal unerwartet aufgetaucht war, machte Angelina gute Miene zum bösen Spiel und lud sie höflich ein, den Tee mit ihr zu nehmen. Dabei fragte sie sich die ganze Zeit, was dieser Besuch eigentlich sollte und warum sie die Fassade einer nicht existierenden Freundschaft aufrechterhielten, obwohl sie sich schon früher nicht gemocht hatten.

Vielleicht war Margaret ja bloß neugierig.

Kaum war die Schwägerin weg, wurde ihr eine weitere Dame gemeldet. Eine Besucherin, mit der sie nie im Leben gerechnet hätte und die sie unter keinen Umständen zurückweisen würde.

Was mochte Lady Heathton bloß von ihr wollen?

Die Countess war jung, schlank und hübsch. Zu ihrem dunklen Haar bildeten die blauen Augen zusammen mit der makellosen hellen Haut ähnlich wie bei ihr selbst einen ungewöhnlichen Kontrast. Soweit sie wusste, war Alicia Wallace etwas jünger als sie, denn als sie debütierte, lebte Angelina bereits als Witwe zurückgezogen auf dem Land. Sie konnte den Earl nur für seinen guten Geschmack und seine Klugheit loben, eine Frau wie diese gewählt zu haben. Alicia schien nämlich nicht allein attraktiv, sondern ebenfalls intelligent zu sein.

»Bitte setzt Euch«, forderte Angelina ihren Gast freundlich und möglichst ungezwungen auf, während es in ihrem Kopf arbeitete.

Was hatte Lord Heathton seiner Frau wohl über sie erzählt?

Bestimmt bestand eine Verbindung zwischen ihrem Besuch bei ihm und dem der Countess bei ihr.

»Ich danke Euch.«

Alicia ließ sich auf einem mit blauem Damast bezogenen Stuhl nieder. Sie trug ein elegantes Kleid aus weißem Tüll, das mit winzigen Blättern bestickt und mit dunkelgelben Bändern an den Spitzenärmeln eingefasst war. Sie sah aus, als würde sie anschließend gleich zu einem Empfang müssen.

»Welchem Umstand verdanke ich das Vergnügen, Mylady?«, tastete Angelina sich behutsam vor.

»Wenn ich recht informiert bin, will mein Mann Euch dabei helfen, Euren Namen reinzuwaschen.«

»Oh?« Angelina lehnte sich zurück und bemühte sich sichtlich, ihre Anspannung zu verbergen. »Nun ja, meine Unschuldsbeteuerungen sind allgemein bekannt, doch wären sie wirkungsvoller, wenn ich sie mit Beweisen untermauern könnte.«

»Das hat mein Mann mir berichtet.«

»Es war sehr nett von ihm, mir seine Hilfe anzubieten. Sonst bleibe ich womöglich für den Rest meines Lebens eine Aussätzige. Könnt Ihr verstehen, wie schrecklich das für mich wäre?«

»Sehr gut sogar. Niemand vermag auf Dauer unbeschadet ein solches Schattendasein zu führen«, stimmte Alicia zu. »Und an Eurer Stelle würde ich unter allen Umständen wissen wollen, wer mein Leben dermaßen manipuliert hat. Hegt Ihr irgendeinen Verdacht? Oder gibt es irgendwelche interessante Hinweise?«

»Was soll ich Euch erzählen?«

Die Frau, die ihr gegenübersaß, wirkte nachdenklich und zupfte abwesend den Handschuh über den Ellbogen. »Alles, was vielleicht Licht ins Dunkel bringt. Jeder Anhaltspunkt, wer Euch warum zum Ziel eines so böswilligen Rachefeldzugs gemacht haben könnte, ist wichtig und bringt uns womöglich weiter.«

»Ich habe Lord Heathton bereits erklärt ...«

»Ihr habt ihm gerade so viel verraten, damit er sich des Problems annimmt«, entgegnete Alicia ruhig. »Ich kann es Euch weiß Gott nicht verdenken, wenn Ihr in einer so persönlichen Angelegenheit nicht alles preisgeben mögt. Speziell nicht einem Mann gegenüber. Darum habe ich mich gefragt, ob es Euch leichter fallen würde, *mir* mehr zu erzählen.«

»Er hat Euch geschickt?«

»Um Himmels willen, nein.« Alicia lachte und schüttelte den Kopf. »Um ehrlich zu sein, wollte er mir sogar verbieten, mich in irgendeiner Weise einzumischen. Aber in diesem Fall hielt ich es für geboten, mich über seine Wünsche hinwegzusetzen. Weil ich Euch wirklich helfen möchte. Und manchmal erkennen Frauen die Zusammenhänge eben besser als Männer, die sich gerne von kleinen Vorurteilen und vorgefassten Meinungen über unser Geschlecht die objektive Sichtweise trüben lassen.«

In diesem Moment begann Angelina, ihre Besucherin zu mögen und sie um ihre zupackende Art zu beneiden. Obwohl sie zweimal verheiratet gewesen war, hatte sie nie so viel Selbstbewusstsein entwickelt wie Alicia.

»Ihr macht Euch keine Sorgen, dass Euer Gatte wütend wird?«, fragte sie sichtlich erstaunt.

»Ein bisschen«, gab ihre Gesprächspartnerin freimütig zu. »Ich würde sogar darauf wetten, dass er mir strenge Vorhaltungen wegen dieses Besuchs macht. Zugleich jedoch ist er gerecht und erkennt lobend an, wenn etwas für seine Ermittlungen Wichtiges dabei herauskommt.«

Vermutlich war der Earl nicht vollständig von ihrer Unschuld überzeugt und hatte seiner Frau deshalb den Umgang mit ihr untersagt, dachte Angelina, und diese Erkenntnis versetzte ihr einen Stich.

Alicia beendete die fruchtlosen Grübeleien. »Also, was könnte hilfreich sein? Denkt nach«, forderte sie die Dame des Hauses auf. »Schließlich strebt Ihr das bestmögliche Resultat,

Eure vollständige Rehabilitierung, an. Da müsst Ihr zur Not über Euren Schatten springen. Alles, was Euch einfällt, kann hilfreich sein.«

»Ich vermag mir wirklich niemanden vorzustellen, der mir Böses will.« Angelina rieb ihre Schläfe. »Und glaubt mir, ich habe mir immer wieder den Kopf zerbrochen. Ebenso über das Warum. Hunderte einsame, elende Nächte lang. Ständig.«

»Ein Mann vielleicht, der Euch für sich wollte? Den Ihr zurückgewiesen habt?«

Angelina begann sichtlich aufzutauen, fühlte sich in der Gegenwart der etwa gleichaltrigen Countess deutlich freier als in der des Earl.

Lächelnd schüttelte sie den Kopf. »Wenn es einen Mann geben sollte, der mich für sich beansprucht hat, so weiß ich nichts davon. Und deshalb konnte ich auch niemanden zurückweisen. Ich kam nie in die Verlegenheit. Vor meiner ersten Heirat war ich zu jung und später, während beider Ehen übrigens, zu treu.« Sie schaute Alicia mit einem verlegenen Grinsen an. »Euer Gatte hat mir dieselben Fragen gestellt, und ich kann mich nur wiederholen: Es gab keinen heimlichen Liebhaber.«

Damals nicht, jetzt schon, aber das behielt sie vorerst für sich.

»Und irgendwelche Verehrer, bei denen Ihr vielleicht nicht einmal bemerkt habt, wie ernst es ihnen war? Wer weiß schon, wozu manche Menschen imstande sind, wenn sie sich ungerecht behandelt fühlen? Eifersucht und Rachedurst sind starke Gefühle. So etwas ist nicht ungewöhnlich, wenngleich die meisten deshalb nicht zu Mördern werden.« Alicia schürzte die Lippen. »Dennoch haben verborgene Leidenschaften mehr als ein Drama in der Menschheitsgeschichte heraufbeschworen.«

»Klug beobachtet und vermutlich zutreffend«, stimmte Angelina nachdenklich zu. »Natürlich waren da andere Verehrer«, sagte sie gedehnt und rief sich die strahlenden Tage ihres gesellschaftlichen Debüts ins Gedächtnis, als man sie überall mit offenen Armen empfangen und umschwärmt hatte. »Vor beiden Verlobungen sprachen regelmäßig Gentlemen bei mir vor, doch abgesehen von blumigen Komplimenten und üppigen Blumengebinden geschah nichts Aufregendes. Lediglich bei Thomas spürte ich ein ehrliches Interesse an meiner Person, während William einfach irgendeine schöne Frau suchte.«

Erneut hing sie ihren Erinnerungen nach. Rückblickend gestand sie sich ein, dass sie Thomas zwar gemocht hatte, ihn angenehm fand, aber Liebe sah anders aus. Inzwischen wusste sie das. Vielleicht war es gut so. Hätte sie nämlich mehr für ihn empfunden als Zuneigung und herzliche Freundschaft, wäre ihr Leben durch seinen Tod zerstört worden.

Das war auch der Grund, warum sie Christopher schützen wollte. Warum sie an Heathton herangetreten war. Sie musste verhindern, dass der Mörder ein drittes Mal zuschlug, denn diesen Verlust würde sie nicht ertragen.

Nicht bei diesem Mann, den sie bedingungslos und voller Leidenschaft liebte.

»Und wenn es eine Frau war, der Ihr ins Gehege gekommen seid?«, drang Alicias Stimme an ihr Ohr. »Beide Männer waren reich und hatten einen Titel.«

»Das könnte sein«, räumte Angelina nachdenklich ein. »Ich

habe keine Ahnung, ob es vor mir irgendwelche Mätressen gab. Oder ob sie während der Ehe welche hatten. Allerdings reden wir von *zwei* Männern. Und für mich ist es schwer vorstellbar, dass William und Thomas dieselbe Mätresse hatten.«

»Ist im Prinzip sicher richtig«, stimmte Alicia nach kurzem Überlegen zu. Dennoch dürfen wir nicht vergessen, dass Giftmorde eine weibliche Spezialität sind. Männer werden eher tätlich und benutzen irgendeine Waffe. Sei es ein Schwert oder eine Pistole. Denkt bloß an die berüchtigten Giftmischerinnen wie Lucrezia Borgia oder Katharina von Medici zum Beispiel.«

Angelina nickte, wenngleich sie sich kaum als Expertin auf diesem Gebiet betrachtete. »Ich habe natürlich ebenfalls an das Küchenpersonal gedacht, doch niemand hat in beiden Haushalten gearbeitet. Williams Diener, allesamt langjährige Angestellte, blieben nach seinem Tod auf dem Anwesen, das an seinen Cousin fiel. Und das Personal für den gemeinsamen Haushalt mit Thomas stellte unsere Wirtschafterin ein. Es gab also keine Gemeinsamkeiten, zumindest keine erkennbaren. Überdies starb William auf seinem Landsitz, Thomas hier in London, in der Stadtresidenz der Viscounts DeBrooke.«

»Sehr clever«, meinte Alicia anerkennend.

»Ja.« Angelina senkte den Kopf. »Das sehe ich genauso. Alle Hinweise auf irgendwelche Verbindungen oder auf eine Parallelität wurden eliminiert.« Sie verstummte resigniert. »Es ist nicht so, als hätte ich nicht alle Möglichkeiten durchgespielt.«

»Ich verstehe, was Ihr meint.«

»Die Sache lässt mich nicht ruhen, wie Ihr Euch vorstellen könnt. Immer wieder habe ich mich gefragt, wer mir das angetan hat und warum. Ich schwöre Euch, Lady Heathton, dass ich absolut ahnungslos bin.«

»Aber irgendwas muss es geben. Einen roten Faden, der alles zusammenhält. Bloß sehen wir ihn nicht.«

Sie blickten einander an. »Ich teile Eure Meinung«, sagte Angelina bedächtig. »Euer Bemühen, mir zu helfen, tut mir gut.«

»Es gibt einfach Dinge, die mir gegen den Strich gehen und die ich nicht auf sich beruhen lassen kann.«

Früher hätte sie über so viel Spontaneität und Tatendrang vielleicht nachsichtig gelächelt. Jetzt wusste sie es zu schätzen.

»Und das ist auch der Grund, warum ich überhaupt hergekommen bin – ob es meinem lieben Mann nun gefällt oder nicht«, fügte Alicia hinzu. Wenn Ihr unschuldig seid, ist es an der Zeit, das zu beweisen. Doch um mir ein unabhängiges Urteil zu bilden, musste ich Euch persönlich kennenlernen.«

»Und?«

»Ich glaube Euch.«

Angelina schluckte. Es war lange her, dass sie von vielen Freunden und Freundinnen umgeben gewesen war. Selbst die meisten Gefährten aus Jugendtagen hatten ihr inzwischen den Rücken gekehrt – nur wenige waren während der albtraumhaften Monate des Prozesses an ihrer Seite geblieben. Mit einem Mal merkte sie, wie sehr sie die ungezwungene Kameradschaft früherer Tage vermisste. Aber niemand wollte in den Sog der gesellschaftlichen Ächtung mit hineingezogen werden.

Eine bittere Erfahrung für die vom Schicksal schwer geprüfte junge Witwe.

Alicia erhob sich. »Ich glaube, für den Moment gibt es nichts mehr zu besprechen. Wer Euch das angetan hat, wissen wir nicht, und dennoch vertraue ich darauf, dass mein Mann es herausfinden wird. Macht Euch keine Sorgen. Überdies habt Ihr mir ein paar Informationen gegeben, die sich für seine Ermittlungen als wertvoll erweisen dürften.«

»Welche Informationen?« Angelina, die sich ebenfalls erhoben hatte, machte große Augen.

»Eure Auskünfte hinsichtlich des Personals. Ich nehme an, das betraf nicht allein Küchenmädchen und Diener, sondern desgleichen die Haushälterin sowie Zofen und Kammerdiener. Und trotzdem besteht irgendwo eine Verbindung. Wir müssen sie bloß erkennen.«

»Hoffentlich gelingt es Eurem Gatten«, flüsterte Angelina leise.

Ihre Besucherin tätschelte kurz ihren Arm. »Es tut mir leid, dass ich so überstürzt aufbreche, aber wir haben eine Einladung. Und wenn ich mich nicht beeile, komme ich zu spät. Danke, dass Ihr mich empfangen habt.«

Mit diesen Worten wandte Alicia Wallace sich zur Tür und verließ den Salon.

Ein wenig traurig sah Angelina DeBrooke ihr nach. Früher hatte sie täglich Einladungen zu verschiedenen Anlässen erhalten, manchmal war es ihr geradezu lästig gewesen. Trotzdem hatte sie es natürlich genossen, gefeiert und bewundert zu werden.

Und was hatte es ihr gebracht?

Nichts. Endloses Leid, Ungnade und Verachtung. Zwei tote

Ehemänner, einen skandalösen Prozess und einen Todfeind, der sich ihr nicht zeigte. Selbst ihre eigene Familie hatte sich zurückgezogen und den Kontakt eingestellt.

Gut, ihr neu gefundenes Glück tröstete sie über manche Zurücksetzung hinweg. Am liebsten würde sie es aller Welt mitteilen, dass sie endlich den richtigen, den perfekten Mann gefunden hatte und unsäglich verliebt war. Doch solange irgendwo da draußen ein Mörder frei herumlief, würde sie schweigen und die Identität ihres Geliebten, wenn es nicht anders ging, mit ins Grab nehmen.

Natürlich hoffte sie inständig, dass das Schicksal ein Einsehen hatte und sich alles zum Guten wendete.

Kapitel 5

Es war nicht gerade der perfekte Zeitpunkt, um einen Streit vom Zaun zu brechen, aber gab es dafür überhaupt einen geeigneten Moment?

Nein, eindeutig nicht.

Darum war sie Ben auch am Morgen aus dem Weg gegangen. Unglücklicherweise saß er jedoch zum Lunch am Tisch, obwohl er sonst selten zu dieser Mahlzeit erschien. Sobald sie den Raum betrat, erhob er sich höflich. Ein flüchtiges Lächeln umspielte seine Lippen.

Sofern man dieses leichte Verziehen des Mundes als Lächeln bezeichnen konnte.

Eher nicht, denn sein funkelnder Blick signalisierte ihr, dass die Zeichen auf Sturm standen. Auf jeden anderen hätte er einen normalen, freundlichen Eindruck gemacht – nicht so auf sie. Dafür kannte sie ihn zu gut.

Du lieber Himmel, sie fühlte sich ertappt.

Gespielt unbekümmert setzte sie sich und ließ sich von dem herbeigeeilten Diener die Serviette reichen.

»Mylord! Wie schön, dich zu dieser Tageszeit zu sehen. Und so ungewohnt. Normalerweise bist du ja zu beschäftigt, um mit mir den Lunch einzunehmen.«

»Ein Mann muss essen, und manchmal muss er ein ernstes Wort mit seiner Frau reden. Es schien mir passend, beides zu verbinden.

Touché. Er hatte sie wirklich erwischt. Woher zum Teufel wusste er von ihrem Besuch bei Lady DeBrooke?

»Mit seiner Frau reden?«, fragte sie gedehnt, während sie dankend mit einer Handbewegung den Wein zurückwies, den ein Lakai ihr einschenken wollte.

Unschuldig schaute sie Benjamin an, der sich jedoch von ihrem arglosen Augenaufschlag nicht täuschen ließ.

»Wenn ich deinen Gesichtsausdruck richtig deute, weißt du ganz genau, warum ich dieses Gespräch suche. Misch dich bitte nicht in diese Ermittlung ein, Ma'am.«

Oha. Wenn er sie so nannte, missfiel ihm etwas. »Ähm, was meinst du?«

»Alicia, bitte.« Er wartete, bis der Diener den Raum verlassen hatte. »Statte niemandem Besuche ab ohne meine ausdrückliche Erlaubnis.«

Bei diesen ebenso selbstherrlichen wie herrischen Worten versteifte sie sich und atmete ein paarmal tief durch, bevor sie antworten konnte.

»Niemandem? Das scheint mir ziemlich extrem zu sein. Möchtest du das nicht lieber anders formulieren?«

Nein, das wollte er nicht.

Sie erkannte es an seiner Miene. Unter anderen Umständen hätte sein missmutiger Blick sie vielleicht amüsiert, jetzt nicht. Im Moment fühlte sie sich bloß persönlich angegriffen. Dabei hatte sie geglaubt, die Zeiten, in denen er ihr solche Vorschriften zu machen beliebte, gehörten der Vergangenheit an.

Selbst wenn ihr eigenmächtiges Handeln vielleicht nicht ganz korrekt war, rechtfertigte es nicht diese Reaktion.

»Ich habe dir ausdrücklich erklärt, dass du dich nicht einmischen sollst. Zumindest nicht auf eigene Faust«, sagte er in einem Ton, der jeden Widerspruch von vornherein zu unterbinden versuchte.

Vergeblich allerdings, wie er sogleich feststellen musste.

»Ben. Du bist mein Ehemann, nicht mein Aufseher.« Sie nahm ein Stück Brot, das noch warm und weich war. Komisch. Wenn sie nicht gerade unter Übelkeit litt, hatte sie einen Bärenhunger. »Und bitte erspar mir dieses Männergerede über Rechte und Macht. Ich bin deine Frau, nicht dein Besitz. Und da du intelligent genug bist, um das sehr wohl vom Verstand her zu wissen und zu akzeptieren, solltest du dein Verhalten ebenfalls danach ausrichten. Interessiert dich eigentlich gar nicht, was ich herausgefunden habe?«

Er bedachte sie mit einem selbstgefälligen, triumphierenden Grinsen. »Ich vermute, du hast Folgendes in Erfahrung gebracht: Dass die Dienerschaft der beiden Haushalte nicht identisch war, dass Lady DeBrooke keinen Schimmer hat, wer hinter der Sache steckt, und dass sie nicht bereit ist, den Namen des Mannes preiszugeben, dessentwegen sie zu mir gekommen ist.«

Alicias Hochgefühl verflog. Sie hatte nichts, nicht die winzigste Information in der Hand, um ihn zu beeindrucken. Was sie beschämend und ärgerlich zugleich fand.

»Leider habe ich sie nach dem Namen nicht gefragt. Schade. Vielleicht hätte ich ja damit Erfolg gehabt«, gab sie leicht patzig zurück.

»Mein geliebtes Eheweib, was glaubst du, wie ich überhaupt von deinem Besuch bei Lady DeBrooke erfahren habe? Selbstverständlich lasse ich ihr Haus beobachten und habe nicht nur mit ihr, sondern ebenfalls mit ihrem Personal geredet.«

»Oh.« So ein Pech. Und das, obwohl sie äußerst diskret und umsichtig vorgegangen war. Sie hatte das Gefühl, dass Benjamin ihre Niederlage bei diesem Scharmützel weidlich auskostete. *Ma'am* hatte seine Verärgerung zum Ausdruck gebracht, *Mein geliebtes Eheweib* seinen Spott. Sie wusste nicht, was schlimmer war.

»Ich wollte bloß helfen«, erklärte sie defensiv.

»Das verstehe ich und habe deine guten Absichten, derentwegen du dich über meine Anweisungen hinweggesetzt hast, auch nie bestritten.«

Alicia stellte ihr Wasserglas auf den Tisch. »Ich bin kein kleines Kind und kann sehr gut für mich entscheiden. Ohne Anweisungen, Verbote und Einwilligungen deinerseits.«

»Ich denke, dass ich der letzte Mensch auf Erden bin, der *daran* erinnert werden müsste. Und du weißt sehr genau, wie sehr ich die Tatsache schätze, dass du eine erwachsene Frau bist. Allerdings wird das meine Haltung in dieser Frage nicht ändern.«

»Dann sei so gut und erkläre mir, warum«, entgegnete sie hitzig.

Die Sonne schien durch die hohen Fenster und malte Muster auf den alten, kostbaren Teppich, dessen Farben im Laufe der Zeit etwas verblasst waren. Angestrengt beobachtete sie das Spiel des Lichts, während sie auf eine Antwort wartete.

»Gelegentlich hatte und habe ich mit gefährlichen Leuten zu tun«, erklärte er mit gepresster Stimme, um sogleich wieder zu verstummen.

Aha, endlich gab er es zu. Sie sollte es offenbar als Erklärung für seine Vorsicht verstehen.

»Ich glaube nicht, dass Lady DeBrooke …«

Er unterbrach sie. »Nein, von ihr geht keine Gefahr aus. Da allerdings das ganze Land davon überzeugt zu sein scheint, dass sie zwei Männer auf dem Gewissen hat, halte ich ihre Umgebung für ungefährlich. Tu mir also den Gefallen und setz dich nicht mehr über meine Anweisungen hinweg. Ich mache mir Sorgen um dich. Und bitte bedenke, dass das genauso für unser Kind gilt.«

Jetzt hatte er sie. Diesem Einwand vermochte sie nichts entgegenzusetzen.

»Könnten wir nicht eine Art Kompromiss schließen?«, schlug sie vor und strich Butter auf ein Brot.

»Welcher Art?« Er lehnte sich zurück und beäugte sie misstrauisch.

Da soeben die Suppe serviert wurde, konnte Alicia sich Zeit mit ihrer Antwort lassen. Erst als der Lakai den Raum verlassen und sie von der dampfenden Brühe einen Löffel gekostet hatte, begann sie zu sprechen.

»Wenn du mir erlaubst, dort zu helfen, wo du es als risikolos erachtest, verspreche ich, nichts zu tun, ohne dich zuvor um Rat zu fragen.«

»Das klingt vernünftig«, sagte Benjamin ironisch. »Verdächtig vernünftig sogar. Ich nehme an, dass noch eine Klausel folgt. Trotzdem gehe ich auf deinen Vorschlag ein.«

Ein strahlendes Lächeln belohnte ihn.

Das war alles, was Alicia sich wünschte: Teil seines Lebens zu sein. Auch außerhalb des Schlafzimmers.

Es gab ohnehin nicht vieles, was ihr als Frau offenstand. So war ihr der Zutritt zum Parlament ebenso verwehrt wie zu seinem Club. Blieb außer seinen Geschäften, die er mit seinem Verwalter, seinem Anwalt und seinem Banker erledigte, lediglich sein Hobby. Sein Rennstall und Pferderennen. Obwohl sie die schlanken, muskulösen Tiere bewunderte, blieb ihr Interesse eher distanziert.

»Wie sehen deine Pläne für den heutigen Tag aus, meine Liebe?«, fragte er in diesem Moment. Ein Zeichen, dass er das Thema zu wechseln wünschte.

Ja, was hatte sie vor?

Genau das war Teil ihres Problems. Alicia war keine dieser Societyladys, die immer und überall auftauchten: bei jeder Matinee und bei jeder Soiree, bei jeder Dinnereinladung und bei jedem Ball. Die sich auf jedes bisschen Klatsch, auf jeden Skandal und jede Intrige stürzten und ihre Zeit mit ihrer Toilette oder beim Schneider verplemperten. Trotz ihrer Jugend suchte sie mehr Gespräche und geistige Anregungen.

»Ich werde vielleicht diesen neuen Roman lesen, über den alle so begeistert reden. Heute Nachmittag ist es im Garten bestimmt schön.«

»Ein angemessener Zeitvertreib für eine Lady. Ich habe mir die Freiheit genommen, das Buch für dich zu besorgen. Es sollte inzwischen auf deinem Toilettentisch auf dich warten. Ein stiller Nachmittag mit einem guten Buch ist genau das Richtige für eine Frau in deinem Zustand.«

Lieber Himmel, woher wusste er, dass sie sich exakt in dieses Buch vertiefen wollte?

Obwohl nett gemeint, konnte sie sich einen bissigen Kommentar nicht verkneifen. »Wirst du mich während meiner gesamten Schwangerschaft dermaßen verplanen und verhätscheln, Mylord?«

»Schon möglich.« Sein Lächeln war nicht im Geringsten

entschuldigend. »Schließlich bist du meine Frau und trägst mein Kind unter dem Herzen. Da darf ich wohl ein wenig Einfluss auf dein Verhalten nehmen und dich verhätscheln, wie du es nennst.«

»Erstaunlich, wie rasch du dich mit dem Gedanken an deine Vaterschaft arrangiert hast. Erst vor Kurzem hattest du große Probleme, diesbezügliche Gefühle in Worte zu fassen.«

»Ich finde es in vielerlei Hinsicht schwierig, meine Gefühle auszudrücken, Alicia.«

Womit er zweifellos recht hatte.

Dennoch ließ sie nicht locker.

»Aber dass du so besitzergreifend bist, das ist neu«, wandte sie ein. »Eine irgendwie bemerkenswerte Veränderung.«

»Besitzergreifend?« Die Sonnenstrahlen zauberten tanzende Lichter in seine bräunlichen Haare, doch seine Gesichtszüge sahen wie gemeißelt aus, brachten Unverständnis und Tadel zum Ausdruck. »Ich bin nicht sicher, ob das der richtige Ausdruck ist. Ich beschütze dich. Das ist ein Unterschied.«

»Ach ja?« Sie streckte entschlossen ihr Kinn vor. »Und was mich betrifft, will ich dich glücklich machen. Du hingegen tust so, als würde ich es darauf anlegen, dir Kummer zu bereiten.«

Mit einem Mal veränderte sich seine Miene, wurde ganz weich, und seine Blicke umfassten sie zärtlich. »Du *machst* mich glücklich.«

Alicia blieb die Sprache weg.

Die Tribüne war in Anbetracht des schönen Herbstwetters gut gefüllt, und die Seidenhemden der Jockeys glänzten in der Sonne. Benjamin Wallace begab sich gedankenversunken zu seiner Privatloge. Zwei seiner Pferde waren gemeldet – eines davon ein unerfahrener Dreijähriger, den sein Trainer für vielversprechend hielt und der Erfahrung sammeln sollte. Das andere hingegen hatte echte Gewinnchancen, weshalb Heathton sich trotz seines vollen Terminplans Zeit für diesen Besuch auf der Rennbahn genommen hatte. Schon bald würde es überdies zu kalt werden, und vielleicht war es das letzte Ereignis der diesjährigen Saison.

Pferde waren seine Leidenschaft. Er liebte das rasante Tempo und den steten Wettstreit, und wäre er nicht schon früh in die Höhe geschossen, würde er in seiner Jugend Amateurrennen bestritten haben. Sofern sein Vater es ihm erlaubt hätte, denn solche Aktivitäten schickten sich der gängigen Meinung zufolge nicht für den Titelerben eines Earl. Der wurde Rennstallbesitzer und tingelte nicht als Jockey durch die Lande.

Und so übernahm Benjamin Wallace die Passion seines Vaters und kümmerte sich seit dessen Tod um den gräflichen Rennstall, einen der besten in England.

»Heathton.«

Als er eine Hand auf seinem Ärmel spürte, drehte er sich um und blickte in das Gesicht von Randolph Raine, Viscount Andrews, der seit Kurzem mit Alicias Cousine verheiratet war und ebenfalls einen hervorragenden Stall besaß.

»Sag mir bitte, dass im nächsten Rennen ein Pferd von dir gemeldet ist«, sagte der Earl statt einer Begrüßung. »Schon gar nicht den schwarzen Hengst, bei dem du mich überboten hast.« Seit sie verwandtschaftlich verbunden waren, duzten die beiden einander.

Der Viscount grinste. »Ich fürchte doch. Wir können das

Rennen gemeinsam verfolgen, wenn du magst. Ich habe mir eine Flasche Brandy bestellt.«

Da er ohnehin mit Andrews reden wollte, nahm er das Angebot dankend an. »Einverstanden.«

Nachdem sie entspannt mit ihrem Brandy in der Loge saßen, kam Heathton ohne große Einleitung zur Sache. »Es gibt da eine Geschichte, die dich interessieren dürfte.«

Randolph Raine, ein extrem attraktiver Bursche und früher der Liebling aller Frauen, hob fragend die Brauen. Unwillig wandte er den Blick von den Jockeys, die ihre Pferde gerade in die Aufwärmrunde führten.

»Was für eine Geschichte? Sie sollte verdammt faszinierend sein, wenn du meine Aufmerksamkeit von einem Rennen ablenkst, in dem eines meiner Pferde läuft. Und eines von deinen.«

»Warte es ab. Du wirst das Rennen vergessen, denn meine Geschichte hat vermutlich mit derselben Person zu tun, die Elena und dich entführen ließ.«

Der Kopf des Viscount fuhr wie elektrisiert herum. »Sag bloß, der Mistkerl hat schon wieder zugeschlagen?«

»Ich denke, diesmal hat er nicht nur zugeschlagen«, erklärte Heathton nachdenklich, während er das Glas in seinen Fingern drehte. Unten stellten sich die Pferde an der Startlinie auf.

»Hast du mir nicht erklärt, es sei sinnlos, die Angelegenheit weiterzuverfolgen, nachdem Elena und ich befreit wurden?«

»Nicht ganz«, widersprach er. »Ich sagte, es sei für *mich* sinnlos. Schließlich hatte sich für euch alles zum Besten gefügt, sodass ich keinen Anlass für weitere Nachforschungen sah. Inzwischen habe ich meine Meinung geändert.«

Es war eine verwirrende Ermittlung gewesen.

Zwar hatte er aufgedeckt, wie es zu der skandalträchtigen Entführung gekommen war, aber den Drahtzieher und Organisator des Ganzen nie enttarnen können. Er wusste lediglich, dass es sich um einen klugen Kopf mit großer krimineller Energie handeln musste. Um jemanden, der skrupellos und ohne jede Reue Menschen schadete, der Unsummen investierte, um seine Pläne zu inszenieren und der vor nichts zurückschreckte, um seine Überlegenheit zu demonstrieren.

Diesem Mann traute er auch Morde zu.

Lady DeBrookes Geschichte hatte in erster Linie deshalb sein Interesse geweckt, weil sich Parallelen zu der Entführung geradezu aufdrängten. Vielleicht brachte ihn diese Erkenntnis der Lösung beider Fälle ein wenig näher.

»Ich nehme an, du wirst mir nicht verraten, warum du deine Meinung geändert hast.« Andrews nahm sein Glas zur Hand und kippte einen ordentlichen Schluck Brandy herunter. »Das ist typisch für dich. Du lässt hier und da kleine Hinweise einfließen, die ganz harmlos wirken, solange man nicht genauer darüber nachdenkt. Das ist eine Gabe, Heathton. Ich verfüge leider nicht über Vergleichbares. Also sei so gut und teile mir wenigstens das Notwendigste mit. Sonst kapiere ich überhaupt nichts.«

Obwohl das Rennen bereits begonnen hatte, zeigte sich Randolph Raine ziemlich uninteressiert. Gespannt wartete er auf die Antwort seines angeheirateten Verwandten.

Benjamin Wallace musterte ihn. Kennst du zufällig jemanden, der sich mit Altchinesisch auskennt?«

»Natürlich nicht. Warum sollte ich?«

»Eine durchaus legitime Frage. Denk trotzdem in aller Ruhe nach, denn ich brauche dringend einen Experten.«

Andrews schwieg eine Weile und beobachtete die Pferde, die um die erste Kurve donnerten. Dann schüttelte er den Kopf. »Ehrlich gesagt, wüsste ich nicht mal den Namen eines Dozenten in Cambridge, der in so einer seltenen Sprache bewandert wäre. Und mir wurden einige tote Sprachen reingewürgt. Trotzdem fällt mir niemand ein, der sich im Entferntesten mit so etwas befasst. Warum ist das wichtig?«

»Derjenige, der Elena und dich entführt hat, unterzeichnete mit einem alten, unbekannten Zeichen. Leider fehlt mir der Schlüssel, es zu entziffern.«

Der Mann neben ihm schwieg eine Weile, während der er abwesend auf die Rennbahn starrte. »Du wirst dich erinnern, dass ich anfangs voller Rachedurst war. Durch den glücklichen Umstand, dass Elena und ich heiraten konnten, wurde das ein wenig abgemildert. Dennoch ist es mir unmöglich, die Angelegenheit einfach beiseitezuschieben, solange ich nicht den Drahtzieher und seine Beweggründe kenne.« Andrews sah Heathton voll ins Gesicht. »Dieser Schuft hat unser Leben manipuliert, und ich weiß nicht einmal, ob das Ergebnis in seinem Sinne ist oder ob der Verlauf seinen Plänen zuwiderlief. Könnte ja sein, dass ihn das Ausbleiben eines handfesten Skandals geärgert hat. Dann wären wir nicht wirklich sicher vor neuen Zugriffen. So glücklich und glimpflich die Sache für uns auf den ersten Blick ausgegangen ist.« Er grinste verlegen. »Andernfalls wäre Elena für alle Zeiten ruiniert gewesen. Dass ich mich hoffnungslos in sie verlieben würde, war schließlich nicht vorauszusehen. Selbst vom Entführer nicht.«

Heathton bewunderte uneingeschränkt, wie offen Andrews über seine Gefühle sprach. Und nicht nur darüber.

»Du kannst mir glauben«, fuhr er fort, »dass ich es gehasst habe, in so eine Situation gebracht zu werden. Wäre ich mit irgendeiner anderen jungen Lady eingesperrt worden, hätte ich sie vermutlich bedenkenlos kompromittiert, ohne anschließend um ihre Hand anzuhalten. Ich bin kein Heiliger, wie du weißt. Mit Elena war es einfach anders. Ich habe sie aus Liebe und nicht aus Ehrgefühl geheiratet.«

»Meiner Meinung nach hat euer Entführer mit dieser Entwicklung nicht gerechnet. Ich glaube nicht mehr wie am Anfang, dass er sich als eine Art Kuppler verstand. Vielmehr denke ich, dass er davon ausging, dass du, ein notorischer Frauenheld, das unschuldige Mädchen verführst und es dann im Stich lässt.«

Kurzfristig unterbrachen die beiden ihr Gespräch, um das Geschehen auf der Rennbahn zu verfolgen, wo sich gerade ein Pferd in hohem Tempo aus dem Pulk löste und eine Aufholjagd zu dem führenden Tier startete.

»Was hat dich dazu gebracht, die Geschichte plötzlich in einem anderen Licht zu betrachten?«, fragte der Viscount, ohne die Augen von den beiden Pferden zu wenden, die jetzt scheinbar gleichauf über die Ziellinie schossen.

Eines der Pferde gehörte ihm, das andere dem Earl.

»Gratuliere. Wie es aussieht, hat dein Pferd knapp gewonnen und meines um Haaresbreite verloren«, sagte Heathton. »Übrigens ein großartiger Erfolg für den jungen Hengst. Er hat seine Sache unerwartet gut gemacht, obwohl er noch viel lernen muss. Mit jedem Start wird er besser werden. Ähnlich wie unser Verbrecher bei jedem Coup raffinierter vorgeht.

Mit ein bisschen Übung wird er es zu wahrer Meisterschaft bringen.«

Randolph Raine verging endgültig die Freude über den Sieg seines Pferdes.

Düster schaute er Benjamin Wallace an. »Ich glaube zu verstehen, was du damit sagen willst.«

Kapitel 6

Lachend liefen sie durch den Regen auf den Pavillon zu. Angelina riss sich den Hut vom Kopf und schüttelte die glitzernden Tropfen von der Krempe.

Voller Übermut kicherte sie wie ein Schulmädchen. »Ich hätte nicht gedacht, dass wir uns einigermaßen rechtzeitig ins Trockene retten könnten.«

Eve spähte in den Regen, der wie ein dichter Vorhang die Sicht versperrte. »Wir sind gerade noch davongekommen, glaube ich.«

Sie strich über ihre Röcke. Ihre störrischen roten Haare kringelten sich in der feuchten Luft, und einzelne Strähnen hatten sich aus dem Haarknoten gelöst. Rundlich, mit einer Menge Sommersprossen und treuherzigen blauen Augen, war sie auf ihre Weise hübsch, wenngleich sie nicht dem derzeit vorherrschenden Frauenideal entsprach, sondern eher als üppige bukolische Schönheit galt. Obwohl sie als Tochter eines Earl nicht über einen Mangel an Verehrern klagen konnte, war sie nach wie vor ledig.

Eve gehörte zu den wenigen, die in den vergangenen schweren Zeiten unverbrüchlich zu ihr gehalten und sich selbst während des Prozesses offen zu ihr bekannt hatten. Angelina schauderte, wenn sie bloß an die peinlichen, entwürdigenden inquisitorischen Fragen dachte.

Jetzt trat sie neben die Freundin. »Wenigstens ist es nicht

windig, und dieser schnurgerade Wasservorhang deutet eher auf einen kurzfristigen Wolkenbruch als auf einen Dauerregen hin.« Sie sah sich in dem Pavillon um. »Warten wir eine Weile hier. Die Stühle dort sehen trocken aus.«

»Und staubig«, antwortete Eve. »Ich glaube, es ist seit Ewigkeiten niemand mehr hier gewesen. Einschließlich meiner Wenigkeit.«

»Ich freue mich jedenfalls über deine Einladung, dich übers Wochenende zu besuchen.« Angelina wischte mit der Hand über eine der Sitzflächen und nahm Platz. »Die wenigen Tage in London haben gereicht, mich wieder reif fürs Landleben zu fühlen. Irgendwie habe ich mich an die Ruhe gewöhnt.«

Dabei war der Aufenthalt in der Stadt bisher keineswegs unangenehm gewesen. Immerhin hatte sie Christopher ziemlich regelmäßig gesehen. Im Gegensatz zu ihr glaubte er nicht, dass ihm Gefahr drohte. Und so begannen die Mauern, die sie zum Schutz gegen ihre Ängste errichtet hatte, mehr und mehr zu bröckeln.

Sie sollte ihm widerstehen, vermochte es aber nicht.

»Hast du ihn in London getroffen?«, hörte sie Eve, die ihren Stuhl neben sie gerückt hatte, leise fragen.

Angelina zögerte, denn selbst der Freundin gegenüber war sie nicht besonders mitteilsam. Sie wollte niemanden zu sehr einbeziehen.

»Wen?«, erwiderte sie nach kurzem Schweigen.

»Den Mann, der dich aus deiner Isolation gelockt hat.«

Irritiert, dass sie so leicht zu durchschauen war, überlegte sie bereits, einfach alles abzustreiten. Doch das ging nicht – nicht bei ihrer engsten Vertrauten.

Widerwillig nickte sie. »Ja, ich habe ihn getroffen«, gab sie zu und hätte am liebsten hinzugefügt, dass es himmlisch gewesen war. »Wie kommst du darauf?«, fragte sie stattdessen.

»Du hast diesen besonderen Blick, wenn du an ihn denkst. Was in letzter Zeit häufig der Fall zu sein scheint.« Eve seufzte. »So hast du früher nie geschaut. Weder bei William noch bei Thomas. Aber ich kenne diesen verträumten Gesichtsausdruck von mir selbst.«

Angelina starrte die Freundin verwundert an. Welch überraschendes Geständnis.

Eve lachte. »Angel, glaubst du etwa, ich sei niemals verliebt gewesen? Und hast du nie darüber nachgedacht, warum ich nicht geheiratet habe? Davon ein anderes Mal. Jetzt erzähl mir von dir und von ihm.«

Angelinas Gedanken kreisten jedoch für den Moment viel zu sehr um Eves Andeutungen. Offenbar hütete die Freundin ebenfalls ein Geheimnis, von dem niemand wissen durfte.

»Natürlich habe ich mich gefragt, warum du noch immer unverheiratet bist«, murmelte sie so leise, dass das Prasseln des Regens ihre Worte beinahe verschluckte. »Und warum kein Mann je dein Interesse zu erregen vermochte.«

»Ganz so war es nicht.« Die Freundin zuckte die Schultern. »Du hast es bloß nicht mitgekriegt. Weil du zu abgelenkt warst. Erst von deinen Debüterfolgen, dann von deinen beiden Ehen und den Todesfällen.«

»Oh.« Angelina wirkte zerknirscht angesichts des unverkennbaren Tadels in den Worten der Freundin. »Das tut mir leid, wenn ich aus purem Egoismus nicht mitbekommen habe, was dich damals beschäftigte. Umso neugieriger bin ich jetzt.« Sie richtete sich auf und sah Eve erwartungsvoll an. Sie hatte in der Tat keine blasse Ahnung, um was es ging. »Erzähl schon.«

»Erst wenn du meine Neugier befriedigt hast.« Die Freundin kniff grinsend die Augen zusammen. »Ich will wissen, warum du diesen entrückten Blick hast. Wie soll ich es beschreiben: Du hast einfach eine ganz besondere Ausstrahlung, die ich zu kennen glaube …«

Sah man ihr wirklich ihr Glück an? Ihre frische Verliebtheit?

Eigentlich hatte sie gedacht, ihr Geheimnis gut verborgen zu haben. Offenbar nicht, anscheinend war sie trotz aller Vorsichtsmaßnahmen zu sorglos gewesen. Hoffentlich nur Eve gegenüber, denn die würde schweigen wie ein Grab.

Angelina gab sich einen Ruck. »Er will mich heiraten.«

»Natürlich will er das. Du bist immerhin die schönste Frau in ganz England.«

Sie lachte. »Deine Loyalität ist wirklich rührend, aber ich hoffe definitiv, dass seine Zuneigung nicht bloß auf meinem Aussehen gründet.«

»Bestimmt nicht, da bin ich mir sicher. Und wirst du seinen Antrag annehmen?«

Würde sie? Konnte sie? Durfte sie?

Sie wusste es nicht. Solange der Mörder frei herumlief, kaum. Und selbst wenn Lord Heathton ihn fand – würde sie das befreien? Oder war sie blind für die Realität und alles nichts als ein Traum, auf den unweigerlich ein böses Erwachen folgte?

»Er ist nicht wie andere Männer, die ich kenne«, sagte sie vage.

»Ach.«

Unschlüssig blickte sie Eve an, die sie aufmunternd anlächelte. »Er ist anders.«

»Ich glaube, das sagtest du bereits«, meinte die Freundin trocken.

»Völlig anders.«

»Inwiefern?«

»In jeder Hinsicht.« Abwesend starrte Angelina in den Regen. »Er sieht gut aus, ist brillant. Versiert. Sogar berühmt.« Sie hielt inne und verzog das Gesicht. »Allerdings verdankt sich sein Bekanntheitsgrad herausragenden Leistungen und nicht wie in meinem Fall spektakulären Verdächtigungen.«

»Dann könnte ich ihn sogar kennen?«

»Ja, das halte ich für wahrscheinlich.«

Angelina merkte, dass sie dabei war, eine Grenze zu überschreiten und den Namen preiszugeben. Sie musste dieses Gespräch beenden und Eve von weiteren Fragen abhalten. Krampfhaft überlegte sie, wie sie das bewerkstelligen sollte, ohne dass es kränkend wirkte.

»Verzeih, wenn ich nicht so recht mit Details herausrücken will. Ich muss alles vermeiden, was seinem Ruf schaden könnte. Und das wäre der Fall, wenn unsere Beziehung bekannt würde. Deshalb habe ich mir geschworen, vorerst seinen Namen nicht zu verraten. Niemandem. Das ist kein Misstrauen dir gegenüber, sondern lediglich eine Art Selbstschutz. Es schmerzt, doch die Situation verlangt es von mir.«

»Übertreibst du nicht? Mir hat das Festhalten an unserer Freundschaft schließlich auch nicht geschadet.«

»Lügnerin«, erwiderte Angelina leise. »Ich weiß, dass du dich meinetwegen mit deinen Eltern gestritten hast. Ihnen wäre es lieber, wenn du dich nicht mit einer mutmaßlichen Mörderin abgäbst. Was ich ihnen, ganz nüchtern betrachtet, nicht einmal verdenken kann. Sie wollen nur dein Bestes.«

»Unsinn. Ich weiß, dass von dir keine Gefahr droht«, widersprach Eve.

»Das stimmt so nicht«, wandte Angelina mit einem traurigen Lächeln ein. »Natürlich brauchst du keine Gewalttätigkeiten meinerseits zu befürchten – in gesellschaftlicher Hinsicht jedoch stelle ich eine Gefahr dar. Weil *man* sich eben nicht mit Personen wie mir abgibt. Ich nehme an, ihr habt euch auf einen Kompromiss geeinigt. Dein Vater ist einverstanden, dass du mich wie heute nach Ivytree Hall einlädst, wenn sie nicht da sind, und mir dafür anderweitig aus dem Weg gehst. Zum Glück tauche ich in den Londoner Salons sowieso kaum noch auf. Mangels Einladungen.« Sie merkte selbst, wie verbittert sie klang, und setzte rasch hinzu: »Im Grunde genommen mag ich mein Einsiedlerdasein inzwischen sogar.«

Eve griff spontan nach ihrer Hand. »Ich würde dich niemals schneiden. Du bist meine beste Freundin und wirst es immer bleiben. Nichts und niemand kann daran etwas ändern. Also, was gedenkst du zu unternehmen?«

Sie entzog Eve sanft ihre Hand, stand auf und trat an den Rand des Pavillons. »Ich weiß es nicht. Es ist schwierig zu ermessen, inwieweit es sein Leben berühren würde, falls er sich zu mir bekennt. Ich liebe ihn, und unter anderen Umständen wäre mir nichts lieber, als seine Frau zu werden. Aber noch fühle ich mich an die Vergangenheit gefesselt durch Skandale und Verdächtigungen. Solange das so ist, kann ich seinen Antrag nicht annehmen.«

»Ich will ja nicht schwarzmalen, frage mich allerdings, wie du diese Situation ändern willst.«

»Du hast recht, zumindest hinsichtlich der Vergangenheit dürfte das schwierig sein«, stimmte sie zu. »Das, was passiert ist, vermag niemand aus der Welt zu schaffen. Mit meinem schlechten Ruf und den Unterstellungen hingegen muss ich mich vielleicht nicht auf Dauer abfinden«, fügte sie geheimnisvoll hinzu, bevor sie abrupt das Thema wechselte. »Komm, setzen wir unseren Spaziergang fort. Der Regen hat so gut wie aufgehört.«

Sie gingen Hand in Hand über eine Wiese, und er spürte die schmalen Finger, die sich kühl gegen seine drückten. Das lange ebenholzschwarze Haar trug sie offen, und die Sonne überzog ihre glatte Haut mit einem goldenen Hauch. Ihre Wimpern warfen lange Schatten auf die hohen Wangenknochen. Bei jedem Schritt wogten ihre Brüste provozierend unter dem Mieder ihres Kleides, und ihr Duft war so herrlich und leicht wie jener der Blumen, die sie umstanden.

Dann zog er sie zu sich ins Gras. Sein Herz schlug so schnell, dass er tief durchatmen musste, bevor er sie küsste. Seine Lippen hingen an ihren, während seine Hand jede Rundung ihres Körpers erkundete. Er streichelte jeden Zentimeter ihrer Haut, während er sie langsam entkleidete. Üppige Brüste lockten seinen Mund an, und seine Hand schob sich zwischen ihre Schenkel und fand dort die Wärme jenes Paradieses, das sie ihm eröffnete. Sie zog ihn dichter zu sich heran und flüsterte seinen Namen …

Und mit einem Mal, ganz plötzlich, war er allein. Keuchend und verwirrt lag er zwischen seinen Kleidungsstücken im zerdrückten Gras. Nackt und erregt und jeder Erfüllung beraubt. Die Vögel san-

gen nicht mehr, denn die Luft war merkwürdig still und reglos geworden. An dem vorher makellos blauen Himmel drohten jetzt dunkle Wolken, und die sanfte Brise hatte sich zu einem kalten Wind entwickelt, der ihn erzittern ließ …

Er konnte sie nirgends entdecken.

Christopher schrak aus dem Schlaf auf, drehte sich in den zerwühlten Laken auf die andere Seite und spähte angestrengt in die Dunkelheit.

Da war nichts außer seinem Schlafzimmer mit den vertrauten dunkelblauen Bettvorhängen, dem mit italienischem Marmor eingefassten offenen Kamin, der in der Dunkelheit wie der Schrank in der Ecke indes lediglich schemenhaft zu erkennen war. Er bemühte sich, seinen fliegenden Atem zu beruhigen und die im Traum erlebte Panik niederzukämpfen. Dann setzte er sich auf und fuhr sich, nach wie vor ein wenig verwirrt, mit beiden Händen durch die Haare.

»Nichts als ein Albtraum, du Narr«, sagte er laut und atmete erleichtert aus.

Geschafft. Er hatte die nächtlichen Gespenster verjagt.

Dabei war der erste Teil seines Traumes ganz und gar nicht schrecklich, sondern höchst lustvoll gewesen, woran seine Erektion ihn eindrucksvoll erinnerte.

Da an Schlaf vorerst nicht zu denken war, stieg er aus dem Bett, spritzte sich ein wenig Wasser ins Gesicht und schlüpfte in seinen Morgenmantel, bevor er ans Fenster trat. London schlief noch. Zumindest die Straßen von Mayfair lagen ungewohnt ruhig da. Wenn er die Zeiger der Kaminuhr im Dunkeln richtig deutete, würde in etwa einer Stunde die Morgendämmerung die Dunkelheit vertreiben.

Sein Traum ließ ihn nicht los.

Man brauchte kein Psychologe zu sein, um die symbolische Bedeutung zu erkennen. Es war pure, panische Angst vor einem plötzlichen Verlust und der darauffolgenden Einsamkeit gewesen. Wie Angelina kämpfte er mit Dämonen. Dass ihre für die Welt sichtbar waren und seine nicht, machte keinen Unterschied. Sie war seine Seelenverwandte.

Für ihn war sie nicht allein die schönste Frau, der er je begegnet war und die er über jede Vernunft hinaus begehrte – sie ließ ihn alles andere vergessen. Gesellschaftliche Gepflogenheiten und Konventionen schienen ihm durch sie ebenso belanglos geworden zu sein wie die Rituale seines bisherigen Lebens. Nichts außer ihr hatte mehr Bedeutung für ihn. Er fühlte sich durch sie wie verzaubert, doch das Wichtigste war, dass er in ihrer Gegenwart Frieden fand. Selbst dann, wenn sie schweigend beisammensaßen oder alltägliche Dinge erledigten.

Nach solchem Frieden hatte er sich schon lange gesehnt.

Umso ungerechter fand er es, dass er die Frau, die alle seine Wünsche erfüllte, nicht wirklich haben durfte. Natürlich hatte er sie im eigentlichen Sinne des Wortes sogar sehr oft. Verbrachte Stunden voller Leidenschaft und Zärtlichkeit mit ihr … Aber er wollte mehr, wollte sie für immer. Wollte sie zu der Seinen machen und mit ihr das Leben und die Welt genießen.

Wie albern, sich zu solch romantischen Gedanken zu versteigen, dachte er mit einem Anflug von Zynismus. Nachdenklich und eher düster gestimmt, beobachtete er, wie über London langsam die Sonne aufging.

Vor ihm lag ein ereignisreicher Tag, denn er würde sich mit den Beratern des Königs über ein Bauprojekt unterhalten, für das er die Entwürfe machen sollte. Da es nicht lohnte, sich noch einmal hinzulegen, beschloss er, sich anzukleiden und sich in sein Arbeitszimmer zu begeben.

Knapp zwei Stunden später, als er gerade die erste Tasse Kaffee trank, wurde ihm von seinem Butler der Besuch des Earl of Heathton gemeldet. Sichtlich indigniert, wie er bemerkte, denn sein Faktotum konnte es nicht leiden, wenn jemand die Spielregeln verletzte. Und das tat Seine Lordschaft mit diesem unangemessen frühen Besuch.

Ihn selbst kümmerte das nicht – er fragte sich bloß, was der Mann, den er lediglich flüchtig kannte, von ihm wollte.

»Heathton. Bitte setzt Euch«, forderte er seinen Besucher freundlich auf.

»Ich danke Euch.« Benjamin Wallace entschied sich zielstrebig für einen bequemen Sessel, ließ sich hineinsinken und kreuzte lässig die Füße. »Vergebt mir die unorthodoxe Stunde meines Besuchs, doch ich wusste, dass Ihr zeitig aufzustehen pflegt.«

Bedachte man ihre oberflächliche Bekanntschaft, war diese Äußerung ebenso überraschend wie anmaßend. Ehe er indes nachhaken konnte, kam Heathton ihm mit einer Frage zuvor, die ihn zutiefst irritierte.

»Warum seid Ihr davon überzeugt, dass Lady DeBrooke nicht die skrupellose Giftmörderin ist, als die man sie gerne hinstellt?«

Heathton wusste nicht allein über seinen Tagesablauf Bescheid, sondern desgleichen über die Affäre, die er keiner Menschenseele gegenüber erwähnt hatte. Eine befremdliche Tatsache, die ihn für einen Moment in Verlegenheit brachte. Sein Gast hingegen saß völlig entspannt in seinem Sessel, musterte ihn mit undurchdringlicher Miene und erweckte den Eindruck, als hätte er alle Zeit der Welt.

Was um Himmels willen sollte er diesem Mann, der alles zu wissen oder zu erahnen schien, antworten?

Christopher Durham rang sich zu einer unverbindlichen Antwort durch, ohne auf die Frage des anderen einzugehen. »Nun, meines Wissens ist es während des Prozesses nicht gelungen, den Richter von ihrer Schuld zu überzeugen. Warum interessiert Ihr Euch eigentlich dafür?«

»Ihr seid ihr Liebhaber und wünscht sie zu heiraten. Da Ihr ein Mann von überragender Intelligenz seid, setzt das voraus, dass Ihr die Dame nicht als Gefahr betrachtet. Obwohl sie anderen als Gattenmörderin gilt. Zwar bin ich geneigt, Euch zuzustimmen, wüsste aber trotzdem gerne, woraus Ihr diese Sicherheit bezieht. Würdet Ihr mir Eure Gründe nennen? Selbstverständlich bloß solche, die nicht aus Eurer Leidenschaft für sie resultieren.«

Leidenschaft. Ja, die verband Angelina und ihn weiß Gott.

Als er ihr zum ersten Mal bei einer kleinen Gesellschaft begegnete, zu der ihre Freundin Lady Eve geladen hatte, kannte er sie nicht und wusste zudem nicht viel über sie. Vom ersten Moment an war er hin und weg gewesen. Nie zuvor in den siebenundzwanzig Jahren seines Lebens hatte er eine so unwiderstehliche Schönheit gesehen. Diese grazile Gestalt, diese vollen schwarzen Haare.

Als es schlagartig still im Raum wurde, glaubte er, es müsse an dem überwältigenden Eindruck liegen, den sie auf alle machte. Bis jemand in seiner Nähe murmelte: »Aha, wie ich sehe, verbringen wir den Abend mit dem Schwarzen Engel.

Hoffentlich sitze ich nicht neben ihr, wenn die Suppe serviert wird.«

Schwarzer Engel.

Beiläufig meinte er diesen Spitznamen irgendwo aufgeschnappt zu haben, doch mehr wusste er nicht. Ihn langweilte jegliches Geschwätz. Lieber stellte er sich vor, wie man Gebäude in den Himmel baute und raffinierte Gärten in der Landschaft anlegte. Die banalen Vergnügungen der Reichen und Müßigen dagegen waren seine Sache nicht.

Deshalb fragte er an jenem Abend gar nicht, welche Bewandtnis es mit dieser hinreißenden jungen Frau hatte. Und selbst wenn man es ihm erzählt hätte, wäre es ihm vermutlich gleichgültig gewesen.

Weil er sich auf der Stelle in sie verliebte.

Bevor er ein einziges Wort mit ihr gesprochen hatte.

Es geschah, als er ihr ein Glas Champagner reichte und sie ihn schüchtern und mit einem leicht bitteren Zug um den Mund anlächelte. Als er sich ihr vorstellte, weil sonst niemand Lust zu haben schien, ihr diese Ehre zu erweisen. Ihm war es gerade recht, dass er sie ganz für sich alleine hatte.

Das war es, was er wollte.

Für den Rest seines Lebens.

Lowe musterte seinen Besucher. »Ihr scheint erstaunlich gut über mein Privatleben informiert zu sein. Allerdings verstehe ich nicht ganz, aus welchem Grund Euch das interessiert und warum Ihr jetzt mit mir reden wollt.«

»Lady DeBrooke hat mich aufgesucht.«

Angelina war noch in der Stadt? Er war davon ausgegangen, sie sei bereits wieder aufs Land zurückgekehrt.

»Wann?«, fragte er ein wenig heftig.

»Vor ein paar Tagen. Keine Sorge, sie hat Eure Identität nicht preisgegeben. Die habe ich selbst herausgefunden. Ich dachte, dass Ihr vielleicht …«

»Es ist mir egal, ob sie es Euch erzählt hat oder nicht«, unterbrach ihn der Baron, der ein wenig jünger als er sein mochte. »Sie kann es meinetwegen von den Dächern der Stadt rufen. Sie ist schließlich diejenige, die ein Geheimnis daraus macht.«

»Ja, das habe ich mitbekommen«, antwortete Heathton gedehnt. »Und sie hat mir ebenfalls verraten, warum sie Wert darauf legt. Sie versucht, Euch zu beschützen. Erst dachte ich, die ganze Geschichte könnte von Euch eingefädelt worden sein. Der Tod ihrer Ehemänner, ihre Verbannung aus der Gesellschaft. Aber je intensiver ich mich mit dem Thema beschäftigte, umso weniger wahrscheinlich schien mir das. Jemand anders hat Unheil über sie gebracht.«

»Natürlich, wir sind uns schließlich erst vor …«

»Ich weiß, dass es von vornherein unwahrscheinlich war. Trotzdem darf man bei solchen Ermittlungen nichts außer Acht lassen und niemanden vorschnell als Täter ausschließen.«

Sie schauten einander an, und Heathton erkannte, dass Lowe ihn verstand.

»Lasst mich Euch kurz meine Überlegungen darlegen. Viele Betroffene begreifen das nicht und nehmen derartige Gedankenspiele übel. Nehmen wir Euer Beispiel: Hättet Ihr sie vor sechs Jahren als gefeierte Debütantin kennengelernt und Euch in sie verliebt, wäre Euch vermutlich eine große Enttäuschung bereitet worden. Denn ihr ambitionierter Vater hätte den zweiten Sohn eines Barons, das wart ihr vor dem Tod Eures Bruders, niemals als passende Partie für seine Tochter betrachtet. Und ob Ihr es glaubt oder nicht: Verletzte Eitelkeit und Rachsucht waren der Nährboden für so manches Verbrechen.«

Als Christopher Durham zustimmend nickte, spann Benjamin Wallace seine Geschichte weiter.

»Sie wurde also einem anderen Mann zur Frau gegeben, der kurz darauf starb. Endlich war sie frei. Allerdings nicht für Euch, denn nach Ablauf der Trauerzeit heiratete sie erneut einen anderen. Merkwürdigerweise verlor dieser Ehemann ebenfalls binnen kurzer Zeit sein Leben. Erste Verdächtigungen tauchten auf.«

»Eure Theorie mag ja in sich stimmig sein, trifft aber nicht auf meine Person zu«, brach es aus Lowe heraus. »Für mich wäre es völlig undenkbar, etwas zu tun, das ihr das Leben zur Hölle machen würde. Nicht einmal unter der Voraussetzung, dass ich sie anders nicht für mich gewinnen könnte.« Er hielt inne. »Am liebsten würde ich dem, der ihr das angetan hat, eine Kugel durch sein schwarzes Herz jagen.«

»Das glaube ich gerne«, entgegnete Heathton. »Und ich hoffe, Ihr seht mir meinen Anfangsverdacht nach und versteht ein wenig, warum ich so gedacht habe.«

»Ist schon in Ordnung. Nur verratet mir, wer es gewesen sein könnte.«

»Darüber wollte ich mit Euch reden, um ehrlich zu sein. Vielleicht habt Ihr ja eine Idee, wer ins Muster passen würde.«

»Wie kann sie sich überhaupt Feinde gemacht haben?« Lowe lehnte sich zurück und atmete tief durch. »Sie gehört kaum zu jenen Frauen, die nichts außer schönen Kleidern und Festlichkeiten im Kopf haben. Desgleichen ist mir nie ein böses Wort von ihr über irgendjemanden zu Ohren gekommen. Selbst in den schwärzesten Tagen der Verzweiflung nicht. Nein, ich vermag mir nicht vorzustellen, wer sie dermaßen hasst, um ihr so etwas anzutun. Überhaupt verstehe ich nicht, was diese Racheakte, wenn man die Morde denn als solche betrachtet, bezwecken sollten. Natürlich habe ich sie danach gefragt, und sie schwört, dass niemand sie nach dem Tod der beiden Ehemänner bedrängt habe oder ihr irgendwie nahegetreten sei.«

»Ich finde das selbst höchst merkwürdig.«

Unwillkürlich fragte Christopher Durham sich, warum dieser Fall den Earl of Heathton so beschäftigte. »Mir war nicht bewusst, dass Ihr Angelina kennt.«

»Das tue ich auch nicht. Allerdings war Thomas, ihr zweiter Mann, ein guter Freund aus Studienzeiten. Gewissermaßen betrachte ich meine Ermittlungen als Freundschaftsdienst. Umso besser, wenn ich damit zugleich Lady DeBrooke helfen kann. Jedenfalls ist es mir ein Bedürfnis, den Mörder seiner verdienten Strafe zuzuführen. Ihr würdet mir einen Gefallen tun, indem Ihr mir mehr über die Dame erzählt«, fügte Benjamin Wallace mit einem freundlich-neutralen Lächeln hinzu. »Lasst bitte nichts aus, selbst wenn es Euch nicht relevant erscheint. Kein Detail ist unwichtig.«

Die Dringlichkeit in seiner Stimme bewog Lowe, der Bitte nachzukommen, so schwer es ihm fallen mochte, über recht persönliche Dinge zu sprechen. »Sie ist warm, großzügig und ungekünstelt.«

»Und zudem schön, klug und selbstsicher. Ich weiß, ich

weiß«, unterbrach sein Besucher ihn. »Ihr missversteht mich. Ich will etwas hören, das neu für mich ist. Ihr seid die geeignete Person für solche Informationen, denn niemand steht Lady DeBrooke näher als Ihr.«

Der Baron schüttelte verständnislos den Kopf. »Ich erkenne den Sinn des Ganzen nicht. Ihr müsst mir schon einen guten Grund nennen, warum ich Details meines Privatlebens ausgerechnet Euch offenbaren sollte.«

»Ihr missversteht mich erneut«, erklärte der andere grinsend. »Diese Art von Details meinte ich nicht und brauche ich nicht.« Er schwieg einen Moment und starrte abwesend die Wand an. »Was ich benötige, sind eher Eindrücke, die für Euch keine Bedeutung haben oder die Ihr gar nicht beachtet habt. Lappalien. Zufälligkeiten. Mir ist bewusst, dass ich im Trüben fische, aber ich muss es versuchen. Also: Gibt es irgendetwas in ihrem Leben, das Euch seltsam vorkommt? Egal, wie nebensächlich es sein mag. Die Theorie von einem verschmähten Möchtegernliebhaber scheint mir nämlich inzwischen nicht mehr wahrscheinlich. Nein, es handelt sich vermutlich um etwas völlig anderes. Etwas ganz und gar Abwegiges womöglich.«

»Mir will nichts einfallen, sosehr ich mir den Kopf zermartere. Bitte bedenkt, dass Angelina lediglich einige wenige gesellschaftliche Ereignisse besuchte, ehe sie sich verlobte und heiratete. Wo soll sie da Gelegenheit gehabt haben, sich einen so hinterhältigen Feind zu machen?«

»Das wüsste ich auch gerne«, murmelte Heathton.

Kapitel 7

Sie ergaben ein hübsches Paar, dachte Alicia. Er groß und männlich, sie von einer üppigen Weiblichkeit mit auffällig roten Haaren …

Nur dass es sich bei dem Mann, mit dem die Lady in Smaragdgrün sich angelegentlich unterhielt, um ihren eigenen Ehemann handelte. Und es tröstete sie nicht im Geringsten, dass Ben sich in dem Moment, als sie auftauchte, mit einem knappen Nicken von der unbekannten Theaterbesucherin verabschiedete und sie einfach stehen ließ.

Obwohl Alicia nicht an seiner Treue zweifelte, war ihr seine ständige Geheimniskrämerei ein Dorn im Auge.

Nervös zupfte sie ihre langen Handschuhe zurecht, als die junge Frau ihr freundlich zunickte. Sie konnte sich nicht erinnern, ihr je vorgestellt worden zu sein.

Ben unterbrach ihr nutzloses Grübeln und nahm sie sanft beim Arm. »Du bist sicher, dass du diese Vorstellung sehen möchtest?«

»Auf jeden Fall«, murmelte sie und ließ sich von ihm durch das Gedränge geleiten.

»Shakespeare.« Seine Stimme klang resigniert. »Schottische Könige, nehme ich an. Blutrünstige Verwandte und Gott weiß was sonst noch uns da geboten wird.«

»Du betonst doch selbst immer wieder, zu welchen Exzessen Menschen in gewissen Situationen fähig sind.«

»In Theaterstücken ist es allerdings ungleich dramatischer.«

»Das sehe ich genau andersherum. Im Leben geht es bisweilen ärger zu als auf der Bühne. Wer war übrigens diese Frau?«

Sie musste auf eine Antwort warten.

Erst als sie in ihrer Loge saßen, in der bereits ein Champagnerkübel bereitstand, bequemte der Earl sich, auf die Frage seiner Frau einzugehen.

»Wen genau meintest du?«

Alicia verdrehte die Augen. »Als ob du das nicht genau wüsstest, Mylord. Die Frau, mit der du vorhin geredet hast, die mit den roten Haaren und der bemerkenswerten Figur.«

Er zögerte einen Moment. »Aha, du meinst Mrs. Dulcet.«

Der Name kam ihr vage bekannt vor. Sie meinte sich zu erinnern, ihn im Zusammenhang mit einem ehrenwerten Duke gehört zu haben.

»Habe ich sie irgendwo mal gesehen?«

»Eher nicht. Sie ist erst kürzlich in die Stadt zurückgekehrt.«

»Woher kennst du sie?«

»Nun, sie hat sich in der Vergangenheit bisweilen als hilfreich erwiesen.« Er hob die tropfende Flasche aus dem Eiswasser.

Da diese Antwort mehrere Interpretationsmöglichkeiten erlaubte, blinzelte Alicia verwirrt und dachte sorgfältig über ihre nächsten Worte nach. »Mit hilfreich meinst du, dass ihr zwei …«

»Lieber Himmel, nein. Nicht in diesem Sinn«, protestierte er, während er ihre Gläser füllte.

Wie denn sonst, überlegte sie.

Obwohl ihr die Frage auf der Zunge brannte, sagte sie stattdessen leise: »Sie ist sehr schön, und ich hatte den Eindruck, dass du mich ignoriert hast.«

»Dich ignoriert?« Er setzte sich hin, griff nach den Gläsern auf dem Tablett und reichte ihr eines. »Niemals. Sei versichert, dass ich mir stets deiner Gegenwart bewusst bin. Mir kam es vielmehr so vor, als wärst du in eine Diskussion mit deiner Schwester und ihren Freundinnen vertieft.«

Es überraschte sie, dass er das bemerkt hatte. Typisch hingegen war, dass er ihrer Frage auszuweichen suchte. »Wer ist sie denn nun?«, hakte sie nach.

»Mrs. Dulcet. Sagte ich das nicht bereits?« Er spähte hinüber zur Bühne. »Welche miserable Vorstellung müssen wir uns eigentlich ansehen? Wenn du jetzt *Hamlet* sagst, kippe ich mir sofort die ganze Flasche hinter die Binde.«

»Nein. *Der Sturm.*«

»Aha. Bücher werden ins Wasser geworfen, und eine blauäugige Hexe spielt mit. Mag sein, dass ich bei dieser Aufführung mehr Erfrischungen brauche. Habe ich dir übrigens gesagt, wie ausnehmend gut dir die Farbe steht?«

Wider Willen musste Alicia lachen. Wenn Ben es darauf anlegte, konnte er durchaus witzig und unterhaltsam sein. Schade, dass er sich nicht öfter so gab.

»Spielst du damit auf die blauäugige Hexe an?«, fragte sie süffisant.

»Gott bewahre«, erklärte er lachend und wirkte plötzlich jung und unbeschwert. »Ich meinte die Farbe deines Kleides und keine Hexen oder dergleichen. Möchtest du lieber ein Glas Wasser statt des Champagners?«

Wieder hatte sie etwas über ihren Mann gelernt. Dass er

seinen Charme und Witz ganz gezielt einsetzte, um sie von einem Thema abzubringen, das ihm nicht behagte.

»Mir wäre Wasser tatsächlich lieber«, gab sie zu.

Die Schwangerschaft verursachte ihr gelegentlich spontane Übelkeit, und auf Überraschungen dieser Art konnte sie verzichten. Sie verspürte keine Lust, im King's Theatre eine Vorstellung ganz eigener Art zu geben. Das wäre vor den Augen aller Anwesenden höchst unappetitlich.

Plötzlich entdeckte sie in der Loge auf der anderen Seite des Theaters jene Dame, die ihre Neugier geweckt hatte. Die leuchtenden Haare waren selbst aus dieser Entfernung ein untrügliches Erkennungszeichen. Alicia kniff die Augen zusammen, um Mrs. Dulcet besser in Augenschein nehmen zu können. An ihrem Hals funkelte ein extravagantes Collier, und obwohl sie die üppigen cremefarbenen Hügel ihrer Brüste offen zur Schau stellte, wirkte das smaragdgrüne Kleid in keiner Weise vulgär.

Was hatte es bloß auf sich mit dieser Frau?

»Für dich«, sagte Ben und reichte ihr ein Glas Wasser, das er ihr soeben geholt hatte. »Falls du irgendwann müde wirst, bringe ich dich liebend gerne schleunigst nach Hause.«

Seine Worte brachten sie zum Lachen. »Du bist es doch immer, der einschläft, während ich aufmerksam der Vorstellung folge.«

»Ich schlafe nicht, sondern schütze mich lediglich vor schlechten Schauspielern und noch schlechteren Erfrischungen, indem ich die Augen davor verschließe.« Er nahm einen Schluck Champagner, stellte das Glas beiseite und ließ den Blick über das Publikum schweifen. »Mir scheint, *tout le monde* ist heute erschienen.«

»Inklusive Mrs. Dulcet, nicht wahr? Was für ein bemerkenswerter Name. Wer ist sie nun? Und gibt es ebenfalls einen Mr. Dulcet?«

»Habe ich schon mal erwähnt, dass du ziemlich neugierig sein kannst?«

»Habe ich schon mal erwähnt, wie ärgerlich deine Geheimniskrämerei ist?«

»Wollen wir etwa streiten?«

Sie musterte ihn über den Rand ihres Glases. »Ich bin nicht sicher. Wollen wir?«

»Wie ich bereits sagte, handelt es sich um eine alte Bekannte.«

»Und du hast sie wie … benutzt?«

»Als Informantin.«

Das könnte der Wahrheit entsprechen, überlegte Alicia und nippte an ihrem Wasser. Die kühle Intelligenz, die sie im Blick der Frau gesehen hatte, sprach dafür. Und im Übrigen gab es aus Kriegszeiten mehrere geheimnisvolle Bekannte.

»Verstehe.«

»Nein, tust du nicht.« Er starrte auf den Vorhang vor der Bühne. »Ich weiß nicht einmal, ob ich mir das wünsche. Du, unser Kind … Ich würde euch am liebsten von alldem fernhalten.«

»Wovon genau?«, fragte sie scharf. »Wenn du damit das Leben meinst, das du vor deinem Dasein als Earl of Heathton geführt hast, so lautet die Antwort Nein. Das lässt sich nicht voneinander trennen, denn in Gestalt deiner Person bildet beides eine Einheit.«

»Was wäre, wenn ich dir in diesem Punkt widerspräche?«

Überrascht sah sie zu ihm hinüber. Das klang ja, als würde er eine Menge vor ihr verbergen. »Ich …«

Er unterbrach sie. »Ich fürchte, wir müssen das Gespräch vertagen«, sagte er und deutete zur Bühne hin. »Sonst versäumst du womöglich den ersten Akt.«

»Gut, reden wir darüber, sobald wir zu Hause sind«, insistierte sie. Inzwischen hatte sie so manches in puncto taktische Kriegsführung bei ihm abgeschaut.

»Alicia«, sagte er leicht gereizt. »Willst du mich etwa erpressen?«

»Liebster, es ist sehr unschicklich, während einer Theatervorstellung zu reden.« Sie fächelte sich träge Luft zu. »Der Vorhang hebt sich bereits.«

Benjamin Wallace war überzeugt, dieser Zwangslage nicht so leicht zu entkommen, doch unverhofft kam ihm das Glück zu Hilfe. Wenngleich in ungewöhnlicher und nicht gerade erfreulicher Weise.

Trotz der späten Stunde wartete Yeats in seinem Morgenmantel in der Eingangshalle, als sie nach Hause zurückkehrten. Im zerfurchten Gesicht des Butlers, der sonst nur selten Gefühle zeigte, spiegelte sich Sorge.

»Mylord, es hat einen Zwischenfall gegeben.«

»Oh?« Heathton streifte die Handschuhe ab und legte sie auf ein kleines Tischchen. Da Alicia wohlauf neben ihm stand, war er nicht übermäßig alarmiert. »Bitte erklären Sie das genauer.«

»Jemand ist hier eingedrungen.«

Sein Blick richtete sich auf das Gesicht des Butlers. »In mein Arbeitszimmer?«

»Ich fürchte, ja. Woher wusstet Ihr, Mylord?«

»Lediglich eine Vermutung«, antwortete er mit mühsam unterdrücktem Zorn.

Bestimmt hatte dieser Einbruch mit Lady DeBrookes Hilfegesuch und seinen Nachforschungen zu tun. Entweder war ihr Besuch bei ihm beobachtet oder von einem Mitglied der Dienerschaft ausgeplaudert worden. Jedenfalls hatte er jetzt den Beweis, dass jemand sich brennend für sein Engagement und seinen Kenntnisstand interessierte.

Es war davon auszugehen, dass er künftig auf Schritt und Tritt observiert wurde.

Heathton beschloss, es dem Schurken mit gleicher Münze heimzuzahlen.

»Hat jemand den Eindringling gesehen?«

»Nein.« Yeats schüttelte den Kopf. »Mir fiel bei meiner abendlichen Runde lediglich auf, dass die Tür offen stand. Der Lakai, dem ich aufgetragen habe, auf Eure Rückkehr zu warten, schwört ebenfalls Stein und Bein, nichts Außergewöhnliches bemerkt zu haben.«

»Waren die Fenster und Türen verschlossen?«

»Alles schien in bester Ordnung. Allerdings …« Yeats schaute mit einem Mal ziemlich unglücklich drein. »Einiges ging leider zu Bruch. Euren Anweisungen gemäß haben wir deshalb das Arbeitszimmer nicht mehr betreten.«

Die Vorstellung, dass ein Fremder sich Zutritt zu seinem Zimmer verschafft und in seinen Unterlagen gewühlt hatte, war ihm zuwider, und die Tat selbst betrachtete er als Frevel, als unentschuldbare Verletzung seiner Privatsphäre. Er wollte sich umgehend selbst ein Bild machen. Gottlob hatte das Personal nicht gleich angefangen, Ordnung zu schaffen.

»Bitte sorgen Sie dafür, dass weiterhin niemand das Zimmer betritt. Nicht solange ich nicht nach Spuren gesucht habe.«

Yeats wurde gleich ein paar Zentimeter größer. »Das habe ich mir schon gedacht, Mylord«, verkündete er stolz. »Aus diesem Grund habe ich das Personal angewiesen, im Dienstbotentrakt zu bleiben, bis gegenteilige Order erfolgt.«

Klang das nicht fast militärisch? Heathton vermutete ohnehin, dass die Dienerschaft über seine Rolle im Krieg spekulierte. Jedenfalls benahm Yeats sich wie jemand, der zum Rapport bestellt worden war.

Und vielleicht gab es ja wirklich wieder Krieg, dachte er, als er sein verwüstetes Arbeitszimmer betrat. Keinen großen zwar, sondern einen höchst privaten, indes nicht weniger gefährlichen.

Die Schubladen seines Schreibtischs waren herausgerissen, und der Inhalt lag überall verstreut. Tintenflecke bedeckten die Unterlagen auf dem Schreibtisch sowie den kostbaren Orientteppich. Das Gemälde über dem Kamin war heruntergerissen, die Leinwand zerfetzt worden. Hinter sich hörte er Alicia entsetzt nach Luft schnappen.

»Offensichtlich hatte unser Besucher eine ausgesprochen böswillige Ader.«

Er hob die zerbrochene Miniatur seiner Mutter auf und betrachtete sie betrübt. Alicia trat zu ihm und berührte ihn am Arm.

»Es tut mir leid«, sagte sie, und ihre Miene spiegelte ihren Zorn wider. »Das ist wirklich schrecklich.«

»Zum Glück ist kein Mensch zu Schaden gekommen. Besitztümer kann man ersetzen«, sagte er kühl, doch hinter seiner künstlichen Beherrschung loderte unbändige Wut. »Ich glaube, dies hier ist der letzte Beweis, dass nicht Lady DeBrooke hinter den Giftmorden steckt. Vielmehr dürfte es unser unbekannter Besucher sein, der von meinen Nachforschungen Wind bekommen hat.«

»Du scheinst dir deiner Sache ziemlich sicher zu sein, dass der Einbruch mit diesem Fall zusammenhängt.« Sie zog ihren Mantel, den sie nach wie vor trug, enger um sich. »Könnte es nicht genauso gut eine völlig andere Person gewesen sein? Du hast selbst zugegeben, dass du eine Menge gefährliche Leute kennst.«

»Das war kein Raubüberfall«, erklärte er kopfschüttelnd. »Es kommt mir eher wie eine Botschaft vor. Zudem halte ich die meisten normalen Straßenräuber für unfähig, unbemerkt in ein Haus zu schlüpfen und solch ein Chaos anzurichten, ohne dass man sie hört. Nein, das war ein Profi von besonderer Güte. Was mich wieder auf die Botschaft bringt. Da du unbedingt bei den Ermittlungen mitmischen willst, sag mir zunächst, was dir in diesem Zimmer auffällt.«

Die Art, wie Alicia die Lippen schürzte, verriet ihm, dass sie ihre Worte sorgfältig abwog.

»Es sieht zufällig aus«, äußerte sie vorsichtig. »Aber ich glaube, das ist es nicht. Es kommt mir vor, als habe jemand große Mühen auf sich genommen, um sein Eindringen zu verschleiern. Gleichzeitig wollte er Eindruck schinden. Außerdem hat er nicht nach Wertgegenständen gesucht und die Verwüstung nur deshalb angerichtet, um dich zu ärgern. Man kann Dokumente nämlich eigentlich besser durchsehen, wenn man sie nicht auf den Boden wirft. Ich glaube, er wollte dir demonstrieren, dass du verletzlich bist. Sogar in deinem eigenen Haus inmitten deiner Diener. Vielleicht hat er dich herausgefordert, dir gewissermaßen den Fehdehandschuh hingeworfen.«

Mit jedem Tag bewunderte Benjamin Wallace den Scharfsinn seiner Frau mehr. »Ich stimme dir zu«, sagte er leise. »Und darum werde ich dich aus London fortschicken.

Kapitel 8

Was wie ein Märchen begonnen hatte, war mit der Zeit zu einem Albtraum geworden.

In wenigen Sekunden würde sie einen Salon betreten. Angelina atmete tief durch, straffte die Schultern und setzte eine möglichst souveräne Miene auf.

Wenn Christopher sie nicht ausdrücklich darum gebeten hätte, an diesem Abend zu erscheinen, wäre sie niemals zu dieser Veranstaltung gegangen. Obwohl ihr auf seine verdeckte Vermittlung hin eine der begehrten Einladungen zugegangen war. Eines nämlich hatte sie durch ihr Unglück gelernt: Wohlwollen und Protektion der Gesellschaft waren ebenso flüchtige Güter wie Schönheit und Reichtum.

Man gewann sie schnell und verlor sie noch schneller.

Was wirklich zählte, flog einem nicht zu. Man musste es sich erkämpfen. Wie etwa die Fähigkeit, einen Raum zu betreten und sich nicht um die Blicke und das einsetzende Getuschel zu scheren.

Ihr Geliebter war überzeugt, dass ihr Rückzug aus der Gesellschaft kontraproduktiv wirkte, weil es die Richtigkeit der Gerüchte zu bestätigen schien und als Eingeständnis ihrer Schuld verstanden wurde. Deshalb hatte sie kapituliert. Vielleicht würde ihr Erscheinen, wie er meinte, den Klatschmäulern wirklich den Wind aus den Segeln nehmen.

Trotzdem fühlte sie sich mehr als unbehaglich. Zumal sie

sich nicht einfach in seine schützende, tröstende Nähe begeben konnte.

Nein, diese Prüfung musste sie ganz alleine bestehen.

Nun gut. Es war zwar nicht unbedingt ihre bevorzugte Methode, um Stärke zu beweisen, aber nichtsdestotrotz aufschlussreich. Während ihres Aufenthalts auf dem Land, besonders nach dem Prozess, hatte sie sich mehr als einmal gefragt, ob sie irgendwann eine dieser oberflächlichen Societyladys geworden wäre, wenn einer ihrer Männer überlebt hätte. Eine Frau, deren Gedanken um nichts anderes als um Mode und Partys kreisten, um Repräsentation und um gesellschaftlichen Status.

Es war nicht mehr ihr Problem. Sie wusste, dass Selbstachtung wertvoller war als Schmeichelei und Glück mehr zählte als Besitztümer und ein großes Vermögen. Und dass es vor allem nicht reichte, zufrieden zu sein. Wichtiger war es, zu lieben und geliebt zu werden.

So gesehen betrachtete sich Angelina als eine sehr glückliche Frau, wenngleich sie sich in diesem Moment, begafft von allen Seiten, ganz und gar nicht so fühlte.

»Lady DeBrooke.«

Ihre Gastgeberin Mrs. Greggston kam ihr entgegen und lächelte liebenswürdig, doch ihre Augen zeugten vom Gegenteil. In ihnen nämlich las sie nichts als boshafte Neugier.

»Wie schön, Euch wiederzusehen. Euer Kleid, ich muss schon sagen: exquisit.«

Wenigstens das stimmte. Sie hatte die Robe aus schillernd roter Seide mit feinen eingewirkten Silberfäden mit Bedacht für ihren ersten gesellschaftlichen Auftritt nach dem Prozess gewählt. Der Ausschnitt war gerade richtig, weder prüde noch zu gewagt, und die Farbe bildete den perfekten Kontrast zu ihrem dunklen Haar. Sie hatte unzählige Ballen Stoff begutachtet, bis sie den richtigen fand. Zumindest war sie der Meinung, dass es sich so verhielt. Lange silbrige Handschuhe komplettierten das Ensemble, und ihr Haar schmückten silberne, mit Diamanten besetzte Nadeln.

Wenn sie schon in der Öffentlichkeit auftrat, wollte sie wenigstens einen nachhaltigen Eindruck hinterlassen.

Aus dem Augenwinkel blickte sie zu Christopher hinüber. Ganz verstohlen und bloß für einen Wimpernschlag, damit nur ja niemand Verdacht schöpfte.

Er war kein schöner Mann im klassischen Sinne, aber dennoch oder vielleicht gerade deswegen ungemein attraktiv. Seine Züge waren einprägsam, und die römische Nase ließ italienische Vorfahren erahnen. Seine hellen Haare hingegen waren eher ein Erbe der Wikinger.

Obwohl er sie dem Anschein nach nicht wahrnahm, wusste Angelina, dass er sie beobachtete. Ihr wurde ganz warm bei dem Gedanken. Vielleicht war es das allein wert, sich den ganzen Abend von diesen krankhaft neugierigen Leuten angaffen zu lassen.

War es das wirklich?

Ihn, den Einzigen, der sie interessierte, durfte sie schließlich lediglich aus der Ferne ansehen. Alles andere war ihr versagt.

Weil sie es so wollte.

Sie konnte nicht mit ihm tanzen, nicht mit ihm flirten, ihn nicht anlächeln und ihn nicht um ein Glas Champagner bitten. Nicht einmal unschuldig an ihm vorbeizugehen und ihn zufällig zu streifen erlaubte sie sich. Nichts von alledem.

Sie wandte sich an ihre Gastgeberin, die nach wie vor bei

ihr stand, und schenkte ihr ein hoheitsvolles Lächeln. »Ich danke Euch für die Einladung.«

Damit hatte sie der Etikette Genüge getan. Vor der Frau einen Kotau zu machen, kam nicht infrage. Auf keinen Fall. Sie würde den Leuten einen Strich durch die Rechnung machen, die gehofft hatten, sich an der Unterwürfigkeit der Ausgestoßenen delektieren zu können. Denn dass man das gerne täte, daran konnte aus ihrer Sicht kein Zweifel bestehen. Bereits als die Einladung bei ihr eintraf, war ihr in den Sinn gekommen, man könnte sie wie eine Jahrmarktsattraktion bestaunen, wie eine Kuriosität. Schließlich tummelten sich in den Salons nicht Unmengen von Mörderinnen.

»Seid Ihr in Begleitung gekommen?«, fragte Mrs. Greggston unverhohlen.

»Ich bin Witwe, was Ihr zweifellos nicht vergessen habt«, antwortete sie kühl. »Daher kann ich mir gewisse Freiheiten nehmen. Findet Ihr nicht?«

»Natürlich, natürlich«, stimmte die Dame des Hauses hastig zu. »Nun, tut Euch keinen Zwang an, mit den anderen Gästen zu reden. Vor dem Dinner gibt es eine musische Darbietung.«

»Wie schön.«

Es hätte sie unter anderen Umständen sicher amüsiert, die Frau überstürzt davoneilen zu sehen, doch in dieser Situation war sie zu sehr damit beschäftigt, Haltung zu bewahren und sich keine Blöße zu geben. Es fiel ihr nämlich verdammt schwer, sich ihr Unbehagen und ihre Unsicherheit nicht anmerken zu lassen. Und trotz gegenteiliger Selbstsuggestion störte sie das Gerede der Leute gewaltig.

Und so stand sie ein wenig verloren in der Menge und ließ

die Blicke durch den großen Raum schweifen, ob sich nicht irgendwo ein freundliches Gesicht fand.

»Lady DeBrooke.«

Verwirrt drehte Angelina sich beim warmen Ton dieser Stimme um, die ihr vage bekannt vorkam, und sah Lady Heathton. Ihr fiel ein Stein vom Herzen, und die junge Frau kam ihr jetzt vor wie ein Geschenk des Himmels.

»Countess«, stammelte sie überwältigt. »Welch eine Freude, Euch zu treffen.«

»Ganz meinerseits. Allerdings hatte ich, ehrlich gesagt, nicht damit gerechnet, Euch hier zu treffen.« Angelina spürte, dass Alicia Wallace es aufrichtig und in keiner Weise spöttisch meinte, zumal sie verschwörerisch hinzufügte: »Mich langweilen diese Veranstaltungen manchmal über die Maße. Geht es Euch ebenso? Wie wär's, wenn wir uns erst einmal ein Glas Champagner besorgen?«

»Klingt wunderbar.«

Als die andere sich daraufhin bei ihr einhakte und sie wie Freundinnen zum Buffet gingen, fiel es Angelina schwer, sich ihre Genugtuung nicht anmerken zu lassen. Mit einer solchen Entwicklung hatten die Klatschweiber bestimmt nicht gerechnet und fühlten sich jetzt um ihren Spaß betrogen. Offenbar spürte Lady Heathton das, die sich geradezu demonstrativ herzlich um sie kümmerte. Für Angelina eine Art Ritterschlag, denn den Heathtons maß man in der Gesellschaft einen hohen Stellenwert zu. Man riss sich bei Einladungen um sie und schätzte sich glücklich, wenn sie zusagten.

Nicht zuletzt deshalb folgten den beiden Damen jetzt auch die Blicke der meisten Gäste. Neugierige ebenso wie missgünstige oder empörte. Angelina genoss es richtiggehend.

Hätte man ihr das vor einer Stunde gesagt, sie würde es weit von sich gewiesen haben.

Jetzt aber hob sie ihr Champagnerglas und prostete Alicia zu. »Ihr seid sehr liebenswürdig.«

»Unsinn.« Alicia nippte bloß von dem Schaumwein. »Es ist ziemlich beengt hier, findet Ihr nicht? Wollen wir zu den Terrassentüren gehen? Vielleicht weht dort ein leichter Wind.«

Keine schlechte Idee im Prinzip. Nur stand ausgerechnet Christopher bereits dort und unterhielt sich mit ein paar jungen Ladys, die ausgelassen lachten und ihn umschmeichelten. Der Anblick versetzte ihr einen Stich, und in diesem Moment wurde ihr wieder schmerzlich bewusst, dass sie nach wie vor eine Ausgestoßene war.

Trotzdem neigte sie zum Zeichen, dass sie einverstanden war, den Kopf. »Gerne, wenn Ihr es wünscht.«

Um nichts in der Welt wollte sie ihren rettenden Engel unnötig verstimmen. Nicht dass sie am Ende erneut allein und armselig inmitten einer feindseligen Meute stand.

Bevor sie sich jedoch auf den Weg zu den offenen Terrassentüren machten, sah sie Christopher auf sich zukommen, der sich offenbar von seinen Verehrerinnen losgeeist hatte. Ein kleines Lächeln umspielte seine Lippen.

Diesen Mund, der so verbotene, skandalöse Dinge mit ihrem Körper anstellte. Der jeden Zentimeter ihrer Haut kostete, der sie mit feuriger Begeisterung küsste, um ihr Lust zu schenken …

Was zum Teufel hatte er vor?

Ihm war nicht klar gewesen, was er von ihr verlangte.

Die intime Hausparty auf dem Land, bei der sie sich seinerzeit kennenlernten, ließ sich mit einer Gesellschaft wie dieser nicht vergleichen. Von ihrer engsten Freundin ausgerichtet, hatte die kleine Gästeschar dort sich der berüchtigten Lady DeBrooke gegenüber zwar etwas distanziert, jedoch höflich verhalten.

Natürlich hatte Christopher als weltgewandter Mann von vornherein gewusst, dass es hier anders sein würde. Schließlich waren die Londoner Zirkel bekannt für ihre Arroganz und gefürchtet wegen der Herablassung, die sie gerne an den Tag legten. Aber nie im Leben hätte er mit diesem Ausmaß an Ausgrenzung gerechnet. Wenn er an den schmerzlichen Gesichtsausdruck auf Angelinas Gesicht dachte, als sie den großen Saal betrat, und an diese verfluchte Mrs. Greggston, die ihr auflauerte wie die Katze einer Maus, dann bereute er es zutiefst, sie zur Teilnahme an dieser Dinnerparty überredet zu haben.

Er kannte sie wie sich selbst. Ihren Körper ebenso wie ihre Seele. Ihr Denken und Handeln ebenso wie ihre Sorgen und ihre Verletzungen. Und er liebte sie. Umso schlimmer empfand er jetzt, was er ihr zugemutet hatte.

Ob die anderen ihre Qual ebenfalls bemerkten, vermochte er nicht zu sagen. Hoffentlich blieb ihr wenigstens das erspart. Vielleicht ließen sich die Klatschmäuler ja von ihrem vordergründig souveränen Auftreten blenden, und die Schadenfreude blieb ihnen im Hals stecken. Gut möglich, denn Angelina sah in dem rot-silbrigen Kleid einfach überwältigend aus. Und irgendwie hoheitsvoll. Unangreifbar.

Nur deshalb war er bisher nicht quer durch den Raum geeilt, um ihr zur Seite zu stehen.

Dennoch: Trotz aller betont zur Schau gestellten Gelassenheit entging ihm nicht, dass sie sich im Grunde ihres Herzens unsicher und gedemütigt fühlte. Auch schien sie blasser als sonst, was den dramatischen Kontrast zwischen ihrer Alabasterhaut und dem tiefschwarzen Haar noch stärker zur Geltung brachte.

Bloß vermochte das alles ihn nicht über die Gedankenlosigkeit hinwegzutrösten, dass er gegen ihre Überzeugung auf ihr Erscheinen an diesem Abend beharrt hatte. Um zu demonstrieren, dass sie ein reines Gewissen hatte, und damit allen Spekulationen, die ihren Rückzug aus der Gesellschaft als Schuldgeständnis werteten, die Basis zu entziehen.

Jetzt fragte er sich, ob das, was in der Theorie so einleuchtend klang, sich in der praktischen Umsetzung als richtig erwies. Zweifellos erregte das Auftreten der hinreißenden jungen Witwe Aufsehen.

Nur welches?

Die Frauen tuschelten hinter vorgehaltener Hand, während ihre Ehemänner wie gebannt die atemberaubende Schönheit anstarrten.

Irgendetwas musste er unternehmen, denn gänzlich unbeteiligt zu tun, das konnte er nicht länger. Ein Dilemma, das nach einer eleganten Lösung verlangte.

»Lady Heathton.« Er blieb stehen und verneigte sich höflich vor der hübschen Countess. »Ist Euer Gatte heute Abend ebenfalls anwesend? Ich habe eine Frage an ihn bezüglich des rassigen Arabers, der in seinem Rennstall steht.«

Christopher atmete erleichtert auf. Niemand würde es befremdlich finden, wenn er mit der Frau des Earl sprach. Und dass Angelina neben ihr stand, das war schließlich reiner Zufall. Oder etwa nicht? Jeder, der die drei beobachtete – und das waren nahezu alle Gäste –, würde das so sehen und nicht vermuten, dass sein Interesse eigentlich der anderen Dame galt.

Eine wahrhaft glückliche Fügung.

»Er wird später dazukommen.« Lady Heathton entzog ihm ruhig ihre Hand. Lediglich ihr hektisches Wedeln mit dem Fächer verriet eine gewisse innere Anspannung. »Seid Ihr Lady DeBrooke bereits vorgestellt worden? Nein? Dann sollte ich das nachholen. Mylady, dies ist Baron Durham of Lowe. Ich bin sicher, Ihr habt bereits von ihm gehört, denn er ist ein bekannter Architekt.«

Angelina streckte ihm lächelnd ihre Hand entgegen. Wer nicht genau hinschaute, bemerkte das leichte Zittern ihrer Finger nicht. »Ich habe natürlich bereits von Euch gehört, Mylord. Stammt nicht der Entwurf des neuen Museumsbaus für ägyptische Artefakte von Euch?«

Christopher beugte sich über ihre Hand, berührte sie mit seinen Lippen und gab sie sogleich wieder frei. Schließlich durfte er keinen Argwohn erregen. Ebenso wenig schaute er sie ungebührlich lange an und vermied es, den Blick auf ihre Augen zu richten, in deren silbrigen Tiefen er sich leicht verlor und die seine Seele zu einem Gefangenen machten.

»Ja, die Ehre wurde mir zuteil«, sagte er stattdessen förmlich.

»Das Gebäude ist sehr schön.«

»Das seid Ihr auch, Lady DeBrooke«, entgegnete er und konnte trotz aller guten Vorsätze den Blick nicht von ihr wenden.

Zum Teufel mit den anderen, dachte er. Sollten sie sich getrost ihre Mäuler zerreißen. Irgendwann würde man es sowieso herausfinden, dass zwischen ihnen eine Verbindung bestand. Und war es da nicht besser, wenn alle Welt glaubte, sie hätten sich erst heute kennengelernt und nicht bereits vor Monaten? Dann könnte zumindest ihre bisherige Affäre ein Geheimnis bleiben. Er nahm sich vor, fortan mit offenen Karten zu spielen und sie allen Hindernissen zum Trotz zu seiner Frau zu machen. Insofern war dieser Abend ein guter Anfang.

»Ich danke Euch.«

»Es ist mir ein Vergnügen, seid dessen gewiss.«

Als er sich wieder Lady Heathton zuwandte, entdeckte er eine stumme Frage in ihren Augen. Was darauf hindeutete, dass der Earl seine Frau hinsichtlich der Affäre zwischen ihm und Angelina nicht ins Vertrauen gezogen hatte. Möglicherweise ahnte sie aber etwas. So oder so war er ihr für ihre Freundlichkeit unendlich dankbar.

»Wenn Ihr die Gelegenheit habt, mit Eurem Mann zu sprechen, richtet ihm bitte aus, ich würde gerne ein paar Worte mit ihm wechseln.«

»Das werde ich tun«, erklärte sie lächelnd.

Da es keinen Grund mehr gab, weiter bei ihr und Angelina stehen zu bleiben, verabschiedete er sich widerwillig. »Wenn die Damen mich bitte entschuldigen wollen …«

Der Rest des Abends schleppte sich zäh dahin, und er konnte es kaum erwarten, sich unter einem Vorwand zurückzuziehen. Eilig ließ er nach seiner Kutsche rufen, stieg ungeduldig ein, noch ehe das Gefährt zum Stehen kam und ein Diener ihm den Schlag öffnete, und nannte dem Kutscher die Adresse.

Angelina war bereits vor ihm verschwunden. Kein Wunder, denn während des Dinners hatte sie neben einem lüsternen alten Baronet gesessen, der sich offensichtlich nicht im Geringsten um ihre Vergangenheit scherte und geradezu schamlos auf ihr Dekolleté stierte. Da ihr Nachbar auf der anderen Seite sie geflissentlich ignorierte, war sie dem Lüstling hilflos ausgeliefert.

Zumal ringsherum kein einziger ihr freundlich gesinnter Mensch saß. Lady Heathton war am anderen Ende des Tisches platziert worden, und er selbst wurde eingerahmt und mit Beschlag belegt von einer hohlköpfigen, wenngleich hübschen Debütantin und deren Mutter, deren Namen er sich nicht einmal gemerkt hatte und die nichts anderes im Sinn zu haben schien, als ihm die Tugenden ihrer Tochter aufzuzählen. Sein einziger Trost war der Wein gewesen, den er sich während der Mahlzeit reichlich nachschenken ließ.

Erst nachdem die Tafel aufgehoben worden war und er mit den Herren den obligatorischen Portwein eingenommen hatte, durfte er sich verabschieden, ohne unhöflich zu sein.

Das Stadthaus, in dem Angelina während ihres Aufenthalts in der Stadt wohnte, war verglichen mit den prachtvollen Residenzen in Mayfair eher bescheiden. Dennoch lag es in einer durchaus respektablen Gegend. Einflussreiche, wohlhabende Bürger hatten sich hier niedergelassen sowie einige Aristokraten, die nach der Schlacht von Culloden gegen die aufständischen Schotten unter Bonnie Prince Charlie das Wohlwollen des Königs und ihr Vermögen verloren hatten. Dass sie sich auf die falsche Seite gestellt hatten, verzieh man ihnen selbst nach mehr als einem halben Jahrhundert nicht.

Für eine andere Gruppe hingegen bedeutete das Viertel einen gesellschaftlichen Aufstieg. Viele hochrangige Offiziere erwarben hier seit dem Ende der Kriege gegen Napoleon Besitz, um der Elite des Königreichs möglichst nahe zu sein.

Angelinas Haus lag in einer ruhigen Seitenstraße. Seine Backsteinfassade war eher schmucklos, aber das ganze Anwesen, einschließlich des ummauerten Gartens, machte einen gepflegten Eindruck. Christopher betrat das Grundstück durch das Seitentor, das zu den Stallungen führte. Vorbei an Rosenbüschen, deren Duft schwer und süß in der Luft hing, schritt er Richtung Hintertür und sperrte mit dem Schlüssel, den Angelina ihm gegeben hatte, leise auf. Außer der Zofe gab es keine ständigen Bediensteten – die Köchin kam bloß tagsüber ins Haus, desgleichen eine Zugehfrau sowie ein Dienstmädchen.

Ob Nellie wusste, dass er ihre Herrin besuchte?

Er hatte keine Ahnung, vermutete allerdings, dass sie zumindest etwas ahnte. Immerhin stand sie seit Jahren in Angelinas Diensten. Trotzdem verbrachte er nie die ganze Nacht bei ihr, sondern achtete gewissenhaft darauf zu verschwinden, bevor die Zofe aufstand. Hier wie auf dem Land. Ein Grund auch, warum sie sich bisweilen als Ehepaar in einem Gasthof vor den Toren Londons einmieteten.

Christopher hatte diese ständige Geheimniskrämerei satt.

Durch den dunklen Flur schlich er zur Hintertreppe, die sonst vom Personal benutzt wurde. In ihrem Schlafzimmer, das im Obergeschoss lag, brannte noch Licht, wie ihm der helle Streifen unter der Tür verriet. Allerdings hätte er sich auch im anderen Fall nicht abhalten lassen, sie trotz der späten Stunde aufzusuchen. Nach diesem Abend mussten sie dringend miteinander reden.

Er lauschte. Drinnen war alles ruhig. Nellie war jedenfalls nicht bei ihr, und er konnte gefahrlos die Tür öffnen.

Sie war noch nicht zu Bett gegangen, stand vielmehr am Fenster und starrte nach draußen. Ihre Miene wirkte melancholisch. Ihre Haare, die im Mondlicht bläulich schimmerten, fielen offen bis zu den Hüften herab. Das und ihr schlichtes weißes Nachthemd ließen sie sehr jung wirken.

Ein Anblick, der ihn seltsam anrührte.

Sie war offensichtlich so in Gedanken versunken, dass sie ihn nicht gehört hatte. Erst als die Tür leise ins Schloss fiel, drehte sie sich überrascht um. »Christopher.«

Er hob die Brauen und tat verwundert. »Du hast hoffentlich nicht einen anderen erwartet.«

Ihre grauen Augen beobachteten amüsiert, wie er sich hektisch von der Krawatte befreite und sein Hemd aufzuknöpfen begann.

»Nein«, sagte sie leise. »Nur dich.«

»So mancher Mann, der dich heute gesehen hat, wäre enttäuscht, das zu hören.« Mit kaum verhohlener Besitzgier glitten seine Blicke über ihren Körper. »Aus welchem Grund sie dich angestarrt haben mögen – es hat mich rasend eifersüchtig gemacht. Darum werde ich die Bedingungen, die du mir gestellt hast, überdenken müssen.«

»Was ist mit dir?«

Angelina verschränkte die Arme unter den Brüsten, und wenngleich das nicht in verführerischer Absicht geschah, reagierte er darauf. Zu drängend wurden die Erinnerungen daran, wie sich diese festen und zugleich weichen Brüste in seinen Händen anfühlten. Seine Erektion machte die Sache nicht leichter.

»Was soll mit mir sein?«, fragte er mit belegter Stimme und zerrte sein Hemd aus der Hose.

»Ich meine diese jungen Schönheiten, die um deine Aufmerksamkeit gebuhlt haben?« Sie zögerte, ehe sie flüsternd ergänzte: »Sie können dir so viel mehr bieten als ich.«

Er setzte sich und zog die Stiefel aus. »Hm, darüber lässt sich streiten, denn ich bin völlig anderer Meinung. Was könnten sie mir schon bieten, Liebes? Leidenschaft? Das beherrschst du vermutlich besser. Kameradschaft? Die finde ich ebenfalls bei dir. Und ich hoffe, du genießt unsere gelegentlichen Spaziergänge und die vielen intensiven Gespräche ebenso wie ich. Freude? Ich bezweifle, dass eines dieser Mädchen mich beim bloßen Gedanken an den Klang ihrer Stimme zum Lächeln bringen könnte. Oder mit einer einfachen Berührung. Nachdem wir das geklärt haben, wäre ich jetzt sehr daran interessiert, dir meine tiefe Zuneigung zu beweisen.«

Als er aufstand und seine Hose nach unten streifte, schnellte sein Schwanz steif vor. Ihr Blick wanderte nach unten, und sie lachte atemlos. »Das sehe ich.«

Wenigstens war es ihm gelungen, diesen leeren Ausdruck von ihrem hübschen Gesicht zu verbannen. Seine Entschuldigung, dass er sie praktisch zum Besuch dieser Dinnerparty gezwungen hatte, konnte er genauso gut später anbringen. Für den Moment schien es ihm wichtiger, ihr seine Liebe zu zeigen.

»Komm her«, befahl er mit einer vor Begehren rauen Stimme.

Kapitel 9

Komm her.

Magisch zogen die Worte sie an. Angelina konnte Christopher einfach nicht widerstehen. Daran hatte sich seit ihrem ersten Beisammensein nichts geändert, und sein Zauber verführte sie nach wie vor. Vor allem wenn er wie jetzt nackt und aufs Prächtigste erregt vor ihr stand.

Auch ihr Körper zeugte von freudiger Erwartung. Die Brüste spannten, die Brustspitzen drückten sich hart und empfindlich gegen den dünnen Stoff ihres Nachthemds, und im Unterleib spürte sie ein verräterisches Flattern. Als er sie packte und ihren Körper gegen seinen presste, entfachte er zwischen ihren Schenkeln jene sengende Hitze, die ihr inzwischen wohlvertraut war.

Hingebungsvoll schlang sie die Arme um seinen Hals.

»Ich will dich.«

Er senkte den Kopf und küsste sie. Sein Mund verschmolz heiß und drängend mit ihrem, seine Zunge schlüpfte zwischen ihre Lippen. Er war sanft und unnachgiebig zugleich. Leidenschaftlich erwiderte sie seinen Kuss, und besitzergreifend glitten ihre Hände über die harten Konturen seiner Schultern, seiner Brust und seines Rückens.

»Das hier musst du ausziehen«, murmelte er, löste die Schleife ihres Nachthemds und zog es nach unten, während die andere Hand ihr nacktes Fleisch suchte und es liebkoste.

Verzückt schloss sie die Augen.

Es hatte ihn einiges an Überzeugungsarbeit und Geduld gekostet, bis sie es schaffte, sich zu entspannen und das Liebesspiel mit ihm zu genießen. Außerdem war es ihr anfangs unmöglich gewesen, sich ihm nackt zu zeigen und hinzugeben, solange das Licht brannte.

Sie war es einfach nicht gewöhnt.

William war, wie sie ihm verschämt gestanden hatte, in sexuellen Dingen eher geschäftsmäßig vorgegangen, nämlich allein auf den eigenen Vorteil bedacht. Thomas hatte sich offenbar um ein gewisses Maß an Zärtlichkeit bemüht, doch es an Geduld oder an Selbstkontrolle mangeln lassen, sodass diese sexuelle Erfahrung für Angelina letztlich ebenfalls wenig befriedigend verlief. Was sie indes nicht wirklich realisierte, da sie es nicht anders kannte.

Bis sie ihn kennenlernte. Erst dadurch war ihre Welt von Grund auf und unwiderruflich verändert worden.

Sein Mund streifte ihre Wange. »Du bist so perfekt.«

»Du auch«, sagte sie und griff nach unten, wo sich seine Erektion hart und verlangend gegen ihren Bauch drückte.

Er stöhnte leise auf. »Stell mich nicht auf die Probe, Liebste.«

Ein Lächeln umspielte ihre Lippen. »Du sagst mir immer, ich soll dich berühren. Und wenn ich es mache, dann …«

Sie brach ab, als er ihre Finger von seiner Männlichkeit löste, sie auf den Arm hob und zum Bett trug. Dort legte er sie auf die weiche Tagesdecke und schob sich mit einer einzigen geschmeidigen Bewegung auf sie. Seine blauen Augen, die sie an die satte Farbe eines Sommerhimmels erinnerten, blickten sie an. Seine Haut hatte jenen Bronzeton, wie ihn der häufige Aufenthalt im Freien verleiht. Bei anderen war das der Ritt über Felder und Wiesen, bei Christopher der Aufenthalt auf den Baustellen, für die er Verantwortung trug. Und wahrscheinlich war sein Haar nur deshalb um einiges heller als etwa seine Augenbrauen, weil es regelmäßig der Sonne ausgesetzt wurde.

Er verzog den Mund zu einem Lächeln, das Eis zum Schmelzen bringen könnte. Schnupperte genießerisch an ihrem Hals, während seine Hand nach unten wanderte und ein Finger sich prüfend in ihre weibliche Enge schob. Angelina erzitterte, und die Muskeln in ihrem Unterleib zogen sich zusammen.

»Feucht und einladend«, hauchte er mit unverkennbarem Begehren. »Du bist bereit für mich.«

»Immer.«

Angelina drückte das Kreuz durch und öffnete sich für ihn, während sein Daumen gemächlich an jener Stelle kreiste, die sie besonders erregte. Sie spürte, wie die Lust ihren ganzen Körper durchfuhr. Es war eine Offenbarung, ihren Empfindungen ohne falsche Scham freien Lauf lassen zu können. Seit ihrer allerersten Begegnung ermutigte er sie dazu, alles auszukosten. Jeden Kuss bis hin zur vollkommenen Vereinigung. Daran sei nichts Peinliches und nichts Anstößiges, hatte er in ihr Ohr geflüstert, und sein warmer Atem und seine liebevollen Hände ließen sie immer wieder erschauern. Im Bett brauchte sie sich keinen Zwang aufzuerlegen und sich nicht um gesellschaftliche Konventionen zu kümmern. In der Intimität ihres Schlafzimmers war sie bloß eine Frau, die einen Mann begehrte.

Ihre Hüften hoben sich ihm entgegen, ihre Hände krallten sich in seine Unterarme. »Christopher, bitte.«

Die Lampe auf dem Nachttisch warf Schatten auf seine markanten Züge. »Bitte was?«, fragte er scherzend.

Mit den Fingerspitzen fuhr sie über die weiche Außenhaut seines steifen Glieds. »Ich will dich in mir spüren.«

»Wie schön, denn genau dort möchte ich ebenfalls sein.«

Bedächtig zog er seinen Finger aus ihr heraus und brachte seinen Körper zwischen ihren gespreizten Schenkeln in Stellung. Sie erbebte, als er sich langsam, Zentimeter für Zentimeter, in sie hineinzuschieben begann. Immer tiefer, bis sie fast verrückt wurde.

Dann waren sie eins.

Und als könnte er ihre Gedanken lesen, flüsterte er dicht an ihren Lippen: »Ich bin ein Teil von dir.«

Ja, das war er wirklich, dachte Angelina inbrünstig. Allerdings nicht bloß, wenn sie sich liebten. Er war zugleich in ihrem Herz und in ihrer Seele. »Ich liebe dich«, flüsterte sie. »So sehr. Viel zu sehr.«

»Man kann nicht zu sehr lieben.« Er zog sich etwas aus ihr zurück. »Niemals. Gib mir alles, und ich verspreche dir, du wirst es nicht bereuen.«

Aber er könnte es bereuen, schoss es ihr durch den Kopf, bevor sie sich wieder ganz ihrer Lust hingab und sich voller Entzücken dem Rhythmus seiner Stöße anpasste und diese mit ekstatischem Keuchen begleitete. Sie ließ sich zu immer neuen, schier unerträglichen Höhen treiben, verharrte über dem Abgrund, ehe sie in die Tiefe fiel und in einem Strom köstlicher Empfindungen versank.

Wie durch einen Nebel nahm sie wahr, dass er mit ihr kam. Sein Körper versteifte sich, bäumte sich auf und ergoss sich in sie. Aufstöhnend rief er ihren Namen.

Danach lagen sie still da, um ihren fliegenden Atem zu beruhigen. Fast sah es aus, als würde jeder von ihnen darauf warten, dass der andere zuerst das Wort ergriff.

Christopher machte schließlich den Anfang, stützte sich auf die Ellbogen und musterte sie ernst. »Ich möchte mich bei dir entschuldigen.« Seine Fingerspitzen strichen die Haare von ihrer Wange. »Offensichtlich habe ich mich hinsichtlich dieses Abends geirrt. Anstatt dir zu nützen, war es eine Tortur für dich. Der Preis, den du für einen kleinen Vorteil zahlen musstest, war einfach zu hoch.«

Sie blickte zu ihm auf. In seinen Armen geborgen, stellte sich alles ganz anders dar. »Ich weiß nicht ... Obwohl ich deine Argumente nicht stichhaltig fand und die Einladung lediglich angenommen habe, um dir einen Gefallen zu tun, frage ich mich inzwischen, ob du nicht recht hattest. Trotz all der Herablassung und Tuschelei. Ich habe mich von allem ferngehalten, weil ich zu feige war, mich den absehbaren Reaktionen der Gesellschaft zu stellen. Es schien mir einfach die logische Konsequenz zu sein ... Doch selbst wenn solche Fluchttendenzen einem normalen Instinkt entsprechen, müssen sie nicht richtig und vor allem nicht klug sein. Lady Heathtons Freundlichkeit hat mir gezeigt, dass man nicht von vornherein von allen Menschen nur das Schlechteste erwarten darf. Was ich sagen will: Nachdem ich darüber nachgedacht habe, halte ich es nicht länger für grundsätzlich schlecht, mich in der Gesellschaft zu zeigen.«

Er musterte sie verblüfft. »Du sollst das nicht meinetwegen auf dich nehmen.«

»Zum Teil tue ich es für dich, jedoch genauso für mich«, erklärte sie. »Mir war nämlich nicht bewusst, wie sehr ich mir wünsche, wieder ein normales Leben zu führen. Schon allein um unserer Zukunft willen – um unsere gemeinsamen Kinder vor hässlichem Gerede zu bewahren. Außerdem stärkt es mein Selbstbewusstsein, was mir ebenfalls wichtig ist.«

Kinder.

Christopher war der Mann, der ihr all das geben konnte, wovon sie immer geträumt hatte. Auch Kinder. Aus diesem Grund durfte sie nichts unversucht lassen, den ungerechten und dennoch belasteten Makel, der auf ihrer Vergangenheit lastete, ein für alle Mal auszuräumen.

Keine einfache Aufgabe, wie sie wusste, und deshalb schwankte sie zwischen Furcht und Hoffnung.

Widerstrebend ließ Christopher Angelinas anschmiegsamen Körper los, nachdem sein Herzschlag zu einem ruhigen Rhythmus zurückgefunden hatte. Wie hingegossen lag sie auf der hellblauen Tagesdecke, der Inbegriff weiblicher Schönheit. Ihre Haut glänzte feucht von der Hitze der Leidenschaft, die ebenholzschwarzen Haare hingen wirr um ihre blassen Schultern, und ihre Lippen waren leicht geöffnet. Ihre vollen Brüste hoben sich mit jedem Atemzug, und die rosigen Spitzen waren noch hart von seinen Liebkosungen. Am liebsten hätte er bereits jetzt wieder damit begonnen oder sie zwischen ihren Schenkeln geküsst, um sie mit seiner Zunge zum Höhepunkt zu bringen.

Aber zuerst mussten sie reden.

Er stützte sich auf einen Ellbogen und berührte ihre Schulter. Ganz zart, fast zögernd. »Ich habe mich gefragt, was passiert, falls du schwanger wirst. Ich würde es nicht darauf anlegen, um dich zu einer Heirat zu zwingen, das weißt du.

Andererseits habe ich keinerlei Maßnahmen getroffen, es zu verhindern, sondern unser Schicksal in Gottes Hände gelegt oder wer immer dafür verantwortlich ist, was geschieht.«

Sie hatten nie zuvor über dieses heikle Thema gesprochen. Umso erstaunter war er, dass Angelina jetzt auf eine Marginalie und nicht auf den Kern des Problems einging.

Fragend blickte sie ihn an und runzelte die Stirn. »Was für Maßnahmen?«

Er fuhr mit dem Finger über ihre Unterlippe und lächelte zärtlich. »Du bist nicht besonders erfahren für eine Frau, die angeblich zwei Männer auf dem Gewissen hat. Kann das sein?«

Sie schaute ihn verlegen an, und er merkte, dass sie wirklich nicht Bescheid wusste.

»Es gibt gewisse Vorrichtungen. Schafsdärme zum Beispiel, die ein Mann benutzen kann, um seinen Samen aufzufangen.«

»Wie funktioniert das?«

Ihre Neugier erfüllte ihn mit Entzücken. »Man schiebt die Hülle über den steifen Schwanz.«

»Oh.« Ihre Augen wurden groß und rund vor Erstaunen.

»Eine andere Möglichkeit besteht darin, dass die Frau einen Schwamm in sich hineinschiebt, der den Samen aufsaugt.«

»Das klingt alles faszinierend.« Spielerisch fuhr sie mit den Fingern an seinem Arm hinab. »Was sollte ich außerdem wissen?«

Er nahm ihre Hand und hob sie an den Mund. »Wie aufrichtig ich dich liebe. Heirate mich.«

Gespannt wartete er auf ihre Reaktion, denn bislang war sie einer direkten Antwort stets ausgewichen.

»Ich kann nicht, zumindest nicht sofort …« Sie wandte das Gesicht von ihm ab und mied seinen Blick. »Es ist viel zu gefährlich.«

Am liebsten hätte er ihre Ängste ins Lächerliche gezogen und ihr versichert, dass er durchaus in der Lage sei, auf sich aufzupassen, doch das wäre in Anbetracht ihrer echten Besorgnis unfair gewesen. Zudem führten sie diese Diskussion nicht zum ersten Mal, und er befürchtete, dass sie es irgendwann leid war und ihre Beziehung beendete, um sich wieder in ihr Schneckenhaus zurückzuziehen.«

»Und wenn Heathton Erfolg hat?«

Ihre Augen weiteten sich. »Woher weißt du davon?«

»Nun, er kam zu mir, weil er mich in seine Ermittlungen einbezieht. In Anbetracht seines herausragenden Rufes dürfte es nicht verwundern, dass er schnell den Namen deines Liebhabers herausgefunden hat. Anderenfalls wäre das Vertrauen, das du in ihn setzt, kaum gerechtfertigt.«

Der Schatten leichter Verärgerung legte sich auf ihre Gesichtszüge. »Ich wollte deine Identität geheim halten und habe niemandem deinen Namen verraten. Insofern ist mir schleierhaft, wie er es herausgefunden hat.«

»In der Tat merkwürdig, zumal ich meinerseits nie über unsere Beziehung geredet habe.« Nachdenklich sah er sie an. »Frag mich also nicht, woher er es weiß. Jedenfalls ist unser kleines Geheimnis keines mehr – zumindest für ihn nicht. Heißt das nicht vielleicht gleichzeitig, dass es auch für andere nicht unmöglich ist, uns auf die Schliche zu kommen? Dann wären all deine Vorsichtsmaßnahmen völlig nutzlos gewesen.«

Sie erblasste. »Sag das nicht. Ich darf nichts riskieren – ich darf es einfach nicht … O Gott«, stieß sie mit bebender Stimme hervor. »Wie konnte ich so selbstsüchtig sein? Niemals hätte ich es mir erlauben dürfen, mit dir glücklich zu sein.«

Christopher wischte ihr die Tränen von den Wangen. »Es ist nicht selbstsüchtig, wenn man glücklich sein will, Liebling. Du hast es verdient. Ich wünsche mir nichts sehnlicher, als dich weiterhin glücklich zu machen. Für den Rest unseres Lebens. Sollten wir nicht einfach heiraten und die Sache gemeinsam durchstehen?«

»Nein.« Sie schüttelte so heftig den Kopf, dass ihre langen Haare flogen. »Du verstehst mich nicht.«

»Doch, das tue ich sehr wohl. Trotzdem halte ich es für besser, entschlossen nach vorne zu schauen.«

Statt einer Antwort küsste sie ihn und drückte sich so heftig an ihn, dass er nach hinten sank. Dann setzte sie sich rittlings auf ihn und beugte sich vor, sodass der Vorhang ihrer seidigen Haare sie beide umhüllte.

»Müssen wir jetzt darüber reden?«, fragte sie schließlich.

Eigentlich schon, fand er. Aber wenn sie noch nicht so weit war, musste er ihr Zeit lassen. Was allerdings nicht bedeutete, das Thema bis zum Sankt-Nimmerleins-Tag aufzuschieben. Irgendwann, und zwar bald, musste Angelina sich ihren Dämonen stellen und sie bekämpfen.

Für den Moment indes, nun ja …

Als sie ihn tief in sich aufnahm, schloss er die Augen und ließ sich ganz von ihren wiegenden Bewegungen leiten. Nicht lange und er spürte, wie sie sich erneut ihrem Höhepunkt näherte. Als er mit seiner Hand nach jener empfindsamen Stelle tastete, die über Erlösung oder Frust entschied, und gleichzeitig ein letztes Mal in sie hineinstieß, verharrte sie mitten in der Bewegung und presste stöhnend die Schenkel zusammen. Sein leidenschaftlicher Ausbruch, sein Erbeben in ihr, ließ sie aufschreien und anschließend zitternd über ihm zusammenbrechen.

Nicht viel später schlief sie erschöpft und fest an ihn gepresst in seinen Armen ein. Die Lampe verbreitete ein warmes Licht, doch schon bald würde sie verlöschen und der Dunkelheit das Feld überlassen.

Wenn er jede Nacht so verbringen dürfte, wäre er für den Rest seines Lebens zufrieden, überlegte er, während er trotz seiner Müdigkeit schlaflos dalag.

Diese Frau, ein Bett, das sie sich nachts teilten, und ihr Lächeln, das ihn am nächsten Morgen am Frühstückstisch begrüßte, das Lachen der gemeinsamen Kinder ... Das wünschte er sich.

Christopher liebte seine Arbeit, weil sie sein Streben nach Perfektion und Schönheit befriedigte. Bauwerke überdauerten oft die Jahrhunderte, und er hatte in dieser Welt bereits seine Spuren hinterlassen.

Ähnlich war es mit der Liebe. In ihren Kindern und Kindeskindern würden sie weiterleben und ihr Erbe von einer Generation zur nächsten weiterreichen.

Nicht eine Sekunde war verschwendet, solange man liebte. Weshalb es seiner Meinung nach absolut keinen Sinn machte, sich um irgendwelche Vorbehalte zu scheren. Ginge es nach ihm, würden sie ohnehin schleunigst heiraten.

Kapitel 10

Er würde diesen Kampf verlieren.

Mal wieder, dachte Benjamin Wallace und überlegte, wann er zuletzt bei einer Auseinandersetzung mit seiner Frau die Oberhand behalten hatte. Es war so lange her, dass er sich kaum mehr erinnerte.

Woran mochte das liegen?, fragte er sich. War er Alicia gegenüber zu nachgiebig, oder manövrierte sie ihn schlichtweg aus?

»Es sind nur zwei Wochen«, unternahm er einen letzten Versuch, das Blatt zu seinen Gunsten zu wenden.

In dem pfirsichfarbenen Kleid, das unter ihren Brüsten gerafft war und kleine Flatterärmel hatte, sah sie an diesem schönen Herbstmorgen frisch und hübsch aus. Die glänzenden Haare waren mit einem passenden Band zurückgebunden.

»Du solltest wissen, dass deine Logik bisweilen Fehler aufweist, Mylord.«

Er zügelte die Pferde, die den schnittigen Phaeton zogen, und warf seiner Frau einen Seitenblick zu. »Ich würde dich ja fragen, wo der Fehler liegt, doch wirst du mir das sicher ohnehin bald mitteilen.«

Sie schaute ihn unter der Krempe ihres raffinierten Hutes leicht missmutig an. »Glaubst du allen Ernstes, dein Feind, oder wie du ihn nennen willst, könnte mich auf dem Land nicht ebenso gut finden? Die Lage des Herrenhauses ist schließlich kein Geheimnis. Überdies: Wenn ich dort bin und du dich in der Stadt aufhältst – wie willst du mich dann bitte beschützen?«

Natürlich hatte er sich über dieses Problem selbst bereits den Kopf zerbrochen und Vor- und Nachteile gegeneinander abgewogen. In Heathton Hall war sie einfach weiter vom Schuss, aber auch dort konnte er nicht ständig auf sie aufpassen. Überhaupt würde es schwierig sein, jemanden wie Alicia ununterbrochen im Auge zu behalten. Dennoch neigte er mehr zu einer Übersiedlung aufs Land.

»Glaubst du etwa, ich hätte darüber nicht nachgedacht? Ich werde dir jemanden mitgeben, der für deine Sicherheit verantwortlich ist.«

»Einen Bewacher? Nein, vielen Dank, Mylord. Was soll der arme Mensch denn den ganzen Tag über tun? Mir ein Bad einlassen und danebenstehen, wenn ich es nehme?«

Er fand es unglaublich irritierend, in welcher Weise sie sich über seine Vorsichtsmaßnahmen lustig machte. Allein schon, wie sie trotzig ihr Kinn reckte. Als wäre das alles bloß Unsinn.

»Ich bin nicht sicher, ob du überhaupt eine Wahl hast, Ma'am«, entgegnete er gereizt.

»Das werden wir ja sehen.«

»Habe ich dir nicht bereits ausdrücklich erklärt …«

Sie ließ ihn nicht ausreden, sondern kam unvermutet auf etwas ganz anderes zu sprechen.

»Ich sorge mich ernstlich um Lady DeBrooke.« Alicia faltete die Hände im Schoß und runzelte die Stirn. »Was sie in der Gesellschaft ertragen muss, ist beschämend und unwürdig zugleich. Die Schmähungen, die Elena seinerzeit erdulden musste, waren nichts dagegen. Selbstverständlich kann man es nicht ganz vergleichen, und dennoch …«

Obwohl er sich über ihre hinterhältige Taktik, ihn abzulenken, ärgerte, musste er ihr in diesem Punkt zustimmen. Er ließ die Leinen nachdenklich durch die Finger gleiten und lenkte die Pferde um eine Kurve.

Hatte sie womöglich hinsichtlich ihrer geplanten Übersiedlung aufs Land ebenfalls recht?

London hätte zumindest den Vorteil, dass er nachts an ihrer Seite sein und sie im Ernstfall mit Leib und Leben und seiner Waffe verteidigen könnte. Auf dem Land hingegen wäre sie ausgerechnet in den gefährlichen Stunden allein und schutzlos.

Ihm kamen ernstliche Zweifel am Wert seiner Pläne.

Liebe war ein außerordentlich merkwürdiges Gefühl, fand er. Es schien eine Mischung aus Beklemmung und Hochgefühl zu sein, und die damit einhergehende Verletzlichkeit erfüllte ihn mit Unbehagen.

»Ben?«

Aus seinen Grübeleien gerissen, blickte er sie von der Seite an. »Was ist?«

Ihre dunkelblauen Augen musterten ihn tadelnd. »Du hast mir nicht zugehört.«

»Das stimmt leider«, gab er zu.

»Ich sagte, mir sei der Gedanke gekommen, dass vielleicht einige ihrer Freunde Licht ins Dunkel bringen könnten.«

»Wessen Freunde?«

»Die von Angelina DeBrooke.«

Der leichte Fahrtwind blies ihr eine verirrte Strähne ins

Gesicht, was bereits reichte, ihn erneut abzulenken. »Äh ja, durchaus möglich«, meinte er schließlich zerstreut.

»Das heißt, ich darf mit ihnen reden?«

War er wirklich so ein liebestrunkener Narr, dass er nicht einmal einem Gespräch folgen konnte?

»Du willst wildfremde Menschen befragen? Außerdem habe ich den Eindruck gewonnen, als hätte Lady DeBrooke kaum Freunde. Die meisten Bekannten zogen es meines Wissens vor, sich wie ihre Familie von ihr abzuwenden.«

»Eine Tatsache, die mich sehr schockiert und wütend macht.« Alicia presste die Lippen zu einer dünnen Linie zusammen. »Meine Familie würde niemals etwas Derartiges tun. Sowohl meine Schwester als auch meine Eltern würden Himmel und Hölle in Bewegung setzen, um mir zu helfen. Es bricht mir das Herz, wie Angelinas Familie mit ihr umgeht. Sie ist so einsam.«

»Was übrigens der Grund gewesen sein könnte, warum ihre Ehemänner ermordet wurden.« Er lenkte den Phaeton geschickt an einer Gruppe Fußgänger vorbei, die, ohne auf Gespanne zu achten, den Weg überquerte. Überhaupt wurde es im Park langsam voller, und so beschloss er, sich heimwärts zu wenden. Er hatte ohnehin am Nachmittag viel zu erledigen. Ein Termin mit seinem Anwalt stand an, einige Briefe bezüglich einer Schiffsbeteiligung mussten geschrieben werden und anderes mehr.

Alles nicht sonderlich spannend, jedoch unerlässlich.

»Du meinst, man wollte sie mit den Morden gewissermaßen bestrafen? Warum?« Alicias Gesicht wirkte nachdenklich.

»Sie ist sehr schön. Das allein reicht bisweilen, um Leidenschaft und Neid hervorzurufen.«

Die Bemerkung trug ihm einen unergründlichen Seitenblick seiner Frau ein. »Ich habe mich schon gefragt, ob es dir aufgefallen ist.«

»Dass sie schön ist? Alicia, ich bin ein Mann«, gab er zurück. »Wenn man verheiratet ist, wird man nicht automatisch blind.«

Der kleine Protestlaut, den sie empört ausstieß, sagte mehr als tausend Worte. Benjamin wusste nicht, ob er über diesen Anflug von Eifersucht amüsiert oder geschmeichelt sein sollte.

»Ich hoffe, du empfindest das nicht als Kränkung oder zweifelst gar an meiner Treue«, fuhr er mit leisem Spott fort, bevor er ernst hinzufügte: »Du weißt hoffentlich, dass ich nur dich begehre.«

Sie wischte seine Bemerkung beiseite. »Das ist nun wirklich nicht unser Thema.«

Ihm sollte es recht sein. Er verspürte keine Lust, sich auf ein weiteres kontroverses Thema einzulassen und mit ihr darüber zu diskutieren, ob es so etwas wie Liebe gab oder ob es sich lediglich um ein romantisches Hirngespinst handelte.

»Gut, kommen wir auf die Morde zurück. Der Täter kann männlich oder weiblich sein, aber allein die Kenntnis seines Motivs wird uns zu ihm führen oder uns helfen, seine Identität zu enthüllen. Davon gehe ich nach dem derzeitigen Stand der Dinge aus. Auszuschließen ist wohl, dass es sich um zufällige Verbrechen handelte. Vermutlich hat unser Täter vielmehr einen in seinen Augen schwerwiegenden subjektiven Grund, Lady DeBrooke Schaden zuzufügen.«

»Sie schwört, dass es keine frustrierten Liebhaber in ihrer Vergangenheit gibt.«

»Hast du nie von stillen Verehrern gehört, die sich nicht als solche zu erkennen geben und dennoch zu extremen Reaktionen fähig sind?«

»Natürlich.« Alicia nickte. »Ich hatte selbst einen. Er schickte mir komische Gedichte und charmante kleine Nachrichten.«

»Wirklich?« Benjamin spürte, wie sich seine Miene verfinsterte. »Wer war er?«

»Keine Ahnung. Wie du bereits sagtest, es geht um Verehrer, die im Verborgenen bleiben. Sobald unsere Verlobung offiziell bekanntgegeben wurde, hörten seine Botschaften auf.«

»Davon musst du mir ein andermal mehr erzählen. Zurück zu Lady DeBrooke: Es könnte sein, dass sie keine Ahnung von der Obsession dieser Person hatte und sich deshalb der damit verbundenen Gefahr nicht bewusst war und ist.«

»Gut möglich.« Abwesend schaute Alicia auf die Straße. »Und deshalb frage ich mich, ob ihre Freundinnen vielleicht mehr bemerkt haben als sie. Nach allem was ich gehört habe, war sie als Debütantin unglaublich beliebt und umschwärmt. Bestimmt erhielt sie ständig Blumen und Briefe, wurde überall vorgestellt und überall eingeladen. Da kann man leicht den Überblick verlieren. Ich glaube, die meisten jungen Ladys fühlen sich schlicht überfordert.«

Seine hübsche Frau musste es wissen. Schließlich war es ihr ähnlich ergangen. Er selbst hatte erlebt, welchen Schwarm von Verehrern sie ständig hinter sich herzog, und rückblickend wunderte er sich manchmal sogar, dass ausgerechnet er das Rennen in einer recht starken Konkurrenz gemacht hatte.

Er hoffte, dass es nicht allein wegen seines Titels und seines

Vermögens war. Am liebsten hätte er sie auf der Stelle gefragt, warum ihre Wahl auf ihn gefallen war. Aber das würde eine weitere Diskussion nach sich ziehen, die er lieber vermeiden sollte. Sonst würde er am Ende Alicia noch Rede und Antwort stehen müssen, was bei ihm seinerzeit den Ausschlag für seine Entscheidung gab. Und das war das Letzte, was er gebrauchen konnte.

Das Beste wäre weiß Gott, Alicia aufs Land zu schicken, bevor sie seine Seelenruhe weiterhin so nachhaltig störte. Zumindest sollte er es versuchen, wenngleich er befürchtete, am Ende wieder den Kürzeren zu ziehen.

»Kennst du eine Dame namens Mrs. Dulcet?«

Sie saßen im Salon ihrer Schwester, in den warm die Herbstsonne schien.

Harriet starrte nachdenklich in ihre Teetasse und runzelte die Stirn. »Ich glaube, so lautet der Name einer entfernten Cousine des Duke of Fondlac, die kürzlich aus Dorset nach London übersiedelte. Sie ist seit einigen Jahren verwitwet und wohnt in der herzoglichen Residenz. Mehr weiß ich nicht.«

»Verstehe«, murmelte Alicia. Dulcet. Es klang für sie wie ein Deckname, süß und melodiös. Die flammenhaarige Frau, die sie im Theater gesehen hatte, war nichts von beidem. Allerdings erhielt kaum jemand die Möglichkeit, sich den eigenen Namen auszusuchen.

Das machte man nur, wenn man etwas zu verbergen hatte.

Ihre Schwester warf ihr einen fragenden Blick zu. »Warum fragst du?«

»Ben hat sich neulich abends mit ihr unterhalten und äußerte sich sehr ausweichend, als ich ihn nach dieser Bekanntschaft fragte.«

»Dein Mann drückt sich generell sehr unbestimmt aus und versucht, so wenig wie möglich preiszugeben, Liebes.«

»Stimmt. Wahrscheinlich reagiere ich bloß über, weil meine Kleider nicht mehr passen und mir häufig übel ist«, gab sie zu. »Merkwürdig: Einerseits ist man vom Gedanken an das eigene Kind beseelt, und andererseits empfindet man die Schwangerschaft als ernüchternd und lästig. Und dass mein Ehemann in seinem übertriebenen Beschützerinstinkt mich aufs Land schicken will, setzt dem Ganzen die Krone auf. Zum Glück scheint er seine Entscheidung gerade zu überdenken.«

»Du wirst schon sehr bald aufs Land wollen«, orakelte Harriet. »Die Stadt ist zu laut, voller schädlicher Gerüche, und sobald dein Zustand für alle sichtbar wird, gehst du ohnehin nicht mehr aus. Außerdem ist die Saison bald vorbei. Warum also nicht aufs Land?«

»Nicht solange Ben in London bleibt.«

Die ältere Schwester lächelte nachsichtig. »Ich kann ja deine romantischen Gefühle nachvollziehen, aber du solltest in erster Linie an das Kind denken. Falls Heathton beschließt, in London zu bleiben, musst du eben alleine umsiedeln. Und dann ist es besser, nicht zu warten, bis die Schwangerschaft weiter fortgeschritten ist. Glaub mir, in diesem Zustand werden Kutschfahrten von Woche zu Woche unangenehmer.«

Vielleicht hatte Harriet recht, und es wäre insgesamt gesehen sinnvoller, die Zeit ihrer Schwangerschaft in Heathton Hall zu verbringen. Eigentlich hielt sie sich gerne dort auf, und der einzige triftige Grund, warum sie nicht aus London wegwollte, war Angelina DeBrooke, deren trauriges Schicksal ihr nicht aus dem Kopf ging. Irgendwie fühlte sie sich für sie verantwortlich, und sie würde nicht aufs Land ziehen, solange es für sie kein Happy End gegeben hatte. Wobei sie im Stillen sogar hoffte, daran mitwirken zu können.

»Nun gut, ich werde darüber nachdenken«, schloss sie das Thema ab. »Eigentlich wollte ich sowieso mit dir über etwas anderes sprechen. Wenn ich mich recht erinnere, bist du im gleichen Jahr wie Angelina DeBrooke in die Gesellschaft eingeführt worden.«

Harriet sah sie fassungslos an und stellte ihre Teetasse klirrend auf den Tisch zurück. »Du steckst heute in der Tat voller Rätsel. Normalerweise hast du doch nichts übrig für Klatschgeschichten. Warum fragst du?«

»Weil ich es gerne wissen möchte.«

»Werde nicht komisch, sondern gib mir eine vernünftige Antwort. Also: Warum ist das wichtig für dich?«

»Ich weiß es selbst nicht so genau. Gestern Abend bin ich ihr zufällig über den Weg gelaufen.«

»Ich habe davon gehört.«

Alicia lächelte maliziös. In ihren Kreisen verbreiteten sich Gerüchte in der Tat mit der Geschwindigkeit von Lauffeuern. »Was erzählt man sich denn?«, fragte sie neugierig.

»Die feine Gesellschaft wundert sich, woher ihr zwei euch wohl kennt. Offenbar habt ihr den Eindruck erweckt, enge Freundinnen zu sein.«

Obwohl das nicht unbedingt zutraf, sah sie keine Veranlassung, diese Mutmaßung zu dementieren. Und sie verspürte desgleichen keine Lust, ihrer Schwester zu erklären, wie borniert und blind diese Repräsentanten der sogenannten ersten

Kreise waren. Sonst hätten sie erkannt, dass es ihr vor allem darum gegangen war, den Mut der von allen verachteten jungen Witwe zu stärken.

»Und was passierte im Jahr eures Debüts?«, hakte sie nach. »Jetzt erzähl mir bitte nicht, dass du Oliver kennengelernt hast und er sich Hals über Kopf in dich verliebte. Das ist mir hinreichend bekannt und überdies nicht sonderlich dramatisch. Mich interessiert, ob du dich im Zusammenhang mit Angelina an irgendwelche besonderen Vorkommnisse erinnerst.«

Ihre Schwester winkte lässig ab. »Nicht dramatisch? Mit anderen Worten stempelst du mein Leben als langweilig und unbedeutend ab. Das habe ich gerne!«

»Wärst du lieber an Angelina DeBrookes Stelle?«

»Himmel, nein.«

»Also: Was kannst du mir erzählen?«

Harriet nahm ein Cremetörtchen, legte es aber auf ihren Teller, ohne davon zu kosten. »Vor allem ist mir das Trara in Erinnerung geblieben, das um sie gemacht wurde.« Sie lächelte spöttisch. »Es war nicht gerade ein Zuckerschlecken, im gleichen Jahr zu debütieren wie sie. Neben ihr kamen sich viele als Aschenputtel vor. Jeder hat sie vergöttert. Nur sie, der Rest ging weitgehend leer aus.«

»Inzwischen ist es genau andersherum. Jetzt sind die anderen oben, und sie ist unten. Ganz unten. Ich habe mit eigenen Augen gesehen, wie man sie behandelt«, erwiderte Alicia und nahm einen Schluck Tee. »Es war das genaue Gegenteil von vergöttern.«

»Sie hat ihre Ehemänner ermordet.«

»A*ngeblich*, Hattie, angeblich. Das ist ein Unterschied.«

»Ich hab's begriffen. Warum bloß willst du alles über diese Frau wissen?«

»Nenn es einfach eine Form morbider Neugier. Davon abgesehen, mag ich sie. Was weißt du sonst noch?«

Ihre Schwester zuckte mit den Schultern. »Keine Ahnung. Die Männer schwänzelten um sie herum, desgleichen ein paar Debütantinnen, die hofften, Angelinas Beliebtheit würde auf sie abfärben. Auf mich wirkte sie immer etwas reserviert. Irgendwie gelangweilt von dem ganzen Theater, das um ihre Person gemacht wurde. Wenn nicht gar verärgert. Natürlich war sie charmant und zudem eine atemberaubende Schönheit. Sie hatte einfach etwas an sich, das die Menschen magisch anzog.«

Interessant: Harriet hatte eine bessere Beobachtungsgabe, als ihr bewusst war.

»Fandest du sie eitel?«, fragte sie nach. »Ich persönlich hatte diesen Eindruck nicht.«

»Da stimme ich dir zu. Sie blieb trotz des ganzen Theaters freundlich und zurückhaltend. Zumindest in meiner Gegenwart.«

»Erinnerst du dich an ihre Freunde?«

»In gewisser Weise gehörte ich dazu. Außerdem Beth Rathman. Margot Heath. Eve Summers … Ich glaube, Eve und sie sind ungeachtet des Skandals nach wie vor befreundet.«

Eve Summers. Mit ihr würde sie beginnen. Schließlich hatte Ben es nicht ausdrücklich verboten. Dass er allerdings auch nicht seine Zustimmung gegeben hatte, wischte sie leichten Herzens beiseite. Gewisse Risiken musste man eben eingehen, wenn man etwas erreichen wollte.

Harriets kultivierter Salon mit den geblümten Gardinen

und den eleganten Möbeln mochte zwar ein wenig passender Ort sein, um über Mord und Verrat zu schwadronieren, doch Alicia konnte sich eine letzte Frage nicht verkneifen. »Glaubst du, sie hat es getan?«

»Ob sie die beiden ermordet hat?« Harriet wirkte ehrlich erschrocken.

»Ich will deine Meinung hören.«

»Ich habe keine Ahnung.«

Alicia neigte den Kopf zur Seite und musterte ihre Schwester. »Komm, Hattie. Du hast dir damals bestimmt eine Meinung gebildet. Spuck es aus.«

»Das ist Jahre her, Allie. Ich habe sie später nur einmal kurz gesehen – das war, als sie nach der ersten Trauerzeit nach London zurückkehrte. Über den Tod des ersten Ehemanns wurde ja nicht spekuliert. Und als das Gerede anfing, war ich bloß entsetzt. Mit ihrer Schuld oder Unschuld habe ich mich nicht wirklich beschäftigt. Sagen wir es so: Ich gehörte weder zu ihren Anklägern noch zu ihren Verteidigern.«

»Ich hingegen glaube, dass sie so etwas nie tun würde. Nicht bloß weil sie dafür meines Erachtens zu integer, sondern darüber hinaus viel zu klug ist, um zwei Morde auf dieselbe Weise zu verüben. Nein, irgendjemand hat das absichtlich so inszeniert, dass allein sie und niemand sonst als Täter infrage kam.«

»Ganz so wasserfest war das nicht. Sonst hätte der Friedensrichter sie nicht freigesprochen.«

»Sie hatte einfach Glück, dass sie einen fairen Prozess bekam.« Abwesend nahm Alicia einen Schluck Tee. »Wirklich entlastet wurde sie nicht. Man konnte bloß keine Beweise gegen sie vorbringen.«

»Ja, du hast recht. Das ist nicht dasselbe«, gab ihre Schwester nachdenklich zu. »Aber ist es nicht vorbei? Unabänderlich und für alle Zeit?«

Nein, das war es nicht. Irgendetwas lief da ab zwischen Christopher Durham und Angelina DeBrooke. Seinetwegen hatte sie vermutlich Benjamin um Hilfe ersucht. Und seinetwegen wünschte sie ihre vollständige Rehabilitierung. Der Fall würde wieder aufgerollt werden – es war ganz und gar nicht vorbei.

Der berühmte Architekt und die berüchtigte Mörderin. Ein gefundenes Fressen für die Klatschmäuler. Es klang wie der Titel eines Schundromans. Wenigstens hatten die immer ein Happy End.

Kapitel 11

»Das Hellgrün passt am besten, finde ich.«

Die Modistin nickte zustimmend und wies eine ihrer Assistentinnen an, den Ballen mit Musselin wegzubringen.

Angelina blickte Eve fragend an. »Bist du sicher?«

»Absolut. Es kommt durch deine dunklen Haare hervorragend zur Geltung.«

Da sie vermutlich alleine diese Wahl nicht getroffen hätte, betrachtete sie es als glückliche Fügung, dass Eve sich angeboten hatte, sie zu begleiten. Barfuß und nur mit dem Unterhemd bekleidet, stand Angelina da, während ein Schneidermädchen ihre Maße nahm.

Lohnte es überhaupt, Geld für neue Kleider auszugeben?

Christopher jedenfalls würde sie nicht mehr bedrängen, sich auf irgendwelchen Gesellschaften zu zeigen. Es musste schon von ihr ausgehen, doch merkwürdigerweise war sie entschlossen dazu, denn der erste Ausflug hatte trotz vieler hämischer Blicke ihr Selbstbewusstsein gestärkt. Zwar würde sie sich in Zukunft genau überlegen, wohin sie gehen würde und wohin nicht, aber gehen würde sie.

Sofern sie Einladungen erhielt.

Außerdem war es schwer möglich, sich in London gänzlich von allem abzuschließen. Wenn sie das wünschte, müsste sie aufs Land zurückkehren, was indes bedeutete, auf Christopher zu verzichten, dessen Lebensmittelpunkt die Stadt war …

Nein, das konnte sie nicht. Zu sehr hatte sie sich daran gewöhnt, ihn regelmäßig zu sehen, und durch ihn zu einem neuen Leben gefunden. Mit seiner Hilfe war sie aus Tristesse und Isolation herausgerissen worden. Und wenngleich sie nach wie vor ihr neues Glück misstrauisch beäugte wie ein flackerndes Licht, das jederzeit verlöschen konnte, klammerte sie sich an die Hoffnung, es könnte für immer so bleiben.

»Ich bin wirklich stolz auf dich, weißt du das?«, unterbrach Eve ihre Gedanken.

Angelina, die gerade die Arme hob, um ihren Brustumfang messen zu lassen, sah zu der Freundin hinüber, die in einem Sessel am anderen Ende des kleinen Raumes saß und sie angelegentlich musterte.

»Wieso das?«, fragte sie irritiert

Eve lächelte. »Ist das nicht klar? Erst führst du jahrelang ein Einsiedlerdasein, versteckst dich, liest nicht mal Zeitungen, willst nicht wissen, was in der Welt geschieht, und plötzlich bist du bereit, dich wieder ins Getümmel zu stürzen. Obwohl ich die Gründe für diesen Sinneswandel nicht kenne, finde ist es großartig. Außerdem war es höchste Zeit, sonst wärst du ganz versauert.«

Ja, dachte Angelina, sie hatte tatsächlich gelebt wie einer dieser Einsiedlerkrebse, die zur Hälfte in einem Schneckenhaus stecken, das sie nicht verlassen können.

Ihr Versteck war ein kleines Haus mit einem hübschen Garten außerhalb eines Dorfes gewesen. Sie hatte es nach Thomas' Tod gekauft, weil niemand in dieser ländlichen Abgeschiedenheit etwas von dem Getratsche um ihre Person mitbekam. Ein angenehmer Ort zweifellos, doch das Leben änderte sich eben manchmal unerwartet, und wenn sie Christopher heiraten wollte, musste sie sich an die neuen Verhältnisse gewöhnen.

Falls es überhaupt so weit kam.

»Du hast recht mit deiner Vermutung, dass ich diesen Schritt zurück in die Gesellschaft nicht ohne Grund wage«, sagte sie geheimnisvoll. »Richtiger gesagt: Ich will es wenigstens versuchen.«

»Um seinetwillen?«

»Ja«, gab sie unumwunden zu und betrachtete die Freundin. Während Eve sonst recht wenig Wert auf ihr Äußeres legte und eher wie ein Mädchen vom Land daherkam, trug sie heute ein blaues Kleid, dessen Schnitt ihrer üppigen Figur schmeichelte, und hatte es sogar geschafft, die widerspenstigen Haare in eine ansprechende Frisur zu zwingen. Zusammen mit den strahlenden Augen und dem offenen Lachen gab sie ein überaus ansprechendes Bild ab.

»Du erwähntest neulich etwas von einem Mann, in den du dich verliebt hättest«, fragte Angelina unverblümt, nachdem das Lehrmädchen den Raum verlassen hatte. »Insofern kannst du mich sicher verstehen, dass ich bereit bin, für ihn mein Leben von Grund auf zu ändern.«

»Das scheint in der Tat so zu sein. Wenn ich nur daran denke, wie oft in den letzten Jahren ich vergeblich versucht habe, dich hin und wieder mal zur Anschaffung eines neuen Kleides zu bewegen.«

»Warum hätte ich Geld ausgeben sollen, solange ich nicht bereit war, mich in der Gesellschaft zu zeigen?« Sie griff nach ihrem alten Kleid, das achtlos hingeworfen auf einem Stuhl lag. »Bis ich ihn kennenlernte, war ich mit meinem zurückgezogenen Leben ganz zufrieden.«

»Warst du das wirklich?« Eve stand auf und trat zu ihr, um die Knöpfe auf der Rückseite ihres schlichten Tageskleids zu schließen. »Ich glaube, du hast dir das bloß eingeredet. Tief in deinem Innern warst du ruhelos, hast mit deinem Schicksal gehadert und dich davor gefürchtet, in deinem kleinen Cottage zu verrotten. Du kannst der Welt so viel mehr bieten, Angelina. Allein deine Schönheit ist ein Geschenk. Wie ein Gemälde, das man immerzu ansehen möchte. Nur dass du lebendig bist und strahlst. Ich denke, auch ohne deine neue Liebe wärst du reif gewesen, diesen Schritt zu tun. Also verdienst *du* die Anerkennung und nicht *er*.«

Entschieden schüttelte Angelina den Kopf. Nein, das sah sie völlig anders. Ohne Christopher wäre es nicht so gekommen, und deshalb gebührte ihm ihr tiefster Dank. Desgleichen ihre Liebe und Treue, ihre Loyalität und ihr Respekt ... Überhaupt alles, was sie ihm geben konnte.

Sie hielt inne, wollte sich nicht zu ausführlich über ihren Geliebten auslassen und nicht darüber reden, welch hohen Stellenwert er für sie hatte.

»Ach Eve, ich weiß nicht, ob irgendjemand mich noch als Geschenk betrachtet«, sagte sie stattdessen leicht resigniert. »Vielleicht gehöre ich ja zu jenen Gemälden, die eine Weile hoch im Kurs standen und dann in einem Lagerraum verstauben. Das wird sich zeigen müssen.« Sie gab sich einen Ruck und schlug einen heiteren Ton an. »Egal. Was sind wir denn, wenn man es genau nimmt? Fleisch und Knochen. Blut, Nerven und Muskeln. Alles vergänglich, sobald wir unser irdisches Leben beendet haben.«

Sie sahen sich im Spiegel an. Eve verzog ironisch den Mund. »Nein, Angel, die Leute fliegen nach wie vor auf Äußerlichkeiten. Sie interessiert es, ob du den perfekten Teint hast, ob die Natur dich mit üppigem, seidigem Haar beschenkt hat, das sich gut frisieren lässt und die richtige Farbe aufweist, und ob das Strahlen deiner Augen sie an das Licht des Mondes erinnert, das sich im Wasser spiegelt. Unterschätze niemals die Macht, die Schönheit verleiht. Das war es schließlich, was uns alle neben dir wie geringere Wesen aussehen ließ.«

»Geringere Wesen?« Angelina lachte bitter. »Das trifft wohl eher auf mich zu. Immerhin war ich es, die fast jeder verstoßen hat. Und selbst wenn du recht haben solltest – mir liegt solche Sichtweise, dass das Aussehen über den Wert eines Menschen entscheidet, völlig fern.«

»Du hast eben eine idealistische Ader und schätzt die Realität falsch ein.« Eve legte die Hände auf ihre Schultern. »Selbst jetzt noch. Und dass du nach all dem Schrecklichen, was geschehen ist, den Mut hast, dich erneut zu verlieben, hätte ich nie für möglich gehalten.«

»Ja, ich habe ähnlich gedacht und wollte es auch nicht«, erklärte sie zögernd. »Aber inzwischen denke ich, dass mir nichts Besseres passieren konnte. Was immer geschehen mag – ich werde es nie bereuen. Nicht nur weil ich zum ersten Mal richtig verliebt bin, sondern weil er zudem an meine Unschuld glaubt. Unabhängig davon, ob ich rehabilitiert werde oder nicht, steht er zu mir.« Angelina starrte ihr Spiegelbild an. »Manchmal denke ich, er ist ein Narr, so viel für mich zu riskieren.«

»Er findet offenbar, dass du es wert bist.« Eve wirkte plötzlich frustriert und schlug einen gehässigen, vulgären Ton an. »Die meisten Männer sind ziemlich schwanzgesteuert und ausschließlich daran interessiert, was sich unterhalb der Gürtellinie abspielt. Bestimmt ist dein Liebhaber dort ebenfalls ziemlich eifrig zugange.«

Angelina verschlug es die Sprache. So hatte sie ihre Freundin nie zuvor reden gehört. Das klang ja beinahe, als hätte sie irgendwann eine Riesenenttäuschung erlebt. Einen Moment lang war sie versucht, sich nach dem Mann zu erkundigen, der ihr das Herz gebrochen hatte, ließ es jedoch.

Wenn Eve es für sich behalten wollte, durfte sie nicht in sie dringen. Schon gar nicht angesichts der Tatsache, dass sie selbst sich nicht gerade mitteilsam gab. Vielleicht würde die Freundin ja eines Tages freiwillig von diesem Halunken oder Heiligen erzählen. Vorerst allerdings musste sie offenbar Dampf ablassen und über die mangelnde Sensibilität des starken Geschlechts herziehen.

»Sei nicht schockiert, so ist es schließlich. Nicht umsonst bezeichnet so manche feine Lady ihren hochadligen Gatten als brünftiges Tier. Ein Lob ist das nicht gerade, oder?« Eve lachte in dem vergeblichen Versuch, ihren Worten die Schärfe zu nehmen. »Solche Formulierungen lassen vor meinem inneren Auge immer die merkwürdigsten Bilder entstehen.«

Angelina verstand sehr wohl, worauf sie anspielte. Aber war das zwangsläufig animalisch? Nein, zumindest traf es nicht auf Christopher zu. Er war ein ebenso geschickter und einfallsreicher wie rücksichtsvoller Liebhaber. Ihm waren ihre Gefühle, Bedürfnisse und Wünsche genauso wichtig wie seine.

Indigniert hob sie die Brauen. »Ich glaube, eine unverheiratete junge Dame dürfte sich derlei gar nicht vorstellen können«, sagte sie mit unverhohlener Ironie.

»Ach, komm. Wir wissen beide genau, dass alle Frauen, egal

ob erfahren oder nicht, sich vorstellen, wie der Kuss eines Mannes schmeckt, auf den man ein Auge geworfen hat, oder wie sich seine Berührung anfühlt.« Eve nahm beiläufig einen der Kleiderentwürfe vom Tisch und betrachtete ihn ohne echtes Interesse. »Das gehört schließlich zum Leben. Ja, ich bin nicht verheiratet. Und zwar deshalb, weil ich mich nicht mit weniger zufrieden gebe als mit dem, was ich erwarte.« Sie kniff ihre Lippen zusammen, als würde die Erinnerung immer noch schmerzen. »Und das, was ich wollte, war mir nicht vergönnt. Als die Verlobung verkündet wurde, habe ich geweint. Es ist schwierig zu begreifen, dass der sehnlichste Wunsch nie in Erfüllung gehen wird.«

»Welche Verlobung?«

»Die meiner großen Liebe.«

»Warum hast du mich nie ins Vertrauen gezogen?« Angelina trat näher und legte die Arme um ihre Freundin. »Wenigstens hätte ich dir eine Schulter zum Ausweinen bieten können.«

»Nein, Angel. Du warst damals gerade mitten in den Planungen für deine Hochzeit mit William und hattest andere Dinge im Kopf. Da mochte ich dich nicht mit meinem Liebeskummer behelligen.«

»Das ist inzwischen sechs Jahre her.« Angelina löste sich von der Freundin und runzelte die Stirn. »Hat seitdem denn kein anderer dein Interesse geweckt? Bestimmt …«

»Niemand«, unterbrach Eve sie brüsk und lächelte sogleich versöhnlich. »Tut mir leid. Vielleicht ist das für dich schwer vorstellbar, für mich hingegen ist die Last einer unerwiderten Liebe nur schwer abzuschütteln. Selbst nach so langer Zeit.«

Wenn sie irgendwann Christopher verlor, würde es ihr

vermutlich ähnlich ergehen. Auch noch nach sechs Jahren. Ihr ganzes restliches Leben lang.

»Das finde ich gar nicht so schwer vorstellbar«, flüsterte sie mitfühlend.

Die schräg stehende Sonne umhüllte den Rohbau mit ihren goldenen Strahlen und ließ eine Ahnung von der künftigen Pracht entstehen. An diesem Tag sollte der Dachstuhl errichtet werden.

Am Anfang war jedes Bauwerk nur eine Idee, die dann von Tag zu Tag immer mehr Gestalt annahm. Das zu bewerkstelligen, darin bestand seine Aufgabe als Architekt. Es war eine Vereinigung von Geistigem und Materiellem.

In diesem Fall handelte es sich um eine Residenz, die ein Duke bei Christopher in Auftrag gegeben hatte. Normalerweise arbeitete er nicht für Privatpersonen, doch in diesem Fall war er bereit gewesen, eine Ausnahme zu machen. Nicht allein, weil er fürstlich entlohnt wurde, sondern weil die Arbeit für ihn eine künstlerische Herausforderung darstellte. Was daran lag, dass sein Auftraggeber ihm freie Hand ließ und ihm zudem kein finanzielles Limit bei den Baukosten setzte. Christopher konnte folglich aus dem Vollen schöpfen.

Ein solches Angebot würde kein Architekt ablehnen, der auf sich hielt.

»Ihr wirkt zufrieden«, bemerkte der Kendall, sein Vorarbeiter, der neben ihm stand, und grinste ihn an, die Hände in die Hüften gestemmt und die Beine leicht gespreizt. »Das sagt mir Euer Blick. Bestimmt hat der Erbauer der Pyramiden ähnlich triumphierend geschaut angesichts seiner Wunderwerke. Und wenn ich an solchen Kram wie Wiedergeburt glauben würde, dann wäre dieser alte Ägypter der Erste, der mir als Euer Ich in einem früheren Leben in den Sinn käme. Bestimmt hat er genau wie Ihr einer großen Vision Gestalt verliehen. Wirklich verwunderlich, was Ihr aus einer Idee macht, die anfangs bloß in Eurem Kopf existiert.«

Christopher lachte. »Danke für den schmeichelhaften Vergleich. Aber ich bin in der Tat zufrieden und hoffe, dass Seine Gnaden Gefallen finden wird an dem neoklassizistischen Stil. Schließlich ist mein Erfolg als Architekt nicht unwesentlich davon abhängig, ob ich den Geschmack des Auftraggebers treffe.«

In diesem Fall war er sich dessen allerdings ziemlich sicher, denn gemeinsam mit dem Duke hatte er zahllose Illustrationen von Burgen, Schlössern, spanischen Palästen, italienischen Villen und sogar Plantagenhäusern betrachtet, außerdem eine Liste der herzoglichen Kommentare angelegt und erst nach deren sorgfältiger Auswertung mit den Entwürfen begonnen.

Persönlichkeit und Vorlieben des Auftraggebers bestimmten die Richtung, und daran orientierte er sich bereits bei seinen Basisentwürfen. Sobald man eine Grundidee gefunden hatte, wurde es leichter, und eines fügte sich zum anderen. Erst wurde der Entwurf für das Hauptgebäude ausgefeilt, dann folgten Stallungen, Gartenanlagen und das ganze Drum und Dran, das zu einer herrschaftlichen Residenz gehörte.

»Ihr seid doch nicht abhängig, denn Ihr habt es nicht nötig, aufs Geld zu schauen.«

Kendall war Waliser, ein breitschultriger und pragmatischer Mann und der beste Vorarbeiter, den Christopher je hatte. Er schob sich eine Locke seiner verschwitzten dunklen Haare aus der Stirn. »Sagt mir eins, Mylord. Warum nehmt Ihr so viel Arbeit auf Euch, anstatt in Eurem Garten die Füße hochzulegen und den besten Brandy zu trinken?«

Eine Frage, die er nicht zum ersten Mal hörte, und so kam seine Antwort ziemlich prompt. »Jeder sollte eine Leidenschaft haben. Meine sind Häuser. Ich vermag mir von Anfang an vorzustellen, wie sie aussehen sollen, und wenn ich mit der Arbeit beginne, hauche ich meiner Idee Leben ein. Manchem würde das ein Gefühl von Macht verleihen. Mir nicht. Mich erfüllt es lediglich mit Stolz, dass ich so etwas zuwege bringe, und ich bin dankbar für diese Begabung. Natürlich könnte ich im Garten sitzen und das Leben an mir vorbeiziehen lassen, aber das ist nicht meine Bestimmung. Wenn ich sterbe, wird England sich durch meine Bauten an mich erinnern.«

»Dann tut Ihr es des Ruhmes wegen?«

»Ein bisschen vielleicht, doch in erster Linie lebe ich meine Leidenschaft aus.« Er hielt inne. »Das ist für mich wichtiger als jede Honorierung. Behalten Sie das ja für sich, bevor jemand auf die Idee kommt, ich würde ihm umsonst einen Palast hinstellen. Natürlich würde ich trotzdem keinen Auftrag ohne Honorierung ausführen«, fügte er lachend hinzu. Kendall grinste. »Ich gebe Euch mein Wort, Mylord. Wäre ja schön blöd von mir, einen Job aufs Spiel zu setzen, der mir so viel wert ist wie der bei Euch.«

Ein Karren mit Ziegelsteinen für die Steinmetze rollte vorbei. Nach dem warmen Tag kündigte sich ein kühler Abend an, denn der Wind hatte aufgefrischt und blies kalt über den Hügel, auf dem der Palast errichtet wurde. Unterhalb schlängelte sich ein Fluss durch die Landschaft, der sich an einer Stelle zu einem kleinen See weitete. Eine idyllische Gegend.

Er blickte in den spektakulären Sonnenuntergang, ehe er dem Vorarbeiter zunickte. »Ich fahre heute Abend nach London, komme aber in zwei Tagen zurück und sehe mir die Fortschritte an. Sie wissen, was Sie zu tun haben. Machen Sie einfach so weiter wie bisher.«

»Das werde ich.« Kendall zögerte und druckste herum, bis er sich zu fragen traute. »Diese Reise nach London … Ich will nicht ungebührlich neugierig sein, Gott behüte … Und es geht mich außerdem nichts an, bloß ist es ja nicht die erste … Also diese Reise, hat die einen bestimmten Grund? Und verratet Ihr mir ihren Namen?«

Selbst Kendall durchschaute ihn.

Zum Teufel mit dieser Geheimnistuerei.

Seufzend fuhr Christopher mit der Hand durch seine Haare, was er ständig tat, wenn er ratlos oder verlegen war. »*Ihren Namen*?«

»Ja, den der Frau, wegen der Ihr Euch dieses Hin- und Herfahre antut.«

»Warum glauben Sie …« Er verstummte, als er das wissende Funkeln in den Augen des anderen Mannes sah, und zuckte mit den Schultern. »Verflucht, also ja. Es handelt sich um eine Frau.«

»Sie haben so einen gewissen Blick, darum.«

Er resignierte. »Es gibt also einen gewissen Blick?«

»Auf jeden Fall. So eine Mischung aus Zufriedenheit und Todesangst. Nicht zu vergessen dieses Lächeln, das gelegentlich ohne jeden Grund über Euer Gesicht zieht. Dann darf ich folglich vermuten, dass Ihr bald heiratet?«

Eigentlich eine logische Frage und vermutlich der Grund für Kendalls Neugier und dennoch tat er sich unter den ge-

gebenen Umständen schwer mit der Antwort. »Ich hoffe es. Die Lady ist noch nicht bereit, die Verlobung öffentlich zu machen. Doch keine Sorge: Mit meiner Arbeit hat das alles nichts zu tun, daran ändert sich nichts.«

Der Waliser nickte. »Freut mich zu hören. Ich werde den Jungs in diesem Sinne Bericht erstatten. Es kann einen ganz schön nervös machen, für einen feinen Herrn zu arbeiten, der das Geld nicht braucht. Eine Frau vermag da alles zu ändern, so ist das nämlich. Vorher wart Ihr nur an Eurem Projekt interessiert, jetzt ist das nicht mehr so einfach. Da richtet sich Eure Aufmerksamkeit möglicherweise stärker auf was anderes.«

Auf *sie*.

In einsamen Nächten dachte er bisweilen über sein Leben, seine Arbeit, seine Beziehung zu Angelina und die Zukunft nach. Während es ihm in seinem Beruf leichtfiel, seine Visionen Wirklichkeit werden zu lassen, gestaltete sich das im privaten Bereich schwieriger.

Wie lange würde sie sich noch gegen seinen Wunsch nach einer Heirat sträuben?

Er wollte sie bei Tag und bei Nacht an seiner Seite wissen, im Wachen und im Schlaf. Und er würde ohne Zögern sein ganzes Leben umkrempeln, um dieses Ziel zu erreichen. Wenn sie erst seine Frau war, konnte sie ihn überallhin begleiten, wenn ihn seine Arbeit weit von London wegführte, manchmal sogar auf den Kontinent.

Nicht zuletzt deshalb hoffte er inständig, dass Heathton bald Fortschritte bei seinen Nachforschungen erzielte.

Kapitel 12

Janelle musterte ihn herablassend von der anderen Seite des Tisches, und er deutete ihren Blick als eine Mischung aus falschem Mitleid und zynischer Belustigung.

Sie saßen in einem kleinen Gasthaus, das er nie als Ort für ein Gespräch mit einer Lady ausgesucht hätte. Was in diesem Fall keine Rolle spielte, da Janelle selbst sich nicht als solche betrachtete.

Was ihr nächster Satz sogleich unter Beweis stellte.

»Mir scheint, dein süßes Eheweib hat deine Eier fest in ihrer kleinen Hand. Kann das sein?«

Benjamin hob bei dieser geschmacklosen Bemerkung die Brauen. »Wie meinst du das?«

»Ich habe euch zusammen im Theater gesehen.« Sie griff nach dem Kristallglas mit Claret und umfasste den Stil mit ihren schlanken Fingern. »Ich habe dich noch nie so aufmerksam erlebt, wobei dein Interesse nicht dem Theaterstück galt, sondern nur ihr. Ich fand das so unterhaltsam, dass ich selbst das meiste von der Vorstellung verpasst habe.«

Er betrachtete seine Begleiterin, die ihre leuchtend roten Haare heute zu einem modischen Lockengebilde aufgetürmt trug, in dem mit Smaragden besetzte Nadeln steckten. Ihr Kleid war eine cremefarbene, fließende Kreation mit weit fallenden Ärmeln und einem gewagten Dekolleté, das augenfällig ein kostbares Perlencollier schmückte.

Obwohl sie keine Kurtisane war, sah sie zumindest am heutigen Abend so aus. Und da er sie zudem als Frau kannte, die nichts ohne Berechnung tat, fragte er sich, warum sie für ihre Verabredung ausgerechnet diese Aufmachung gewählt hatte. Ihm jedenfalls war es völlig schleierhaft.

»Der Duke ist ein feiner Kerl, aber alt genug, um dein Vater zu sein.«

Ihr Blick begegnete seinem, und sie lächelte katzenhaft. »Machst du dir um mich Sorgen, mein Lieber?«

»Ich glaube, ich sollte mir eher Sorgen um ihn machen. Deiner Aufmachung nach könnte man meinen, du wolltest ihn umbringen.«

»Gar nicht so falsch gedacht, nur dass ich mich nicht für den alten Herrn so hergerichtet habe. Dir gefällt mein Kleid nicht?«

»Ganz im Gegenteil. Es steht dir sehr gut«, entgegnete er gelassen und betrachtete spöttisch ihren üppigen Busen, der das Mieder zu sprengen drohte.

»Ist es etwa für deinen Geschmack zu frivol?« Ihre Miene war gespielt unschuldig, obwohl sie weit davon entfernt war, als Unschuld durchzugehen.

»Ich vermute, das Ziel deines Angriffs wird die Botschaft verstehen«, bemerkte er trocken.

Sie zog einen Schmollmund. »*Du* hast sie leider nie verstanden, mein Lieber.«

Doch, das hatte er. Sehr gut sogar, aber Janelle entsprach nicht seinem Geschmack. Eine Kriegerin im Körper einer Venus, bei der man nie wusste, mit welcher Person man es gerade zu tun hatte.

Er lehnte sich zurück und lächelte ungezwungen. »Wir

wissen beide, dass du mich lediglich auf die Probe stellst. Um auszutesten, wie weit du mich treiben kannst.«

»Das stimmt höchstens zur Hälfte.« Sie verzog die Lippen und ließ den Blick anzüglich über seinen Körper wandern. »Ich wollte immer zur Stelle sein, falls du mal für einen winzigen Augenblick die Kontrolle verlierst. Für jenen entscheidenden Augenblick, der uns das größte Vergnügen bescheren würde. Allein aus dem Grund habe ich davon geträumt, mit dir zu vögeln.«

Ihre absichtlich vulgäre Ausdrucksweise war eine weitere Provokation, um ihn aus der Reserve zu locken, weshalb er sich lieber jeden Kommentar ersparte.

Gleichmütig zuckte er mit den Schultern. »Ich bin ein verheirateter Mann.«

»Und?«

Ich liebe meine Frau, hätte er am liebsten gesagt. Doch zum einen ging das Janelle nichts an, und zum anderen musste er sich erst an den Gedanken gewöhnen, dass es sich tatsächlich so verhielt. Darüber hinaus, fand er, machte es ihn irgendwie verletzlich, und es war nie klug, Janelle eine Schwachstelle zu zeigen und ihr damit zusätzliche Munition zu liefern.

»Was den Duke betrifft: In seinem Fall bin ich nicht an Lust interessiert.« Sie faltete die Hände vor sich auf dem Tisch. »Eher an seinen Verbindungen, die ich brauche.«

Er hob eine Braue. »Bridgeway? Ich habe mich schon gefragt, was dich hierhergeführt hat.«

»Verdammt, Heathton. Weißt du wirklich immer alles?«

Leider nicht, denn sonst hätte er sie nicht in der DeBrooke-Sache um Hilfe gebeten. »Sei lieber vorsichtig bei Bridgeway. Ich habe gehört, er mag es etwas rauer.«

»Das ist mir bekannt.«

Ihre Stimme klang seltsam hohl, und die Art, wie sie es sagte, verstand er als Warnung, sich nicht weiter einzumischen. Er wollte ohnehin lieber nicht hören, wer ihr Bridgeways Vorliebe für Perversionen hinterbracht hatte.

»Es war lediglich ein gut gemeinter Rat, mehr nicht. Konntest du arrangieren, worum ich dich gebeten habe?«

»Natürlich. Allerdings wird es dich einiges kosten.«

»Kein Problem.«

Als sie lächelte, blitzten ihre makellosen, blendend weißen Zähne auf. »Ich könnte einfach deinem Verwalter die Rechnung schicken.«

»Damit bin ich einverstanden«, erklärte er trocken. »Immerhin bitte ich dich um Hilfe.«

»Verrätst du mir auch, warum du dich mit diesem Thema beschäftigst? Langweilt das Dasein als Earl dich so sehr?«

Sie war nicht nur wunderschön und verschlagen, sondern auch scharfsinnig. Und sie kannte ihn, wusste, dass er sich im Grunde seines Herzens nach einem aufregenderen Leben gesehnt hatte, bis er durch den plötzlichen Tod seines Vaters in die Pflicht genommen worden war.

Allerdings nicht vollständig.

Gelegentliche Ermittlungen wie in Elenas Fall und jetzt in dem von Angelina DeBrooke halfen ihm, die langweiligen Durststrecken zu überstehen. Und zudem hielt seine Frau ihn ganz schön auf Trab.

»Nun, ich wurde um einen Gefallen gebeten und versuche ein kleines Rätsel zu lösen«, gab er ihr zur Antwort. »Anschließend werde ich mich wohl wieder mehr aufs Land zurückziehen. Alicia erwartet nämlich ein Kind.«

Janelle stutzte. »Was nach einem Jahr Ehe nicht überraschen sollte«, meinte sie schließlich sarkastisch und legte den Kopf schräg. »Ich hatte bereits das Gefühl, dass etwas anders ist als sonst. Völlig anders. Du bist nicht mehr der kühle, berechnende Mann, der du früher warst. Wer weiß, vielleicht hast du sogar ein Herz. Ist bloß so ein Gedanke.«

Er warf ihr einen zynischen Blick zu. »Du solltest lieber nicht mit Steinen nach mir werfen, meine Liebe. *Ich* bediene mich immerhin keiner falschen Identität, und *ich* schare nicht die vernarrten Idioten von halb Mayfair um mich. Zudem habe *ich* nie in Newgate gesessen, weil ich … Was war es bei dir doch gleich?«

»Ein Missverständnis.« Sie trank ihren Wein aus, betupfte die vollen Lippen mit der Serviette und erhob sich. »Ich werde mich melden, sobald ich etwas herausgefunden habe.« In einem Wirbel aus raschelnder Seide und einer Wolke aus Parfum fuhr sie herum. »Das erinnert mich daran, wie es früher war.«

Es klang fast wehmütig, obwohl Janelle eigentlich nie etwas bereute und nicht an Gefühle glaubte. Ihre Stärke lag darin, ohne Rücksicht auf andere ihr Überleben zu sichern.

»Du solltest nichts glorifizieren, denn damals setzten wir uns großen Gefahren und Unsicherheiten aus«, erinnerte er sie. »Eigentlich war es nichts anderes als ein Kampf um Macht. Und man konnte bloß hoffen, auf der richtigen Seite zu stehen.«

Ihre grünen Augen blickten einen Moment ins Leere. »Ich hatte keine Ahnung, dass du dir nicht sicher warst.«

»Wenn man dem Tod ins Auge blickt, ist jeder Mann unsicher.«

»Und was ist mit den Frauen?«

Sein Lächeln geriet etwas schief. »Ich frage mich manchmal, ob Frauen nicht mehr Selbstgewissheit besitzen als Männer.«

Augenblicklich kehrte ihr Lächeln zurück, und ihre Augen funkelten. »Wir sind eben letztlich das überlegene Geschlecht«, neckte sie ihn und schüttelte ihren fellgefütterten Mantel aus. »Also dann, Eure Lordschaft. Für heute sage ich Lebewohl.«

Er hatte sich gleichzeitig mit ihr erhoben und verbeugte sich leicht. »Ich wünsche eine gute Reise. Kehr wohlbehalten zurück.«

Ein fröhliches Lachen entschlüpfte ihren Lippen, als sie den Raum verließ. Heathton verspürte keine Lust, sich schon auf den Heimweg zu machen. Er schenkte sich von dem Wein nach, lehnte sich in seinem Sessel vor dem Kamin zurück und verlor sich in Grübeleien über Gifte, mögliche Motive und das chinesische Schriftzeichen.

Wenn sein Arbeitszimmer durchwühlt worden war, wusste die andere Seite von seinem Engagement in dem Fall. Dass Alicia in der Öffentlichkeit für Angelina DeBrooke eingetreten war, dürfte ebenfalls nicht unbemerkt geblieben sein.

Sein Instinkt riet ihm, sich mit aller gebotenen Eile der Lösung der rätselhaften Geschichte zu widmen.

Eve Summers besaß, hinsichtlich der üppigen Figur und der roten Haare, eine gewisse Ähnlichkeit mit der geheimnisvollen Mrs. Dulcet. Nur sah sie erheblich rustikaler aus und hatte mit ihrem sommersprossigen Gesicht nichts von einer *femme fatale*.

Sie schien überrascht über den Besuch, der da so unvermutet bei ihr aufkreuzte. Nachdem sie eine Erfrischung angeboten hatte, die jedoch abgelehnt worden war, setzte sie sich auf einen satinbespannten Stuhl und blickte ihr Gegenüber mit unverhohlener Neugier an.

Auf der Fahrt hatte Alicia bereits darüber nachgedacht, wie sie das Gespräch eröffnen sollte. Direkt mit der Tür ins Haus zu fallen, schien ihr wenig klug, solange sie sich kein Bild von der jungen Frau gemacht hatte. Schließlich gingen sie und Ben davon aus, eine Freundin könnte in die Sache verwickelt sein. Deshalb durfte sie auch nicht zu früh preisgeben, dass ihr Mann Nachforschungen anstellte. Nicht dass solche Informationen in völlig falschen Kanälen landeten.

Sie beschloss, sich dem Thema zunächst ganz allgemein zu nähern. »Ich habe gehört, Ihr wart mit Lady DeBrooke gut befreundet.«

Eve Summers blinzelte verwirrt. »Was heißt *war*, Lady Heathton. Ich bin nach wie vor sehr gut mit ihr befreundet. Warum fragt Ihr?«

»Das freut mich zu hören.« Alicia lächelte warm. »Es ist lieb von Euch nach … nun, nach dem Ganzen.«

»Ich betrachte es als Pflicht, einer Freundin beizustehen, die fälschlicherweise schrecklicher Verbrechen bezichtigt wird.« In ihrer Stimme schwang Feindseligkeit mit.

Wenn sie die Frau gegen sich aufbrachte, wäre das absolut kontraproduktiv, erkannte Alicia und bemühte sich sogleich, die Scharte auszuwetzen. »Da bin ich absolut Eurer Auffassung. Ich bin hier, weil ich mir Sorgen mache. Wir sind uns kürzlich begegnet, und ich mag Lady DeBrooke sehr.«

»Ja, sie hat Euch ebenfalls erwähnt.« Die junge Frau, die im

Alter ihrer Schwester war, musterte sie aus zusammengekniffenen Augen. »Ich wünschte, ich wäre bei den Greggstons gewesen und hätte sie unterstützen können. Aber meine Mutter gab selbst an jenem Abend eine Dinnerparty und bestand auf meiner Anwesenheit. Zudem hatte ich keine Ahnung, dass Angelina die Einladung annehmen würde. Das macht sie sehr selten.«

»Oh, verstehe.«

»Meine Eltern sehen es überdies nicht gerne, wenn ich mich in der Öffentlichkeit mit ihr zeige. Insofern war ich heilfroh, dass Ihr Euch um sie gekümmert habt. Wenigstens eine Person, die ihr freundlich begegnete.«

»Es war mir ein ehrliches Bedürfnis. Ich mag sie, wie gesagt. Offensichtlich hat sie eine schwere Zeit hinter sich, wenn ich das richtig mitbekommen habe.«

»Der Prozess war schrecklich, doch das liegt zum Glück hinter uns.« Eve atmete tief durch. »Wenn Ihr mir jetzt erklären würdet, warum Ihr mich aufsucht, Lady Heathton.«

»Habt Ihr eine Ahnung, wer Eurer Freundin so übel mitspielen könnte, dass er ihr den Mord an zwei Männern anhängt? Ich plane, sie gelegentlich einzuladen und möchte aus diesem Grund mehr über ihre Vergangenheit erfahren, ohne sie selbst fragen zu müssen. So etwas weckt nur schlimme Erinnerungen. Meine Schwester hat mich auf Euch verwiesen.«

Lastendes Schweigen hing im Raum, während Eve Summers darüber nachzudenken schien, ob sie sich geschmeichelt fühlen oder misstrauisch sein sollte. Dann hob sie die Hände. »Ich bezweifle, ob ich Euch irgendetwas sagen kann, das nicht bereits in London die Runde gemacht hat. Aber gut, ich kann Euch trotzdem erzählen, was ich weiß. Dann könnt Ihr Euch selbst ein Bild machen. Vielleicht sollte ich vorab erwähnen, dass ich nicht sicher bin, ob William und Thomas die guten Ehemänner waren, die sie zu sein vorgaben.«

Alles hatte Alicia erwartet, das nicht. »Inwiefern?«, hakte sie nach.

»Wenn Ihr mich fragt, war keiner der beiden gut genug für sie. William hat sie streng genommen gekauft, indem er ihre Mitgift ausschlug und ihrem Vater einen ausgesprochen vorteilhaften Ehevertrag unterbreitete.«

»Interessant. Klingt nach einem Mann, der genau weiß, was er will, und es sich zur Not nimmt. Hat er sie geliebt?«

»Nein.« Eves Miene verhärtete sich. »Das kann ich zweifelsfrei behaupten. Er hatte eine Mätresse und mit dieser zwei Bastarde, die zu erwähnen er vor der Hochzeit versäumte. Ihm war lediglich an seinem Ansehen gelegen, und mit Angelina konnte er brillieren. Das war ihm ein hübsches Sümmchen wert.«

Alicia überlegte, ob Ben wohl von der Mätresse wusste. Es würde sie wundern, falls nicht. Sie musste ihn danach fragen oder ihn darauf hinweisen.

»Ich an ihrer Stelle wäre am Boden zerstört gewesen«, erklärte sie im Brustton der Überzeugung.

»Das war sie nicht. Zumindest hat sie mir gegenüber nie so geredet. Eher fühlte sie sich gedemütigt.«

All diese Beurteilungen hatten vermutlich seinerzeit auf Lady DeBrooke als Täterin hingewiesen, und niemand hielt es dann mehr für nötig, bei anderen ebenfalls nach Motiven zu suchen.

»Mein Mann kannte den zweiten Ehemann und meint, er sei ein netter Kerl gewesen.«

»Thomas?« Eve schüttelte den Kopf so heftig, dass ihre roten Locken flogen. »Er war kein schlechter Mensch, verbrachte seine Zeit jedoch lieber im Club als zu Hause bei seiner Frau. Was ihr vermutlich ganz recht war, denn obwohl sie ihn mochte, war es keine Liebesheirat. Vermutlich hat sie ihn genommen, weil ihr Vater ihr sonst jemanden aufgedrängt hätte, der erheblich schlimmer war. Allerdings hat sein Tod sie ehrlich getroffen, während sie William keine Träne nachweinte.«

Alicia fand es schrecklich, dass diese arme Frau zweimal zu einer Ehe mit einem Mann gezwungen worden war, den sie nicht liebte. Wie glücklich durfte sie sich dagegen schätzen! Sie wünschte von ganzem Herzen, dass Angelina DeBrookes Pechsträhne bald ein Ende fand.

»Ich glaube, jetzt verstehe ich die ganze Geschichte viel besser«, beteuerte Alicia, und das war durchaus ehrlich gemeint. »Nur drängt sich mir jetzt noch mehr die Frage auf, wer ihr das angetan haben könnte. Und was derjenige bezweckt. Will er, dass sie ihr Leben als Witwe verbringt? Das alles ist sehr rätselhaft. Bestimmt hatte sie eine Menge Neider, die eifersüchtig auf ihre Erfolge bei den Männern waren, oder? Verschmähte junge Ladys und, schlimmer noch, ambitionierte Mütter.«

Eve Summers schaute sie besorgt an. »Schwer zu sagen. Ich habe mich gelegentlich gefragt, ob das Schicksal ihr nicht einfach einen makabren Streich gespielt hat und niemand schuld war an den Todesfällen. Das könnte doch sein? In dieser Welt sind schon merkwürdigere Dinge passiert. Allerdings stellt sich die Frage, ob sie ihr Glück oder ihr Unglück durch eine neuerliche Heirat herausfordern sollte.«

Genau das aber plante sie, soweit Alicia verstanden hatte, und es wäre weiß Gott eine Schande, wenn zwei Menschen, die sich liebten, von irgendwem, der Giftmorde als Methode einsetzte, um ihr Glück gebracht wurden.

»Denkt sie darüber denn nach?« Obwohl sie Bescheid wusste, stellte Alicia diese Frage, um sich nicht zu verraten. Es wirkte nämlich bestimmt verdächtig, wenn sie bei diesem interessanten Detail nicht nachhakte.

»Ich vermag es nicht mit Sicherheit zu sagen«, sagte Eve nüchtern. »Falls Ihr Euch wirklich näher mit ihr anfreundet, würde ich sie aber an Eurer Stelle sogleich davon abbringen, sobald sie bloß ansatzweise davon spricht, Lady Heathton.«

Kapitel 13

Die Nachricht ließ sie erzittern. Der Zettel entglitt ihrer Hand und fiel auf den gemusterten Orientteppich des kleinen Salons, in dem sie für gewöhnlich ihre Korrespondenz beantwortete. Unbeachtet lag das Schreiben auf dem Boden, während ihr Blick sich auf das Fenster richtete. Draußen prasselte ein kalter Herbstregen gegen die Scheiben, und die einzelnen Tropfen schimmerten wie Tränen.

Lord Heathton hatte recht. Wenn er so problemlos die Identität ihres Geliebten hatte ermitteln können, würde es auch anderen gelingen.

Ich kann es noch einmal tun.

Die Nachricht ließ an Deutlichkeit nichts zu wünschen übrig und war andererseits kryptisch genug, um nichts über die Identität des Absenders zu verraten. Sie wusste nur zu gut, was es bedeutete. Und genau das bezweckte der Absender.

Wie naiv von ihr, dachte sie und starrte in den tristen, nassen Garten. Wie hatte sie bloß glauben können, ungeschoren davonzukommen, indem sie ihre Romanze geheim hielt? Und wie schrecklich war es zugleich, dass sie offenbar keine Chance bekam, ihrem Herzen zu folgen und Christopher zu heiraten.

Dieser Brief war ohne jeden Zweifel eine Drohung, nichts zu tun, was den Plänen des Übeltäters zuwiderlief. Dass er mit seinen Worten zugleich seine Schuld eingestand, die Verantwortung für die Morde übernahm, störte ihn offenbar nicht. Er schien sich sehr sicher zu fühlen.

Aber hatte er auch bedacht, dass sein Schuldbekenntnis sie entlastete? Dass seine Nachricht ein Beweis für ihre Unschuld war?

Lord Heathton musste das Schreiben so schnell wie möglich sehen.

Angelina atmete tief durch und griff nach der Klingelschnur.

Eine halbe Stunde später stieg sie vor der gräflichen Residenz aus ihrer Kutsche. Die Kapuze ihres Mantels hatte sie tief ins Gesicht gezogen, um sich vor dem heftigen Regen zu schützen.

Zu ihrer Enttäuschung teilte ihr der Butler mit, dass Seine Lordschaft unterwegs sei und niemand zu sagen vermöge, wann er zurückkehren werde. Sie biss sich auf die Unterlippe und überdachte ihre Möglichkeiten.

»Und was ist mit Lady Heathton? Ist sie möglicherweise zu Hause?«

»Ich denke schon, Mylady.«

»Würden Sie sie bitte fragen, ob sie für mich Zeit hat?«, bat sie Yeats, der sich mit einem höflichen »Sehr wohl« und einer Verbeugung entfernte.

Bereits wenige Minuten später war er zurück, nahm ihr den Mantel ab und führte sie in einen gemütlichen, familiären Salon, der normalerweise zweifellos der Familie vorbehalten war. Alicia Wallace erhob sich vom Sofa, nachdem sie ihr Buch beiseitegelegt hatte, kam ihr mit ausgestreckten Armen entgegen und lächelte sie freundlich an.

»Ich hoffe, es ist nichts passiert?«, fragte sie besorgt und wusste dennoch, dass dem so war.

Angelina, die ein Tageskleid aus einem zarten zitronengelben Stoff mit einem Spitzenüberwurf und bauschigen Ärmeln trug, das ihre feenhafte Schönheit betonte, sah sie unglücklich an.

»Wie man's nimmt. Wirklich passiert ist nichts, doch es ist zugleich nichts in Ordnung. Ich habe eine verstörende Nachricht erhalten und wollte sie Eurem Gatten zeigen.«

»Er kommt erst später am Nachmittag zurück.« Alicia deutete auf die Sitzgruppe. »Wollen wir uns nicht setzen?«, fragte sie, ließ sich selbst wieder auf dem Sofa nieder und ordnete die weiten Röcke ihres pfirsichfarbenen Musselinkleids.

Angelina nahm in einem Sessel gegenüber Platz und sah ihre Gastgeberin ein wenig ratlos an. »Was soll ich jetzt tun?«

»Nun, das liegt ganz bei Euch. Ihr könnt natürlich erst mal mit mir vorliebnehmen, aber wenn Ihr es vorzieht, auf Ben zu warten …«

Angelina fand es trotz ihres Jammers amüsant, die Countess so ungezwungen über ihren Mann reden zu hören. *Ben*. Anderswo würde es heißen *der Earl*, *Seine Lordschaft* oder *mein Gatte*. Sie sagte schlicht *Ben* oder *mein Mann*. Und das, obwohl Heathton selbst einen eher förmlichen Eindruck machte. Nicht unfreundlich, jedoch distanziert. Dazu abwesend und ein wenig undurchschaubar. Vielleicht ein Relikt seiner Vergangenheit, denn ohne Genaueres zu wissen, wurde er mit geheimdienstlichen Tätigkeiten in Verbindung gebracht.

»Ich weiß nicht so recht«, meinte sie zögernd und raffte sich dann zu einer Entscheidung auf. »Nun gut, warum nicht. Berichte ich zunächst Euch die ganze Geschichte.« Sie zog den zusammengefalteten Bogen aus ihrem Retikül und reichte ihn der Countess.

Alicia nahm den Zettel, strich ihn glatt und überflog die Nachricht. »Das kam heute?«

»Ja, mit der Post. Kein Siegel, keine Unterschrift.«

»Damit hat er ja offen zugegeben, dass er …« Sie verstummte, weil sie offenbar nicht wusste, wie sie es diplomatisch formulieren sollte.

»Dass er meine beiden Ehemänner ermordet hat?« Angelina machte es nichts mehr aus, die Tatsachen beim Namen zu nennen. Wenn man die Tortur eines öffentlichen Prozesses durchlitten hatte und gezwungen worden war, die privatesten Dinge und intimsten Gedanken vor anderen auszubreiten, kannte man keine Tabus mehr.

»Ja, so würde ich das ebenfalls verstehen. Und natürlich als Drohung, wenngleich als eine sehr vage.«

»Weiß Lord Lowe, in welcher Gefahr er schwebt?«

Hatte Heathton ihr entgegen ihrer Vermutung von ihrer Romanze mit Christopher erzählt? Unsicher, wie sie reagieren, was sie sagen sollte, zögerte Angelina mit ihrer Antwort. Suchte nach einer Formulierung, die ihre Verbindung weder bestätigte noch leugnete.

Alicia, die das Misstrauen ihrer Besucherin spürte, kam ihr zuvor. »Als ich Euch mit ihm bekannt machte«, begann sie und wog jedes Wort ab, »war mir sofort klar, dass Ihr einander nicht zum ersten Mal gegenüberstandet. Falls es Euch tröstet: Er war sehr viel leichter zu entschlüsseln als Ihr. Auch dass er Euch liebt, vermochte er nicht zu verbergen.«

Unwillkürlich musste Angelina lächeln. Lady Heathton

schien eine durch und durch romantische Seele zu sein. Vielleicht mit ein Grund, warum sie sie auf Anhieb gemocht hatte. Außerdem schien sie eine enthusiastische Verfechterin der Ehe zu sein. Wie schön wäre es, wenn sie diese Überzeugung von ganzem Herzen teilen könnte. Im Moment hatte sie leider Angst davor.

»Zumindest behauptet er, mich zu lieben.« Angelina sprang über ihren Schatten und beendete die Heimlichtuerei. »Bisher habe ich allerdings seine Anträge stets abgelehnt, wie Ihr sicher wisst.«

In Alicias Blick lag Mitgefühl. »Weil Ihr um seine Sicherheit fürchtet.« Sie hielt den Brief hoch und wedelte damit durch die Luft. »Und das hier ist der Beweis, dass Ihr recht daran tut. Männer können ja so borniert sein! Sie glauben immer, uns beschützen zu können – nur stimmt das nicht immer. Daher finde ich Euer Verhalten richtig, sinnvoll und notwendig.«

Angelina atmete auf. Es tat so unendlich gut, mit einer gleichgesinnten Seele zu reden. »Christopher ist ungeachtet meiner Warnungen fest entschlossen, mich zu heiraten.«

»Und das macht Euch Angst.«

»Ja, und wie! Seit Erhalt dieser Nachricht bin ich vor Entsetzen wie gelähmt«, gab sie leise zurück. »Jetzt habe ich den Beweis, dass alle meine Befürchtungen sehr real sind.«

Alicia gab den Zettel zurück und dachte über die Geschichte nach. Natürlich trieb sie in erster Linie Mitgefühl an, doch überdies war sie in ihrem Element und wollte Bens Abwesenheit nutzen, die Ermittlungen auf eigene Faust voranzutreiben.

»Ich wäre ebenfalls außer mir«, bekräftigte sie. »Eigentlich kann ich mir nicht einmal vorstellen, wie man mit einer solchen permanenten Gefährdung lebt. Es ist schon schlimm genug, wenn man weiß, woher oder von wem einem Unheil droht. Aber wenn man nicht den Hauch einer Ahnung hat, wer dahintersteckt, das muss der blanke Horror sein.«

»Hinzu kommt, dass ich mich ständig frage, warum man mir das antut. Mir und den Männern, mit denen ich mein Leben teile«, murmelte Angelina, und ihre grauen Augen blickten Alicia voller Qual an. »Ich glaube, das hat mich in diesen höllischen Jahren am meisten gestört. Meines Wissens habe ich niemandem je Anlass für irgendwelche Vergeltungsmaßnahmen gegeben. Mag sein, dass William Feinde hatte … Er war nicht unangenehm, indes sehr ichbezogen. Ebenso kann es Leute gegeben haben, die Thomas nicht mochten. Dass jemand jedoch beide so sehr verabscheute, um sie zu töten? Nein. Das ergibt keinen Sinn.«

Damit hatte sie recht. Bloß ging es nicht um William und Thomas, sondern immer nur um ihre Person. Sie war die Verbindung, und der Brief bestätigte das.

»Immerhin wird keine direkte Drohung gegen Baron Lowe ausgesprochen, sofern ich das richtig interpretiere.« Alicia runzelte die Stirn und überlegte, welche Schlüsse sich daraus ziehen ließen. »Vielleicht kennt der Absender seine Identität nicht.«

»Ich wüsste auch nicht, woher«, antwortete Angelina mit erstickter Stimme. »Wir waren immer vorsichtig. Allerdings hat Euer Gatte es dennoch herausgefunden, und Ihr habt ebenfalls etwas bemerkt. Vielleicht bin ich doch eine schlechtere Schauspielerin, als ich dachte, habe meine Verliebtheit nicht geschickt genug verborgen oder unbedacht Hinweise gegeben, die Rückschlüsse auf seine Identität zuließen. Auf diese Weise könnten eine Menge Leute Wind davon bekommen haben. Insofern mache ich mir keine großen Hoffnungen mehr«, schloss sie bedrückt.

Alicia konnte die unglückliche junge Frau gut verstehen. Schließlich wusste sie durch den Umgang mit ihrem komplizierten Ehemann allzu gut, dass man aus Liebe nicht immer richtig handelte. Vor allem in komplizierten Situationen.

»Niemand wird Euch deswegen kritisieren«, sagte sie leise. »Wenngleich unsere Lebensumstände vollkommen anders sind, glaubt mir, ich kenne das Gefühl einer fast verzweifelten Verletzlichkeit.«

Angelina ließ einen Moment verstreichen, um über das Gehörte nachzudenken. Dann lächelte sie schüchtern. »Manchmal glaube ich, dass wir Frauen sehr viel mutiger sind als Männer. Ich schwöre Euch, es wäre leichter für mich, selbst in den Krieg zu ziehen, statt den Mann, den ich liebe, in die Schlacht zu schicken.«

»Ich habe so meine Zweifel, ob mein lieber Mann mir das erlauben würde.« Alicia verdrehte resigniert die Augen. »Derzeit terrorisiert er mich geradezu mit seinem übertriebenen Beschützerinstinkt.«

Als sie instinktiv die Hand auf die leichte Rundung ihres Bauches legte, weiteten sich die Augen ihrer Besucherin verstehend. »Oh, so ist das … Meinen Glückwunsch.«

»Unser erstes Kind«, erklärte Alicia unnötigerweise. »Wir freuen uns beide sehr.«

»Das solltet Ihr auch«, sagte Angelina, und in ihrer Stimme klang unterschwellige Wehmut mit. »Wie geht es Euch?«

»Es ist bisher nicht so mühsam. Ich bin nachmittags etwas müde und vertrage nicht alle Speisen. Ansonsten gibt es keine Probleme. Außer dass mir langsam alle Kleider zu eng werden.«

»Ich beneide Euch.« Drei schlichte Worte, die viel von Angelinas verborgenem Schmerz verrieten. »Ich hoffe, dass auch mir dieses Glück irgendwann beschieden sein wird, nachdem es mir während meiner beiden Ehen nicht vergönnt war. Andererseits würde ich dann zusätzlich um die Sicherheit meines Kindes fürchten müssen, und so werde ich mir diesen Wunsch auf jeden Fall versagen, solange die Bedrohung nicht aus der Welt geschafft ist.«

Mein Gott, welch ein Unglück, ging es Alicia durch den Kopf. Trotzdem machte sie Angelina Mut. »Mein Mann wird ihn finden, und wir sollten ihn nach Kräften unterstützen. Auf unsere Weise.« Sie griff erneut nach der Nachricht, die auf dem Tisch vor ihnen lag. »Erkennt Ihr zufällig die Schrift? Vielleicht solltet Ihr zum Vergleich alte Briefe hervorholen. Mit etwas Glück lassen sich Übereinstimmungen entdecken, denn Handschriften sind sehr charakteristisch und nicht so leicht zu verstellen.«

»Daran habe ich noch gar nicht gedacht.« Angelina nickte. »Irgendwo habe ich eine Kiste, in der sich auch Briefe befinden. Allerdings stammen sie alle von lieben Freunden, wenn ich mich recht erinnere. Ich bezweifle, ob sie uns weiterbringen.«

Alicia dachte an den Abend bei den Greggstons und erkundigte sich möglichst sachlich: »Halten denn alle nach wie vor zu Euch?«

Nach kurzem Schweigen neigte die andere den Kopf. »Eine gute Frage und ein berechtigter Einwand.«

»Ich wollte Euch damit nicht verletzen.«

In Angelinas Augen trat ein belustigtes Funkeln. »Keine Sorge. Ich habe gelernt, versteckte wie offene Gehässigkeit schnell zu erkennen, Lady Heathton, das könnt Ihr mir glauben.«

»Wollen wir uns nicht duzen und diese ganzen Förmlichkeiten lassen?«, entfuhr es der Countess. »Ich heiße Alicia.«

»Gut, dann also Alicia. Und ich bin Angelina.«

Sie lachten beide.

»Du zeigst das Schreiben später dem Earl?« Angelina deutete auf den Zettel. »Und erzähl ihm von deinem Vorschlag mit den Briefen. Der ist brillant. Ich lasse die Kiste schnellstmöglich aus meinem Cottage nach London bringen. Vielleicht gelingt es deinem Mann ja schon, aus der Nachricht etwas herauszulesen, das mir entgeht. Für mich ist seine Einschätzung wichtig, ob sich die Drohung konkret gegen Christopher richtet oder nicht. Und was er überhaupt davon hält. Es könnte ja ebenfalls sein, dass sich jemand bloß wichtigmachen will oder jemand, der gar nichts mit der Sache zu tun hat, sich einen üblen Spaß erlaubt.«

»In diesem Fall«, überlegte Alicia laut, »wüsste derjenige von deinem Verdacht, dass deine Ehemänner von einer unbekannten Person umgebracht wurden. Überleg bitte scharf, wer da infrage käme. Deine Zofe? Eine Cousine? Eine Vertraute? Was ist mit Freunden? Wenn man so an die Sache herangeht, könnte es sich bei dieser ominösen Botschaft wirklich um einen makabren Scherz handeln, mit dem man dich in den Wahnsinn zu treiben versucht.«

Angelina schien bei der Vorstellung ganz anders zu werden, denn eine Möglichkeit war so schrecklich wie die andere.

»O Gott, hört das denn nie auf? Ich will nicht in Selbstmitleid baden – trotzdem frage ich mich, womit ich das verdient habe.« Sie vergrub das Gesicht in den Händen.

»Wer weiß schon, warum Menschen überhaupt etwas Grausames tun?«

»Muss ich mich also damit abfinden?«

»Nein, wir werden nicht aufhören mit unserer Suche.« Nachdenklich schaute sie ihre Besucherin an. »Was ist mit deinem Schwager?«

Angelinas Kopf ruckte hoch. »Franklin? Er hasst mich, aber das fing erst nach Thomas' Tod an. Vorher kamen wir gut miteinander aus.«

»Gehörte er nicht auch zu deinen Verehrern, und du hast dich gegen ihn und für seinen Bruder entschieden?«

Mit offenem Mund starrte Angelina, der dieser Gedanke ganz offensichtlich bisher nie gekommen war, sie an. »Ich weiß nicht … Wie kommst du überhaupt darauf?«

»Harriet hat sich daran erinnert«, erklärte Alicia und lächelte schief. »Du wärst überrascht, was den Leuten nach vielen Jahren plötzlich wieder einfällt, wenn man sie bedrängt. Sie erzählte mir, dass er sich nach Williams Tod als Erster um dich bemühte. Sein Pech sei gewesen, meinte meine Schwester, dass sein Bruder der Titelträger war, nicht er. Und wenn man bedenkt, dass er dich an den Galgen bringen wollte, muss man ihn schon als äußerst nachtragend bezeichnen.«

»So ist es nicht gewesen.« Angelina runzelte die Stirn und kramte in ihrem Gedächtnis. »Ich würde ihn nicht als Verehrer bezeichnen«, sagte sie langsam. »Er hat ein-, zweimal bei mir vorgesprochen. Das war alles.«

»Faktum bleibt dennoch, dass du seinem Bruder den Vorzug gegeben hast.«

»Das ja, nur wer bringt deshalb seinen Bruder um?« In ihrem Gesicht spiegelte sich Entsetzen. »Nein, unmöglich. Das wäre eine Vorstellung, die ich nicht ertragen könnte.«

Mitfühlend sah Alicia ihre Besucherin an. »Es wäre nicht deine Schuld. Daran musst du immer denken, sollte es sich als wahr erweisen. Und es hat bereits einige Brudermorde aus Eifersucht oder Neid gegeben. Beides ist eine mächtige Triebfeder für Verbrechen.«

»Es erklärt nicht Williams Tod.«

»Nein, das tut es nicht. Vielleicht handelte es sich bei ihm wirklich um einen natürlichen Tod, der unseren Mörder lediglich inspirierte und dessen Begleitumstände er perfekt nachahmte.«

»Theoretisch sicher möglich. Allerdings halte ich Franklin für nicht intelligent genug, um so einen komplizierten Plan zu ersinnen und auszuführen. Er ist ein eher schlichtes Gemüt und wenig fantasiebegabt. Deshalb vermag ich mir ihn als Täter beim besten Willen nicht vorzustellen.«

»Guten Tag, die Damen.«

Alicia blickte überrascht auf, denn sie hatte niemanden eintreten hören. Typisch Ben. Er stand in der Tür, die Haare feucht vom Regen. »Störe ich, oder darf ich mich zu Euch gesellen?«, fragte er mit einem verbindlichen Lächeln.

Kapitel 14

Die Nachricht trug ein Zeichen, das er erkannte.

Und dieses merkwürdige chinesische Symbol am unteren Ende des Zettels schien seine Vermutung zu bestätigen, dass er tatsächlich hinter demselben Schurken her war wie seinerzeit nach der Entführung von Elena Morrow und Randolph Raine.

Insofern stand noch eine Rechnung offen.

War es endlich ein Durchbruch? Zumindest betrachtete er es als Fortschritt, sofern man eine unverhüllte Drohung so bezeichnen durfte.

»Die Frage ist«, überlegte er laut, »ob Lowes Identität unverändert ein Geheimnis ist? Falls nicht, sollte er auf der Stelle Vorkehrungen treffen.«

Angelina erblasste. Zitternd hob sie eine Hand und strich sich eine verirrte schwarze Haarsträhne, die sich aus ihrem Knoten gelöst hatte, aus der Stirn.

»Wir haben darüber ja bereits gesprochen, Mylord. Wie soll man sich vor einem Giftanschlag schützen? Muss jeder Bissen, den er zu sich nimmt, auf seine Herkunft kontrolliert werden? Und darf er nur aus Flaschen trinken, die in seiner Gegenwart geöffnet werden?«

»Das verursacht in der Tat Umstände«, stimmte Heathton unumwunden zu. »Aber es ist den Aufwand wert, denkt Ihr nicht, Mylady? Ich wünschte, Euch eine rasche Lösung dieses

Problems versprechen zu können, doch wir haben es mit einer recht einfallsreichen, ganz und gar skrupellosen Person zu tun, fürchte ich. Es gibt ein paar Spuren und Verbindungen, die sich hoffentlich als aufschlussreich erweisen. Vorerst indes tappen wir im Dunkeln, und so halte ich es für das Beste, wenn Lowe mit unbekannter Adresse verreist. Wobei ich allerdings bezweifle, dass ein viel beschäftigter Mann wie er sich damit einverstanden erklärt und genau das tut, was Ihr ihm vorschlagt.«

»Ich bin fest überzeugt, dass er sich widersetzen wird«, murmelte Alicia. »Er ist schließlich ein Mann.«

Heathton sah seine Frau sichtlich amüsiert an. »Darf ich daraus schließen, dass du mein Geschlecht aufgrund persönlicher Erfahrungen verunglimpfst, meine Liebe?«

Sie lächelte anzüglich und spielte die Unschuld in Person.

Er musterte sie, als würde er sie zum ersten Mal an diesem Tag sehen. Vielleicht lag es daran, dass ihm das pfirsichfarbene Kleid unbekannt vorkam. Es wurde von einem Band unter der Brust gehalten und fiel locker über die Taille nach unten. Sie sah bezaubernd damit aus. Nie zuvor war Benjamin Wallace der Gedanke gekommen, dass eine schwangere Frau eine ganz spezielle Sinnlichkeit ausstrahlte. Alicia bewies ihm das Gegenteil.

»Ich werde Christopher davon überzeugen, dass es unerlässlich ist«, hörte er Angelina sagen. »Wenn er es ernst meint mit mir, wird er darauf eingehen.«

»Ich bin sicher, dass er Euch glücklich zu machen wünscht«, versicherte der Earl. »Nur dürfte er schwer davon zu überzeugen sein, dass es sich um eine sehr reale Gefahr handelt. Das ist das Problem. Und aus persönlicher Erfahrung möchte ich hinzufügen, dass es nun einmal in der männlichen Natur liegt, die Frau zu beschützen und sich nicht von ihr beschützen zu lassen. Deshalb wäre es vielleicht besser, wenn *ich* mit ihm über diese Drohung und die sich daraus ergebenden notwendigen Vorsichtsmaßnahmen spreche.«

Er sah, wie Lady DeBrooke seine Frau anschaute, bevor sie zustimmend nickte. »Sofern Ihr das für erfolgversprechender haltet, gerne, Mylord. Mir ist alles recht, was seiner Sicherheit dient.«

Man lernte nie aus, dachte er. Eine andere Frau hätte sich in dieser belastenden Situation womöglich völlig selbstsüchtig verhalten oder sich logischen Argumenten verschlossen. Nicht so diese erstaunliche Lady.

»Ich werde ihm klarmachen, worum es geht. Und ich bin sicher, dass er meine Empfehlungen beherzigt.«

»Glaubt Ihr, ich werde dann Ruhe vor diesem Mann haben?« Sie zeigte auf die Nachricht und richtete sich kerzengerade auf.

Wenn es denn ein Mann war, dachte Heathton, wovon man seiner Meinung nach nicht mit Bestimmtheit ausgehen konnte. Dennoch behielt er diese Vermutung erst einmal für sich.

»Das lässt sich, um ehrlich zu sein, schwer sagen. Informiert mich auf jeden Fall, wenn Ihr weitere Botschaften erhaltet, und schickt mir diese zu. Und bitte: Redet mit niemandem sonst darüber.«

Sie nickte und erhob sich. »Vielen Dank. Und seid so freundlich, mich wissen zu lassen, ob Christopher Eurem Rat zu folgen bereit ist«, bat sie noch, bevor sie sich verabschiedete und mit raschelnden Röcken den Raum verließ.

»Was hältst du von der Sache?«, fragte Benjamin Wallace und bemerkte am süffisanten Lächeln seiner Frau sogleich, dass das ein Fehler gewesen war. Ein unausgesprochenes Einverständnis, sie an seinen Nachforschungen und seinen diesbezüglichen Überlegungen teilhaben zu lassen.

Verdammt.

Er räusperte sich, wollte seine Frage rasch abschwächen, aber es war zu spät. Alicia ergriff bereits das Wort.

»Ich habe überlegt, ob der Täter sie mit seiner Nachricht quälen will. Einfach weil es ihm Spaß macht. Zunächst, nach den Morden, hat er sich ruhig verhalten. Da schien es ihm zu reichen, dass seine Rache gelungen war und sie als Mörderin verdächtigt wurde. Jetzt hat er ein neues Spiel begonnen. Fragt sich nur, was genau diesen Sinneswandel herbeigeführt hat. Übrigens treffen solche Spekulationen bloß dann zu, wenn es sich bei dem Mörder und dem Verfasser der erpresserischen Drohung um ein und dieselbe Person handelt.«

Respekt, seine Frau war wirklich klug. Sie sprach das aus, was er selbst bereits als Möglichkeit ins Auge gefasst hatte. Vielleicht wäre es gar nicht so schlecht, wenn sie sich austauschten.

»Ich habe mir ähnliche Gedanken gemacht«, räumte er ein. »Den Grund für den Drohbrief sehe ich darin, dass unser Unbekannter befürchtet, die Regie in diesem zynischen Spiel könnte ihm aus der Hand gleiten. Vergiss nicht, dass es ihm vor allem um Kontrolle geht. Und dass Lady DeBrooke sich verliebte, stört seine Kreise. Das hatte er nicht bei seiner Inszenierung bedacht und will diesen Fehler korrigieren.«

Alicia nickte. »Ich denke, damit hast du absolut recht.«

»Noch etwas anderes«, fügte er hinzu. »Im Gegensatz zu

ihr halte ich es durchaus für möglich, dass sie selbst ebenfalls in Gefahr schwebt. Deshalb sollte sie eine absolut vertrauenswürdige Person in ihrer Nähe haben, und ich überlege bereits, ob es nicht für sie das Beste wäre, gemeinsam mit Lowe für eine Weile unterzutauchen.«

»Eine hervorragende Idee. Glaubst du, es gelingt dir, diesen Plan bei ihm durchzusetzen?«

»Würde ich ihr sonst zusichern, ihn zu überzeugen?«

Nach kurzem Zögern stimmte Alicia zu. »Nein, du würdest keine falschen Versprechungen geben. Im Grunde genommen machst du nie welche.«

Was zum Teufel sollte das nun wieder heißen?

Er nahm einen Schluck von dem Tee, der inzwischen serviert worden war. »Tue ich nicht?«

Seine Frau schüttelte den Kopf, und eine steile Falte zeichnete sich zwischen den Brauen ab. »Nein.«

»Beziehst du dich auf etwas Bestimmtes, das ich dir hätte versprechen sollen?«, hakte er argwöhnisch nach.

Sie sah ihn mit einer ungewohnten Ernsthaftigkeit an, die ihn beinahe körperlich schmerzte. »Ich verlange nicht viel von dir«, erklärte sie nach einer Weile. »Eines jedoch wünsche ich mir wirklich: dass du nicht ständig auf der Hut bist.« Sie hielt inne. »Nein, warte. Das ist nicht der richtige Ausdruck. Lass es mich anders formulieren. Du hältst dich absichtlich von mir fern und glaubst dabei, es sei das Beste für mich.«

»Immerhin bin ich für dein Wohlergehen verantwortlich«, sagte er steif.

Sie blickte ihn tadelnd an. »Ben.«

»Können wir diese Diskussion nicht beenden und stattdessen wieder auf Lord Lowe und Lady DeBrooke zurückkommen? Darf ich dir, bevor wir weiterreden, Tee nachschenken?«

Alicia blinzelte verwundert. Was war bloß in ihren Mann gefahren? Dieses Angebot war völlig untypisch für ihn. Wie die meisten Männer hielt er das für Frauensache, und definitiv hatte sie nie zuvor eine Teekanne in seiner Hand gesehen.

Handelte es sich womöglich um ein Ablenkungsmanöver?

Oder war es ein Zeichen seines Einlenkens?

Jedenfalls fand sie es äußerst bedenkenswert.

Sie musste nicht lange warten, bis sie des Rätsels Lösung serviert bekam.

»Vielleicht solltest du mit den beiden aufs Land fahren«, schlug er vor und fügte schnell hinzu: »Das würde *mich* von einer großen Sorge befreien, und *du* könntest die beiden nach Herzenslust ausfragen. Durchaus möglich, dass sie dir Dinge erzählen, die sie mir vorenthalten.«

Sieh an, dachte Alicia amüsiert, er versuchte sie zu ködern und zwei Fliegen mit einer Klappe zu schlagen.

»Gib's zu«, konterte sie. »Dir ist bloß daran gelegen, mich doch noch aufs Land zu verfrachten. Dabei hatten wir uns eigentlich darauf geeinigt, dass ich hierbleibe.«

Ganz davon abgesehen, dass sie sich über seine Hartnäckigkeit ärgerte, missfiel ihr die Vorstellung, für längere Zeit von ihm getrennt zu sein. Gerade während des Wartens auf ihr gemeinsames Kind. Andererseits war sein Vorschlag nicht ohne Reiz.

»Dich loswerden?« Benjamin Wallace wirkte ehrlich befremdet. »So würde ich das nun wirklich nicht bezeichnen, meine Liebe. Ganz im Gegenteil. Und das war auch der Grund, warum ich bereit war, dir nachzugeben. Diese Drohung allerdings hat die Situation erneut verändert. Wer immer dahintersteckt, weiß um deinen Einsatz für sein Opfer und dass Lady DeBrooke sich um Hilfe an dich gewandt hat. Insofern wäre es für mich eine unendliche Beruhigung, wenn du mit den beiden die Stadt verlassen würdest. Ich werde meine Nachforschungen derweil forcieren, damit ich seine Spur finde, bevor er euren Aufenthaltsort entdeckt.«

»Du scheinst alles gründlich durchdacht zu haben. Hast du ebenfalls schon einen bestimmten Ort im Sinn?«, sagte sie resigniert.

»Das habe ich in der Tat.«

Fragend hob sie die Brauen, ohne eine weitere Auskunft zu erhalten.

»Ist es nicht Zeit für deinen Nachmittagsschlaf?«, erkundigte er sich.

Alicia schaute ihn verwirrt an. »Gibt es einen besonderen Grund, warum du das wissen willst, Mylord?«

»Ich bin wohl kaum dein Lord, dein Herr und Gebieter, wie es so schön heißt.« Er stand auf und streckte ihr die Hand entgegen. »Manchmal beschleicht mich eher das Gefühl, bloß der Bittsteller vor deiner Tür zu sein. Auf deine subtile Art schaffst du es immer wieder, mich in die Defensive zu drängen. Insbesondere, indem du mir emotionale Kälte vorwirfst.«

»Das stimmt nicht«, protestierte sie. »Ich meine damit, dass du mir deine Gefühle nicht zeigst. Was nicht gleichbedeutend damit ist, keine zu haben.«

Als er sie auf die Füße zog, glaubte sie plötzlich zu wissen, was seine Anspielung auf ihren Nachmittagsschlaf bezweckte. Es stand ihm deutlich ins Gesicht geschrieben.

»Ich bin nicht absichtlich so distanziert«, murmelte er.

Sie streichelte liebevoll seine Wange. »Ich weiß.«

Sein Lächeln war voller Wärme. »Wirklich?« Er legte die Hand auf ihre Hüfte und ließ sie zu ihrem Rücken gleiten. »Du verstehst mich also?«

»Ich kann mir vorstellen, woran du gerade denkst.«

Sein Mund näherte sich ihrem ein kleines Stück. »Und woran denke ich gerade?«, flüsterte er.

Bevor sie ihm eine Antwort geben konnte, küsste er sie. Nicht sanft, sondern drängend. Ihr stockte der Atem, und Begehren regte sich in ihr. Sie umarmten sich lange und zärtlich, und spätestens in diesem Moment wusste sie, was er wollte, denn durch alle Stoffschichten hindurch spürte sie seine Erektion.

Seine Finger glitten über ihren sich rundenden Körper unter dem pfirsichfarbenen Kleid. »Ich fühle mich ein wenig erschöpft. Wäre es recht, wenn ich dir bei deinem Nickerchen Gesellschaft leiste?«

Unwillkürlich begann sie zu kichern. »Ich bezweifle ernstlich, dass du müde bist. Aber wenn du dich trotzdem mit mir hinlegen möchtest …«

»Das möchte ich unbedingt.«

Sie bedachte ihn mit einem herausfordernden Blick und verließ vor ihm den Raum. Erwartungsvolle Freude erfüllte sie, und ihr Puls begann zu rasen.

»Wenn ich dich zu dieser Tageszeit nach oben trage, würde das Personal sich das Maul zerreißen«, hörte sie ihren sonst eher reservierten Ehemann sagen. »Deshalb rate ich dir, etwas schneller zu gehen.«

Das ließ Alicia sich nicht zweimal sagen. Umgehend beschleunigte sie ihre Schritte, nickte Yeats im Vorbeigehen kurz zu und eilte die Treppe hinauf.

Ben war so dicht hinter ihr, dass sie beinahe die Hitze seines Körpers spürte. Seine flache Hand lag schwer auf ihrem Rücken. »Ich will mit dir zusammen sein«, raunte er ihr zu. »Über dir. In dir.«

Sein warmer Atem traf ihren Nacken, und für einen Sekundenbruchteil schloss sie, von Verlangen überwältigt, die Augen. Himmel, es war nicht einmal Teestunde!

»Ist es nicht eine unorthodoxe Zeit, um …«

Unwillkürlich stieg ihr Röte in die Wangen. Wie albern, schalt sie sich. Schließlich war sie eine verheiratete Frau und kein Schulmädchen.

»Ich finde, der Zeitpunkt ist perfekt.«

»Jeder in diesem Haus wird wissen, was wir tun. Genauso gut hättest du mich hochtragen können – das wäre auf dasselbe herausgekommen.«

Er lachte leise, und der gutturale Klang jagte ein Kribbeln über ihren Rücken. Es war, als teilten sie ein Geheimnis, ein intimes Wissen, das jedem außer ihnen verborgen blieb.

»Liebling, du bist schwanger. Dass wir miteinander schlafen, ist also eine für jeden ersichtliche Tatsache. Ohnehin wissen alle, dass wir immer nur ein Zimmer benutzen. Entweder deins oder meins. Also, was soll's? Falls du allerdings zu müde oder einfach nicht in der Stimmung bist, sag es.« Er machte eine kleine Pause. »Dann überlasse ich es dir, das Tempo vorzugeben.«

»Wie denn?«, fragte sie neugierig.

»Das zeige ich dir später.«

Oben angekommen, schloss er die Tür hinter ihnen und

drehte sich zu ihr um. »Warte, ich helfe dir«, sagte er und machte sich daran, die Knöpfe an ihrem Kleid zu öffnen und es ihr von den Schultern zu streifen.

Dann suchte sein Mund ihren Hals, und seine Lippen folgten dem Schwung ihrer Schultern, während seine Hände über ihren Körper glitten und sie von den restlichen Kleidungsstücken befreiten.

Das würde ein ganz besonderer Nachmittagsschlaf werden, erkannte Alicia.

Nackt ließ sie sich von ihm zum Bett geleiten, sich auf die Matratze legen und küssen, bevor er sich ebenfalls auszuziehen begann.

Wann hatte sie angefangen, sich so weiblich zu fühlen? Ihr kam es vor, als hätte ihr Körper ganz eigene Vorstellungen. Und dazu gehörte durchaus, sich an einem verregneten Herbstnachmittag ihrem Mann und ihrer Lust hinzugeben …

Was aber bezweckte Ben mit diesem unplanmäßigen Liebesspiel? Bei ihm gab es für alles einen Grund, das wusste sie. Und so sehr er sie zweifellos begehrte, ging es nicht allein um Vergnügen und Befriedigung. Nachdenklich musterte sie ihn unter halb gesenkten Lidern und kam zu dem Schluss, dass es seine Art war, ihr zu zeigen, wie ungern er sich von ihr trennte.

Eine Erkenntnis, die sie weich und sentimental stimmte.

Weil er ihr seine Verletzlichkeit offenbarte.

Dann war er wieder bei ihr, legte sich neben sie. »Wie ich schon sagte, überlasse ich dir das Tempo«, flüsterte er heiser trotz seiner mächtigen Erregung.

Verwirrt stützte Alicia sich auf einen Ellbogen. »Wie denn?«

»Ich muss nicht immer oben liegen – wir können die Positionen auch tauschen.«

»Mylord, ich …«

»Alicia, hör auf damit.« Er umfasste ihre Arme und zog sie auf sich. »Das sage ich dir immer wieder, oder?«

»Ja«, flüsterte sie, während seine Hand ihren Kopf herunterdrückte, bis ihre Lippen sich erneut zum Kuss fanden.

»Und nun kannst du mir beweisen, dass du mich nicht bloß geheiratet hast, weil dein Vater mein Vermögen und mein Titel reizte und beides als Gegenwert für deine Schönheit betrachtete.«

Seine Worte überraschten sie in mehr als einer Hinsicht. Zum einen hatte sie keine Ahnung, wie sie das demonstrieren sollte, und zum anderen wunderte sie sich, wieso er überhaupt auf die abwegige Idee verfiel, sie habe ihn wegen solcher Äußerlichkeiten geheiratet.

Sie zeichnete mit einem Finger seine Augenbraue nach. »Ben, du weißt, dass ich niemals den Wünschen meines Vaters zugestimmt hätte, wenn du nicht …«

»Ja?«, hakte er nach, als sie nicht weitersprach.

Wie sollte sie es ausdrücken? Von allen Gentlemen, die sich um sie bemühten, hatte sie sich irgendwie am meisten zu ihm hingezogen gefühlt. Zu seinem geheimnisvollen Lächeln, zu seinen wachen Augen, denen nichts zu entgehen schien, und zu seiner beträchtlichen, wenngleich verborgenen sexuellen Anziehungskraft.

Obwohl sie jung und unerfahren war, hatte sie diese Verlockung gespürt.

Deshalb gab es für sie kein Zögern, als er um ihre Hand anhielt, und die väterliche Entscheidung hatte mit diesem

Entschluss nichts zu tun. Obwohl es sich letztlich um eine arrangierte Ehe handelte, entsprach das nie ihren Empfindungen. Für sie war lediglich wichtig, dass sie ihn begehrte.

»Ich wollte dich vor allem, weil du so anders warst«, sagte sie schließlich. »Weil du so bist, wie du bist. Das hat mich gereizt.«

»Ja, dass ich anders bin, lässt sich kaum leugnen«, erwiderte er mit einem schiefen Grinsen.

»Warum solltest du auch?«

Sie küsste ihn auf den Mund, presste ihre Lippen fest auf seine, während er seine Härte verlangend gegen ihren Bauch drückte.

»Weil ich befürchte, nicht so zu sein, wie du es dir wünschst.«

Die Äußerung überraschte sie, denn nichts könnte weiter von der Wahrheit entfernt sein. »Wie kommst du darauf, das zu vermuten?«

»Weil ich nicht gerade der charmante oder romantische Typ bin.« Seine Fingerspitzen fuhren über ihre Brust und zeichneten eine bläuliche Ader unter der durchscheinenden Haut nach. »Und ich zeige meine Gefühle nicht gerne.«

»Ganz so schlimm ist es nicht«, wandte sie ein. »Trotzdem könntest du dich getrost häufiger bemühen, charmant zu sein, denn das macht dich sehr attraktiv.« Sie musste innehalten, weil seine Finger, die sich an ihren Brüsten zu schaffen machten, sie ablenkten. »Und was die Romantik angeht, gilt Ähnliches. Du bist sicherlich zu mehr fähig, als du in dieser Hinsicht tust, aber ich habe nie erwartet, von dir mit Blumen oder Gedichten überschüttet zu werden. Ich genieße einfach deine Gesellschaft.«

Auf die Sache mit den Gefühlen ging sie nicht ein, denn diesbezüglich wusste sie nichts Aufbauendes zu sagen. Es entsprach schlicht den Tatsachen, dass sie ihn meist nicht zu entschlüsseln wusste.

»Ich möchte, dass du dieses Beisammensein besonders genießt.« Seine Stimme klang belegt, und seine braunen Augen schimmerten in diesem seltsamen grüngoldenen Ton, den sie bisweilen annahmen. Seine Hände ruhten auf ihren Hüften. »Setz dich auf mich.«

Gleichermaßen neugierig wie verlegen folgte sie seiner Aufforderung. Brachte sich, die Hände auf seine Brust gestützt, über ihm in Position und nahm ihn in sich auf. Spürte, wie erst die Spitze mit ihrem weichen Geschlecht spielte, bevor er in sie eindrang. Überwältigt schloss sie die Augen.

»Perfekt«, murmelte Ben, als sie sich fester auf ihn drückte. »Einfach perfekt. Ich hoffe, ich kann mich zurückhalten.«

Es war ein dekadentes Gefühl, rittlings auf ihm zu sitzen. Ihre Brüste wogten, als seine Hände sie dazu brachten, sich zu bewegen. Zuerst ungeübt, dann immer sicherer, bis sie zu ihrem eigenen Rhythmus fand und merkte, wie viel Lust es auch ihr bereitete.

Sie seufzte leise.

Als Ben mit einem Stöhnen antwortete, ergriff ein berauschendes Machtgefühl von ihr Besitz. Sonst wirkte er eher beherrscht, verlor kaum die Kontrolle, doch das hier war anders.

Forsch beugte sie sich vor und flüsterte dicht an seinen Lippen: »Schneller?«

»Sei vorsichtig«, warnte er sie heiser. »Sonst kann ich für nichts garantieren.«

Sie wusste, was er damit sagen wollte. Schließlich war sie keine schüchterne, unerfahrene Jungfrau mehr, und es bereitete ihr keine geringe Befriedigung, ihn an diese Grenze zu treiben.

Mit einem Mal aber drehte er den Spieß um, schob die Hand zwischen ihre Körper und drang mit einem Finger in sie ein. Haltlos begann ihr Körper zu zittern und zu zucken.

»Ohhh«, entfuhr es ihr.

Ben hob sie hoch, ließ sie wieder hinab, hob sie erneut hoch … Seine Haare klebten feucht an den Schläfen. »Alicia …«

Er war nicht der Einzige, der bald so weit war. Ein Schrei entrang sich ihr. Ekstase erfasste sie wie eine Welle und schenkte ihr Vergessen. Nur am Rande bemerkte sie, wie er sich aufbäumte und sich in ihr verströmte. Dann lag sie erhitzt und atemlos in seinen Armen und wartete darauf, dass ihr heftig pochendes Herz zur Ruhe kam.

»Ich habe versucht, rücksichtsvoll zu sein«, sagte Ben, und seine Finger spielten mit ihren langen Haaren. »Bloß bin ich nicht sicher, ob es mir gelungen ist. War ich zu fordernd?«

Nein und noch mal Nein.

Alicia fühlte sich wunderbar trotz ihrer Bedenken, so etwas zu so einer unschicklichen Tageszeit zu tun. »Es geht mir gut.« Sie küsste seine Brust. »Sehr gut sogar.«

»Müde?« Er fuhr mit einer Hand über ihr Rückgrat.

Gähnend nickte sie. »Um diese Uhrzeit neuerdings immer. Ich fühle mich so rundum träge.«

»Schließlich musst du für zwei schlafen«, meinte er grinsend und fügte hinzu: »Ehrlich gesagt, hätte ich ebenfalls nichts dagegen, ein wenig zu ruhen.«

Seine Worte versetzten sie in Erstaunen. Wollte er nicht an seinen Schreibtisch zurück?

»Ich fände es schön, wenn du das tätest.«

Seine Lippen streiften ihren Scheitel.

»Hast du denn Zeit?«

»Nein.« Sein kehliges Lachen kam tief aus seiner Brust. »Eigentlich müsste ich eine Rede fürs Parlament vorbereiten und meinen Geschäftspartnern wegen der Beteiligung an einer Mine in Wales schreiben, um das Wichtigste zu nennen. Nicht zu vergessen meine Jagd auf den geheimnisvollen Unbekannten. Ich bin nicht sicher, ob es mir gelingt, den Fall aufzuklären, doch ich muss und will es versuchen. Schließlich hängt Wohl und Wehe vieler Menschen davon ab. Zum Glück sehe ich erste Fortschritte.«

Sofort richtete sie sich auf. »Inwiefern? Rede schon, anstatt mich auf die Folter zu spannen.«

Er küsste ihre Schläfe. »Halt du erst mal dein Schläfchen, damit es meinem Kind weiterhin gut geht. Bevor du morgen abreist, erzähle ich dir alles.«

Morgen sollte sie bereits aufs Land?

Ihre Müdigkeit machte sie träge und hinderte sie daran zu protestieren. »Versprichst du es?«

»Ich gebe dir mein Wort.«

Kapitel 15

Als die Tür aufgestoßen wurde, saß Benjamin Wallace bereits auf der Bettkante und war dabei, seine Hose anzuziehen. Doch es war seine geringste Sorge, mit nacktem Hintern erwischt zu werden. Schnell hatte er eine Decke über Alicia geworfen.

»Was ist passiert?«, fragte er den Lakaien, der so ungestüm in Alicias Schlafzimmer eingedrungen war. »Es riecht nach Rauch.«

Unter anderen Umständen wäre die Situation vielleicht komisch gewesen, denn der junge Mann stand angesichts des Bildes, das sich ihm bot, wie zur Salzsäule erstarrt da. Den Earl und die Countess am helllichten Nachmittag in einer eindeutigen Situation zu überraschen – sein Weltbild schien aus den Fugen zu geraten.

Es dauerte eine Weile, bis er in der Lage war, eine verständliche Erklärung zu geben.

»Yeats, Mylord ... Yeats hat mich raufgeschickt«, stammelte er verlegen. »Es war so ... Er meinte, ich soll Lady Heathton wecken und sie in Sicherheit bringen. Wisst Ihr, es war so, dass ... Er und ich haben versucht, Euch zu finden. Aber wir wussten nicht ..., keiner von uns beiden ... Ich hatte ja keine Ahnung ...«

»Wie schlimm ist es?«, unterbrach Heathton ihn ungeduldig.

»In der Küche brennt es und bei den Stallungen.« Der Diener wischte sich mit der Hand übers Gesicht. »Was soll ich jetzt tun, Mylord?«

»Sind die Treppen noch zugänglich?«

»Soweit ich erkennen konnte, ja. Zumindest die Vordertreppe. Hinten ist der Rauch dichter.«

Inzwischen war Alicia aufgewacht und blickte irritiert um sich.

»Schaffen Sie das weibliche Personal aus dem Gebäude«, befahl Heathton und suchte vergeblich nach seinem Hemd.

»Meines Wissens wurde dafür bereits gesorgt, Mylord. Und was ist mit Ihrer Ladyschaft?«

»Ich bringe sie persönlich nach unten. Jeder verfügbare Mann soll sich einen Eimer schnappen und das Feuer eindämmen. Ohne dabei jedoch sein Leben aufs Spiel zu setzen. Richten Sie Yeats aus, er möge alle anhalten, vorsichtig zu sein.«

»Sehr wohl, Mylord.«

»Was ist denn los?« Mit weit aufgerissenen Augen hielt Alicia das Laken bis zum Kinn hoch.

»Es brennt«, erklärte ihr Mann lakonisch, hob sie ohne Umschweife vom Bett und trug sie mitsamt Laken aus dem Zimmer. »Wir müssen weg hier. Sofort. Bevor wir am Ende hier oben vom Feuer eingeschlossen werden.«

»Wir sind nicht angezogen«, wandte sie verschämt ein.

»Darum können wir uns später kümmern.« Von der Treppe her zog Rauch in ihre Richtung. Alicia hustete, drückte ihr Gesicht an seine Brust und umschlang seinen Hals. Obwohl er seine Frau auf den Armen hatte, barfuß und halb nackt war, nahm er zwei Stufen auf einmal. In der Halle empfing sie dichter Qualm, der ihnen kaum Luft zum Atmen ließ, und nur unter Husten und Keuchen erreichten sie das Freie.

Draußen standen bereits der völlig aufgelöste Butler sowie alle vom Personal, die nicht mit der Bekämpfung der Brandherde beschäftigt waren. Behutsam ließ Heathton seine Frau herunter, die krampfhaft das Laken um ihren Körper zog, und befahl barsch, eine Kutsche vorfahren zu lassen, um sie zum Haus ihrer Schwester zu bringen. Der Zofe schärfte er ein, nicht mehr von ihrer Seite zu weichen. Danach lief er zurück ins Haus.

In der Küche war die Rauchwolke so dicht, dass man kaum etwas sehen konnte. Jemand drückte ihm einen Eimer in die Hand, und er machte sich gleich ans Werk, lokalisierte einige kleine Feuer und warf eimerweise Wasser darauf, das er aus einer Wanne neben dem großen Tisch schöpfte. Von irgendwo hörte er die Stimme der Köchin, die sich offenbar geweigert hatte, ihr Reich zu verlassen. Lauthals kommandierte sie die anderen herum. Zum Glück waren die Flammen bald erstickt, und der beißende Rauch verzog sich langsam durch die geöffneten Fenster. Trotzdem tränten nach wie vor die Augen und schmerzten die Kehlen.

»Was ist mit dem anderen Feuer?«, fragte Heathton hustend und wischte sich die Stirn ab.

»War bloß ein geringfügiger Schwelbrand im Stallgebäude«, versicherte ein Lakai, dessen Gesicht Rußspuren aufwies. »Da war kein Könner am Werk, wenn ich das mal so sagen darf. Einer der Pferdeknechte hat es einfach ausgetreten.«

Nach dem Einbruch in sein Arbeitszimmer nun die Brandstiftung – das konnte selbst der argloseste, gutgläubigste Mensch nicht als Zufall betrachten.

Und er schon gar nicht.

Eindeutig hatte er sich jemanden zum Feind gemacht.

Seine schwarze Seele sollte verflucht sein.

Was, wenn Alicia verletzt worden wäre oder das ungeborene Kind Schaden genommen hätte? Allein die Vorstellung trieb ihn zur Weißglut. Ihn, der sonst kaum aus der Ruhe zu bringen war. Aber der Anblick der traurigen Überreste seiner Küche hatte ihm vor Augen geführt, dass sein Widersacher zu allem entschlossen war. Und das konnte selbst er nicht gelassen hinnehmen.

»Wurde jemand verletzt?«

»Nein, Mylord. Nicht dass ich wüsste.« Yeats stand in der Tür und betrachtete sichtlich erschüttert das Durcheinander. »Lady Heathton ist auf dem Weg zu ihrer Schwester, Ihr braucht Euch um sie keine Sorgen zu machen.«

O doch, das musste er sehr wohl.

Wie sonst sollte er den Brand deuten, wenn nicht als Drohung?

Er wandte sich an Yeats. »Versuchen Sie herauszufinden, ob irgendjemand etwas bemerkt hat. Eigentlich kann mitten am Tag niemand unbemerkt hereinspazieren und in der Küche ein Feuer legen.« Seine Stimme klang vor Erregung schärfer als beabsichtigt. »Befragen Sie jeden Einzelnen. Erkundigen Sie sich, ob irgendwer heute etwas Ungewöhnliches bemerkt hat. Egal, wie abwegig es erscheint. Und falls jemand eine unbekannte Person beobachtet hat, versuchen Sie, eine Beschreibung zu bekommen. Sie sind ein Mann mit Sinn für Details, darum vertraue ich Ihnen uneingeschränkt. Ich weiß, dass Sie sich der Sache mit größter Sorgfalt annehmen.«

»Ich werde mein Bestes geben, Mylord.« Der sonst so würdevolle Butler verneigte sich hastig und verschwand.

Nachdenklich ging Heathton durch die verrauchten Räume des Erdgeschosses. Er verspürte eine seltene Form von Wut, die er sich normalerweise nicht gestattete, weil sie sein Urteilsvermögen trübte. Seiner Erfahrung nach kam man schneller ans Ziel, wenn man den Herausforderungen und Konflikten des Lebens mit kühlem Kopf begegnete. Allerdings hatte bislang nie jemand versucht, seiner schwangeren Frau zu schaden.

Und genau an diesem Punkt war eine Grenze überschritten worden.

Von jetzt an gab es keine Toleranz und Nachsicht mehr.

Der Unbekannte würde sein blaues Wunder erleben.

Noch ahnte er nicht, welch unerbittlicher, zu allem entschlossener Feind ihm durch seinen neuesten Anschlag erwachsen war, dachte Heathton voller Genugtuung.

In seinem Arbeitszimmer sitzend, mit einem Glas Brandy in der Hand, kühlte sein heißer Zorn langsam ab, und er begann, mit kalter Präzision darüber nachzudenken, was seinen Gegenspieler zu diesem drastischen Schritt provoziert haben mochte.

Ohne Rücksicht auf Verluste, dazu am helllichten Tag!

Es konnte sich um eine Verzweiflungstat handeln oder um eine Kampfansage. Benjamin Wallace tendierte zu Letzterem, wenngleich der fast dilettantisch gelegte Brand für Ersteres sprach. Unter der Prämisse, dass Großfeuer mit Personenschaden entstehen sollten, war relativ wenig passiert. Zum Glück.

Was aber war der Auslöser gewesen?

Abwesend wanderte sein Blick zu dem glatten, polierten Briefbeschwerer aus Achat, den er zusammen mit dem gesamten Mobiliar, den Büchern und Bildern von seinem Vater geerbt hatte. Waren es vielleicht Janelles Aktivitäten, die das alles in Bewegung gesetzt hatten?

Wenn die erfinderische Mrs. Dulcet einen empfindlichen Nerv getroffen haben sollte, würde das seine Ermittlungen ein gutes Stück weiterbringen, und ihre besondere Gabe, für Probleme zu sorgen, hätte sich mal wieder bezahlt gemacht.

Doch im Grunde war es egal, was zu den neuesten Entwicklungen geführt hatte. Er würde auf jeden Fall dafür sorgen, dass Alicia London verließ, und sich auf keine Diskussion mehr einlassen.

»Na, du weißt jedenfalls, wie man einen großen Auftritt inszeniert.« Harriets Stimme klang ironisch, aber aus ihrer Miene sprachen Mitgefühl und Besorgnis.

Alicia hatte im Haus der Schwester erst einmal gebadet, um den Rauchgeruch von der Haut und aus den Haaren zu waschen. Jetzt saß sie vor dem Spiegel und bürstete ihre dunkle Mähne. Ihre Hand mit der Bürste sank in den Schoß.

»Ich hätte wenigstens meinen Morgenmantel mitnehmen können, kam jedoch nicht mehr dazu. Ben hat mich einfach gepackt und nach unten getragen.«

So weit mochte es ja in Ordnung gehen. Sie hingegen mit nichts als einem Laken verhüllt auf der Außentreppe abzustellen und selbst davonzustürmen, das fand sie ebenso peinlich wie ungehörig. Außerdem hatte sie sich Sorgen gemacht. Gott sei Dank war zwischenzeitlich von ihrem Mann eine Nachricht eingetroffen, dass das Feuer gelöscht und niemandem etwas passiert sei. Er werde sie in ein paar Stunden abholen, hatte er hinzugefügt.

Ihre Schwester verzog den Mund zu einem Grinsen. »Du solltest ihm wirklich wegen solcher Bagatellen nicht länger grollen. Hauptsache ist schließlich, dass Schlimmeres verhindert wurde. In den Salons wird man allerdings genüsslich darüber herziehen: Lady Heathton in ein Laken gewickelt vor dem brennenden Haus. Ein gefundenes Fressen für alle Klatschmäuler, Allie. Sie werden die Story lieben.«

Alicia bedachte ihre Schwester mit einem finsteren Blick.

»Du hast gut reden. Ich sehe die Schlagzeilen förmlich vor mir: *Lord und Lady H. waren gezwungen, ihr brennendes Haus recht unbekleidet am Nachmittag zu verlassen. Was sie wohl gerade getrieben haben?*«

»Oder so: *Rätselhaftes Feuer erwischt einen gewissen Earl und seine hübsche Frau in einer delikaten Situation. Vielleicht war das Inferno in den unteren Räumen nicht das Einzige, was zu dieser Stunde entflammte.*«

Harriet wollte sich ausschütten vor Lachen.

Selbst Alicia konnte nicht ernst bleiben. Ihre Schwester hatte recht. Sie sollten froh sein, dass kein größeres Unglück geschehen war, und den Rest von der heiteren Seite nehmen.

»Wie wäre es hiermit: *Neues aus Mayfair: Werden Bettlaken der neue Trend für nachmittägliche Teestunden?*«

Sie brachen beide in lautes Gelächter aus, aber plötzlich wurde Harriet ernst. »Mein Gott, Allie, ich darf mir gar nicht ausmalen, dass du verletzt worden wärst, und danke Ben auf den Knien für seine rasche Reaktion. Nicht jeder hätte sich so einfach über alle Konventionen hinweggesetzt. Und irgendwie finde ich das sogar ziemlich romantisch, wenn du mich fragst. Außerdem, sieh es mal so, weiß dadurch alle Welt, dass ihr eine glückliche Ehe führt.«

»Trotzdem ist es mir lieber, wenn die romantischen Momente weniger öffentlich gemacht werden.« Alicia verstummte. Ihr war soeben in den Sinn gekommen, dass es sich bei diesem Brand nicht um einen Zufall handelte. Erst die Sache mit dem Arbeitszimmer, dann die Drohung an Angelina, unmittelbar danach das Feuer … Das konnte doch nicht mit rechten Dingen zugehen. Wie aber sollten sie sich davor schützen?

Panische Furcht stieg in Alicia hoch.

Und die Witze über die kuriosen Begleitumstände blieben ihr im Hals stecken.

Da Harriet von alldem nichts ahnte, fügte sie lahm hinzu: »Ich mache mir wirklich keine Sorgen um das Gerede.«

»Worüber dann? Irgendetwas beunruhigt dich, das spüre ich.«

Welche Erklärung sollte sie ihrer Schwester geben, die nichts wusste von den geheimen Tätigkeiten ihres Mannes für die Krone.

»Ben wird gelegentlich gebeten, bei der Klärung irgendwelcher Probleme zu helfen. Mehr weiß ich nicht. Allerdings befürchte ich, dass er diesmal mit einer ziemlich heiklen Sache befasst ist und irgendjemand sich an ihm rächen will. Deshalb mache ich mir Sorgen.«

»Du meinst, das Feuer wurde *absichtlich* gelegt?«

Alicia nickte und wickelte sich enger in den geliehenen Morgenmantel. »Sieht ganz so aus. Jetzt werde ich definitiv aufs Land geschickt, denn ein zweites Mal wird es mir kaum gelingen, ihn davon abzubringen.«

»Wenn stimmt, was du mir da erzählst, kann ich ihm nur beipflichten.«

»Wie ich sehe, bist du mir in diesem Fall keine Hilfe«, meinte Alicia und lächelte ironisch.

»Nein. Und an deiner Stelle würde ich Ben vertrauen.«

Das tat sie ja. Trotzdem wollte sie nicht ohne ihn aus London weg. Zwar wäre sie auf dem Land vielleicht sicherer, könnte jedoch nicht in seinen Armen schlafen.

Und das akzeptierte sie nicht. Weil sie ihn brauchte, um sich nachts ebenfalls beschützt zu fühlen. Ganz einfach.

»Ich will nicht von ihm getrennt sein.«

»Allie«, setzte Harriet an und griff nach der Hand ihrer Schwester. »Welche Frau wünscht sich schon, von dem Mann getrennt zu sein, den sie liebt? Keine. Trotzdem müssen wir sie in den Krieg ziehen lassen, während sie uns um unserer Sicherheit willen aus der Gefahrenzone wegbringen.«

»Wir sind nicht im Krieg.«

»Nicht? Wenn jemand absichtlich in meinem Haus Feuer legt, würde ich das durchaus als eine Art Kriegserklärung auffassen.«

Alicia wirkte nachdenklich. »Irgendwie leuchtet mir das ein«, gab sie schließlich zögerlich zu.

»Hast du einen Verdacht, wer zu so etwas fähig wäre?«

Sie hatte keine Ahnung. Ob Ben mehr wusste? Es sah nicht so aus, außer er hielt mit seinem Wissen hinter dem Berg. Ihre Finger glitten unruhig über den seidenen Morgenmantel.

»Ich habe nicht den geringsten Schimmer. Zudem übersteigt es meine Vorstellungskraft, dass überhaupt ein Mensch zu solchen Grausamkeiten fähig sein soll. Warum es passiert ist, darauf vermag ich mir eher einen Reim zu machen.«

»Tatsächlich?«

Der Satz war ihr versehentlich herausgerutscht, und jetzt musste sie Schadensbegrenzung betreiben. Obwohl Harriet eine wunderbare Schwester war und Alicia sie aufrichtig liebte, würde sie auf keinen Fall Bens Vertrauen missbrauchen und das Geringste darüber verlauten lassen, dass die ganzen Probleme mit Angelina DeBrooke zusammenhingen.

»Es ist kompliziert«, wich sie aus. »Ich erkläre es dir bei Gelegenheit in aller Ruhe.«

Kapitel 16

Christopher Durham wischte die Tinte von den Fingern, als sein Besucher angekündigt wurde.

Auf den langen Tischen seines schmucklosen Arbeitszimmers, das man eher in einer Bauhütte vermuten würde, lagen Blaupausen verstreut, weitere waren auf Staffeleien oder an den Wänden befestigt. Der Raum war ursprünglich für einen anderen Zweck vorgesehen. Als Salon, wo man den Tee einnahm, als Billardzimmer vielleicht, jedoch keinesfalls als zweckmäßiges Büro für einen Mann, der dort mit Skizzen und Modellen hantierte. Er hatte ihn als Arbeitszimmer gewählt, weil er den ganzen Tag Licht hatte, und das brauchte er für seine Arbeit.

Außerdem kamen ihm in hellen Zimmern, zumal wenn sie einen schönen Ausblick boten, die besten Ideen für seine Entwürfe.

Heute aber schien ihn die Muse im Stich zu lassen. Zerknüllte, achtlos auf den Boden geworfene Entwürfe zeugten davon. Insofern war ihm die Unterbrechung ganz angenehm.

Er war gespannt, was der Earl of Heathton, den der Lakai ihm gemeldet hatte, wohl von ihm wollte.

Als er sich umdrehte, stand Benjamin Wallace bereits in der Tür zu seinem Allerheiligsten, in das er nur selten Besucher bat.

Sein Gesicht wirkte ungewöhnlich düster, und der Baron of Lowe begann Böses zu ahnen.

Sobald der Diener die Tür geschlossen hatte, kam er ohne Umschweife zur Sache. »Was ist los?«

Dass er ihn nicht einmal wirklich begrüßte, schien Heathton entweder nicht zu stören oder nicht zu bemerken. »Ich brauche Eure Hilfe«, erklärte er knapp. »Oder besser gesagt: Ich denke, wir könnten einander helfen.«

»Setzt Euch bitte.« Lowe deutete auf einen Lehnstuhl, die einzige Sitzgelegenheit im Raum.

»Ich kann stehen, vielen Dank. Außerdem gedenke ich nicht lange zu bleiben.« Der Earl schwieg eine Weile, als würde er sich seine nächsten Sätze erst zurechtlegen müssen. »Ich fasse mich kurz. Meine Frau erwartet ein Kind. Eure zukünftige Frau wird bedroht und glaubt zudem, dass Euch ebenfalls Gefahr droht. Ein Eindruck, dem ich nach den letzten Ereignissen kaum widersprechen kann. Ich möchte Euch, Lady DeBrooke und meine Frau deshalb an einen sicheren Ort bringen, damit ich in Ruhe meine Ermittlungen vorantreiben kann.«

»Von welchen Ereignissen redet Ihr?« Zwar versuchte Lowe, das Gefühl von Besorgnis zu unterdrücken, doch es gelang ihm nicht wirklich. Heathton machte nicht grundlos Pferde scheu, davon war er nach allem, was er von diesem Mann wusste, überzeugt.

»Das Feuer, das bei mir gelegt wurde, beispielsweise. Mein Haus brannte zum Glück nicht, wie offenbar beabsichtigt, bis auf die Grundmauern ab. Insofern sind wir glimpflich davongekommen, was indes die böse Absicht nicht besser macht.«

Der Besucher begann unruhig im Zimmer herumzulaufen. Sein Aussehen spiegelte seine seelische Verfassung wider, denn er wirkte erheblich weniger korrekt als sonst mit seinen zerwühlten Haaren und der nachlässigen Kleidung. Eindeutig befand er sich in Alarmbereitschaft. Und er hatte etwas von einem Jäger, der seiner Beute auflauerte.

»Lady DeBrooke wurde eine Nachricht zugestellt, die eine eindeutige Drohung enthält und möglicherweise, das ist nicht ganz sicher, ein Geständnis für die beiden Morde darstellt. Reicht Euch das? Ich möchte, dass Ihr mit den beiden Ladys auf der Stelle London verlasst, und vertraue meine Frau Eurer Obhut an.«

Eine eisige Faust schien nach seinem Herzen zu greifen. Also hatte Angelina mit ihren Befürchtungen tatsächlich recht gehabt.

»Ist sie in Sicherheit?«

»Manchmal frage ich mich«, erwiderte Heathton, »ob das überhaupt noch auf jemanden zutrifft. Aber ich hoffe es. Sie wird von einem Mann bewacht, der Spezialist in solchen Dingen ist und mit Waffen umzugehen versteht. Ein ehemaliger Agent. Er weiß, wie ernst die Lage ist, und wird Euch mit einer Kutsche aus der Stadt bringen. Ich habe bereits alles organisiert.«

Ein Agent? Wäre die Situation nicht so ernst gewesen, hätte ihn dieses Detail amüsiert, obwohl es nicht überraschend kam … Schließlich hörte man so allerlei über den Earl.

»Euer Vorschlag bringt meine Arbeit ganz schön durcheinander, da ich mich gerade mit einem neuen Projekt vertraut machen wollte, werde es jedoch irgendwie einrichten. Angelinas Sicherheit hat für mich absolute Priorität.« Lowe schüttelte resigniert den Kopf. »Ich kann mich ohnehin im Moment kaum konzentrieren. Vielleicht ist es so am besten. Ich nehme einfach meine Zeichenutensilien mit und versuche zu arbeiten, wo immer Ihr uns unterbringt.«

Benjamin Wallace atmete erleichtert auf. Das war ja besser gelaufen als erwartet, denn er hatte mit größeren Widerständen gerechnet. Christopher Durham zeigte sich wirklich erfreulich einsichtig.

»Ihr werdet zu einem kleinen Landsitz gebracht, der ganz abgeschieden liegt … Ich habe von einem Freund einen Gefallen eingefordert.«

»Ich werde allerdings nicht unbegrenzt dortbleiben können, Heathton. In zwei Wochen muss ich an einer wichtigen Sitzung teilnehmen, da stehe ich im Wort. Obwohl mir Angelinas Wohlergehen wie gesagt über alles geht, darf ich meine berufliche Reputation nicht außer Acht lassen. Schließlich habe ich einen Ruf zu verlieren. Und so gerne ich Euch zu Gefallen bin und Eure Frau beschütze, als wäre sie meine eigene – ewig verstecken kann und will ich mich nicht.«

Im Grunde tat er das alles sowieso allein für Angelina. Beträfe es lediglich seine eigene Sicherheit, würde er nicht für einen einzigen Tag seine vertraute Umgebung verlassen. Für sie schon.

»Gebt mir fünf Tage.«

Lowe sah ihn erstaunt an. »Mehr Zeit braucht Ihr nicht? Dann müsst Ihr bereits einen recht konkreten Verdacht haben.«

»Nein, aber unser Mann hat einen schweren Fehler begangen. Indem er sich mir und meinem Haus genähert hat, ist er aus seiner Deckung gekommen. Kluge Kriminelle beachten gewisse Spielregeln. Er hingegen hat sie missachtet und zudem eine Grenze überschritten, indem er mich persönlich herausgefordert und dazu gezwungen hat, mehr Risiken einzugehen, als mir lieb ist. Jetzt bin ich bereit, mit allen Mitteln zu kämpfen, auch mit unehrenhaften. In guter Absicht eingesetzt, können sie sich bisweilen als sehr effektive Waffe erweisen, und ich bin gerade dabei, mein Arsenal aufzustocken.«

Beim Anblick der Visitenkarte spürte Angelina, wie ihr Hals eng wurde. In ihrem Kopf drehte sich alles.

Ihre Haushälterin, eine grobknochige Frau mit schottischem Akzent, die in Ermangelung eines Butlers die seltenen Besucher in Empfang nahm, sah sie besorgt an. »Mylady? Soll ich sagen, Ihr seid indisponiert, und den Gentleman wegschicken?«

»Nein.« Sie riss sich zusammen und mahnte sich zur Ruhe. »Bitte bringen Sie Lord Lowe in den Salon und bieten Sie ihm eine Erfrischung an. Ich komme gleich.« Sie war selbst überrascht, wie fest und gelassen ihre Stimme klang.

»Wie Ihr wünscht, Mylady.«

Wünschte sie das wirklich?

Was wollte Christopher bei ihr? Warum vergaß er alle Vorsichtsmaßnahmen und tauchte so mir nichts, dir nichts bei ihr auf? Verstört setzte sich Angelina an ihren Toilettentisch und starrte blicklos in den Spiegel.

Irgendetwas war passiert.

Etwas Schlimmes. Sonst würde er nicht sein Wort brechen. Nie im Leben. Schließlich war er kein Narr.

Ihr anfänglicher Ärger über sein Kommen verflog, als ihr klar wurde, dass es einen massiven Grund für sein Erscheinen geben musste. Vielleicht hatte es ja mit ihrem Besuch bei Heathton zu tun.

Wie es der Zufall wollte, hatte sie gerade Abendkleider anprobiert, die sie seit Langem nicht mehr getragen hatte, um sie auf ihre Weiterverwendbarkeit zu prüfen. Obwohl sie derzeit kaum ausgehen würde. Das hatte Lord Heathton ihr strikt verboten und ihr sogar einen Mann zur Seite gestellt, der das Haus überwachte.

Christopher würde sich über ihren festlichen Aufzug wundern.

Kurz darauf stellte sie zu ihrer Verwunderung fest, dass er nicht einmal Notiz davon nahm. Überhaupt wirkte er gehetzt und sah aus, als wäre er eilig aufgebrochen in den Sachen, die er bei seiner Arbeit getragen hatte.

Mit einem gequälten Lächeln kam er ihr entgegen. »Guten Abend. Entschuldige diesen Überfall und die ungewöhnliche Uhrzeit. Ich sehe, dass du verstimmt bist …«

Sie schloss die Tür hinter sich. »Darum geht es nicht, denn das ist nebensächlich. Wichtiger ist, warum du *überhaupt* hier bist. Ich dachte, wir hätten uns auf absolute Diskretion geeinigt.«

Er hob abwehrend die Hände. »Ich weiß, ich weiß, aber mir blieb keine Wahl. Sei bitte so gut und hör dir erst einmal an, was ich zu sagen habe.«

Christopher war so ganz anders als sonst, und sie fühlte sich ebenfalls merkwürdig befangen. Freude, einander zu sehen, wollte jedenfalls keine aufkommen. Bei keinem von beiden.

Zu lastend schien etwas Bedrohliches über ihren Köpfen zu schweben.

»Irgendwie habe ich den Eindruck, dass du keine guten Nachrichten bringst«, sagte sie mit belegter Stimme, in der unverkennbar Angst mitschwang.«

»Wir verlassen London morgen bei Tagesanbruch. Heathton besteht darauf. Es sei unerlässlich für unsere Sicherheit, behauptet er, und ich glaube ihm. Außerdem will ich kein Risiko eingehen und dich womöglich fahrlässig gefährden. Deshalb habe ich mich einverstanden erklärt. Lady Heathton wird uns übrigens auf Wunsch ihres Mannes begleiten.«

Sie war froh, das zu hören. Der Earl hatte recht behalten, dass ein Gespräch unter Männern bei Christopher eher zum Ziel führen würde als eine Bitte ihrerseits. Offenbar hatte er an seine Beschützerinstinkte appelliert.

Typisch männlich, dachte sie und konnte sich einen kleinen Seitenhieb nicht verkneifen.

»Meine Bedenken, dass du in Gefahr schwebst, hast du immer in den Wind geschlagen. Lord Heathtons Worte hingegen nimmst du ernst. Wieso denken Männer ganz selbstverständlich, sie hätten die Rolle des Beschützers für sich gepachtet?«

»Treibst du jetzt nicht Haarspalterei, meine Liebste?« Seine Stimme wurde ganz weich. »Du warst es doch, die ständig von einer drohenden Gefahr für mich geredet hat und mich davor bewahren wollte. Diesem Bedürfnis wird durch diese Regelung ebenso entsprochen wie meinem Wunsch, dich in Sicherheit zu bringen. Damit ist uns beiden gedient.« Er hielt inne und fügte dann leise hinzu: »Es liegt mir fern, dich zu bevormunden und über deinen Kopf hinweg zu entscheiden. Aber in diesem Fall ging es nicht anders. Trotzdem weißt du hoffentlich, dass ich nicht so bin wie *sie*.«

Damit meinte er, dass er nicht war wie ihr Vater, der sie nicht länger als seine Tochter betrachtete. Nicht wie William, der glaubte, sie kaufen zu können, oder wie Thomas, der sie als seine Frau wollte, sie jedoch kaum in sein Leben einbezog.

Außerdem hatte sie, um der Wahrheit die Ehre zu geben, Heathton selbst gebeten, mit Christopher zu reden und ihn zum Verlassen der Stadt zu bewegen. Insofern war ihre Reaktion albern und unfair, erkannte sie.

»Es tut mir leid«, stammelte sie. »Mir wächst das alles langsam über den Kopf. Wenn dieser Horror nicht bald endet, werde ich noch verrückt.«

Christopher stand neben dem Kamin an die Wand gelehnt. »Entschuldige dich deswegen nicht. Die Situation ist für uns beide schwer erträglich, und wir sollten alles daransetzen, dass dadurch nicht alles zerstört wird. Lass uns morgen wegfahren, und geben wir Heathton ein paar Tage, um die Sache zu einem guten Ende zu bringen.«

»Und wir bleiben die ganze Zeit zusammen?«

Sein strahlendes Lächeln könnte Eis zum Schmelzen bringen. »Das werden wir. Versprochen. Ich muss vielleicht zwischendurch an meinen Entwürfen arbeiten, aber du hast derweil Lady Heathton, mit der du dich offensichtlich gut verstehst.«

»Ja, das ist richtig. Wir sind inzwischen beinahe Freundinnen geworden.«

Er löste sich von der Wand und kam auf sie zu. »Dann ist aus einer schlimmen Situation wenigstens etwas Positives erwachsen. Und sobald Benjamin Wallace diesen Mistkerl geschnappt hat, bekommen wir unsere Freiheit zurück und können ein ganz normales Leben führen. Und ich hoffe sehr, dass du dann meinen Antrag nicht länger ablehnst.«

Sie sah ihm offen ins Gesicht. »Das habe ich auch nicht, sondern ihn lediglich nicht gleich angenommen – das ist ein Unterschied, Christopher. Ich bin bereit, mit dir überallhin zu gehen und dir alles zu geben: meinen Körper, meine Seele, selbst mein Leben, wenn es sein müsste. Eines allerdings musst du mir versprechen: mich niemals um meine Wahlfreiheit zu bringen.«

»Das würde ich nie verlangen«, sagte er und zog sie in die Arme. Sein Mund fand ihren, drückte sich warm und fest auf ihre Lippen. Sie küssten sich lange, bis er sich widerstrebend von ihr löste. »Dann sind wir uns einig?«

Sie schaute ihn mit schief gelegtem Kopf an. »Sieht fast so aus, oder? Verrate mir nur noch, wohin Heathton uns bringen will.«

»Auf irgendein Anwesen, das wohl einem Freund gehört. Näheres hat er mir nicht verraten, und ich habe nicht nachgefragt.«

»Du hast es einfach akzeptiert?« Sie fand es erstaunlich, dass ein Mann, der gewohnt war, Befehle zu erteilen, sich so ohne Weiteres fügte.

Er zuckte die Schultern. »Ich bin überzeugt, dass der Earl genau weiß, was er tut, und über Kontakte verfügt, von denen wir nichts ahnen. Insofern erscheint es mir klug, sich auf ihn zu verlassen. Außerdem würde ich als Dank dafür, dass er für deine Sicherheit sorgt, noch ganz andere Dinge tun und sämtliche Prinzipien über den Haufen werfen.«

Hätte sie Christopher nicht bereits vergöttert, würde sie in diesem Moment damit angefangen haben.

»Ich werde bereit sein, wenn du mich abholst«, flüsterte sie gerührt.

»Eigentlich könnte ich gleich dableiben«, schlug er vor. »Was hältst du davon?«

Sie glaubte, sich verhört zu haben, und ihr erster Impuls bestand darin, Nein zu rufen. Das war doch viel zu gefährlich.

»Hier?«, entfuhr es ihr erschrocken.

Seine Finger glitten an ihren nackten Armen entlang nach oben und kitzelten sie. »Wo sonst?«

»Das könnte alles zunichtemachen«, erklärte sie tonlos und riss sich von ihm los. Ihr Herz zog sich schmerzhaft zusammen. »Alles Verstecken wäre vergebens gewesen. Ich weiß bald nicht mehr weiter. Was sollen wir tun, wenn der Earl den Schuldigen nicht findet?«

Starke Hände griffen nach ihr und drehten sie herum. Seine Stimme klang entschlossen und von keinem Zweifel angekränkelt.

»Er wird Erfolg haben, du wirst sehen. Und im Ernstfall vermag ich mich durchaus meiner Haut zu wehren.«

»Das glaubst *du*, nur unterschätze diese Person nicht«, wandte sie düster ein. »Du bist ein Ehrenmann, Christopher, und ahnst nicht, welche Abgründe sich in der Seele mancher Menschen auftun. Immerhin sind bereits zwei Morde geschehen.«

Sein Grinsen geriet etwas schief. »Sollte es mich trösten, dass ich gar nicht so unschuldig bin, wie du denkst?«

Wenngleich es kaum angebracht war, über eine ernste Situation leichthin zu scherzen, musste sie lachen und sank erneut in seine Arme.

»Ich bezweifle, ob deine Sünden dich schützen würden.«

Er knabberte an ihrem Ohr. »Ich kann sehr sündig sein, Mylady. Darf ich es dir demonstrieren?«

Es gab in jedem Leben Wendepunkte, redete sie sich ein. Und vielleicht galt das auch für sie. Angelinas Widerstand war gebrochen, und seufzend überließ sie sich seinen Berührungen. Der vertraute Duft seines Rasierwassers betörte sie, und sie genoss es, seinen Atem warm und berauschend auf ihrer Haut zu spüren.

In diesem Augenblick wollte sie ihn einfach bloß in den Armen halten. Zugleich erkannte sie, dass er recht hatte und sie sich von ihrer Heimlichtuerei verabschieden sollte.

Es war Zeit, ins Licht zu treten und ihr Glück einzufordern.

»Ja, bleib«, flüsterte Angelina.

Kapitel 17

Ihr Mann hatte sich nicht mal von ihr verabschiedet.

Während das Gespann über die Straße holperte, versuchte Alicia sich einzureden, dass sie dieser Umstand nicht stören sollte. Er war schließlich voll und ganz damit beschäftigt, die Beseitigung der Brandschäden zu organisieren. Nicht zu vergessen seine Ermittlungen, denen er sich während ihrer Abwesenheit mit voller Kraft widmen wollte.

Dennoch wünschte sie, ihn zum Abschied noch einmal gesehen zu haben. Überhaupt hatte sie das Gefühl, dass ihre Schwangerschaft sie anhänglicher und liebebedürftiger machte.

»Das ist ja wie in einem Schauerroman.«

Alicia schrak zusammen und sah Angelina, die ihr gegenübersaß, fragend an. »Was meinst du damit?«

»Dass man uns heimlich in eine Kutsche verfrachtet, in der wir einem letztlich unbekannten Ziel entgegenschaukeln. Dazu in einem Gefährt ohne Wappen, um die Herkunft zu verschleiern ... Ziemlich melodramatisch, findest du nicht?«

»Irgendwie schon«, entgegnete Alicia leise. »Allerdings würde Ben nicht darauf bestehen, wenn er es nicht für notwendig erachten würde.«

Sie waren alleine in dem geräumigen Reisewagen, denn Christopher hatte es vorgezogen, sie hoch zu Ross zu begleiten. Ihm sei die frische Luft lieber, hatte er mit einem charmanten Lächeln behauptet. Was jedoch angesichts des Nieselregens nicht wirklich plausibel klang. Alicia vermutete vielmehr, er wollte einfach nur nett sein und ihnen die Möglichkeit geben, ungestört miteinander zu plaudern.

Ihre Begleiterin, die ein dunkelblaues Reisekleid trug, wandte ihr den Kopf zu. »Ich habe das Gefühl, an der gestrigen Katastrophe in eurem Haus eine Mitschuld zu tragen. Hätte ich deinen Mann nicht um Hilfe gebeten und wäre ich gestern nicht aufgetaucht, um ihm den Drohbrief zu zeigen …«

»Nein«, unterbrach Alicia sie entschlossen. »Schuld ist allein der Brandstifter oder sein Auftraggeber und niemand sonst. »Ben und ich gehen im Übrigen davon aus, dass dieses verworfene Subjekt ebenfalls die Entführung meiner Cousine Elena organisiert hat. Du erinnerst dich an die skandalöse Geschichte, oder? Auch damals versuchte er, das Leben anderer Menschen zu manipulieren und ihren Ruf zu ruinieren. Eine vergleichbare Situation wie bei dir. Daran siehst du, welch kriminelle Energie dieser Täter besitzt. Nein, er ist der einzig Schuldige.« Sie hatte sich dermaßen in Eifer geredet, dass sie eine Atempause einlegen musste. »Da wir viel Zeit haben, könnten wir selbst gründlich darüber nachdenken, welchen Grund es geben könnte, anderen Menschen mit solcher Skrupellosigkeit zu schaden. Vielleicht erkennen wir ja ein Persönlichkeitsmuster. Fällt dir dazu etwas ein? Mir fällt auf, dass dieser Mann weder dich noch Elena töten wollte. Ihm ging es offenbar in beiden Fällen darum, zwei strahlende Sterne, die Lieblinge der Salons, gesellschaftlich zu ruinieren. Neidete man euch den Erfolg, das Glück? Zufall ist das nicht.«

Angelina schüttelte den Kopf so heftig, dass ihre locker zusammengebundenen schwarzen Haare flogen. Abwesend spielten ihre Finger mit einer Paspel an ihrer Kostümjacke. »Ich habe mir immer wieder die Frage gestellt, wer mich dermaßen hasst, ohne dass mir eine schlüssige Antwort eingefallen wäre.«

»Darauf wollte ich nicht hinaus.« Alicia zupfte an ihrem Rock und spitzte die Lippen. »Ich glaube, wir sind das Problem bisher von der falschen Seite angegangen. Statt zu ergründen, *wer* so etwas tun würde, sollten wir uns lieber der Frage zuwenden, *warum*. Die naheliegendsten Antworten hängen mit den bekannten Todsünden zusammen: Neid, Habgier, Wollust, Hass, Eitelkeit … Ersteres trifft bei dir und Elena gleichermaßen zu, und damit hätten wir einen ersten gemeinsamen Nenner. Allerdings den einzigen, der mir bisher aufgefallen ist.«

»Es muss mehr dahinterstecken«, grübelte Angelina. »Du bist genauso schön, und doch hat niemand dich dafür zu bestrafen versucht.«

»Ich bin ganz deiner Meinung, aber wir erkennen das Muster nicht. Im Zusammenhang mit der Entführung fanden wir beispielsweise heraus, dass der Drahtzieher durch Zufall auf sie und den Viscount Andrews aufmerksam wurde. Andere wären ihm genauso recht gewesen. Es ging um die Tat, nicht um die Opfer. Könnte es sich bei dir ähnlich verhalten? Oder hat der Mörder, eine andere Variante, im Auftrag von jemandem gehandelt und war persönlich gar nicht involviert? Natürlich erschwert das die Suche nach dem Täter, doch wir dürfen dieses Szenario nicht unberücksichtigt lassen.«

»Du meinst, es ist eine Art Sport für ihn, das Leben anderer Menschen zu ruinieren? Was für eine schändliche Freizeitbeschäftigung.« Angelinas Stimme klang gleichermaßen verbittert wie empört. »Und vor einem solchen Menschen sind wir gezwungen zu fliehen und uns zu verstecken. Irgendwie empfinde ich das als demütigend und würdelos.«

»Das ist es in der Tat, und deshalb müssen wir alles daransetzen, dass unser Gegner nicht gewinnt. Den Triumph gönne *ich* ihm jedenfalls nicht.«

Angelina nickte. »Nein, natürlich nicht. Du hast völlig recht, dass man ihn energisch bekämpfen und ihm das Handwerk legen muss, bevor er weiteren Schaden anrichtet.«

»Die Frage ist bloß, wie. Ich kann nur hoffen, dass Ben etwas einfällt, denn ich bin völlig aufgeschmissen.« Alicias Miene verriet ihre Ratlosigkeit. »Im Fall meiner Cousine verhielt es sich übrigens so, dass die Informantin, durch die der Entführer auf Elena und Andrews aufmerksam wurde, selbst keinerlei üblen Gedanken verfolgte. Ganz im Gegenteil meinte sie es ausgesprochen gut. Es war so eine Art Eheanbahnung. Mit fatalen Folgen allerdings.«

»Das spielt bei mir zweifelsfrei keine Rolle«, warf Angelina ein.

»O Gott, wohin schickt Ben uns bloß?«, entfuhr es Alicia, als ein tiefes Schlagloch sie durchschüttelte und sie sich festhalten musste, um sogleich wieder auf ihr Thema zurückzukommen. »Nein, bei dir legte der Unbekannte es darauf an, deine Ehen zu beenden. Gab es in deiner Familie jemanden, der die beiden Männer hasste?«

»Nicht genug, um ihren Tod zu wünschen.«

Alicia hielt das ebenfalls für wenig wahrscheinlich. Hätte

jemand Angelina einen Gefallen tun wollen, würde er jetzt ihr neues Glück nicht hintertreiben. Andererseits …

»Es könnte natürlich sein, dass es lediglich um die Demonstration von Macht geht. Dass diese Person sich wie Gott fühlt und daraus die Anmaßung ableitet, das Leben anderer Menschen nach seinem Ermessen gestalten zu können. Jedenfalls übersteigt sein Größenwahn jedes Maß und alle Vernunft.«

»Denkst du das wirklich?« Angelina starrte sie entsetzt an.

»Vielleicht sollte ich dir Genaueres über den Hintergrund der Entführung erzählen, damit du eine Vorstellung von den Beweggründen des Täters bekommst. Die Tante von Lord Andrews antwortete seinerzeit auf eine Anzeige in der *Times*, in der die Herstellung von Kontakten zum Zweck späterer Eheschließungen offeriert wurde. Sie wollte ihren Neffen, der bekanntermaßen als berüchtigter Frauenheld galt, unter die Haube bringen. Stell dir ihr Entsetzen vor, als er plötzlich verschwand.«

»Ich habe davon gehört, aber mir war nicht bewusst, dass sie nicht miteinander durchgebrannt waren. Elena Morrow war damals mit einem anderen Mann verlobt, richtig?«

»Das stimmt. Wobei Lord Colbert nicht ihre Wahl, sondern die ihres Vaters war. In den Viscount hingegen, mit dem sie tagelang in einem kleinen Turmzimmer festgehalten wurde – du kannst dir vorstellen, was dort passierte –, hat sie sich Hals über Kopf verliebt und er sich in sie. Zum Glück, denn hätte Andrews sie nicht geheiratet, wäre sie für alle Zeiten ruiniert gewesen. Dass diese Geschichte ein glückliches Ende fand, grenzt an ein Wunder. Und dem Entführer wurde ein Strich durch die Rechnung gemacht. Er wollte Schaden anrichten und stiftete eine Ehe. Manchmal ist es schon seltsam, wie das Leben so spielt«, schloss Alicia versonnen ihren Bericht, um nach einer kleinen Pause nachdenklich hinzuzufügen: »Ich frage mich, wie lange er diese Späße bereits treibt.«

Angelina, die fasziniert gelauscht hatte, zuckte zusammen und starrte sie mit großen Augen an. »Du glaubst, wir sind nicht die einzigen Opfer.«

»Das fragt man sich doch, oder?«

»Mag sein. Trotzdem glaube ich nicht, dass meine Familie in die Geschichte verwickelt ist. Hätte irgendjemand selbst ganz am Rande und unbeabsichtigt mit den Todesfällen zu tun, wäre mir irgendetwas aufgefallen. Durch eine Andeutung oder was weiß ich.«

»Würdest du dergleichen jemandem anvertrauen?«

Alicia registrierte, dass die Freundin einen heftigen inneren Kampf ausfocht, bis sie sich schließlich zu einer Antwort bereitfand. »Vermutlich hast du recht, und es tut mir weh, das zuzugeben. In der Tat hat meine Familie sich völlig von mir distanziert. Das geht so weit, dass sie selbst die Anschuldigungen meines Schwagers zumindest im Kern für berechtigt hält. Früher war ich der Liebling meiner Eltern, ihr ganzer Stolz. Jetzt betrachten sie mich als Schande, als Gefahr für ihr gesellschaftliches Ansehen. Würde man sie ebenfalls schneiden, verlöre das Leben meiner Mutter jeden Sinn. Ähnliches gilt für die politischen Ambitionen meines Vaters. Bestimmt waren sie verärgert, als sie von meiner Rückkehr in die Stadt erfuhren. O Gott, es wäre unausdenkbar für sie, mir begegnen zu müssen. Und leider scheint meine Schwester nicht besser zu sein.« Sie lächelte freudlos. »Um auf deine Frage zurückzukommen: Ich glaube zwar nicht, dass meine

Familie involviert ist, aber ich weiß es nicht mit Sicherheit zu sagen.«

Wer war es dann, überlegte Alicia, und plötzlich kam ihr eine Idee.

Benjamin Wallace betrat mit schnellen Schritten das Haus und blieb abrupt stehen. Die Adresse war unauffällig, der Duft nach teurem Parfum hingegen verräterisch. Genau wie die Ausstattung, die trotz sichtlichen Bemühens nicht wirklich dezent wirkte. Sie verriet eine Menge über die Bewohnerin.

Typisch Janelle, dachte er, denn um niemand anders handelte es sich. Er verzog den Mund zu einem ironischen Grinsen. Sonst schwer zu durchschauen, gewährte sie ihm diesmal unvermutet intime Einblicke in ihr Leben.

Das konnte ein interessantes Treffen werden.

»Schließ die Tür ab, wenn es dir nichts ausmacht«, vernahm er ihre Stimme und drehte sich zu ihr um.

»Damit wir ungestört sind oder aus Gründen der Sicherheit? Draußen ist helllichter Tag.«

Janelle, die ihm die Tür geöffnet hatte, musterte ihn mit einem vielsagenden Lächeln und zuckte die Schultern. Sie trug ein meergrünes Kleid, dessen Dekolleté für den Vormittag viel zu offenherzig wirkte und einmal mehr bewies, dass sie absolut keine Dame war.

Die frische Farbe ihrer Wangen verdankte sie zweifellos kosmetischen Produkten und nicht etwa mädchenhafter Unschuld. Langsam hob sie ihre Augenbrauen, die dunkler als ihre Haare und mehr braun als rot waren.

»Was verschafft mir die Ehre deines Besuchs zu dieser frühen Tageszeit? Die Nachricht klang sehr dringend.«

»Mit gutem Grund«, erklärte er ernst. »Ich muss wissen, mit wem du dich getroffen hast und was du herausfinden konntest. Es sieht ganz danach aus, als wäre aus dem Jäger die Beute geworden.«

»Eine interessante Wendung«, sagte sie ohne sichtbare Überraschung. »Wollen wir nach oben gehen?«

»Ich würde den Salon vorziehen.«

»In meinem Schlafgemach gefällt es uns vielleicht besser«, entgegnete sie mit einem provozierenden Lächeln.

»Lass die Spielchen, Nell. Dafür habe ich weder Zeit noch Lust«, wies er sie zurecht. »Ich musste meine Frau heute Morgen zu ihrer Sicherheit aufs Land schicken, weil jemand mir auf nicht gerade subtile Weise droht – in diesem Zusammenhang ist es äußerst wichtig für mich, was du mir zu berichten weißt.«

»Hier entlang«, forderte sie ihn jetzt ohne jede Koketterie auf und ging vor ihm den Korridor entlang. In dem Stadthaus war es sehr ruhig, und ihm schien fraglich, ob sie überhaupt Diener hatte. Falls doch, traten sie nicht in Erscheinung.

»Hübsch«, murmelte er, als er in ein Zimmer geführt wurde, das eindeutig das Arbeitszimmer eines Mannes war, denn auf dem mit Dokumenten übersäten Schreibtisch standen außer zwei Porzellanhunden mehrere Pfeifenständer. »Wer ist er?«

»Du meinst nicht den Duke, meinen aktuellen Beschützer, wie man so sagt?« Janelle drehte sich theatralisch einmal um die eigene Achse und sank auf den Stuhl hinter dem gewaltigen Möbelstück. »Nein, das Haus gehört mir und ist derzeit eigentlich an einen gewissen Sir Geoff Jasper vermietet. Da er sich allerdings momentan nicht in England aufhält und ich als Besitzerin über Schlüssel verfüge, benutze ich es gelegentlich.«

»Findest du das nicht unpassend?«

»Überhaupt nicht. Alles in dem Haus ist mein Eigentum. Zudem gibt es keinen besseren Ort für ein Treffen. Du wohnst nicht in der Nähe und kennst Sir Geoff nicht. Also: Warum genau hast du deine kostbare Countess fortgeschickt?«

Obwohl eher ironisch gemeint, traf es den Nagel auf den Kopf. Alicia war das Wichtigste und damit das Wertvollste auf der ganzen Welt für ihn.

»Ein kleines Feuer«, erklärte er. »Es sollte wohl meine Aufmerksamkeit wecken. Das hat es, denn nur mit Glück sind wir glimpflich davongekommen. Zuvor gab es einen Einbruch in meinem Arbeitszimmer, den ich vermutlich der gleichen Person verdanke.«

»So ein Narr. Er hätte sich denken können, dass er damit deinen Argwohn weckt und dich herausfordert.«

Aus der Perspektive seines Widersachers betrachtet, hatte sie natürlich recht, aber das interessierte ihn weniger. Ihm ging es darum, hinter dessen Beweggründe zu kommen.

»Mag sein, dass das ein Fehler war. Dennoch bezweifle ich, dass er ein Narr ist. Vielmehr halte ich ihn für ausgesprochen clever.« Ein Zugeständnis, das ihm nicht leichtfiel. »Und das bringt mich immer wieder auf die Frage nach dem Warum.«

Janelle schlug die Augen nieder und presste die Lippen zusammen. »Er reizt dich offenbar.«

»Das kann ich leider nicht abstreiten.«

»Er will etwas.«

»Wollen wir das nicht alle? Doch wer ist er?«

»Das weiß ich nicht. Über seine Identität konnte ich nichts in Erfahrung bringen – lediglich darüber, warum er dein hübsches Haus abfackeln wollte. Bitte setz dich, mein Lieber. Sir Geoff wäre entsetzt, wenn er wüsste, dass ein Gast stehen muss.« Sie lachte.

»Dann klär mich bitte auf.« Er wählte einen ausladenden Sessel und sah sie erwartungsvoll an.

»Vielleicht hat unser großer Unbekannter von meinen Nachforschungen erfahren. Und bestimmt dürfte jemand, der schon lange solch schlechte Späße betreibt, sehr ungehalten sein, dass jemand ihm das Handwerk zu legen versucht.«

Gut möglich. Benjamin verzog ungeduldig den Mund. Zwar war es ihm unverdächtiger erschienen, Janelle an gewisse Informanten herantreten zu lassen, aber ihre Art, sich alles aus der Nase ziehen zu lassen, nervte ihn.

»Hast du herausgefunden, wie oft er solche Dinge bereits inszeniert hat?«

»Viermal, glaube ich«, antwortete sie und trommelte mit dem Zeigefinger auf die Tischplatte. »Der Duke hat eine geschwätzige uralte Tante, die oft und gerne alle möglichen Geschichten erzählt. Wenn ich diese als Quelle nehme, wurden mindestens vier junge Mädchen Opfer seiner Perversionen. Darunter die Cousine deiner Frau und unsere schöne Mörderin.«

»Angebliche Mörderin«, murmelte er. »Und einiges spricht dafür, dass sie die Erste war.« Er verstummte nachdenklich und fragte sich, warum dieser abartige Mensch ausgerechnet sie immer noch verfolgte, während er Elena in Ruhe ließ. »Hast du Namen und Adressen?«

»Natürlich.« Janelle lächelte selbstzufrieden und bedachte

ihn mit einem verschlagenen Blick. »Ich habe alles für dich notiert. Da haben wir zunächst die Tochter eines Friedensrichters, um die sich seinerzeit ein Cousin des Königs bemühte. Überraschend wurde sie beschuldigt, bei einer Hausparty die Gastgeberin bestohlen zu haben, und wenngleich sie immer wieder ihre Unschuld beteuerte, wurde das verschwundene Collier in ihrem Zimmer gefunden. Der Cousin Seiner Majestät wandte sich daraufhin von ihr ab, und die Eltern schickten sie aus London fort. Kurz darauf heiratete sie einen verwitweten Landjunker, der doppelt so alt ist wie sie, und folgte ihm nach Wiltshire.«

»Nicht sehr einfallsreich und dennoch wirkungsvoll.« Er spürte Wut in sich aufsteigen. Dem armen Mädchen war es ähnlich ergangen wie Angelina, wobei der einen allerdings lediglich ein minderschweres Vergehen, der anderen hingegen ein handfestes Verbrechen angehängt wurde. »Und so abgefeimt«, fuhr er fort. »Die Tochter eines Friedensrichters. Das ist ebenso symbolträchtig wie teuflisch klug.«

»Theoretisch könnte sie natürlich die Diebin gewesen sein.« Janelle zog ihre wohlgeformten Schultern in die Höhe. »Manchmal sind wir nicht, was wir vorgeben zu sein.«

Benjamin bezweifelte das. Zu deutlich meinte er ein Muster zu erkennen. »Sprich weiter«, forderte er sie auf. »Wer noch?«

»Die alte Dame wusste zudem von der jüngeren Schwester eines Baronets zu berichten, über die das Gerücht in Umlauf kam, sie leide an der französischen Krankheit. Obwohl sie es vehement bestritt, wollte der Klatsch nicht verstummen, und niemand glaubte ihr. Selbstredend lag ihr danach niemand mehr zu Füßen. Vorher hatten die Herren scharenweise um ihre Gunst gebuhlt. Zu groß war die Furcht, ihr bestes Stück könnte ihnen nach der Hochzeit abfaulen. Nicht zu vergessen ihre Doppelmoral. Die geilen Gentlemen der guten Gesellschaft suchen zwar fleißig außerhäusige Vergnügungen, heiraten wollen sie jedoch eine Jungfrau. Und das kann ein Mädchen, das angeblich Syphilis hat, schließlich kaum sein.«

Janelle klang bitter, und Ben fragte sich unwillkürlich, ob sie in ihrer Jugend traurige Erfahrungen gemacht hatte. Das würde ihr ambivalentes Verhältnis zu Männern erklären. Trotz ihrer Schönheit hatte sie niemanden je an sich zu binden vermocht. Vielleicht lag es daran, dass sie ihren Körper allein zu dem Zweck einsetzte, Macht und Einfluss zu erlangen. Für ihn ein Grund, nie auch nur andeutungsweise Interesse an ihren Avancen zu zeigen. Ihre Zusammenarbeit hingegen konnte man ohne Übertreibung als gut und effizient bezeichnen.

»War sie ein gefallenes Mädchen?«, hakte er behutsam nach. »Oder hatte sie einfach Pech und erregte die Aufmerksamkeit eines Mannes, der ein widerliches Hobby pflegt? Nicht alle adeligen Mädchen sind hohlköpfig und selbstsüchtig, wenngleich du in der Vergangenheit mit der Oberschicht andere Erfahrungen gesammelt hast.«

Janelle schwieg einen Moment, ehe sie ihm ein verführerisches Lächeln schenkte. »Wie klug von dir, mein Bester. Es gelingt dir immer wieder problemlos, meine Gedanken zu lesen.«

»Ich wollte einfach zum Ausdruck bringen, dass es nicht unbedingt ein Hinweis auf eigenes Fehlverhalten sein muss, wenn der Ruf einer jungen, unverheirateten Frau Schaden nimmt.«

Ihre unergründlichen grünen Augen schienen Funken zu sprühen. »Denkst du das wirklich?«

»Ich besitze eine hervorragende Beobachtungsgabe und sehe, dass du über gute Manieren verfügst, gebildet und intelligent genug bist, um die Schönheit, mit der die Natur dich beschenkt hat, zu deinem Vorteil zu nutzen, wann immer sich die Gelegenheit bietet. Das spricht für eine hart erarbeitete Selbstständigkeit. Hat es überhaupt je einen Mr. Dulcet gegeben?«

»Wie schön, dass du dich für mich interessierst. Vielleicht besteht ja noch Hoffnung, dass du Opfer meiner berüchtigten Tricks wirst.«

Schlagartig verwandelte sie sich wieder in die provokante und wenig schamhafte Frau, als die er sie kannte, denn als sie sich vorbeugte, quollen ihre üppigen Brüste geradezu aus dem Mieder.

»Spar dir das«, sagte er trocken und fügte ironisch hinzu: »Trotzdem ist es interessant zu wissen, ob eine männermordende Verführerin wie du irgendwann mal eine brave Ehefrau war.«

Sie zuckte mit den Schultern. »Ich tauge mehr zur Mätresse als zum Heimchen am Herd. Sofern du dich selbst davon überzeugen möchtest ... Jederzeit gerne. Möglicherweise lernst du noch Liebeskünste kennen, die du von deiner feinen Countess nicht geboten bekommst. Ich hatte vor längerer Zeit einen Beschützer mit einem gewissen, sagen wir ungewöhnlichen Geschmack. Ein Mann von deinem Format wird das sicher faszinierend finden.«

Und sie selbst hätte kein Vergnügen daran, dachte er im Stillen, schwieg aber. Er wollte ihr lieber nicht verraten, dass er in der Lage war, hinter die Fassade der Verführerin mit der rauchigen Stimme zu blicken und die verletzte Frau zu entdecken, die sie im Grunde ihres Herzens war. Wenn sie ihm irgendwann mehr über ihre Vergangenheit erzählen wollte, würde sie es tun.

»Leider, meine Liebe, nehme ich mein Ehegelübde sehr ernst.«

»Wie überaus ehrenhaft von dir.«

Es war höchste Zeit, das Gespräch wieder in sachliche Bahnen zu lenken.

»Zurück zu unserem Unbekannten«, sagte er entschlossen. »Mir scheint der Grad der Rücksichtslosigkeit ein Hinweis auf irgendwelche Erfahrungen in der Vergangenheit zu sein. Falls wir herausfinden, um was es sich handelt, lassen sich vielleicht Rückschlüsse auf seine Identität ziehen. Ich werde mit den anderen Opfern sprechen. Möglicherweise finden sich Hinweise auf eine Verbindung zwischen den verschiedenen Fällen.«

»Soll ich dich begleiten? Die beiden Damen reden vermutlich mit einer Frau offener, und von den Mitgliedern des Hochadels dürften sie sowieso die Nase voll haben.«

Warum musste sie ständig diesen verführerischen Ton anschlagen, der keinen Zweifel an ihren Hintergedanken ließ? Trotzdem konnte er sich nicht der Einsicht verschließen, dass sie recht hatte.

»Das könnte in der Tat von Vorteil sein und unsere Nachforschungen beschleunigen. Ich habe nämlich meiner Frau versprochen, sie innerhalb einer Woche vom Landleben zu befreien.« Er stand auf und wandte sich zum Gehen. »In einer Stunde hole ich dich ab.«

Janelles Miene wirkte sichtlich amüsiert. »Wenigstens wird mir nicht langweilig, denn diese Geschichte hat was: Draußen lauert ein Bösewicht, der einem hochwohlgeborenen Earl den Fehdehandschuh hingeworfen hat, und Seine Lordschaft tappt im Dunkeln, weil er weder Namen noch Gesicht seines Erzfeindes kennt.«

Griesgrämig schaute er sie an. »Nicht mehr lange«, murmelte er. »Bald werde ich die Regeln begreifen, nach denen dieser Verrückte spielt, und dann habe ich ihn. Ich glaube nämlich, dass er in seinem Wunsch, mich seine Macht spüren zu lassen, zunehmend leichtsinnig wird.«

»Wenn ich deine Worte richtig deute, betrachtest du es als einen Kampf, bei dem jedes Mittel erlaubt ist?«

»Sollte ich nicht? Dass bislang lediglich eine Seite nach diesem Prinzip vorgegangen ist, wird sich bald ändern.« Er dachte an den Brand, an den beißenden Rauch, der durchs Haus gezogen war, und an die Gefahr, in der sie alle geschwebt hatten. »Es ist ein Duell«, fügte er kalt hinzu. »Ich habe ihn nicht herausgefordert, aber es ist meine Pflicht, mich dem zu stellen. Ich kann nicht einfach herumsitzen und diese Ungerechtigkeit beklagen, weil ich schließlich niemandem etwas getan habe. Also kämpfe ich.«

»Unser Unbekannter dürfte das anders sehen. In seinen Augen hast du etwas getan. Indem du dich nämlich mit diesem Fall beschäftigst«, erwiderte Janelle und lehnte sich entspannt in ihrem Armstuhl hinter dem Schreibtisch zurück. »Und nachdem es ihm nicht gelungen ist, dich bei seiner ersten Zündelei zu rösten, halte ich es für denkbar, dass er es erneut versuchen wird.«

»Vor allem betrachte ich es als Angriff auf meine Frau.«

Janelle schaute ihn mit großen Augen an. »Ich fürchte, das weiß er. Darauf zielt er ab. Alicia ist deine Schwachstelle. Unser Gegner ist wirklich sehr, sehr schlau.«

»Davon bin ich immer ausgegangen. Was mich bei der Geschichte beunruhigt, ist die Frage, woher er die Informationen über seine Opfer bezieht. Oder kennt er alle persönlich, mich eingeschlossen?«

»Das weiß ich nicht. Warum glaubst du eigentlich, dass wir es mit einem Mann zu tun haben? Genauso gut könnte es sich um eine Frau handeln.«

»Ein interessanter Einwand, an den ich ebenfalls bereits gedacht habe«, sagte er und ging.

Kapitel 18

Er hatte keine Ahnung.

Nun gut, dachte Janelle. So war es auf jeden Fall besser. Wenn Benjamin Wallace, wie der Earl of Heathton für sie nach wie vor hieß, nicht bemerkte, wie sehr sie ihn liebte, konnte ihr das nur recht sein.

Er musste es nicht erfahren.

Ihre Wege hatten sich während des großen Krieges gegen Napoleon gekreuzt. Damals stellte sie sich, angezogen von einem abenteuerlichen Leben, ihrem Heimatland als Spionin zur Verfügung. Eine Aufgabe, die zu ihr passte. Inzwischen war der Krieg vorbei, doch die Verbindung zu Ben bestand weiter.

Die Begegnung mit ihm hatte ihr Leben von Grund auf verändert.

Es war egal, was er über sie dachte. Möglicherweise schätzte er sie sogar richtig ein, trotz der frivolen und leichtfertigen Fassade, die sie kultivierte und hinter der sie sich versteckte. Zumindest behandelte er sie wie eine Frau, die nicht bloß jede Menge weibliche Reize, sondern auch einen scharfen Verstand zu bieten hatte. Selbst ihre ständigen Versuche, ihn in ihr Bett zu locken, nahm er geduldig hin.

Ohne je darauf einzugehen.

Wenngleich sie behauptete, die geborene Mätresse zu sein, beneidete sie seine Ehefrau. Allerdings verspürte sie keine böse, missgünstige Eifersucht. Eher ein wehmütiges, romantisch angehauchtes Gefühl, das sie sich und ihrem abgestumpften Herzen gar nicht mehr zugetraut hatte.

Als die ruckelnde Kutsche plötzlich zum Stehen kam, schrak sie aus ihren Gedanken auf.

»Nicht gerade der Lebensstil, den ihr der königliche Cousin hätte ermöglichen können«, murmelte sie und betrachtete das kastenförmige, schmucklose Landhaus, während eine Hundemeute laut bellend angerannt kam.

Ben neben ihr wirkte nachdenklich und strahlte wie so oft dieses in sich ruhende Selbstvertrauen aus, das den meisten Menschen als Erstes an ihm auffiel.

»Ja, es dürfte eine beträchtliche Diskrepanz bestehen zwischen dem, was sie erwartet hatte, und dem, was sie am Ende bekam«, meinte er und schaute aus dem Kutschenfenster. »Tragisch, zumal sie sich vermutlich nichts zuschulden kommen ließ«, stellte er bedauernd fest. »Packen wir's an und finden heraus, was die Tochter des Friedensrichters uns erzählen kann.«

Nachdem er ausgestiegen war, bot er Janelle höflich seine Hand und half ihr aus der Kutsche. Sie warf ihm einen koketten Blick zu und hielt sich länger an ihm fest, als nötig und schicklich war.

Sie konnte es einfach nicht lassen.

»Wollen wir?«, fragte sie anzüglich. »Mir gefällt, wie diese zwei Worte klingen. Ich fand seit jeher, wir sollten es tun.«

Seine Antwort bestand aus einem Verdrehen der Augen und einem Nicken zum Haus hin. »Nach dir.«

Die junge Dame, jetzt Mrs. Georgette Hayden, war zu Hause, wie sie von einem Hausmädchen erfuhren, und bereit, sie zu empfangen. Sichtlich verlegen ob des hohen Besuchs eilte sie kurz darauf herbei, wischte sich die Hände an der Schürze ab, die sie anschließend hastig abnahm, und führte die Besucher in ein kleines Wohnzimmer. Zweifellos gehörten ein Earl und die Cousine eines Duke nicht mehr zu ihrem gesellschaftlichen Umgang.

Dass es sich bei der Lady weder um eine Dame noch um eine Cousine handelte, sondern um die herzogliche Mätresse, das konnte sie nicht ahnen.

Eigentlich wusste es kaum jemand, denn die Tarnung funktionierte erstaunlich gut

Janelle hatte es nämlich zur Bedingung für ihre Gunst gemacht, dass der Duke sie als Mitglied seiner weitläufigen Verwandtschaft ausgab. Die Scharade zahlte sich aus, denn ihr »Beschützer« verschaffte ihr in der Tat den erhofften Zugang zu höchsten Kreisen.

Überdies hatte sie schon schlechtere Liebhaber gehabt. Darunter nicht wenige, die deutlich jünger waren als der Duke. Zudem mochte sie alte Männer, weil sie nicht von der großen Liebe redeten. Ihnen reichte es, sich mit ihrem Körper zu vergnügen, und für gewöhnlich war die Entlohnung sehr großzügig.

»Mylord, Mylady.« Die Frau, die vor ihnen knickste, war nicht älter als Anfang zwanzig, schätzte Janelle. Die hellen Haare waren zu einem einfachen Knoten aufgesteckt, und ihr Gesicht beeindruckte durch seine ebenmäßige Schönheit. Nicht ohne Grund war sie seinerzeit hofiert worden.

Heathton verneigte sich und setzte sein übliches sparsames Lächeln auf. Sein Blick war undurchdringlich. »Danke, dass Sie uns empfangen.«

»Natürlich, Mylord.«

Als irgendwo im Haus das Weinen eines Kindes erklang, wandte er sich freundlich an die junge Mutter. »Wir werden Sie nicht lange aufhalten. Und an Kindergeschrei sollte ich mich langsam gewöhnen. In weniger als einem halben Jahr werde ich zum ersten Mal Vater.«

Wie leicht ihm das über die Lippen ging. Die richtigen Worte, das perfekte Auftreten, die Fähigkeit, sein Gegenüber nach kurzer Zeit einzuschätzen. Die Erwähnung ihres Kindes erwies sich als goldrichtig, denn Georgette Hayden, die einstige Ballkönigin, taute sichtlich auf.

»Meinen Glückwunsch, Lord Heathton. Es gibt nichts Schöneres als ein eigenes Kind.«

Arme, bedauernswerte Kreatur, dachte Janelle unwillkürlich. *Klammerst dich an etwas, um deinen Verlust zu vergessen. Redest dir ein, dass du durch die Mutterschaft für alles entschädigt wurdest.*

Trotzdem beneidete sie die junge Frau, die zufrieden und glücklich lächelte, und mehr noch Lady Heathton, die bald Bens Kind zur Welt bringen würde. Schnell lenkte sie das Gespräch in eine andere Richtung.

»Wir sind gekommen, um mit Ihnen über den Skandal zu sprechen, der sich im Jahr Ihres Debüts zutrug.«

Es war nicht unbedingt eine diplomatische und geschickte Eröffnung, doch Besseres war ihr nicht eingefallen.

Um keine unbegründeten Ängste zu schüren, mischte Heathton sich ein. »Wir sind nicht an den Gerüchten selbst interessiert, sondern an dem Verursacher. Ich denke, dass die Unterstellungen jeder Grundlage entbehrten. Umso mehr frage ich mich, warum man Ihre Ehrlichkeit anzweifelte und Sie damit gesellschaftlich ruinieren wollte.«

Einmal mehr erkannte Janelle, dass Ben über eine bewundernswerte Fähigkeit verfügte, mit Menschen anteilnehmend zu reden und dennoch emotionale Distanz zu wahren.

»Ich habe keine Ahnung.« Georgette Hayden sprach die vier Worte mit deutlicher Anspannung aus. »Und das, obwohl ich monatelang kaum über etwas anderes nachgedacht habe. Wenn ich einen Namen wüsste, würde ich ihn Euch nennen.«

»Was ist mit der jungen Dame, die Ihr früherer Verehrer später ehelichte?«

»Die Frau des königlichen Cousins? Nein.« Sie schüttelte nachdrücklich den Kopf. »Vielleicht war es jemand aus dem Umkreis des Hofes, aber nicht sie. Sie ist nicht intelligent genug – würde nie auf so eine Idee kommen und könnte sie erst recht nicht ausführen. Außerdem kannte mein damaliger Verehrer sie noch gar nicht, als das alles passierte. Ehrlich gesagt, auch wenn das bitter klingt, wünsche ich ihm viel Spaß mit diesem Dummchen. Als kleine Strafe dafür, dass er mich so einfach fallen ließ.«

»Sie war Ihnen gegenüber gemein?« Janelle stellte die Frage beinahe beiläufig.

»Bei einer Gelegenheit hat sie mich demonstrativ in der Öffentlichkeit geschnitten«, gab Georgette Hayden zu und errötete. »Es geschah vor einigen Jahren, und seitdem meide ich London. Zum Glück ist mein Mann verständnisvoll und lässt mich hier, wenn er, was häufiger geschieht, in der Stadt zu tun hat.«

Erneut betrachtete Janelle die junge Frau, die selbst in ihrem schlichten Kleid hinreißend aussah. Ihr Mann konnte sich wahrlich glücklich schätzen. Vielleicht tat er gut daran, sie nicht mehr mit nach London zu nehmen, dachte sie mit einem Anflug von Zynismus.

Sie bedauerte die unglückliche Georgette, die brutal ihrer Träume beraubt worden war. Sie konnte sich sehr gut in ihre Lage versetzen. Vielleicht hatte sie sich deshalb bereit erklärt zu helfen.

»Können Sie zufällig eine Liste der Gäste zusammenstellen, die an dieser Party teilnahmen, auf der sie brüskiert wurden?«

Georgette Hayden nickte und stand auf. »Wie Ihr Euch denken könnt, erinnere ich mich an jeden einzelnen Namen und schreibe sie gerne für Euch auf.« Sie blieb in der Tür stehen und drehte sich um. »Darf ich fragen, warum Ihr nach so langer Zeit Interesse an dem Fall habt, Mylord?«

»Sagen wir einfach, es kam mir zu Ohren, und mein Interesse wurde geweckt.«

Feuer zu legen war eine ziemlich dumme Idee von dem großen Unbekannten, dachte Janelle mit Befriedigung. *Damit hatte er sich einen unerbittlichen Feind gemacht.*

Das erste gemeinsame Dinner verlief entgegen Alicias Befürchtungen in einer zwanglosen Atmosphäre. Die beiden anderen zeigten zwar, wie verliebt sie waren, gaben ihr jedoch nicht das Gefühl zu stören.

Christopher Durham lächelte sie über den Tisch hinweg an. Ein attraktiver Mann zweifellos. Sein Haar war mittelblond bis braun wie das von Ben, und seine Gesichtszüge wirkten beinahe jungenhaft.

»Wenn ich recht informiert bin, Lady Heathton, ist Eure Schwester mit einem meiner Freunde verheiratet. Oliver und ich waren zusammen in Eton und später in Cambridge, wo man aus grünen Jungs passable Männer machte.«

Angelina in einem Kleid aus goldenem Satin strahlte ihn übers ganze Gesicht an. »Männer?«, scherzte sie. »Ich bin sicher, Alicia möchte mindestens ebenso gerne wie ich erfahren, was für dich einen Mann ausmacht.«

Sie saßen im Speisezimmer des kleinen Herrenhauses, das sie am Nachmittag erreicht hatten. Es handelte sich um einen schlichten Backsteinbau mit großen quadratischen Fenstern und einer breiten Freitreppe. Alles eher funktional, nicht besonders groß, aber gepflegt und ruhig. Es gab einige Diener, und das einzige Geräusch, das an diesem lauwarmen Herbstabend durch die Fenster drang, war der Gesang der Nachtvögel.

Christopher musterte nachdenklich den rubinroten Wein in seinem Glas. »Ich vermute, auf diese schwierige Frage gibt es keine einfache Antwort, die nicht entweder mein Geschlecht verunglimpft oder eures erzürnt. Dennoch will ich es versuchen.«

Die beiden Frauen wechselten einen wissenden Blick, ehe sie sich ihm aufmerksam zuwandten.

Nach einem kurzen Auflachen erklärte er: »Ihr seid in der Überzahl, kein Wunder, wenn ich mich unwohl fühle. Zunächst möchte ich hervorheben, dass es einen Mann auszeichnet, wenn er Verantwortung übernimmt und jene zu beschützen trachtet, die seiner Obhut anvertraut sind.«

»Wen hast du denn während deiner Studienjahre in Cambridge in deiner Obhut gehabt und beschützt?«, insistierte Angelina, während ein spöttisches Lächeln ihren Mund umspielte.

»Niemanden«, gab er zu und schaute sie voller Bewunderung an. Er hob sein Glas und brachte einen Toast aus. »Offensichtlich habe ich schon damals auf dich gewartet.«

»Sieh nur, wohin es dich geführt hat«, konterte sie, und es war schwer zu erkennen, ob sie es ernst meinte oder sich über ihn lustig machte.

»Wohin hat es mich denn geführt? Ich weiß ja nicht einmal, wem dieses Haus gehört. Irgendwie ist Lord Heathton meiner Frage geschickt ausgewichen.«

»Das klingt ganz nach Ben«, bestätigte Alicia, die es schließlich wissen musste. »Wenn er etwas nicht preisgeben will, lenkt er einen höchst effektiv ab. Manchmal ohne dass man es bemerkt.«

»Das ist alles meine Schuld.« Angelinas Miene hatte sich schlagartig verdüstert.

»Wenn du mir jetzt wieder einen Vortrag halten willst, welche Konsequenzen es hat, dich zu lieben, kannst du dir die Worte sparen«, erklärte Christopher mit Nachdruck. »Ich liebe dich, und es ist mir egal, wer davon erfährt. Außerdem bist du die Einzige, die Bedenken hat, es der ganzen Welt mitzuteilen. Das ist mit ein Grund, warum wir uns hier verstecken. Wenngleich es, wie ich zugeben muss, sich mit zwei so hübschen Damen leicht ertragen lässt.«

»Und ich finde es sehr beruhigend, dass außer Lord Heathton und unserem Aufpasser niemand unseren Aufenthaltsort kennt.« Angelina nahm einen letzten Bissen von dem Pudding. »Zwar habe ich Eve von meiner bevorstehenden Abreise erzählt, doch Näheres weiß sie nicht. Allein schon deshalb, weil ich selbst nicht mehr wusste.«

»Ich habe meinem Vorarbeiter lediglich mitgeteilt, wann

er mich auf der Baustelle zurückerwarten kann«, ergänzte Christopher. »Ansonsten bin ich für den Rest der Woche nicht erreichbar.«

»Und mir«, ergriff Alicia das Wort, »ergeht es wie Euch, Mylord. Ich bin froh, im erzwungenen Exil wenigstens die bestmögliche Gesellschaft zu haben. Außerdem sind wir hier Unbekannte, was uns eine gewisse Freiheit gestattet. Warum genießen wir nicht einfach …«

Sie unterbrach sich abrupt und griff nach ihrem Bauch, wo sie ein leichtes Zucken oder eine Art Blubbern spürte. Überwältigt sank sie zurück auf ihren Stuhl und sah Angelina mit großen Augen an. »Ich glaube, das Baby hat sich gerade bewegt.«

»Oh.« Impulsiv nahm die Freundin ihre Hand. »Wirklich? Bist du sicher? Sag, wie hat es sich angefühlt?«

»Es ist schwer zu beschreiben … Da ist es schon wieder.« Das Wunder dieses Augenblicks trieb ihr Tränen in die Augen. »Jetzt ist dieses Kind erst wirklich real geworden. Harriet hat mir gesagt, es fühle sich an, als würde man von innen gekitzelt, und das stimmt.«

»Das alles sind Dinge, bei denen ich nicht mitreden kann.« Christopher Durhams Stimme klang bedauernd und amüsiert zugleich. »Außerdem habe ich nie einen Gedanken daran verschwendet, muss ich zu meiner Schande gestehen. Ihr habt hoffentlich keine Schmerzen.«

Alicia lachte. »Nein, gar nicht.«

So lustig sie die Reaktionen des Barons fand, überfiel sie leichtes Bedauern, dass Ben nicht hier war und diesen Moment miterlebte. Sie wünschte sich so sehr, er könnte ihr Staunen und ihre Rührung teilen.

Stattdessen suchte er nach einem Mörder.

Sie erhob sich erneut und machte Anstalten, sich zu verabschieden. »Entschuldigt mich bitte, ich lege mich schlafen. In letzter Zeit brauche ich viel Ruhe, und die Landluft macht offenbar besonders müde.«

»Tu dir keinen Zwang an.« Angelina lächelte und nippte an ihrem Wein. »Es ist ein schöner Abend, erstaunlich nach dem verregneten Tag, und vielleicht machen Christopher und ich noch einen Spaziergang. Würdest du den Portwein für einen kleinen Bummel ausfallen lassen, mein Lieber?«

»Damit hätte ich keine Probleme.«

Ja, dachte Alicia, es war eindeutig an der Zeit, sich zu verziehen, denn die zwei sahen sich an, als wäre die Welt stehen geblieben und als würden Sonne, Mond und Sterne nur für sie leuchten.

»Wir sehen uns dann morgen früh.«

Während sie die Treppe hinaufstieg, fragte sie sich nicht zum ersten Mal, wer wohl der Besitzer des Hauses sein mochte. Ben hatte einige ungewöhnliche Freunde, das wusste sie. Überbleibsel seiner vielfältigen Kontakte aus Kriegszeiten.

In ihrem Zimmer angekommen, zog sie sich zur Nacht um. Eine Zofe war nicht mitgereist. Sorgfältig faltete sie das Kleid und legte es über die Rückenlehne eines Stuhls, trat dann ans Fenster und starrte nach draußen. Die Reise hatte sie körperlich erschöpft, in ihrem Kopf hingegen wirbelten die Gedanken durcheinander.

Seit dem Feuer war so manches anders geworden.

Vor allem ihr Mann schien einen Veränderungsprozess durchlaufen zu haben.

In dem knappen Jahr, das sie nun verheiratet waren, hatte

sie ihn lediglich selten emotional erlebt. Gestern Abend jedoch war er außer sich vor Wut gewesen und hatte sich kaum bremsen können.

Liebte er sie?

Langsam begann sie es zu glauben. Rief das Kind, das sie unter ihrem Herzen trug, so heftige Gefühlsausbrüche hervor? Nein, das glaubte sie nicht.

Wolken zogen über den Nachthimmel, und im Schein des Mondes sah sie zwei Personen, die Hand in Hand durch den Garten spazierten. Ein melodiöses Lachen drang zu ihr herauf.

Egal, was als Nächstes passierte – sie hoffte inständig, dass es gelang, den gefährlichen Verbrecher dingfest zu machen, damit sie zu Ben zurückdurfte und die beiden Liebenden endlich ein normales Leben beginnen konnten. Wenigstens hatten sie diesen Abend für sich, dachte sie und lächelte verträumt.

Kapitel 19

Es war wundervoll. Im Schein des Mondes, dessen Licht aus den feinen Wolken silbrige Gestalten zauberte, promenierten sie unter dem Nachthimmel durch den Garten, der still und dunkel dalag. Lediglich das leise Plätschern eines Springbrunnens war zu hören.

Ganz so, als wäre diese Nacht nur für sie da.

Dabei war Christopher eigentlich kein Mann, der sich romantischen Fantasien hingab. Im Gegenteil. Sein Metier waren geometrische Formen und Formeln, die sich in seinem Kopf zu visionären Gebäuden zusammenfügten, nachdem sein mathematisch geschulter Verstand die Umsetzbarkeit berechnet hatte. Doch an diesem Abend war er durchaus geneigt, sich Träumereien hinzugeben.

Angelina blickte zu ihm auf und lächelte. »Was für ein wunderschöner Himmel.«

»Ja. Und dennoch verblasst er im Vergleich mit dir.«

»Danke für das Kompliment.«

»Es ist die Wahrheit.«

»Hast du dich deshalb in mich verliebt?«

Dass sie diese Frage irgendwann stellte, damit hatte er gerechnet. Rechnen müssen, denn schließlich war ihre außergewöhnliche Schönheit für ihre beiden Ehemänner der Grund gewesen, um ihre Hand anzuhalten. Aus diesem Grund konnte er es ihr nicht verübeln, wenn sie auf der Hut war.

»Nein. Ich sehe in dir viel mehr als ein hübsches Gesicht und verführerische Rundungen, obwohl ich gestehen muss, dass mir beides ausnehmend gut gefällt«, erklärte er mit einem frechen Grinsen. »Lass es mich anders ausdrücken. Besäßest du nicht diese bemerkenswerte Intelligenz, diesen besonderen Sinn für Humor, der zu meinem passt, und, was am Wichtigsten ist, ein Ehrgefühl, das die meisten Männer beschämen würde, hättest du mich nicht dermaßen verzaubert. Alles zusammengenommen bildet eine Einheit, und das hat mich zu dir hingezogen. Natürlich spielt das Körperliche eine große Rolle und tritt am stärksten in Erscheinung – schließlich bin ich ein Mann. Aber bitte denke niemals, dass ich dich allein wegen deiner Schönheit begehre.«

Eine Weile gingen sie schweigend nebeneinander her. Er hörte, wie sie tief durchatmete. »Das weiß ich«, sagte sie schlicht. »Verzeih mir bitte, wenn ich dem Glück noch nicht wirklich zu trauen vermag.«

»Es wäre mir ein Vergnügen, dich von deinem verständlichen Argwohn zu heilen, meine Geliebte.«

Der Saum ihrer Röcke strich leise raschelnd über den mit Natursteinen belegten Weg. »Falls wir wirklich heiraten, würde ich gerne einen Großteil meiner Zeit auf dem Land verbringen. Allerdings ist mein eigenes Haus ziemlich klein und recht bescheiden und dürfte den Ansprüchen eines berühmten Architekten kaum genügen. Erzähl mir von deinem Landsitz in Surrey.«

»*Wenn* wir heiraten«, korrigierte er sie nachsichtig. »Wie oft muss ich dich daran erinnern, dass es bald so weit sein wird?«

»Bei jeder Gelegenheit, fürchte ich«, erwiderte sie reumütig. »Die letzten Jahre haben mich gelehrt, dass das Leben bisweilen sonderbare Kapriolen schlägt und nicht gradlinig verläuft. Bitte, Christopher. Erzähl mir von deinem Haus.«

Ihr Interesse freute ihn. »Mein Urgroßvater hat das Gebäude entworfen und mir vermutlich die Neigung zu meinem Beruf vererbt. Es ist weniger groß, als du vielleicht denkst, und ähnelt von den Ausmaßen diesem hier. Allerdings sieht es weniger zweckmäßig aus, denn es gibt Türmchen und Zinnen, was seinerzeit eigentlich gar nicht in Mode war. Trotzdem muss ich gestehen, dass sie dem Gebäude etwas Imposantes verleihen.« Er verstummte und atmete tief die Luft ein, in der ein Hauch von Rauch lag: ein Geruch, der das Nahen des Winters ankündigte. »Ich glaube, dieses Haus hat mich gelehrt, dass Gebäude einen Charakter haben, eine Persönlichkeit. Es stimmt doch, oder? Sie geben den Menschen ein Dach über dem Kopf, und wir füllen die Räume mit unseren Besitztümern, zählen auf den Schutz der Mauern gegen die Gewalt der Elemente und geben diese Bauten an unsere Kinder weiter. Wir werden in diesem sicheren Hafen geboren und sterben dort, und selbst wenn wir zu Staub zerfallen sind, stehen die Häuser immer noch da als stumme Zeugen unserer Genialität und unserer Zeit auf Erden.«

Angelina spürte, wie sehr er sich für diese Materie begeisterte und wie sehr er mit ganzem Herzen seinem Beruf nachging. Nachdenklich schaute sie hinauf zum Sternenhimmel, ihre Haare schimmerten wie schwarze Seide, ihr Gesicht war ein blasses Oval.

»Was mich betrifft«, sagte sie leise, »so habe ich mich insbesondere wegen deiner Künstlerseele in dich verliebt. Und ich kenne niemanden, der sich in seinem Denken und Fühlen so bereitwillig offenbart.«

»Architekten haben keine andere Wahl.« Er bewunderte den Schwung ihrer Wange und ihren zarten Hals. Seine Hand umschloss ihre fester, und er verschränkte die Finger mit ihren. »Egal aus welchem Grund – es ist für mich ein großes Glück, dich als Teil meines Lebens zu haben. Heirate mich, Angelina. Lass uns diesen Aufenthalt hier nutzen und eine Verbindung eingehen. Lady Heathton wird mit Freuden als deine Trauzeugin fungieren, und ich werde schon jemanden finden, der das für mich tut … Und die Sondergenehmigung dürfte kein Problem sein.«

»Ich …«

»Sag Ja. Wir lieben uns. Die meisten unseres Standes heiraten allein des Geldes wegen oder weil sie sich davon einen gesellschaftlichen Aufstieg versprechen. Uns verbindet etwas ganz Besonderes, und das sollten wir durch ein Eheversprechen besiegeln.«

»Ich darf dein Leben nicht aufs Spiel setzen.«

»Zum Teufel damit.« Frustriert griff er nach ihren Händen und redete beschwörend auf sie ein. »Liebes, das ganze Leben ist ein einziges Risiko. Von dem Moment an, wenn man morgens aufsteht. Selbst im Bett, wo man sich in Sicherheit wähnt und die Augen vor der Welt verschließt, kann einem etwas passieren. Wir wissen in keiner Situation, in keiner Lebenslage was als Nächstes geschieht, und das ist gut so. Bitte, heirate mich. Und mit dem Rest werden wir fertig, das verspreche ich dir.«

Ihr Widerstand begann zu erlahmen, wie er an dem verletzlichen Zug um ihren Mund erkannte. »Christopher …«

»Du brauchst nur Ja zu sagen. Ein einziges Wort.«

Schließlich tat sie es. Es war nicht mehr als ein Flüstern, doch er verstand es.

Nie zuvor hatte er ein so triumphales Glücksgefühl wie dieses erlebt, und nie im Leben würde er diesen Moment je vergessen.

»Verrate mir eines«, raunte er. »Bist du schon mal bei Nacht im Mondschein geliebt worden?«

»Wie bitte?« Sie blickte zu ihm auf, und ihre Augen hatten beinahe die silbrige Farbe des Mondes.«

»Mit deinem Ja hast du mir gerade das größte Geschenk gemacht, und ich wüsste keine schönere Art, das zu feiern … Man braucht nicht unbedingt ein Bett. Draußen kann es eine einzigartige Erfahrung sein.«

»Christopher!«

Er wusste, dass sie trotz zweier Ehen sexuell recht unerfahren war. Anfangs hatte sie sein Verlangen eher passiv hingenommen, und es dauerte eine Weile, bis sie in der Lage war, sich der erwachenden Lust hinzugeben. Nach wie vor bereitete es ihm großes Vergnügen, sie zu mehr Experimentierfreude in seinen Armen zu ermutigen.

Er wollte ihr so viel mehr geben.

»Sind wir nicht einer Meinung, dass es eine wundervolle, laue Nacht ist trotz der späten Jahreszeit?« Er zog sie zu einer Steinbank, die umgeben war von Eiben und Rosenbüschen. Die meisten Blüten hatten den Kampf gegen den nahenden Winter bereits verloren.

»Niemand ist hier, und ich brauche dich.«

»Ich könnte später in dein Zimmer kommen oder du in meins …«

»Ich will dich jetzt«, beharrte er, zumal ihm nicht entgangen war, wie atemlos sie auf seinen Vorschlag reagiert hatte. »Und ich glaube, du willst mich ebenfalls.« Er senkte die Stimme. »Ich mag es, wie das Mondlicht auf deinen Haaren glänzt und die Schatten über deine Haut gleiten.«

Er zog die Elfenbeinkämme aus ihren Haaren, sodass sie offen über ihre Schultern fielen, und beugte sich zu ihr herab, um sie zu küssen. Während seine Zunge tief in ihren Mund glitt, gab sie sich seiner Umarmung hin, und ein Seufzer des Entzückens entrang sich ihr.

Sie war sein.

Für immer.

Erregung flammte in ihm auf und ließ ihn hart werden. Er umfasste ihr Hinterteil und zog sie enger an sich, damit sie spürte, wie sehr er sie wollte. Schenkel an Schenkel gepresst, standen sie da, ihr Bauch drückte gegen seinen Unterleib, sein Mund lag besitzergreifend und hungrig auf ihrem …

Christopher unterbrach den Kuss und trat zurück, um aus seiner Jacke zu schlüpfen. Achtlos warf er sie auf die Bank. »Öffne dein Mieder«, flüsterte er heiser. »Ich will dich berühren.«

Ihre fein geschwungenen Brauen hoben sich bei dem drängenden Ton eine Winzigkeit, und er musste lächeln.

»Lass es mich anders formulieren für den Fall, dass ich deinen Wunsch nach Unabhängigkeit verletzt habe. Würdest du mir das Privileg gestatten, deinen herrlichen, üppigen Busen zu streicheln?«

Sie lachte so ungezwungen, wie er es selten erlebt hatte. »Das ist ein wahrlich skandalöser Vorschlag, mein Herr.« Kokett senkte sie die langen Wimpern. »Eine wahre Lady würde einem Gentleman niemals solche Freiheiten erlauben.«

»Ein wahrer Gentleman würde so etwas gar nicht erst fragen, oder?«, erwiderte er mit einem wölfischen Grinsen. »Er käme nie im Leben auf die Idee, die Angebetete im Mondlicht zu vernaschen. Aber genau das habe ich vor.«

Ihre schlanken Finger öffneten den ersten Perlenknopf ihres Mieders. »Und wenn ich dir widerstehe?«

»Ich würde dich dennoch überzeugen. Glaub mir, ich kann sehr hartnäckig sein.«

Ihr Blick hielt seinem stand. »Das habe ich bemerkt.«

Bereits in der zweiten Nacht nach ihrem Kennenlernen waren sie intim geworden. Er hatte wie ein Räuber auf dem Balkon vor ihrem Zimmer gelauert, bis die Zofe endlich verschwunden war. Dann schlüpfte er uneingeladen in ihr Gemach.

Allerdings kam es für sie nicht ganz überraschend, denn beide hatten vom ersten Moment an gewusst, dass es passieren würde. Weil es ihnen vorherbestimmt war.

Inzwischen hatte sie ihr Mieder geöffnet. Der sanfte Schimmer ihrer Brüste verlockte ihn, die rosigen harten Spitzen waren wie geschaffen für seine Hände und seinen Mund. Sein Hemd stand offen, halb aus der Hose gezogen.

Die Abgeschiedenheit dieser Naturlaube war perfekt.

Er drückte sie auf die Bank und kniete vor ihr nieder. Seine Hände umschlossen ihre nackten Brüste und erkundeten ihre Fülle. Sanft strich sein Mund über ihre warme, seidige Haut, die nach Veilchen schmeckte. Als er an ihr zu saugen begann, packten ihre Hände seine Schultern, und sie versteifte sich, schnappte hörbar nach Luft. Dann schob er ihre

Röcke nach oben und ließ seine Hand geschmeidig über die wohlgeformte Wade hinauf zu ihrer Kniekehle und weiter über den weichen Oberschenkel zum Ziel all seines Tuns gleiten.

Seine Finger, die in sie eintauchten, spürten die Hitze und Feuchtigkeit ihres Geschlechts und drangen tiefer ein. Sie schloss die Augen.

»Du bist für mich bereit«, flüsterte er. »So nass und wunderbar heiß. Ich kann es kaum erwarten, in dir zu sein. Trotzdem will ich mein Verlangen noch ein Weilchen bezähmen, damit es auch für dich absolut perfekt wird.«

Sie erhob keine Einwände, als er ihre langen Beine mit den seidigen Strümpfen und den koketten Strumpfbändern ganz entblößte und ihre Schenkel spreizte. Vor gar nicht allzu langer Zeit hätte sie ihm das nicht erlaubt.

»Halt dich mit beiden Händen an der Bank fest«, sagte er, ehe sein Mund sein Ziel suchte. Das Zentrum ihrer Weiblichkeit, die empfindsamste Stelle.

Ein erstes Beben durchfuhr sie, und sie warf den Kopf in den Nacken.

Er küsste und schmeckte sie, ließ sich alle Zeit der Welt, um sie mit Mund und Zunge auf den Gipfel der Lust zu treiben. Spürte dabei jedem Zittern nach und lauschte auf ihre immer heftiger werdenden Atemzüge.

Wenn Heathton wüsste, welchen Gefallen er ihm mit diesem Aufenthalt auf dem Land getan hatte, schoss es ihm durch den Kopf.

Angelina hingegen dachte an etwas ganz anderes. Dass es unmöglich war, was sie gerade getan hatte.

Zitternd ruhte ihr Körper in seinen Armen auf einer Gartenbank. Es waren widersprüchliche Empfindungen gewesen, die er mit seiner Zunge zwischen ihren Beinen hervorgerufen hatte. Schockierend und köstlich zugleich. Eine nie zuvor erlebte Ekstase, die jede Zelle ihres bebenden Körpers ausfüllte, jeden Winkel ihres Bewusstseins …

Ein Moment von unglaublichem Zauber.

Christopher strahlte zufrieden. »Ich wusste, das würde dir gefallen«, sagte er.

Sie beobachtete, wie er seine Hose öffnete und seine Erektion befreite, die sich ihr begierig entgegenreckte. Sanft zog er sie auf seinen Schoß.

»Ich möchte, dass du mich reitest, damit du nicht die harte Bank unter meinem Gewicht spürst.«

Erstaunlicherweise reagierte sie weder verwirrt noch verschämt. Inzwischen hatte sie eine Menge dazugelernt und ihre Scheu vor neuen Erfahrungen weitgehend überwunden. Ohne Zögern griff sie nach seinem Schwanz und half ihm, sich in die richtige Position zu bringen.

»Komm, senk dich auf mich herab«, murmelte er ihr ins Ohr, und sein Atem strich über ihre Haare. »Bis ich ganz in dir drin bin.«

Sie wollte ihn so sehr. Nicht nur im körperlichen Sinne, sondern auch emotional, spirituell. Als würde sie einem Heilsbringer folgen, und im Grunde war er das für sie ja. Wenn einer sie von ihrer Vergangenheit erlösen konnte, dann er. Sofern der Earl natürlich jenen Schuft erwischte, der ihr Leben zu zerstören drohte. Erst in diesem Augenblick würden sie wirklich frei sein, nach vorne zu schauen und alles Belastende hinter sich zu lassen.

Doch die Aussicht darauf beflügelte sie bereits jetzt. Ließ sie lockerer werden, enthemmte sie geradezu, fegte ihre Schüchternheit hinweg. Zentimeter für Zentimeter nahm sie ihn in sich auf. Leidenschaftlich und beseelt von dem Wunsch, Lust zu spenden und zu empfangen.

»Ist es das, was du willst?«, flüsterte sie und beugte sich zu ihm hinunter.

»Ja. Beweg dich, Liebes. Ich will, dass du dich bewegst.«

Seine Hände packten ihre Hüften und gaben ihr den Rhythmus vor, bis sie keine Hilfe mehr brauchte. Bei jedem Auf und Nieder gab sie leise Seufzer von sich, die wie ein Echo seines heiseren Atems klangen. Christopher vergrub sein Gesicht zwischen ihren Brüsten, und die Hitze seines Atems ließ sie den kühlen Wind vergessen, der von hinten über ihre Schultern wehte. Immer heftiger wurden ihre Bewegungen, und sie vermochte nicht zu unterscheiden, wer von ihnen verlangend den Takt angab.

Zu einer Person verschmolzen, brachen sie zu einer intimen Erkundungsreise auf.

Plötzlich hielt er inne und drückte sich noch tiefer in sie hinein. »Jetzt«, stieß er keuchend hervor und zog sie mit sich, bis sie den Rand der Klippe erreichten und gemeinsam in den Abgrund, in traumseliges Vergessen stürzten. Angelina glaubte, die Welt werde in ihren Grundfesten erschüttert, und wie aus weiter Ferne hörte sie ihn ihren Namen rufen, bevor er sich pulsierend in ihr verströmte.

Das Erste, was sie wieder bewusst wahrnahm, war das Trillern eines Nachtvogels, der irgendwo in der Nähe leise sein Lied sang. Ihr Kopf ruhte an Christophers Schulter, und sie sog den herb-würzigen Duft seiner Haut ein. Verstohlen blickte sie an sich hinab. O Gott, wie sie aussah! Der Rock bis zur Hüfte hochgeschoben, das Mieder weit geöffnet und die Haare wild herabhängend.

Nie hatte sie sich so sehr als Frau gefühlt.

»Gärten sind schöne Orte, findest du nicht?« Seine Arme hielten sie fest umschlungen, und eine Hand streichelte sanft ihren Rücken. »Dieser hier wird auf ewig einen besonderen Platz in meinem Herzen haben.«

Sie gab ein ersticktes Lachen von sich und legte eine Hand auf seine Brust, um seinen Herzschlag zu spüren. »Ich gebe zu, dass ich in Zukunft Rosenbüsche und Eibenhecken mit anderen Augen sehen werde.«

»Sieht ganz so aus, als hätte ich dich vom sprichwörtlichen Pfad der Tugend abgebracht«, scherzte er und zeichnete mit einem Finger den Bogen ihrer Augenbrauen nach. »Und ich werde dich dafür keineswegs um Verzeihung bitten.«

»Ich würde die Entschuldigung auch gar nicht annehmen.«

»Angelina, bist du eigentlich überfällig mit deiner Monatsblutung?«

Was hatte er da gerade gefragt?

Sie versteifte sich ein wenig. »Ich glaube nicht.«

Es war eine glatte Lüge, denn tatsächlich war sie bereits einige Wochen über die Zeit. Bislang hatte sie diese Tatsache allerdings erfolgreich in den hintersten Winkel ihres Bewusstseins geschoben.

Fragend musterte er ihr Gesicht. »Es sind fast zwei Monate her, seit du mich deswegen zum letzten Mal abgewiesen hast.«

Angelina erschrak. Nie im Leben wäre sie auf den Gedanken gekommen, dass er nachrechnete.

»Es würde mich nicht überraschen«, fuhr er leise fort. »Wenn man so regelmäßig miteinander schläft wie wir, ist eine Schwangerschaft durchaus folgerichtig. Oder liege ich da falsch?«

Sie konnte unmöglich diese Unterhaltung führen, solange er in ihr war. Das störte ihre Konzentration und ihr ganzes Denkvermögen. Als sie sich aus seiner Umarmung befreite und erhob, rann sein Samen warm an ihren Schenkeln hinunter.

»Ich bin mir nicht sicher«, erklärte sie mit sichtlichem Zögern. »Meine Blutung kommt nicht so regelmäßig.«

»Verstehe.« Er beobachtete aus halb geöffneten Augen ihre Versuche, sich anzukleiden, und schien sich seiner eigenen Nacktheit nicht bewusst zu sein. »Ich fände es schön, falls es so wäre. Bislang habe ich nie an Kinder gedacht, mit dir hingegen möchte ich welche. Unsere Kinder.«

Angelina nickte. Das wollte sie ebenfalls. Mehr als alles andere wünschte sie sich Kinder, seit sie mit ihm zusammen war. Zuerst jedoch musste sie sich wieder sicher fühlen können. Allein der Gedanke, ihrem gemeinsamen Kind könnte etwas zustoßen, ließ ihr das Blut in den Adern gefrieren.

»Das hier muss erst geregelt sein. Vorher mag ich daran nicht denken«, stieß sie verzweifelt hervor. »Dir geht es gewiss genauso.«

»Du machst dir zu viele Sorgen.« Er stand auf und schloss rasch seine Hose, ohne sie aus den Augen zu lassen. »Ich würde sterben, um dich zu beschützen, und solltest du mein Kind unter dem Herzen tragen, werde ich …«

»Sag so etwas nicht«, unterbrach sie ihn, und schrill zerriss ihre Stimme die nächtliche Stille. »Ich will nicht, dass irgendwer stirbt.«

Erneut flammte Hass und Wut gegen die Person in ihr auf, die ihr das alles antat und ihrem Glück im Wege stand. Sie konnte bloß hoffen, dass ihr Vertrauen in Lord Heathton gerechtfertigt war und er dieses Monster zur Strecke brachte.

In diesem Moment ertönte ein lauter Knall.

Christopher zuckte zusammen, fuhr herum und warf sich auf sie. Gemeinsam stürzten sie zu Boden, spürten, wie die Luft durch die Detonation aus ihren Lungen gepresst wurde.

»Beweg dich nicht«, flüsterte er. »Sonst sind wir beide tot.«

Hätte sie nicht gemerkt, dass etwas Heißes, Feuchtes langsam durch ihr Kleid sickerte, würde sie seine Anweisung befolgt haben. So nicht.

»Du wurdest getroffen«, stellte sie voller Entsetzen fest.

»Ja, und ein Treffer ist schon schlimm genug«, erwiderte er. »Also halt bitte still, denn ich will keinen zweiten abkriegen. Wer auch immer der elende Schurke sein mag, er lädt mit Sicherheit gerade nach.«

Kapitel 20

Ein komplizierter Fall erforderte sorgfältiges Nachdenken.

Zunächst war da immer jener frustrierende Punkt, an dem die Lösung zum Greifen nahe schien und sich ihm dennoch entzog. Bis sich seine Gedanken plötzlich wie von Zauberhand zu klären begannen und er Wichtiges von Unwichtigem zu unterscheiden vermochte.

Darauf hoffte Benjamin Wallace auch jetzt.

Nachdem die Erkundigungen bislang nicht den erhofften Hinweis auf die Person des Übeltäters ergeben hatten, weder bei Georgette Hayden noch bei der Schwester des Baronets, war er zu der Erkenntnis gelangt, dass er die Initiative ergreifen musste. Er beschloss, sich der kleinen Reisegesellschaft anzuschließen, um vielleicht auf diese Weise den Unbekannten aus seiner Deckung zu locken.

Der peitschende Knall eines Schusses, der ihn bei seiner Ankunft am Ziel begrüßte, bestätigte die Richtigkeit seiner Taktik.

Ein Präventivschlag.

Lautlos bewegte er sich in den Schatten auf das Anwesen zu. Sein ungutes Gefühl hatte ihn also nicht getrogen. Offenbar war die Abreise der drei am Morgen nicht so unauffällig vonstattengegangen wie von ihm geplant und erhofft. Irgendwo gab es zweifellos eine undichte Stelle.

Der große Unbekannte war informiert worden.

Heathton lief zum Garten hinter dem Haus, stieg über das Tor und lauschte. Als er zur Rechten gedämpfte Stimmen vernahm, schlug er diese Richtung ein. Schlich sich voran im Schutz der Bäume und Büsche, um dem Angreifer keine Zielscheibe zu bieten.

Wieder sprach jemand, diesmal erkannte er eine Frauenstimme, die sofort erstickt wurde.

Er duckte sich hinter einem kleinen, betäubend riechenden Busch. »Lowe?«, rief er leise in die Dunkelheit.

»Lord Heathton? Gott sei Dank, dass Ihr da seid.« Angelina DeBrookes Stimme klang leicht hysterisch.

»Ja, ich bin's«, bestätigte er und kniff die Augen zusammen, um sich besser orientieren zu können, kroch dann weiter auf sie zu. »Wo ist Alicia?«

»Im Haus«, hörte er Christopher Durham gepresst sagen. »In Sicherheit. Zumindest hoffe ich das. Mir scheint, der Schütze ist verschwunden. Durchs Gebüsch in Richtung des Wäldchens, wenn ich mich nicht täusche. Ich bin verwundet, aber offenbar nicht allzu schlimm.«

Heathton fluchte still vor sich hin. War ihnen die Person, die sie suchten, etwa entwischt? Das wäre fatal, und sie mussten womöglich ganz von vorne anfangen.

Direkt vor ihm tauchten aus dem Dunkel undeutlich zwei Gestalten auf, die eine sitzend, die andere kniend. Als er näher kam, bemerkte er zu seiner Verwunderung, dass beide irgendwie unzureichend gekleidet waren. Ihr war das Kleid von den Schultern gerutscht, ihm stand das Hemd offen. Und wäre nicht ein dunkler Fleck auf dem weißen Leinen gewesen, hätte er sich einfach still vergnügt grinsend zurückgezogen.

»Lasst mich das mal ansehen.« Vorsichtig schob er Lowes Hemd beiseite und betrachtete die Einschussstelle in der Schulter. Eine scheußliche Fleischwunde, die stark blutete. »Schmerzhaft, jedoch nicht tödlich«, sagte er lakonisch und reichte dem Baron sein Taschentuch, damit er den Blutstrom ein wenig stillen konnte. »Trotzdem ist es unerlässlich, die Kugel zu entfernen, sonst kann es eine Entzündung mit anschließendem Wundbrand geben. Wo ist im Übrigen der Mann, den ich Euch als Bewacher mitgegeben habe?«

Lowe starrte ihn verdutzt an. »Ich habe keine Ahnung.«

»Er kennt sich eigentlich mit Situationen wie diesen aus und weiß, was zu tun ist. Ich habe ihn eigens engagiert, damit er auf Euch und auf Alicia aufpasst.«

»Dann, fürchte ich, besteht Anlass zur Sorge«, erwiderte Lowe beunruhigt. »Zuletzt habe ich ihn am Nachmittag, kurz nach unserer Ankunft gesehen. Allerdings habe ich mir nichts dabei gedacht, da er sich in Angelinas Haus ebenfalls ziemlich diskret im Hintergrund gehalten hat. Und nach dem Dinner haben wir einen Spaziergang gemacht.«

Einen Spaziergang?

Danach sah es eindeutig nicht aus, aber das war sein geringstes Problem. Vorsichtig half er dem Verletzten auf die Füße.

»Wir sollten umgehend jemanden ins Dorf schicken, damit er den Arzt holt. Gehen wir erst einmal ins Haus«, sagte er und stützte Lowe, dem das Gehen sichtlich schwerfiel. Hoffentlich war die Verletzung am Ende nicht gefährlicher, als es den Anschein hatte.

Angelina beobachtete sie gequält. »Was soll ich tun?«

»Geht zu Alicia und erzählt ihr, was passiert ist. Und richtet ihr aus, dass sie das Haus nicht verlassen darf. Sonst kommt sie womöglich unbedacht herausgestürzt. Und beeilt Euch bitte, Mylady.«

Irgendwie fühlte Heathton sich für Lowes Verwundung verantwortlich. Es wurmte ihn, so etwas nicht einkalkuliert zu haben, und rechnete es sich als Fahrlässigkeit an. Gedankenverloren sah er Angelina nach, die Richtung Haus eilte.

»Ich mag es nicht, wenn der Gegner die Taktik ändert«, murmelte er.

Lowe, der den gesunden Arm über seine Schulter gelegt hatte, atmete schwer. »Mir gefällt das genauso wenig, und ich gebe zu, dass ich Eure Besorgnis für übertrieben hielt, doch die Ereignisse geben *Euch* recht und nicht mir. Ich muss mich wohl entschuldigen …«

»Er hat zwei Männer ermordet, vermutlich drei, sofern wir das Verschwinden unseres Bewachers richtig deuten. Dafür werde ich ihn an den Galgen bringen, denn Sharpe war ein loyaler und zuverlässiger Mann. Ich verstehe ohnehin nicht, wie unser Unbekannter ihn überhaupt schnappen konnte. Darum habe ich die Hoffnung noch nicht ganz aufgegeben … Nur, wo zum Teufel steckt er?«

Der verwundete Baron antwortete nicht. Er war ziemlich blass, und jeder Schritt schien ihm wehzutun. Vermutlich hatte er starke Schmerzen. Heathton spähte vorsichtig in alle Richtungen, denn wenn jemand ein leichtes Ziel suchte, dann boten sie sich geradezu an.

Inzwischen leuchtete im Haus überall, in jedem Fenster, Licht auf, und als sie die Terrasse erreichten, kam Alicia ihnen im Nachthemd entgegen. Wie befürchtet, hatte sie sich über den ausdrücklichen Wunsch ihres Mannes, im Haus zu bleiben, hinweggesetzt.

Benjamin Wallace schüttelte einmal mehr den Kopf über die Unvernunft seiner Frau. Wer immer auf Christopher Durham geschossen haben mochte, trieb sich womöglich nach wie vor in der Nähe herum.

»Guten Abend, meine Liebe«, sagte er so gelassen wie möglich. »Ich habe mir spontan überlegt, mich eurer Landpartie anzuschließen. Sag mir, ist irgendwer vom Personal in der Nähe?«

Bei seinem lockeren, fast heiteren Tonfall erstarrte sie. Wie konnte Ben so ruhig bleiben, wo gerade auf einen von ihnen geschossen worden war? Sie verschränkte die Arme vor dem Oberkörper, damit er nicht das Zittern ihrer Hände bemerkte.

»Alicia, hast du nicht gehört? Wir brauchen einen Diener, der den Arzt holt. Und wo bitte ist dein Morgenmantel?«

Ihr verschlug es die Sprache. Da führte er einen blutenden Mann in ein Haus, wo sie angeblich sicherer als in London waren – eine schwerwiegende Fehleinschätzung –, und er monierte, dass sie keinen Morgenmantel trug.

Schon wollte sie ihn wütend anfahren, als ihr einfiel, dass es sich lediglich um eines von Bens berühmt-berüchtigten Ablenkungsmanövern handelte. Sie trat beiseite und ließ die beiden Männer vorbei. Beim Anblick des vielen Blutes wurde ihr ganz schwummrig.

»Ich suche einen Diener und schicke ihn ins Dorf«, sagte sie und hoffte, dass niemand das Beben in ihrer Stimme bemerkte. »Ich fürchte, als Krankenpflegerin eigne ich mich sowieso nicht sonderlich.«

»Ja, tu das.« Ben nickte zustimmend. »Und weck die Köchin, damit sie heißes Wasser und Verbandszeug bereithält.«

Er machte eine Pause. »Vorher zieh deinen Morgenmantel an, bitte. Ich finde es irritierend, wenn du so spärlich bekleidet herumläufst.«

Trotz seiner Schmerzen musste Lowe lachen. Als sie ihm den Kopf zuwandte, registrierte sie zum ersten Mal, wie wenig vorschriftsmäßig *er* bekleidet war. Und wenn sie nicht alles täuschte, hatte Angelina ebenfalls recht derangiert ausgesehen, als sie in ihrem Zimmer auftauchte. Beides zusammen ließ eigentlich nur einen Rückschluss zu …

Alicia konnte sich ein Grinsen nicht verkneifen. Deshalb waren sie also im Garten.

Eine ebenso faszinierende wie skandalöse Vorstellung, aber warum nicht?

Außerdem sollte sie sich lieber auf die Suche nach einem Diener machen.

Sie zog den Klingelzug im Esszimmer, und fast augenblicklich tauchte ein junger Lakai auf, der ihnen bereits das Abendessen serviert hatte.

»Mylady? Mir scheint, es gab eine gewisse Aufregung«, fragte er höflich und hielt den Blick entschlossen auf ihr Gesicht gerichtet. Eine Countess im Negligé war ihm vermutlich nie zuvor untergekommen. Alicia bedauerte, ihn in Verlegenheit zu bringen, doch jetzt war es zu spät.

»Es gab einen Unglücksfall«, erklärte sie hastig. »Wir brauchen den Arzt aus dem Dorf, jemand müsste ihn holen. Und es wäre gut, wenn heißes Wasser vorbereitet und Verbandszeug herausgelegt würde.«

»Wird sofort erledigt, Mylady.«

Nachdem er weg war, begab sie sich in die Halle, wo sie auf Angelina traf. Zwar trug die Freundin nach wie vor das blutbefleckte Kleid, hatte es aber zwischenzeitlich ordentlich zugeknöpft und ihre Haare zusammengebunden.

»Der Arzt kommt?«

»Ich habe nach ihm schicken lassen, ja.«

Angelina sah sie trostlos an. »Ich weiß nicht, was ich tun soll.« Für eine Frau, die in den letzten Jahren weitgehend für sich selbst verantwortlich war, wirkte sie erstaunlich hilflos. »Wenn er stirbt, bin ich schuld.«

Sie sprach die Worte ganz leise aus.

Alicia versuchte sie zu beruhigen. »Obwohl ich mich mit so etwas nicht sonderlich auskenne, macht Lord Lowe auf mich nicht den Eindruck, als würde er in Lebensgefahr schweben.« Sie trat zu ihr und nahm ihre kalte Hand. »Er wird nicht sterben. Ben wirkte nicht sehr besorgt, und er kennt sich aus.«

Alle guten Worte vermochten Angelina nicht zu trösten. »Das hätte sein Tod sein können«, stieß sie hervor und begann zu schluchzen. »Am liebsten würde ich vor alldem fliehen, mir auf dem Kontinent, wo niemand mich kennt, ein neues Leben aufbauen. Ich habe etwas Geld ... William hat es mir hinterlassen. Niemand außer meinem Anwalt weiß davon, und niemand außer mir kann darauf zugreifen. Das könnte mich jetzt retten ...

»Und was ist mit deinem Geliebten?« Alicia stockte allein bei der Vorstellung der Atem. »Das würde ihm das Herz brechen. Er liebt dich schließlich ... Du kannst ihn nicht einfach verlassen.«

Das Lächeln der Freundin war freudlos. »Und wenn ich damit sein Leben rette? Es aus Liebe täte? Das Opfer wäre es mir wert, selbst wenn es bedeutet, auf mein eigenes Glück zu verzichten.«

Allmählich geriet alles außer Kontrolle.

Alicia zog Angelina zu einer Sesselgruppe beim Fenster, wo die Freundin sich schwer niederließ, als würden die Beine ihr Gewicht nicht länger halten. Ihr Gesicht wirkte im fahlen Mondlicht völlig blutleer.

»Ich werde dir bei allem helfen. Allerdings nur, wenn du ihn nicht verlässt. Das wäre nämlich ein fataler Fehler, den du dein Leben lang bereuen würdest.« Sie hob abwehrend die Hand, als Angelina etwas einwenden wollte. »Statt in diesem Moment aufzugeben, solltest du kämpfen, denkst du nicht? Alle müssen wir kämpfen, weil wir alle angegriffen wurden. Ich bin bereit dazu, die Männer sind es ebenfalls – fehlst bloß noch du. Komm, gib dir einen Ruck. Wir vier werden es schon schaffen …«

»Ach Alicia, ich habe auch dich und deinen Mann in Gefahr gebracht. Niemals hätte ich ihn um Hilfe bitten dürfen. Genauso falsch war es, auf Christophers Interesse einzugehen. Ich ahnte es. Allen bringe ich nichts als Unglück. Darum fühle ich mich schuldig und zudem selbstsüchtig.«

»Unsinn. Du hast nichts Falsches getan. Jemand anders ist dafür verantwortlich. Geh zu deinem Christopher, du gehörst an seine Seite. Halt einfach seine Hand, bis der Arzt kommt, das wird ihn seine Schmerzen vergessen lassen.«

Nach einer Weile nickte Angelina und erhob sich. »Du hast recht. Ich sollte jetzt bei ihm sein. Danke. Abgesehen von Eve habe ich kaum Freunde. Umso schöner finde ich es, dich kennengelernt zu haben. Deine Wärme und deine Herzlichkeit sind überwältigend aufrichtig, und ich verstehe gut, warum dein Mann so verliebt ist. Er hat eine gute Wahl getroffen.«

»Ich bin für deine Freundschaft gleichermaßen dankbar«, erklärte Alicia und stand auf. »Ich werde dich begleiten, denn ich muss mit Ben reden.«

Eine vage Theorie, die in ihrem Kopf herumspukte, ließ sie nicht los, und sie wollte unbedingt die Einschätzung ihres Mannes hören.

Vielleicht war ja gar nichts dran an ihren Befürchtungen.

Kapitel 21

Die Einrichtung des Raumes wurde dominiert von dunkelgrünen und rehbraunen Farben. Schwer hing der Geruch nach Blut in der Luft.

Obwohl es eine Tortur war, ertrug Christopher Durham das Entfernen der Kugel mit zusammengebissenen Zähnen und ohne Laudanum. Dennoch atmete er hörbar auf, als das Geschoss mit metallischem Klappern in die kleine, bereitgestellte Schale fiel.

Der Arzt war ziemlich jung, ungefähr in seinem Alter, und von angenehmem Wesen. Zu seiner Beruhigung hatte er ihm als Erstes erklärt, dass er sein Handwerk im Krieg gelernt habe und sich folglich mit Schusswunden bestens auskenne. Im Übrigen bestätigte er Heathtons Vermutung, dass die Wunde nicht gefährlich sei. Natürlich nur, sofern eine Infektion vermieden werde, fügte er einschränkend hinzu.

»Vielen Dank«, sagte sein Patient und verzog das Gesicht. Er brauchte dringend einige große Brandys, um den pochenden Schmerz in seiner Schulter auf ein erträgliches Maß zu reduzieren.

»Die Kugel hat keinen Knochen getroffen«, erklärte Dr. Landau fröhlich und wusch sich in einer Waschschüssel die blutigen Hände. »Da habt Ihr verfluchtes Glück gehabt, Mylord.«

»Ich teile Ihre Meinung.« Heathton lehnte lässig an der Wand neben dem Fenster und tat so ziemlich unbesorgt.

Er spielte ihnen etwas vor, schoss es Lowe durch den Kopf. Der Earl war erheblich beunruhigter, als es den Anschein hatte. Jetzt wandte er sich erneut an den Arzt.

»Die Rolle der Krankenpflegerin wird die hübsche dunkelhaarige Frau mit dem blutigen Kleid übernehmen, die Sie vorhin aus dem Raum geschickt haben. Baron Lowe und Lady DeBrooke sind verlobt und werden bald heiraten. Bitte wenden Sie sich an sie wegen irgendwelcher Anweisungen. Ich vermute, Sie kommen morgen erneut vorbei, um den Verband zu wechseln.«

»Natürlich, Mylord.« Landau nickte und machte sich daran, seine Instrumente wieder in der Tasche zu verstauen, ehe er sich verabschiedete.

Sobald er den Raum verlassen hatte, erläuterte Heathton, wie er die Situation beurteilte.

»Wir haben zwei Probleme«, begann er. »Das erste besteht darin, dass Sharpe, unser Bewacher, entweder verschwunden oder tot ist. Bislang konnte er nicht gefunden werden.« Er hielt kurz inne, bevor er fortfuhr. »Das zweite Problem stellt der Schütze dar, der sich unter Umständen immer noch hier herumtreibt. Unglücklicherweise stehen uns kaum Leute zur Verfügung, sodass wir nicht wirklich suchen können. Weder nach Sharpe noch nach dem Schützen.«

Lowe, der das nicht anders sah, nickte. »Aber gestattet mir eine Frage: Warum seid Ihr überhaupt hier? Das war doch gegen alle Planungen, oder?«

»In der Tat«, entgegnete Heathton, der erschöpft aussah. »Ich weiß nicht, wie ich es erklären soll – aus irgendeinem Grund gelangte ich im Laufe des Tages zunehmend zu dem Schluss, dass meine Anwesenheit hier erforderlich sei.«

»Das verstehe ich«, warf Lowe ein, während er sich in die Kissen lehnte. »Ich lasse mich bei meiner Arbeit ebenfalls häufig von Intuitionen leiten.« Er zögerte kurz. »Obwohl wir Euch schon mehr als genug in Anspruch genommen haben, brauche ich Euch weiterhin. Damit Ihr auf Angelina aufpasst. Sie beschützt zu wissen, ist für mich wichtiger denn je geworden. Sie ist vermutlich schwanger, und Ihr könnt Euch zweifellos in meine Situation versetzen. Habt Ihr diese Blässe gesehen? Totenbleich wie ein Geist. Ich fürchte, dass sie womöglich unser Kind verliert. Sie gibt sich für alles und jedes die Schuld. Für den Tod ihrer Ehemänner ebenso wie für den Schuss auf mich. Sie muss es mir gar nicht direkt sagen – ich sehe es an ihrem Gesichtsausdruck.«

»Ich habe es bemerkt.« Heathton blickte ihn aus schmalen Augen an. »Und ich vermag Eure Sorge nachzuvollziehen – schließlich ergeht es mir ja mit meiner Frau nicht anders.«

»Die Countess hat heute Abend während des Dinners gespürt, wie das Baby sich bewegte.«

»Was?«, gab Heathton aufgeregt zurück.

Lowe winkte ab. »Vergesst, dass ich es erwähnt habe. Bestimmt hätte sie es Euch gerne selbst erzählt. Verzeiht mir.«

»Ich glaube, ich habe noch nicht …« Heathton verstummte und lächelte. »Ich bin Euch zu Dank verpflichtet, dass Ihr es mir gesagt habt. Jetzt kann ich mich darauf vorbereiten, damit meine Reaktion auch wirklich ihren Erwartungen gerecht wird.«

»Offenbar tappen wir Männer oft in solche Fallen.«

»Wie recht Ihr habt.« Heathton seufzte und wurde wieder ganz sachlich. »Wer wusste eigentlich von diesem Rückzug aufs Land? Habt Ihr jemandem davon erzählt?«

»Keiner Menschenseele. Wem gehört überhaupt dieses Haus, zum Teufel?«

»Einem Freund aus alten Tagen. Nachdem mein Arbeitszimmer durchwühlt worden war, wandte ich mich an ihn. Er hat dieses Anwesen geerbt und will es irgendwann verkaufen, da er es selbst kaum nutzt. Deshalb hat er es mir für eine Weile vermietet. Es schien mir ein sicheres Versteck zu sein, um Alicia gegebenenfalls aus London fortzuschaffen.«

»Kluge Idee. Allerdings scheint unser unbekannter Gegner Euch einen Schritt voraus zu sein.«

»Leider. Und wem hat Lady DeBrooke davon erzählt?«

»Niemandem …« Christopher Durham runzelte die Stirn und dachte nach, was ihm angesichts seiner Schmerzen nicht gerade leichtfiel. Da war doch etwas … »Ach ja, sie hat Eve gegenüber etwas verlauten lassen, dass sie für ein paar Tage aufs Land wolle. Mehr nicht.«

»Trotzdem wirft das die Frage auf, ob die junge Dame diese Information weitergegeben hat.«

»Ihr verdächtigt Eve?«

»Verdächtigen wäre zu viel gesagt, aber die Tatsache, dass sie etwas wusste, scheint mir nicht ganz irrelevant. Was könnt Ihr mir über sie sagen?«

»Wie meint Ihr das? Angelina und Eve sind gute Freundinnen.«

»Sie hat nie geheiratet?«

»Was hat das mit diesem Fall zu tun?«

»Das weiß ich nicht. Generell finde ich solche, sagen wir, ungewöhnlichen Details spannend.«

»Warum?« Lowe wunderte sich über diese Sichtweise, zumal er es nicht merkwürdig fand, dass sie unverheiratet war.

»Einfach so. Vorerst sammle ich lediglich Informationen. Was wisst Ihr sonst über sie?«

»Nicht besonders viel«, stieß er hervor und fügte verbittert hinzu: »Dieser Scheißkerl muss uns im Garten beobachtet haben. Ich dachte, wir wären absolut allein.«

»Es scheint logisch, dass Ihr zum Ziel wurdet«, meinte Heathton und fügte anzüglich hinzu: »Ein kleines Abenteuer hier und da mag ja erfrischend sein, doch die Türen zu Schlafgemächern wurden nicht ohne Grund erfunden.« Abrupt wechselte er das Thema. »Ich sollte mich wohl auf die Suche nach Sharpe machen. Möchtet Ihr, dass ich nach Lady DeBrooke schicke?«

»Ja, bitte.«

»Ihr werdet morgen früh höllische Schmerzen haben.«

»Vielen Dank für die Warnung«, gab Lowe sarkastisch zurück.

»Er hat lediglich um wenige Zentimeter Euer Herz verfehlt.«

»Verflucht sei seine schwarze Seele und gesegnet seine mangelhafte Schießkunst.«

Kaum war der Earl gegangen, öffnete sich mit einem leisen Quietschen die Tür, und Angelina betrat den Raum. In der Zwischenzeit hatte sie Nachthemd und Morgenrock angezogen. Die dunklen Haare flossen wie eine Kaskade über ihre Schultern. Zu seiner Erleichterung zeigte ihr Gesicht wieder ein wenig Farbe, und in ihren Augen erkannte er ein entschlossenes Funkeln.

»Was hält uns eigentlich in England?«, fragte sie und trat an sein Bett. »Lass uns einfach von hier verschwinden«, sagte sie und erkannte im selben Moment, dass es so einfach nicht war.

Alicia hatte recht. Selbst unter diesen mehr als schwierigen Umständen würde sie es nicht fertigbringen, Christopher zu verlassen. Andernfalls hätte sie sich schon längst aus dieser Beziehung gelöst.

»Man braucht auf dem Kontinent bestimmt ebenfalls fähige Architekten«, sagte Angelina vorsichtig und musterte ihn.

Nahezu nackt lag er unter den Laken, und der dicke Verband um die Schulter färbte sich bereits wieder rot. Sein Haar war feucht und zerzaust, seine fahle, ungesunde Gesichtsfarbe zeugte von seinen Schmerzen.

»Wir könnten in Italien eine Villa mieten – wäre es nicht wunderbar, im Land all der großen Künstler und Baumeister zu leben? Was hältst du zum Beispiel von Neapel?«

Er schüttelte entschieden den Kopf. »Ich will, dass unser Kind in England geboren wird.«

»Wir wissen ja nicht einmal, ob es ein Kind gibt.«

»Doch, das wissen wir beide ganz genau.«

Seine Sicherheit verwirrte sie, und ihre Finger krallten sich in den Stoff ihres Morgenmantels. »Du willst unter keinen Umständen über eine Umsiedlung nachdenken?«

»Unter diesen besonderen jedenfalls nicht.« Er lächelte und winkte sie zu sich heran. »Du willst es im Grunde ebenso wenig. Sonst wärst du bereits vor Jahren aus England weggegangen. Komm her und sag mir, dass du mich liebst, und beweise mir, welch gute Krankenschwester du bist. Vielleicht lasse ich mich dann öfter anschießen. Und einen Gutenachtkuss hätte ich ebenfalls gerne. Ich denke, das gehört zu deinen Pflichten als Pflegerin.«

»Ach, wirklich?« Ungeachtet der ernsten Lage musste sie

lächeln und nahm seine Hand. »Ich habe allerdings keine Ahnung, was ich als deine Pflegerin tun soll.«

Er hob eine Braue. »Ich hätte da ein paar Vorschläge.«

Sie schüttelte mit gespieltem Tadel den Kopf. »Ist Seine Lordschaft mal wieder total unverbesserlich?«

»Findest du? Nun, ich werde Einspruch erheben, sobald es mir besser geht. Bis dahin schlaf bei mir, sei so gut. Mit dir an meiner Seite ist mein Schlaf tief und traumlos. Und wenn ich *das* je gebraucht habe, dann heute Nacht.«

»Du schläfst *danach* tief und traumlos, meinst du wohl«, kommentierte sie spöttisch, ließ sich von ihm aber dennoch auf die weiche Matratze ziehen.

Mit dem gesunden Arm umschloss er ihre Taille. »Leg dich zu mir, Angelina. Dann weiß ich, dass du in Sicherheit bist. Und das ist für mich im Moment die beste Medizin. Bitte.«

»Bist du dir wirklich ganz sicher, dass du nicht nach Italien willst?«, fragte sie, während sie sich neben ihm ausstreckte. »Wir könnten auch woanders hingehen: Spanien, Gibraltar, Amsterdam …«

»Niemand läuft hier davon, Liebes. Aber etwas anderes: Warum zeigt Heathton so großes Interesse an Eve?«

Sie reagierte nicht sofort, denn nach den Aufregungen des Abends fühlte sie sich ausgesprochen müde und genoss bereits schläfrig die warme Nähe seines Körpers.

Erst nach einer Weile schrak sie auf. »Was?«

»Er hat gezielt nach Eve gefragt, weil sie von einem Ausflug aufs Land wusste.«

»Und was ist dabei?« Ihre Stimme klang jetzt hellwach.

»Ach, ist vielleicht gar nicht wichtig«, flüsterte er und küsste ihren Hals. »Schlaf jetzt.«

Kapitel 22

Im Licht des neuen Morgens, der klar und hell war, begab der Earl of Heathton sich erneut in den Garten, um sich den Schauplatz genauer anzusehen. Die getrockneten Blutflecke auf den Steinplatten wiesen ihm den Weg zu der Stelle, wo Lowe von der Kugel erwischt worden war. Vermutlich hatte der Schütze sich auf einer großen Ulme versteckt, die in einiger Entfernung stand.

Der stattliche Baum hob sich düster vor dem blauen Himmel ab. Seine Äste ragten in luftige Höhen, und die Blätter waren herbstlich gelb, braun und rot gefärbt. Eine gute Deckung, wie er zugeben musste. Es war eine seiner größten Stärken, sich in einen Gegner hineinversetzen zu können. Und in diesem Fall würde er sich keinen anderen Platz ausgesucht haben.

»Vielleicht ist er auf einen Baum geklettert«, hörte er die Stimme seiner Frau hinter sich und fluchte leise.

Alicia scherte sich wirklich weder um Bitten noch um Befehle – und leider war ihr mal wieder dieselbe Idee gekommen wie ihm.

Seufzend drehte er sich um. »Ma'am, was soll ich mit dir bloß machen? Habe ich nicht erst heute Morgen klar und deutlich zum Ausdruck gebracht, dass du im Haus bleiben sollst?«

»Das erwartest du wohl nicht ernsthaft von mir, während

du in der Herbstsonne Detektiv spielst.« Sie sah in dem elfenbeinfarbenen, mit winzigen Schleifen verzierten Tageskleid bezaubernd aus. »Falls er sich dort versteckt hat«, erklärte sie und deutete auf die Ulme, »konnte er das Grundstück hinter dem Haus komplett überblicken.«

»Wie ich sehe, habe ich eine Lady geheiratet, die wie ein gerissener Bösewicht zu denken vermag.« Er schaute sie an und lächelte nachsichtig. »Ich teile übrigens deine Vermutung hinsichtlich des Baumes.«

Alicia lachte. »Machst du dir etwa Sorgen, weil unser Verstand ähnlich funktioniert, Mylord? Ich bin nicht sicher, ob deine Überraschung für mich ein Kompliment oder eine Beleidigung ist.«

»Ich meinte damit lediglich, dass man bei logischer Überlegung auf dieses Szenario kommt.«

Mehr beschäftigte ihn derzeit jedoch der Verbleib von Sharpe. Er war früh am Morgen aufgestanden und hatte das Gelände erneut gründlich abgesucht, ohne eine Spur des Vermissten zu entdecken. Das verhieß nichts Gutes.

Entweder er war tot oder …

Ja, was dann? Was konnte sonst passiert sein? Hatte er sich vielleicht kaufen lassen? War er gar selbst der Schütze gewesen? Ben würde schwören, dass dem nicht so war, aber der Krieg hatte ihn gelehrt, mit allem zu rechnen. Falls er sich getäuscht hatte in Sharpe, würde er sich das ewig vorwerfen.

Er musste Gewissheit haben. So oder so.

»Ich wollte deinen Scharfsinn keineswegs abwerten«, wandte er sich begütigend an seine Frau. »Doch lass uns von anderem reden. Wie ich hörte, hast du die Bewegungen des Babys gespürt.«

Sie riss die Augen auf und sah ihn, überrascht von diesem Themenwechsel, sprachlos an.

»Wann wolltest du mir davon erzählen?«, hakte er nach.

»Bei der erstbesten Gelegenheit. Nur dass es die bei dem ganzen Trubel hier nicht gab.«

Das stimmte. Seine unerwartete Ankunft, Lowes Verletzung, Sharpes Verschwinden … Über so etwas sprach man schließlich nicht zwischen Tür und Angel, und gestern Abend schlief sie bereits, als er endlich zu Bett ging.

Sie verließen die Gartenanlagen und hielten sich in Richtung des Waldes, der ebenfalls zu dem Anwesen gehörte.

»Erzähl mir mehr von deinem Gespräch mit Lady Eve. Wir haben das Thema bislang nur flüchtig gestreift. Allerdings hast du im Zusammenhang mit ihr die Überlegung angestellt, ob sie vielleicht etwas mit dem Ganzen zu tun hat.«

Alicia zögerte. Ihre indigoblauen Augen wirkten besorgt. »Angelina hat ihr gegenüber erwähnt, dass sie die Stadt für ein paar Tage verlässt. Angeblich allerdings ohne Nennung von Namen und Grund der Reise. Das Ziel kannte sie ohnehin nicht. Soweit ich weiß, ist sie die Einzige, die überhaupt darüber geredet hat. Vielleicht ist Eve ja unbeabsichtigt eine Bemerkung rausgerutscht. Wem immer gegenüber.«

»Könnte Lady DeBrooke nicht auch von jemandem beobachtet worden sein?«

»Meinst du? Scheint mir durchaus denkbar.«

Sie wirkte niedergeschlagen, weil ihr einfach keine wirklich plausible Erklärung einfiel. So erging es eben bezaubernden, unerfahrenen Amateurdetektivinnen, dachte Ben zärtlich.

»Dagegen spricht«, erklärte er, »dass Sharpe keine fremden

Personen bemerkt hat. Und jetzt sag mir bitte, warum du Eve Summers mit der Geschichte in Zusammenhang bringst.«

Leider konnte sie das nicht, da ihre Vermutung lediglich auf einer spontanen Eingebung gründete. »Es ist nichts«, begann sie zögernd. »Höchstens eine nebensächliche Beobachtung, der ich zu viel Wert beimesse.«

»Selbst wenn das so sein sollte, schadet es nicht, es mir zu verraten«, ermunterte er sie. »Eine andere Perspektive zu hören, hilft bisweilen weiter. Also spann mich nicht länger auf die Folter.«

»Ich weiß nicht, wie ich es ausdrücken soll.«

Er bemerkte, dass sie sich sichtlich unwohl fühlte. »Meinst du nicht, dass du mit mir offen sprechen kannst?«

»Ausgerechnet mit dir! Wie naiv bist du eigentlich, Mylord?«

Er musste ein Lachen unterdrücken. »Eine Menge Leute würden bezeugen, dass mir dieser Vorwurf noch nie gemacht wurde. Inwiefern also bin ich naiv?«

Eine Weile schwieg sie. »Wie soll ich es erklären, ohne dass du mich für ein Dummchen hältst.«

»Jeder sagt von Zeit zu Zeit etwas Dummes, meine Liebe. Deine Andeutungen haben mich jedenfalls neugierig gemacht. Raus mit der Sprache: Was hast du beobachtet?«

Erneut wich sie aus. »Vielleicht liege ich ja völlig falsch …«

Obwohl er ahnte, worauf sie abzielte, übte er sich in Geduld. »Egal, sag schon.«

»Du kennst dich besser aus als ich.«

Behauptete sie so einfach, dachte er. Wenn sie wüsste, wie viele fruchtlose Theorien er bereits gewälzt hatte und wie dankbar er für jede neue Anregung war …

Alicia gab sich einen Ruck. »Ich halte es für möglich, dass diese Eve total auf Angelina fixiert ist.« Sie runzelte die Stirn. »Beinahe besitzergreifend, wenngleich das nicht das richtige Wort ist. Irgendwie kommt sie mir neidisch vor trotz ihrer demonstrativen Fürsorglichkeit. Es könnte sein, dass sie ihre Freundin gleichermaßen liebt und hasst. Und dass sie es letztlich genießt, dass Angelina in Ungnade gefallen ist und sie sich als Beschützerin aufspielen kann. Jedenfalls scheint sie es nicht zu mögen, wenn sich jemand anders der Freundin nähert. Sie reklamiert sie für sich, betrachtet sie gewissermaßen als ihren alleinigen Besitz. Mehr als einmal hat sie von Angelina als der schönsten Frau Englands geschwärmt, und dennoch war unterschwellig eine Bitterkeit zu spüren. Wahrscheinlich kommt sie sich gegen Angelina wie ein Nichts vor.«

Eine interessante Theorie, musste Ben zugeben. Frauen verstanden Frauen eindeutig besser als jeder Mann.

»Hat was für sich«, meinte er. »Aber sind Neid und Minderwertigkeitsgefühle ausgeprägt genug, um zu solch drastischen Maßnahmen zu greifen? Drei Morde eingeschlossen?«

»Das weiß ich nicht. Wie gesagt, es ist bloß ein Eindruck. Weil Eve auf mich ziemlich … vereinnahmend wirkte. Ja, das Wort passt auf sie. Und ich fand sie merkwürdig, ohne das konkretisieren zu können.«

»Wenn du recht hast, dass diese Lady Eve irgendwie involviert ist, müsste sie uns eigentlich auf direktem Weg zu unserem Unbekannten führen. Zu dem, der ihre Weisungen möglicherweise in die Tat umgesetzt hat.«

Er nickte bedächtig. Ja, die Theorie seiner Frau war wirklich hochinteressant.

»Das ergibt Sinn«, sagte er gedankenverloren.

»Findest du? Ich war mir unsicher, ob es sich nicht bloß um eine Spinnerei handelt.«

»Nein, denn logisch ist es allemal. Übrigens fällt mir gerade ein, wo Sharpe stecken könnte.«

Benjamin Wallace, sonst so beherrscht, war mit einem Mal wie elektrisiert und hatte es mit einem Mal sehr eilig.

»Komm mit.« Seine Hand umschloss ihre. »Du kannst mich begleiten, bloß tu zur Abwechslung mal, was ich dir sage.«

Lachend folgte sie ihm, hielt seinen Arm umklammert und hob die Röcke unschicklich hoch, um Schritt halten zu können.

»Wem verdankst du diese plötzliche Eingebung?«, fragte sie neugierig.

»Das warst du.«

»Wieso?«

»Indem du die Sache aus einer ganz neuen Perspektive betrachtet hast.« Er packte sie an den Hüften und schwang sie über einen Baumstamm, der ihnen den Weg versperrte. »Mir gefallen deine Spekulationen.«

Das Kompliment berührte sie mehr, als blumige Worte über ihre Schönheit oder andere Zuneigungsbekundungen es vermochten.

»Welche Perspektive?«

»Ich meine deinen Blick, der die scheinbar harmlose Oberfläche durchdringt und erkennt, was sich darunter verbirgt.«

Verwirrt sah sie ihn an.

Benjamin zog sie weiter mit sich. »Es scheint, dass ich für

einen Moment etwas Wichtiges vergessen habe: Unserem Gegner geht es ums Quälen, nicht ums Morden.«

»Sind denn Angelinas Ehemänner nicht umgebracht worden?«

»Schon, nur waren sie nicht das Ziel selbst, sondern Mittel zum Zweck. *Sie* sollte gequält werden – *sie* sollte leiden.«

Ein verstohlener Blick in das Gesicht ihres Mannes zeigte Alicia, wie wütend er war.

»Ja«, gab sie nach kurzem Nachdenken zu. »Das könnte stimmen. Und jetzt denkst du, Sharpe wurde irgendwo versteckt?«

»Möglich. Am Rand des Grundstücks steht ein verlassenes Cottage, das ich bereits einschließlich des muffigen Rübenkellers, in dem bloß einige erschreckte Vierbeiner herumhuschten, gründlich durchsucht habe. Nicht aber den Brunnen, den habe ich vergessen, übersehen … Und das sollte ich schleunigst nachholen.«

»Das hat er bestimmt nicht getan – ihn in den Brunnen geworfen«, entfuhr es ihr entsetzt.

»Warum? Weil er so ein Heiliger ist? Er gibt sich große Mühe, Lady DeBrookes Leben zu kontrollieren – ob Eve ihn nun darum gebeten hat oder nicht, das Ergebnis ist dasselbe. Die reinste Teufelei. Bin ich zu schnell für dich?«

Nicht wenn sie an eine eventuelle Notlage Sharpes dachte. »Mir geht's gut, geh trotzdem ruhig vor …«

»Ich werde dich in dieser Situation kaum aus den Augen lassen, nicht eine Minute«, erklärte er und warf sie über seine Schulter, um im Eiltempo mit ihr davonzustürmen.

»Ben! Um Himmels willen, lass mich runter. Ich bin doch keine Invalidin.«

»So sind wir schneller«, beschied er sie ungerührt. »Außerdem haben wir weder Arzt noch Hebamme in der Nähe, da solltest du dich lieber nicht anstrengen.«

»Aber ich …«

Mit einem funkelnden Blick brachte er sie zum Schweigen. »Nicht streiten.«

Da sie es im Grunde sogar genoss, von ihm getragen zu werden, schwieg sie zur Abwechslung.

Das kleine, bescheidene Haus, das kurz darauf vor ihnen auftauchte, hatte früher wohl einem Wildhüter als Bleibe gedient und lag versteckt im Wald. Das Fachwerk war verwittert und das Reetdach löchrig. Hier wohnte schon lange niemand mehr.

»Bleib hier«, flüsterte er leise und dennoch bestimmt. »Rühr dich nicht vom Fleck. Ich kann mich nicht gleichzeitig um dich und diese Angelegenheit kümmern.«

Gerade eben wollte sie protestieren, als ein Geräusch ertönte. Kein Schrei, eher ein ersticktes Schluchzen.

Ihr stockte der Atem. »Geh«, murmelte sie und machte sich aus seinen Armen frei. »Ich verspreche, hier stehen zu bleiben. Du hast mein Wort.«

Kapitel 23

Der Schmerz tauchte die Welt in Nebel. Christopher fluchte, während er sich auf die Seite zu drehen versuchte.

Zur Hölle mit diesem Mistkerl.

Wenn er nicht ein dringendes Bedürfnis verspürt hätte, wäre er reglos im Bett liegen geblieben. Draußen war heller Vormittag. Es konnte also nicht mehr allzu früh sein, denn zu dieser Jahreszeit stieg die Sonne langsam am Himmel auf. Er fühlte sich benommen und vermochte kaum einen klaren Gedanken fassen. Nur langsam nahmen die Erinnerungen an den gestrigen Tag in seinem Kopf Gestalt an.

Angelina. Wunderschön und anmutig. Fröhlicher als zuvor. Das Dinner. Die ungezwungene Atmosphäre. Der Garten. Die Bank in der Laube. Ihre Brüste in seinen Händen. Heftiges Verlangen. Hitze. Sein Schwanz in ihr. Ihre Bewegungen …

Wie in einem schwülen Traum zogen die Bilder an ihm vorbei. Bis zu dem Schuss und dem Moment, als die Schmerzen einsetzten. Mit einem leisen Stöhnen kam er auf die Füße und stützte sich mit dem unverletzten Arm auf dem Bett ab.

»Was machst du da?«

Erschrocken sah er zur Tür und entdeckte Angelina, die ein Tablett in den Händen trug. Er brachte ein Lächeln zustande. »Ein unaufschiebbares Bedürfnis zwingt mich zum Aufstehen«, erklärte er und schleppte sich mühsam hinüber zu dem Wandschirm, hinter dem sich der Nachtstuhl befand.

Nachdem er sich erleichtert hatte, ging er schwankend zu der Waschschüssel, um sich ein bisschen frisch zu machen. Alles unter größten Anstrengungen. Jede Bewegung tat höllisch weh. Genau wie Heathton es prophezeit hatte.

Angelina musterte ihn besorgt. »Der Arzt war schon da, um nach dir zu sehen. Aber er wollte nicht, dass wir dich wecken. Ein fester Schlaf sei ein gutes Zeichen, meinte er. Er kommt später noch einmal vorbei und wechselt den Verband. Bis dahin soll ich darauf achten, dass du isst, und es dir so bequem wie möglich machen.«

»Hört sich gut an«, sagte er, doch der geplante anzügliche Tonfall misslang. Seine Stimme klang bloß kläglich.

Nachdem er sich mit ihrer Hilfe wieder ins Bett gelegt hatte, brachte sie ihm das Tablett, auf dem eine Kaffekanne nebst Tasse stand, dazu ein Teller mit Scones und etwas Käse sowie ein Schälchen mit Apfelmus.

»Iss ein wenig.«

In ein hellviolettes Tageskleid gehüllt, setzte Angelina sich neben ihn auf die Bettkante und schenkte ihm von dem dampfenden Kaffee ein, der den Raum mit einem verlockenden Duft erfüllte.

Mitleidig und sorgenvoll streichelte sie seine Stirn. »Du fühlst dich recht kühl an, scheinst also kein Fieber zu haben. Zum Glück.«

»Ich bin überzeugt, dass deine Gegenwart jede Infektion von mir fernhalten wird«, versuchte er zu scherzen und griff nach ihrer Hand, um einen Kuss darauf zu drücken. »Außerdem habe ich den Eindruck, bei dem Arzt in guten Händen zu sein. Wo ist Heathton?«

»Er sucht nach dem vermissten Mann.«

»Noch immer keine Spur von ihm?«

»Soweit ich weiß, nicht.«

Er hob die Tasse an den Mund und nahm vorsichtig einen Schluck, ohne sie indes aus den Augen zu lassen. »Wie fühlst du dich heute Morgen?«

Eine im Grunde überflüssige Frage, wenn er ihren unglücklichen Blick richtig deutete.

»Wie wohl? Meine schlimmsten Befürchtungen haben sich schließlich bestätigt. Keiner wollte mir glauben, dass meine Sorge, dir könnte etwas passieren, allzu berechtigt war. Im Grunde *wusste* ich, dass so etwas geschehen würde. Allerdings habe ich nicht an diesem Ort damit gerechnet. Gott sei Dank bist du mit dem Leben davongekommen. Andernfalls ... Das hätte ich mir nie verziehen.«

»Ich bin es, der Abbitte leisten muss, weil ich deine Ängste leichtfertig abgetan habe.«

Gequält sah sie ihn an und legte sanft eine Hand auf seine Brust. »Ich bringe allen Männern Unglück. Vielleicht bin ich wirklich ein schwarzer Engel, und die Leute haben mir diesen Namen nicht umsonst gegeben. Oder verhält es sich ganz anders, als wir denken?«

»Du bist höchstens ein schwarzhaariger Engel. Jedenfalls einer, der nicht der finsteren Unterwelt entstiegen ist, sondern aus dem Himmel kommt. Als Geschenk der Götter für mich.«

Ja, das war sie, dachte er, und noch viel mehr: seine Liebe, sein Glück, seine Zukunft, sein Leben. Nicht aber der Tod.

»Angelina«, fuhr er ernst fort. »Das, was letzte Nacht geschah, könnte sich – wenngleich sich das merkwürdig anhört – am Ende als Segen erweisen.«

Verwirrt sah sie ihn an. »Wie kannst du so etwas behaupten?«

»Wir haben den Täter aus der Deckung gelockt, ihn provoziert, ihn leichtsinnig werden lassen. Sein Angriff letzte Nacht zeigt, dass er nervös geworden ist und unvorsichtig wird.« Er schwieg eine Weile. »Heathton schätzt das bestimmt genauso ein. Wer hat dich übrigens auf die Idee gebracht, bei ihm Rat zu suchen?«

Sie zögerte. »Ich wurde eigentlich gebeten, es nicht zu verraten – es war ein Freund meines Vaters, der das Verhalten meiner Familie mir gegenüber nicht billigte. Zu der Zeit, als wir uns kennenlernten und in mir der Wunsch wuchs, mit meiner Vergangenheit endlich abzuschließen, traf ich ihn zufällig.«

»Ein glücklicher Umstand.«

»Das stimmt.« Ihr Blick wurde ganz weich.

Er liebte es, wenn sie ihn anschaute wie das unbekümmerte junge Mädchen von einst, das London im Sturm eroberte und vor dem eine sonnige Zukunft zu liegen schien. Als sie noch nicht diffamiert wurde und aller Illusionen beraubt worden war. Christopher wünschte sich von Herzen, ihr diese Sorglosigkeit zurückgeben zu können.

Man hatte ihr so vieles genommen.

Gedankenverloren wandte er seine Augen dem Fenster und dem strahlend blauen Himmel dahinter zu. In der Nacht hatte er eine Weile wach gelegen und gegrübelt.

»Glaubst du, dein früherer Schwager könnte der Übeltäter sein? Schließlich wollte er dich an den Galgen bringen.«

Die gleiche Frage, die Heathton ihr bereits gestellt hatte.

»Ich weiß nicht … Nein, ich denke nicht. Er ist nachtragend, aber nicht klug genug, um so einen teuflischen Plan zu ersinnen.«

»Kennst du denn jemanden, dem du solche Cleverness zutraust?«

Angelina erstarrte und fixierte ihn alarmiert. »Du weißt etwas, oder? Ich sehe es an deinem Blick. Was ist los?«

Fieberhaft überlegte Christopher, wie er es ihr schonend beibringen sollte. Da er jedoch ein Mann klarer Worte war, brach es einfach aus ihm heraus.

»Ich überlege, ob Eve damit zu tun hat. Wie viel weiß sie?«

»Eve?« Erwartungsgemäß fiel Angelina aus allen Wolken. »Du hältst es allen Ernstes für möglich, dass sie Informationen weitergegeben hat? Das hätte ich merken müssen. Außerdem weiß sie nichts. Nichts Näheres zumindest.«

Er spürte, wie sie sich verschloss bei diesem Thema. »Falls sie damit zu tun hat und sei es lediglich am Rande, wird sie kaum darüber reden«, sagte er behutsam. »Weil sie sich schuldig fühlt.«

Angelina hatte keine Ahnung, worauf Christopher anspielte, merkte lediglich, dass es ihm ernst war. Sie sah es an der Art, wie er den Mund zusammenkniff, und an dem Zittern seiner Hand, als er die Kaffeetasse zum Mund führte. Nachdenklich musterte sie ihn. Obwohl es völlig verrückt klang – er wusste sehr genau, was er sagte, und vermutlich mehr, als er zugab. Mit Sicherheit hatte er mit Heathton darüber gesprochen.

Aber was er da unterstellte … Nein und nochmals nein.

»Du meinst, sie könnte verantwortlich sein für den Tod von William und Thomas?« Sie wunderte sich selbst, wie ruhig und beherrscht sie trotz der Ungeheuerlichkeit dieses Vorwurfs klang. »Was hat dich überhaupt auf die Idee gebracht?

Ich nämlich vermag nicht im Geringsten zu erkennen, was sie damit hätte bezwecken wollen.

Er zögerte. »Vielleicht wollte Eve dich ganz für sich haben und dich nicht mit irgendwem teilen. Deshalb womöglich auch der Anschlag auf mich.«

Angelina war fassungslos. »Das ist absurd.«

»Ist es das?« Seine Stimme klang sanft und unnachgiebig zugleich. »Sie geht in deinem Haus seit Jahren ein und aus, kam oft zum Dinner und zum Tee, und sie besuchte häufig die gleichen Veranstaltungen wie du … Mit anderen Worten: Sie weiß eine Menge über deine Gewohnheiten. Mal unterstellt, ich liege richtig, wäre ihre Rechnung aufgegangen. Denn in dem Moment, als die Gesellschaft dich fallen ließ und dich des Mordes bezichtigte, hatte sie dich endgültig ganz für sich alleine.« Er gab ihr Zeit, das Gehörte zu verdauen. »Übrigens bin nicht ich auf die Idee gekommen. Heathton brachte mich darauf, und ich finde seine Theorie durchaus einleuchtend.«

Da irrte er sich gewaltig. Angelina war völlig anderer Meinung.

Sie protestierte. »Eve kennt nicht einmal deinen Namen.«

»Warum hast du ihn ihr verschwiegen?«

Ja, warum eigentlich? Jedenfalls nicht weil sie ihr nicht vertraute. Eher weil sie sich geschworen hatte, seine Identität generell nicht preiszugeben. Gegenüber niemandem. Nur für den Fall …

O Gott, hatte sie Eve insgeheim doch misstraut?

Vielleicht. Bestürzt sah sie Christopher an und bemühte sich, ihre konfusen Gedanken zu ordnen.

»Zu Beginn meiner ersten Saison mochte sie mich nicht«,

begann sie langsam. »Das weiß ich. Gut möglich, dass sie mich sogar verabscheute. Warum, habe ich nie verstanden, denn sie kannte mich so gut wie gar nicht. Wir haben kaum ein Wort gewechselt.«

»Das ist interessant. Und wie seid ihr dann Freundinnen geworden?«

Angelina wirkte sichtlich verdutzt. »Komisch, daran kann ich mich nicht mehr erinnern.«

»Irgendeinen Wendepunkt muss es gegeben haben. Denk in Ruhe nach.«

Sie schwieg eine lange Zeit, und er merkte, wie sehr sie sich konzentrierte, wie es in ihrem Kopf arbeitete. Offenbar tat sie seine und Heathtons Spekulationen nicht länger als völlig gegenstandslos ab.

»Nach meiner Heirat mit William sahen wir uns gelegentlich bei gesellschaftlichen Anlässen, aber angefreundet haben wir uns erst nach Williams Tod«, sagte sie bedächtig. »Sie stattete mir einen Besuch ab, um mir ihr Beileid auszudrücken. Danach blieben wir in Kontakt. Trotzdem kann das alles unmöglich mit ihr zusammenhängen.«

»Bist du dir ganz sicher?«

Sie lehnte sich zurück, und ihr wurde plötzlich eiskalt. »Ich weiß es nicht. Allerdings besteht kein Zweifel, dass ich ihr nie deinen Namen genannt habe. Aus gutem Grund, wie es scheint«, fügte sie bitter hinzu.

»Dass es wieder jemanden gab in deinem Leben, wusste sie jedoch. Ebenso kannte sie deinen Plan, die Stadt zu verlassen.«

»Ja«, flüsterte sie, und ihre Hand fuhr zur Kehle. »Das ist noch lange kein Beweis.«

»Egal, lass es uns durchspielen. Sie hätte ihren Komplizen in aller Ruhe informieren können, damit er sich in der Nähe deines Hauses auf die Lauer legt und dir nachspürt. Dabei brachte er in Erfahrung, dass Lady Heathton dich in der Kutsche begleitete und ich nebenherritt. Uns bis hierher zu folgen war dann ein Klacks.«

»Christopher«, entfuhr es ihr entsetzt. Ganz gegen ihren Willen begann sie seine Überlegungen für möglich zu halten. Oh, wie sehr wünschte sie, es wäre anders.

Seine Hand hielt nach wie vor ihre umfasst. »Mir liegt es fern, dich absichtlich zu verunsichern.«

Bloß dass er genau das tat. »Das alles mag ja einleuchtend klingen. Trotzdem verstehe ich nicht wirklich, welchen Vorteil das Ganze für sie haben sollte. Sie ist ja nicht bei mir eingezogen und war nicht ständig um mich.«

»Immerhin scheinst du nicht mehr überzeugt, dass ich komplett falschliege, sofern ich deinen Gesichtsausdruck richtig interpretiere.«

Sie schüttelte den Kopf. »Ich frage mich inzwischen zumindest, ob ich etwas bemerkt hätte, wenn ich aufmerksamer gewesen wäre«, sagte sie langsam. »Nicht dass ich völlig deiner Meinung wäre, das nicht. Trotzdem scheint sich an diesem wunderschönen, sonnigen Morgen so manches für mich dramatisch verändert zu haben. Unter anderem wurden bisherige Gewissheiten erschüttert, was möglich ist und was nicht. Kann sie mich abgrundtief hassen und mir gleichzeitig aufopferungsvoll zur Seite stehen?«

»Was hat sie denn groß für dich getan? Die Tatsache, dass sie dich nicht geschnitten hat, ist kein Grund, sie in den Himmel zu heben und ihr ewig dankbar zu sein.«

Das sagte sich so leicht, dachte Angelina. *Er* hatte ja nicht die vielen schmerzhaften Momente durchlebt, als die ganze Welt sie für eine Mörderin hielt.

»Meine Familie«, erwiderte sie mit erstickter Stimme, »hat *nicht* an meine Unschuld geglaubt, Eve dagegen schon. Unverbrüchlich. Und in dieser Hinsicht stellte sie eine Ausnahme dar.«

Er gab ihre Finger frei und ließ die Hand auf die Bettdecke sinken. »Und wenn das so war, weil sie den wahren Schuldigen kannte? Vielleicht ging es ihr auch weniger um deine Zuneigung als um Kontrolle und Macht. Über dich und dein ganzes Tun und Lassen. Über dein Leben.«

Seine Worte blieben nicht ohne Wirkung. »Lord Heathton hat dir von diesem Verdacht erzählt, sagst du?«

»Nicht in der Ausführlichkeit, wie wir jetzt darüber sprechen. Du kennst den Mann, er redet nicht viel und bleibt eher vage. Aber ja, darauf liefen seine Fragen nach Eve hinaus. Wenn er nicht in diese Richtung denken würde, hätte er sie gar nicht erst gestellt. Er gibt sich nicht mit Dingen ab, die völlig irrelevant sind.«

Angelina spürte Übelkeit in sich aufsteigen. Sie erhob sich, trat ans Fenster und öffnete es. Die Sonne schien warm auf ihre Haut, doch innerlich fühlte sie sich kalt und starr an.

»Du hast selbst gesagt, dass du ihre anfängliche Abneigung gespürt hast.«

»Deshalb ist sie noch lange nicht imstande, jemanden zu ermorden.«

»Vielleicht brauchte sie das ja gar nicht.«

»Christopher, was soll das wieder heißen?« Sie drehte sich um und blickte ihn an.

»Ich gehe eher davon aus, dass sie die Drecksarbeit nicht selbst erledigt hat. Dafür gab es jemand anderen. Was es ihr überdies leichter machte, ein doppeltes Spiel zu spielen und sich dir gegenüber nett und fürsorglich zu verhalten.« Christopher brach ab und schien nachzudenken. »Ich glaube ehrlich gesagt ebenfalls nicht, dass sie dich in einen Mordprozess verwickeln wollte. Vermutlich hat das Ganze unerwartet solche Dimensionen angenommen. Durchaus möglich, dass nicht einmal dein gesellschaftlicher Ruin beabsichtigt war und es sich lediglich darum handelte, Schicksal zu spielen und Macht zu demonstrieren. Allerdings sind das reine Spekulationen.«

»Ich wurde von fast jedem Menschen in meinem Leben verlassen«, wehrte sich Angelina. »Eve war in jener schlimmen Zeit für mich wie ein Fels in der Brandung. Selbst als ihre Eltern von ihr verlangten, die Freundschaft zu beenden ...«

Sie sprach nicht weiter. Ihr Magen krampfte sich schmerzhaft zusammen. Hatte Eve ihre Rolle nicht vielleicht übertrieben? Allzu penetrant betont, was für eine standhafte Freundin sie sei. Und dass sie, im Gegensatz zu allen anderen, sich nicht um die Meinung der Gesellschaft scheren würde ...

Christopher schien ihre Gedanken zu erraten. »Angelina, sieh mich an.«

Sie wollte nichts sehen und nichts hören. Am liebsten würde sie den Kopf in den Sand stecken vor diesen schrecklichen Dingen oder einfach weiter in den sonnigen Garten starren, ohne an etwas zu denken. Doch das Leben hatte sie zwei Dinge gelehrt: dass man sich der Realität nicht entziehen konnte und dass die Menschen, die es wirklich gut mit ihr meinten, rar waren.

»Ich liebe dich«, hörte sie ihn sagen.

Ja, das tat er wirklich, spürte sie. So sehr, dass er beinahe für sie gestorben wäre. Hätte die Kugel ihn wenige Zentimeter weiter unten getroffen, würden sie dieses Gespräch nicht führen.

»Das wird dich nicht schützen«, flüsterte sie.

»Es bereichert mein Leben, und zwar mehr, als du dir vorzustellen vermagst.«

»Was sollen wir jetzt unternehmen?«

»Ich weiß nicht, was ich darauf erwidern soll. Eines aber werden wir nicht tun: weglaufen.« Seine Stimme klang fest und entschlossen. »Du bist eine bemerkenswerte Frau, die mich über die Maßen fasziniert. Von Anfang an war das so. Deshalb wollte ich vielleicht keine Probleme sehen und habe die Situation falsch eingeschätzt.« Er lächelte entschuldigend. »Meine Verliebtheit hat mich offenbar blind gemacht. Heathton hat recht: Wir wurden alle bei dieser Inszenierung benutzt und haben es zugelassen, weil wir nicht erkannten, was da gespielt wurde. Das könnte gleichermaßen auf Eve zutreffen. Vielleicht ist sie bloß zufällig in die Sache reingerutscht. Du solltest mit ihr reden. Einen Versuch ist es wert, denn wenn jemand den Schlüssel zur Klärung der ganzen Geschichte in Händen hält, dann sie.«

Kapitel 24

Heathton würde Sharpes Groll vermutlich amüsanter finden, wenn er nicht so viel Mitleid mit ihm gehabt hätte. Über Nacht in einem Brunnen ausharren zu müssen, war bestimmt nicht angenehm.

Außerdem war der Earl gottfroh, dass er sich in dem jungen Mann nicht getäuscht hatte. Einen Besseren als ihn gab es nämlich kaum, und insofern hatte er nicht wirklich an die Möglichkeit geglaubt, dass er sich hatte kaufen lassen.

Vor allem aber war er erleichtert, ihn lebend vorzufinden, wenngleich ziemlich verdreckt und ziemlich verärgert.

Nachdem er sich den grünen Schleim abgewaschen und die nasse, schmutzige Kleidung gegen trockene Sachen getauscht hatte, verzogen sie sich auf die rückwärtige, sonnenbeschienene Terrasse, wo sie sich ungestört unterhalten konnten.

»Er hat mich von hinten angegriffen, der verfluchte Bastard«, erklärte Alfred Sharpe mit hasserfüllter Stimme.

»Nun, das ist bekanntermaßen die beste Methode, um jemanden auszuschalten«, meinte Heathton süffisant und reichte Sharpe ein Glas mit Brandy, den dieser wie Wasser herunterkippte. Der Mann konnte jeden unter den Tisch trinken. »Woran kannst du dich erinnern?«

»Wer auch immer mich schachmatt setzen wollte, hat mich erwischt, als ich gerade die Grenzen des Grundstücks ablief.

Er sprang hinter einem riesigen Baum beim Tor hervor. Als ich ihn bemerkte, war es schon zu spät. Eindeutig hat er mir regelrecht aufgelauert.«

»Mann oder Frau?«

»Frau?« Sharpe schnaubte erst verächtlich, dachte dann jedoch ernsthaft über die Frage nach. »Nein, keine Frau, nehme ich an. Es war ein heftiger Schlag, und ich wurde immerhin eine ziemlich weite Strecke getragen. Das hätte eine Frau nicht geschafft.« Missmutig sah er Heathton an. »Ich kann übrigens von Glück sagen, dass in dem Brunnen kaum Wasser war. Sonst wäre ich am Ende noch ertrunken. Da muss ich echt dankbar sein, dass ich mit Schrammen und Beulen und bedeckt mit diesem ekligen Schlamm davongekommen bin.«

»Du hast uns ganz schön Sorgen gemacht«, entgegnete sein ehemaliger Vorgesetzter aus Kriegszeiten. »Ich habe dich gesucht wie eine Nadel im Heuhaufen. In jeder Ecke des Cottage, im Garten, in der ganzen Umgebung. Der Brunnen ist mir erst später eingefallen. Entschuldige, dass ich nicht früher an so etwas Naheliegendes gedacht habe.«

»Es war mein Fehler. Was lasse ich mich auch erwischen«, sagte Sharpe niedergeschlagen. »Verdammt unvorsichtig von mir. Allerdings hatte ich gleich nach unserer Ankunft das ganze Terrain inspiziert und hätte schwören können, dass die Luft rein war.«

Alfred war ein hagerer Waliser, der dem Geheimdienst Seiner Majestät so manchen guten Dienst erwiesen hatte. Und seinem Agentenführer Benjamin Wallace ebenfalls. Seit Ende des Krieges arbeitete der junge Mann auf eigene Rechnung, beschaffte Informationen und übernahm Jobs, die Diskretion verlangten.

Begehrlich sah er die Brandyflasche an.

»Wenigstens ist es Euch noch eingefallen. Wie meistens. Sonst hätte ich für Euch keinen so heiklen Auftrag angenommen. Wie wär's mit einem weiteren Schlückchen, Mylord? Und dann erzählt mir, wonach wir überhaupt suchen.«

»Du hast nicht gesehen, ob jemand der Kutsche gefolgt ist? Lord Lowe behauptet, er habe nichts Ungewöhnliches bemerkt, obwohl er die ganze Strecke neben euch hergeritten ist.«

»Stimmt. Wir haben wegen der Ladys häufig Halt gemacht. Gesehen habe ich nichts, doch das muss nicht unbedingt etwas heißen. Wir beide wissen schließlich, dass gute Leute sich beim Observieren nicht erwischen lassen.«

Eine unbestreitbare Tatsache. Aber vielleicht war ihnen wirklich niemand gefolgt, und die Information über ihren Aufenthalt stammte aus einer ganz anderen Quelle? Was war eigentlich mit seinem Freund Jerritt, dem der Landsitz gehörte? Immerhin wusste er genau über die Einquartierung Bescheid. Einschließlich des Tages ihrer Ankunft.

Nein, er verwarf den Gedanken. Jerritt hatte wenig Verbindungen nach London und schon gar keine zu den Kreisen um Lady DeBrooke. Das hatte er vorher vorsorglich überprüft. Nach wie vor schien es ihm wahrscheinlicher, dass jemand aus der Stadt ihnen gefolgt war.

Jemand, der von ihrer Abreise wusste.

Was ihn wieder zu Eve Summers als möglicher Quelle führte.

Ungefragt füllte er Sharpes Glas ein drittes Mal nach. »Ich habe eine Idee.«

»Wenn Ihr das sagt, wird es in der Regel gefährlich.« Alfreds schmales Gesicht spiegelte seine Neugier. »Erzählt, Mylord.«

»Du machst dich morgen auf den Weg nach London und überbringst ein Schreiben und kommst mit der Lady, für die es bestimmt ist, hierher zurück.«

»Eine Lady?«

»Die Tochter eines Earl.«

»Und welche Bewandtnis hat es mit ihr?«

»Nun, wir sollten uns dringend mit dieser Lady unterhalten. Es könnte nämlich durchaus sein, dass sie uns den Namen des Mannes verrät, der dich gestern Abend angegriffen hat.«

»Ich hätte nichts dagegen, das zu erfahren«, stieß Sharpe mit funkelnden Augen hervor. »Er und ich haben noch ein Hühnchen zu rupfen.«

»Du hast sicher gehört, dass Nell in der Stadt ist.«

»Die unvergleichliche Mrs. Dulcet. Wie könnte ich sie vergessen«, sagte er mit unverhohlener Ironie. »Ja, ich habe vernommen, dass sie wieder in London ist und sich als die Cousine eines reichen Schnösels ausgibt.«

Natürlich wusste Sharpe davon.

Alfred erfuhr alles, obwohl er absolut nicht in den besseren Kreisen der Gesellschaft verkehrte. Aber er war an allem interessiert, was man sich über Janelle erzählte.

»Vielleicht mag sie dich ja begleiten, wenn du unseren Gast herbringst. Als eine Art Anstandsdame.«

»Oder weil niemand sonst es so gut vermag, einem Schuldigen die nötigen Informationen zu entlocken, wie unsere liebe Nell.«

»Wohl wahr«, bestätigte der Earl zerstreut, denn mit seinen Gedanken war er ganz woanders.

Bei Alicia.

Was sollte er mit ihr machen? Sein Versuch, sie in Sicherheit zu bringen, war eindeutig gescheitert, und er glaubte nicht, dass die Gefahr vorüber war. Jedenfalls war ihm ausgesprochen unwohl bei dem Gedanken, sie auch nur einen Moment aus den Augen zu lassen. Und wenn er verhindert war, brauchte er jemanden, der statt seiner auf sie aufpasste.

»Meine Frau muss unter allen Umständen beschützt werden«, wandte er sich wieder an Sharpe. »Sie ist unversehens in den Strudel der Ereignisse geraten und ebenfalls gefährdet. Dadurch ist der Auftrag, den ich anfangs als Gefälligkeit für eine schöne, ungerecht behandelte Frau annahm, zu einer sehr persönlichen Angelegenheit geworden.«

»Mit anderen Worten: Ihr wollt den Kerl aufs Kreuz legen.«

Heathton musste lachen, weil Sharpe ihn verschmitzt angrinste. »Ja, ich denke, das wollte ich damit sagen. Die ganze Geschichte hat inzwischen Dimensionen angenommen, die ich mir nicht hätte träumen lassen.«

»Die Lady, die ich aus London holen soll – wird sie tatsächlich zur Aufklärung beitragen?« Der junge Mann stand auf und wirkte trotz seiner lässigen Haltung ausgesprochen wachsam. »Ich verabscheue Kerle, die Frauen in anderen Umständen Böses wollen. Außerdem hat die Nacht in diesem schleimigen Brunnen ihn mir nicht gerade sympathisch gemacht. Wenn diese Lady Euch also zu unserem Mann führt, könnt Ihr auf mich zählen.«

»Mit Nell an deiner Seite wird das bestimmt eine spannende Reise«, erklärte Heathton sichtlich amüsiert. »Habe ich bereits erwähnt, dass die andere Dame gleichfalls rothaarig ist?«

»Und Ihr meint, das lockt mich?« Sharpe wirkte wie ein Chamäleon, das im nächsten Moment mit der Umgebung verschmelzen würde. »Dann mache ich mich mal auf den Weg.«

»Ich besorge dir alles, was du brauchst«, erklärte Benjamin Wallace und ging ins Haus.

Nachdem er aus dem Arbeitszimmer Tinte und Feder sowie einen Bogen Papier geholt hatte, begab er sich nach oben. Angelina traf er erwartungsgemäß bei Lowe an. Sie sah selbst mit Schatten unter den Augen und den schlicht aufgesteckten Haaren so bezaubernd wie immer aus.

Die Schulterwunde von Christopher Durham war frisch verbunden. Zwar wirkte er noch etwas blass um die Nase, machte aber einen relativ munteren Eindruck für einen Mann, der erst am Vorabend angeschossen worden war. Er saß im Bett und hatte offenbar gerade etwas gegessen, wie ihm das Tablett mit den leeren Tellern bewies, das auf einem kleinen Tischchen stand.

Leise sagte er: »Wir haben soeben über Eve Summers geredet.«

Eine glückliche Fügung, fand Heathton. Lady DeBrooke würde die Verdächtigungen gegen ihre Freundin von ihrem Geliebten eher annehmen als von ihm. Er hatte sich insgeheim vor einer Diskussion mit ihr gefürchtet.

»Ich bin nicht überzeugt, dass Ihr recht habt, aber …« Sie seufzte und rieb sich die Schläfe. »Genauso unsicher bin ich hinsichtlich ihrer Unschuld.«

Er reichte ihr den Briefbogen. »Ich möchte, dass Ihr sie bittet herzukommen. Haltet Eure Nachricht vage. Schreibt nur, dass es einen schrecklichen Unfall gab und Ihr sie hier braucht.«

Sie zögerte, nickte dann und ging zu dem kleinen Schreibtisch hinüber. »Es fühlt sich an, als würden wir sie in eine Falle locken«, murmelte sie, bevor sie sich hinsetzte und mit zitternder Hand zu schreiben begann. »Sollte Eure Annahme sich als falsch erweisen, wird es unsere Freundschaft zerstören.«

»Und wenn wir recht behalten, kann sie uns helfen, den Mörder zu fassen«, sagte er, ohne dass es wie eine Entschuldigung klang, und nahm den Brief hastig an sich.

Es hatte gewisse Vorteile, wenn ihr Mann seinen Beschützerinstinkt auslebte, fand Alicia. Da er sie nicht von seiner Seite lassen wollte, hatte er beschlossen, sie mit ins Dorf zu nehmen. Der Spaziergang tat ihr gut bei dem angenehmen Wetter und den milden Temperaturen. Bald würde es zu Ende damit sein.

»Ich liebe diese Jahreszeit«, erklärte sie, als sie die Landstraße entlangliefen. Ein leichter Wind trug den Geruch der Herdfeuer zu ihnen. »Im Herbst kommt es mir immer vor, als würde sich die Natur mit dieser verschwenderischen Farbfülle im Voraus für den kommenden Winter entschuldigen.«

»Und mir scheint es«, bemerkte Ben auf seine gewohnt ironische Art, »als hättest du dich ähnlich eloquent über die Versprechen des Frühlings und die Wärme des Sommers ausgelassen. Außerdem hast du irgendwann behauptet, dass du besonders den Winter und tiefen Schnee magst.«

»Also gut, ich gebe zu, dass ich jeder Jahreszeit etwas abzugewinnen vermag. Der Wechsel macht es erst interessant.

Dadurch ist das Leben immer anders, und ich weiß jeden Tag zu schätzen. Selbst bei schlechtem Wetter oder klirrender Kälte. Dann gibt es doch nichts Schöneres, als sich in der Bibliothek mit einer Tasse Tee und einem guten Buch einzukuscheln.«

Er blickte sie von der Seite an. In seinen braunen Augen entdeckte sie eine Weichheit, die sie nur selten bei ihm erlebte, und seine Haare hatten im Sonnenlicht die Farbe von dunklem Gold. »Ich hoffe, unser Kind wird so lebensfroh wie du. Es ist eine der Eigenschaften, die ich am meisten an dir bewundere.«

Sie freute sich über seine Worte, wenngleich es nicht gerade die Liebeserklärung war, auf die sie nach wie vor wartete. »Ich hoffe, er erbt von dir das Ehrgefühl und die Intuition.«

»*Er*? Bist du sicher, dass es ein Sohn wird?«

»Willst du etwa keinen Erben, Mylord?«

»Ich will ein gesundes Kind und für meine Frau eine leichte Geburt. Selbst wenn du mir reihenweise Töchter schenken solltest, würde mich das nicht im Geringsten stören, Alicia. Außerdem möchte ich gar nicht, dass du eins nach dem anderen austragen musst. Nach der Geburt dieses Babys werden wir ein Weilchen warten …«

Überrascht über die Vehemenz seiner Worte, wollte sie etwas sagen, doch da wechselte er bereits das Thema. »Sharpe wird Eve Summers herbringen. Es wird für Lady DeBrooke bestimmt nicht leicht, mit ihr über das Thema zu reden, aber es muss sein. Überdies bekommen wir Unterstützung. Eine Frau, die sich auskennt mit schwierigen Befragungen. Ich hoffe, ich mache alles richtig.«

»Hat Lord Lowe nichts beobachtet? Ich weiß zwar, die beiden hatten …« Sie verstummte, weil sie nicht wusste, wie sie es ausdrücken sollte.

Ihr Unbehagen schien Ben zu amüsieren. »Ich fürchte, nein. Lowes Aufmerksamkeit war offenbar ganz auf die hübsche Lady in seinen Armen gerichtet. Was der Schütze geschickt ausgenutzt hat. Ich vermute nämlich, dass er eigentlich ins Haus eindringen wollte und der Schuss eher zufällig war. Er packte einfach eine sich bietende Gelegenheit beim Schopf.«

»Es wäre bestimmt leichter gewesen, den Baron in London anzugreifen, oder?«

»Bisher harren einige Fragen unverändert einer Antwort«, stimmte er zu und verlangsamte sein Tempo, damit sie Schritt halten konnte. »Jedenfalls wette ich mit dir, dass die treusorgende Freundin uns helfen kann.«

»Das brauchst du gar nicht«, gab Alicia zurück. »Obwohl ich davon ausgehe, dass wir mit unserer Vermutung richtigliegen, glaube ich nicht, dass sie so einfach mit der Sprache rausrückt. Falls sie gesteht, verliert sie alles. Also wird sie erst einmal in die Defensive gehen. Vor allem wenn sie begreift, dass Angelina ihr eine Falle gestellt hat.«

Sie erreichten die ersten Häuser des Dorfes. An der Durchfahrtsstraße lagen ein Gasthaus und ein paar Läden. Alicia schien es unwahrscheinlich, dass ihre Nachforschungen irgendetwas ergeben würden. Trotzdem wollten sie versuchen, möglichst viel über den Fremden zu erfahren, der gestern hier gesehen worden war.

Ein Mann hoch zu Ross, der in irrwitzigem Tempo über die Dorfstraße geprescht war. Mehr wussten sie nicht. Sie fragten im Gasthaus nach, wo allerdings derzeit außer einer älteren Lady und ihrem Sohn, einem Vikar, keine Gäste logierten.

Ungefähr eine Stunde später beendeten sie ihre fruchtlosen Nachforschungen und machten sich ohne weitere Hinweise und ohne jede neue Spur auf den Rückweg. Begleitet von den neugierigen Blicken der Dorfbewohner, die über den Lord und seine Lady tuschelten, die so merkwürdige Fragen stellten. Natürlich wusste jeder von der Schießerei – diese Nachricht hatte sich in der an Sensationen armen Gegend wie ein Lauffeuer verbreitet.

Plötzlich blieb Ben mitten auf der Straße stehen, und sein Blick verengte sich.

»Was ist los?«, fragte Alicia neugierig.

Sie war schon wieder hungrig, obwohl sie gerade erst in der Bäckerei eine Pastete gekauft hatten, und strebte nach Hause. Vielleicht hatten die beiden anderen ihnen ja vom Lunch etwas übrig gelassen.

»Ich bin ein Idiot.« Ihr Mann schlug sich die Hand gegen seine Stirn. »Daran hätte ich weiß Gott eher denken müssen.«

Verwundert hob sie die Brauen, denn dass der Earl of Heathton sich als Idiot bezeichnete, kam nicht alle Tage vor.

»Woran hättest du denken müssen?«

»Wie wir die Aufmerksamkeit unseres Gegners erregen und ihn endgültig aus der Reserve locken.«

Wenngleich Alicia der Meinung war, dass ihnen das bereits im Übermaß gelungen war, verkniff sie sich jeden Widerspruch. »Und wie?«, fragte sie stattdessen.

Er runzelte die Stirn und packte ihren Arm. »Das erzähle ich dir später. Ich muss erst mit Lowe darüber reden.«

Unwillig öffnete seine Frau den Mund zum Protest, aber diesmal blieben ihr die Worte im Halse stecken. »Oh.« Eine Hand fuhr zu ihrem Bauch. »Das Baby hat sich wieder bewegt.«

»Bist du sicher?« Ben wirkte für seine Verhältnisse fast aufgeregt. »Gerade eben?«

»Sieht ganz so aus, als würde er sich nicht an feste Arbeitszeiten halten, Mylord.«

Und dann geschah etwas ganz und gar Überraschendes.

Benjamin Wallace, ehemals einer der wichtigsten Geheimagenten der Krone und hochwohlgeborener Earl of Heathton, sank in seiner maßgeschneiderten Hose, dem eleganten Mantel aus feinstem Tuch und seinen polierten Stiefeln auf der schmutzigen Straße vor ihr auf die Knie und küsste ganz leicht die Rundung ihres Bauches.

»Ich wollte«, sagte er und nahm lächelnd ihre Hand, ehe er sich wieder erhob, »meinem Kind kurz Hallo sagen.«

Kapitel 25

Dafür würde sie Heathtons Kopf fordern, dachte Janelle, während die Kutsche über die Landstraße holperte. Was hatte er sich bloß dabei gedacht, Alfred zu ihr zu schicken? Ausgerechnet ihn. Diesen unglaublich hübschen, jungenhaften und klugen Burschen, der sie einst glühend verehrt hatte und sie jetzt aus tiefstem Herzen hasste.

Missmutig musterte sie ihn.

Ohnehin hatte die Woche schlecht angefangen. Überaus dezent und überaus großzügig war ihr seitens ihres »Beschützers« zu verstehen gegeben worden, dass ihre Beziehung beendet sei. Zwar meinte sie in seinem zerfurchten Gesicht ehrliches Bedauern erkannt zu haben, aber das nützte ihr nichts. Anscheinend hatte seine Frau nachdrücklich mit ihrem blaublütigen Fuß aufgestampft und ein Machtwort gesprochen, das ihre Anwesenheit im herzoglichen Haushalt beendete.

Diese alte Hexe!

Irgendwann einmal hatte der Duke ihr nach mindestens zwei Flaschen Claret und einem gescheiterten Versuch im Bett gestanden, dass er am Tag der Geburt seines Sohnes und Erben aus dem Schlafzimmer der Duchess verbannt worden war. Der Grund für die Heirat sei sein Titel gewesen, mehr nicht. Janelle, wenngleich sie nicht an die Liebe glaubte – zumindest nicht an jene Form, von der Dichter zu schwärmen pflegten –, fand das schändlich, denn in den blassen Augen des alternden Mannes hatte sie einen tiefen Kummer bemerkt.

Sie würde den liebenswürdigen Kavalier vermissen, dachte sie. Und dass Ben ihr einen voreingenommenen früheren Möchtegernliebhaber aufs Auge drückte, ließ sie den Verlust in einem noch trüberen Licht sehen. Hinzu kam, dass sie sich mit der missratenen Tochter eines Earl herumschlagen sollte, die jetzt neben ihr saß. Das Einzige, was sie mit diesem Mädchen verband, war vermutlich die gemeinsame Haarfarbe. Dieses unmoderne, grelle Rot.

Auch die Abgeschiedenheit des Landsitzes, zu dem sie unterwegs waren, hob ihre Stimmung nicht gerade. Das klang in ihren Ohren nicht gerade nach einer amüsanten Hausparty, und sie war gespannt, was sie erwartete.

Schließlich tat Ben so gut wie nie etwas ohne Grund.

Arthur hatte ihr eine Nachricht von ihm überbracht, in der er um ihre Anwesenheit bat. Ein paar kryptische Sätze, die jedoch ihre Neugier weckten. Wenngleich er keine Erklärung mitlieferte, wusste sie, dass es eine gab.

Die Kutsche kam zum Stehen, und Janelle spähte aus dem Fenster. Gemessen am herzoglichen Standard, den sie zuletzt gewohnt war, wirkte das Haus geradezu klein und bescheiden.

»Sieht ganz so aus, als wären wir da«, bemerkte Lady Eve überflüssigerweise und erhob sich.

»Erlaubt mir«, bot Sharpe sich an, sobald der Schlag geöffnet wurde. Tat wie ein Höfling. Dabei war er in Wales auf einem heruntergekommenen Bauernhof aufgewachsen. Mit einem Säufer als Vater. Dennoch hatte der Sohn es irgendwie geschafft, Lesen und Schreiben zu lernen und sich darüber hinaus so einiges an Wissen anzueignen, ansonsten aber über diesen Teil seines Lebens kaum gesprochen. Janelle ging davon aus, dass Dinge vorgefallen waren, über die man besser schwieg, und hatte ihrerseits das Thema nicht weiterverfolgt.

Trotzdem interessierte es sie nach wie vor, was er verbergen mochte. Wenn sie ihn so anschaute, sein freundliches Lächeln, die drahtige Figur, die jetzt in maßgeschneiderten Sachen steckte, fiel ihr einmal mehr auf, dass er mühelos in fast jede Rolle schlüpfen konnte.

Ein Talent, das sie verband.

Seinetwegen war sie allerdings bestimmt nicht eingeladen worden. Eher könnte es mit der Ursache der Schrammen und Beulen in seinem Gesicht zusammenhängen, die auf eine Form von Gewaltanwendung hinwiesen.

»Vielen Dank«, murmelte Janelle, als er ihr nach Lady Eve aus der Kutsche half.

»Es ist mir ein Vergnügen«, erwiderte er kühl.

»Du hast ja keine Ahnung«, antwortete sie so leise, dass nur er es hörte, setzte einen Fuß auf den kiesbestreuten Vorplatz und lächelte ihn kokett an.

»Ein bisschen schon«, konterte er und ließ ihren Arm mit geradezu beleidigender Hast los. »Ich kann es mir vorstellen.«

Sie hätte etwas darauf erwidert, wäre nicht soeben das Objekt der jüngsten Ermittlungen aufgetaucht. Wie immer ein gefälliger Anblick, dachte Janelle säuerlich. Nicht einmal die Leidensmiene schadete Lady DeBrookes dunkler Schönheit, und sie könnte durchaus die Heldin eines Schauerromans sein …

»Angel.« Eve lief hastig die Stufen hinauf und umarmte ihre Freundin. »Ich habe mir große Sorgen gemacht, als ich deine Nachricht erhielt, und alles stehen und liegen gelassen. Du erwähnst einen schlimmen Unfall. Was ist denn passiert? Zum Glück scheinst du nicht selbst betroffen zu sein. Gott sei Dank!«

»Ich werde dir alles erklären«, versprach Angelina ruhig. »Für euch wurden Zimmer vorbereitet. Mrs. Dulcet, es freut mich, Sie wiederzusehen. Schön, dass Sie ebenfalls kommen konnten. Wollen wir hineingehen? Ich lasse den Tee im Salon servieren.«

Eve packte ihre Hand und verschränkte die Finger mit denen der Freundin. »Willst du mich nicht auf mein Zimmer begleiten und mir beim Auspacken helfen? Ich habe meine Zofe daheim gelassen.«

Janelle beobachtete die beiden.

Da sie sich während der Fahrt unterhalten hatten, war sie soweit im Bilde, dass die beiden Damen gleichzeitig in die Gesellschaft eingeführt worden waren und sich seit ihrer ersten Saison kannten. Darüber hinaus hatte Eve Summers ihr erzählt, dass sie der Freundin seitdem treu zur Seite gestanden habe, und ausdrücklich das Drama erwähnt, das durch den Tod der beiden Ehemänner ausgelöst worden war.

Insofern überraschte sie Eves spontane Herzlichkeit nicht. Interessant war allerdings Angelinas Reaktion. Sie entzog der anderen behutsam die Hand, und ihr Lächeln wirkte gezwungen.

»Natürlich«, sagte sie rasch. »Sobald ich die Köchin über eure Ankunft informiert habe. Lord und Lady Heathton sind noch unterwegs, fürchte ich.«

Merkwürdig distanziert, fand Janelle. Und nicht verständlich, sofern das Geplapper über ihre enge, hingebungsvolle

Freundschaft stimmte. Sie musste ihren ersten Eindruck wohl korrigieren. Angelina DeBrooke schien nicht sonderlich glücklich zu sein, die liebe Eve hier zu sehen. Die nächsten Tage versprachen entgegen ihren Erwartungen durchaus interessant zu werden.

Wenigstens würde sie sich nicht langweilen. Was jedoch nie der Fall war, wenn Benjamin Wallace beteiligt war. Ärger war bei seinen Aktionen vorprogrammiert.

»Dein Lächeln gibt mir zu denken«, murmelte Alfred neben ihr, als sie einem Diener in die Eingangshalle folgten. »Erinnert mich an eine Katze, die gleich eine ahnungslose Maus verspeisen wird.«

»Dieses hier?«, fragte sie und blickte strahlend zu ihm auf.

»Nur bin ich weder eine Maus noch ahnungslos«, gab der junge Waliser zurück, der gleichermaßen amüsiert wie argwöhnisch wirkte. »Also: Falls du Hunger verspürst, such dir lieber woanders etwas zu fressen.«

»Ich kann mich an eine Zeit erinnern, da hast du mich bewundert.« Sie zog eine Schnute.

»Und ich kann mich an eine Zeit erinnern, als du mich unter dem Absatz deines Tanzschuhs zertreten hast.«

»Das war bloß zu deinem Besten.«

Hatte sie das wirklich laut ausgesprochen? Ja, und es war die Wahrheit, denn er hatte damals so viel mehr verdient als das, was sie ihm bieten konnte. Nämlich nichts.

Sie war geübt darin, alternden Mitgliedern des Hochadels ein flüchtiges Vergnügen zu bieten, aber ahnungslos, was sie mit einem liebeskranken jungen Mann anfangen sollte.

»Seinerzeit habe ich das vielleicht anders gesehen – heute bin ich deiner Meinung.«

Irgendwie traurig für sie beide, wenngleich zweifellos richtig.

Janelle schaffte es, weiter unbekümmert zu lächeln. »Genau genommen, schuldest du mir einen Gefallen, und den werde ich eines fernen Tages einfordern.«

»Meine liebe Nell! Das Problem besteht darin, dass ich dir nicht vertraue. Nicht ein Stück.«

Früher einmal hätte sie diese Erkenntnis mit Schmerz erfüllt, jetzt hingegen zuckte sie mit den Schultern. »Kluger Mann.«

»Das will ich schwer hoffen«, murmelte er. »Dein Zimmer befindet sich oben. Vielleicht solltest du den Damen folgen.«

Es war noch schlimmer, als sie befürchtet hatte.

Angelina wartete vor Eves Tür und atmete tief durch, ehe sie anklopfte. Lord Heathton hatte ihr eindeutige Anweisungen gegeben. Sie sollte der Freundin Äußerungen über ihre Gefühle ihr gegenüber entlocken. Mehr nicht. Nicht einmal die Möglichkeit eines Giftanschlags auf William und Thomas sollte sie erwähnen und schon gar nicht den Schuss auf Christopher.

Und wenn sie nun alles vermasselte?

Obwohl sie Lord Heathton ihre Befürchtungen nicht verschwiegen hatte, blieb dieser bei seiner Überzeugung, dass nur sie, sie ganz alleine Eve zum Reden bewegen konnte. Ohne die Gegenwart eines Dritten. Er ging davon aus, dass die Freundin, falls sie wirklich seit Jahren ein Geheimnis mit sich herumschleppte, nicht so schnell zusammenbrechen würde.

Angelina fühlte sich in gleicher Weise als Betrügerin und als Betrogene. Als Täter und als Opfer.

Eve sah aus wie immer. Die widerspenstigen Haare trug sie offen, und das Reisekleid hatte sie zugunsten eines hellgrünen Tageskleids abgelegt. Und wie immer begegnete sie ihr mit scheinbar aufrichtiger Herzlichkeit, was die Sache bloß noch schlimmer machte.

»Tut mir leid, dass es so lange gedauert hat«, erklärte sie mit einem gequälten Lächeln. »Im Haus gibt es bloß wenig Personal, deshalb musste ich in die Küche gehen und selbst mit der Köchin reden.«

»Du brauchst dich nicht zu entschuldigen. Jedenfalls nicht bei mir. Niemals, hörst du? Komm rein, ich bin gleich fertig. Warum bist du überhaupt hier?«

Angelina betrat zögernd den Raum. »Lord Heathton hat mich gebeten, mit seiner Frau ein paar Tage aufs Land zu fahren, nachdem es in ihrem Haus gebrannt hat.« Das hörte sich plausibel an, fand sie.

»Ihr beide klebt in letzter Zeit ganz schön zusammen. Oder?«

Bildete sie sich das ein oder verhärtete sich Eves Blick wirklich?

»Sie war sehr nett zu mir. Und ja, ich mag sie sehr.«

»Das musst du wirklich, wenn du für sie sogar die Rolle der Hausdame übernimmst. Ein wenig merkwürdig ist das schon. Komm jetzt, ich brauche Hilfe bei meinen Haaren.«

Egal, wie dieses Gespräch ausging, Angelina fragte sich, ob sie je wieder Eve die gleichen freundschaftlichen Gefühle entgegenbringen konnte wie bisher. Und ob sie ihrer Freundin glauben würde, falls diese beharrlich alles abstritt.

»Deine Haare sehen doch gut aus«, sagte sie leise. Wie zum Teufel sollte sie auf ein Thema zu sprechen kommen, das sie gar nicht diskutieren wollte?

Eve verzog das Gesicht und setzte sich an den Toilettentisch. »Das sagt die schönste Frau von England? Wenn du dich gemeint hättest, würde es stimmen. Deine Haare sind immer perfekt, offen oder aufgesteckt. Meine dagegen … O Gott, der reinste Graus.«

Sie kannte solche Komplimente von Eve zur Genüge. Ständig bekam sie Derartiges zu hören und fühlte sich regelmäßig unwohl dabei. Aber erst jetzt begriff sie, warum.

»Vielen Dank für die netten Worte, wenngleich du übertreibst. Nimm Mrs. Dulcet. Ihre Haare sind deinen sehr ähnlich, und dennoch käme niemand auf die Idee, sie nicht als atemberaubend schöne Frau zu bezeichnen. Findest du nicht?«

Eve verzog das Gesicht. »Eine Ausnahme. Generell hat die Gesellschaft für Rotschöpfe nichts übrig. Dunkelhaarige Frauen sind eindeutig beliebter, sogar farblose Blondinen.«

Angelina hockte sich auf die Bettkante, suchte nach den richtigen Worten und spürte, dass alles sich in ihr verkrampfte.

Behutsam tastete sie sich vor. »Ich vermute, Frauen denken über das Aussehen anderer Frauen viel mehr nach als Männer. Wenn wir Lord Heathton fragen würden, welche Farbe das Kleid seiner Frau gestern Abend hatte, wüsste er wahrscheinlich keine Antwort, obwohl er ein Mann mit einer exzellenten Beobachtungsgabe ist. Wir Frauen hingegen registrieren so etwas automatisch, richtig?«

Eve drehte sich um und blickte sie direkt an. »Mag sein.« Sie legte die Haarbürste in ihren Schoß. »Willst du mir nicht endlich erzählen, was passiert ist? Warum du nach mir geschickt hast? Von was für einem Unfall reden wir überhaupt? Du bist irgendwie anders, Angel.«

Sie hasste diesen Spitznamen. Er rief die Erinnerung an ihr schicksalhaftes Debüt wach, das sie lieber vergessen würde.

»Ich habe in letzter Zeit viel über alles nachgedacht, und wir müssen, denke ich, darüber reden.«

»Waren wir nicht immer ehrlich zueinander?«, gab Eve mit gerunzelter Stirn zurück.

Stimmte das?

Angelina bezweifelte es inzwischen und sah der Freundin fest ins Gesicht. »Erinnerst du dich an unser Debüt?«

»Natürlich tue ich das.«

»Als wir uns das erste Mal begegneten, hatte ich den Eindruck, dass du mich nicht mochtest.«

»Um darüber mit dir zu diskutieren, sollte ich herkommen?« Eve zupfte am Ärmel ihres Kleides. »Du warst mit Abstand die beliebteste Lady in jener Saison, und wir anderen waren einfach ein wenig eifersüchtig. Jeder Gentleman, egal ob jung oder alt, ist um dich herumscharwenzelt, und du hast die Ehrungen entgegengenommen, als stünden sie dir zu. Später erst wurde mir klar, dass du nicht eitel warst und dich angesichts der übertriebenen Aufmerksamkeit, die dir zuteilwurde, sogar unwohl fühltest.«

Sie leugnete es nicht, dachte Angelina.

Aber es steckte mehr dahinter, das verriet ihr der Gesichtsausdruck der Freundin. Wobei Angelina inzwischen zweifelte, ob sie Eve ernstlich zu schlüsseln vermochte.

»Du hast mir nie erzählt, wer der Mann ist, dem deine Liebe gehörte«, wechselte sie das Thema.

»Er hat eine andere geheiratet.«

Angelina rieb ihre Hände, die sich verschwitzt anfühlten, am Kleid ab. Auch wenn das Ganze ihr schrecklich unangenehm war, sie musste diese Fragen stellen. Um Christophers Sicherheit willen. Ansonsten würde sie eher das Handtuch werfen und Eve ihr Geheimnis lassen.

Sie holte tief Luft. »War es William?«

»Nein.« Die Antwort kam wie aus der Pistole geschossen, sodass Angelina es ihr abnahm. »Warum willst du das überhaupt wissen?«

Erneut wich sie aus. »Wer war es dann?«

In diesem Augenblick schien Eve zu begreifen, worauf das Gespräch abzielte, und erkannte die versteckte Bedrohung.

»Niemand, an den du dich aus der Schar deiner Verehrer erinnern würdest«, erklärte sie unwirsch.

»Er hat also um mich geworben. Verstehe«, sagte Angelina, und sie verstand wirklich.

Eve stand abrupt auf und reckte das Kinn. »Das bezweifle ich ernstlich. Du hast im Grunde nie etwas verstanden.«

»Ich muss offenbar noch eine Menge über die Welt und die Menschen lernen. Vor allem über dich. Du klingst so verbittert. Warum spielst du mir etwas vor?«

»Für diese Fragerei darf ich mich wohl bei Lord Heathton bedanken«, gab Eve verächtlich zurück. »Ich hätte besser nicht mit seiner Frau geredet.«

Das war es also.

Angelina fragte sich bereits die ganze Zeit, wer als Erstes Verdacht geschöpft hatte. Offenbar Alicia, der irgendetwas an Eve suspekt vorgekommen sein musste.

»Ich weiß nicht, was ich sagen soll«, erwiderte sie. »Es ist einfach so, dass ich Christopher liebe.«

Versehentlich war ihr sein Name herausgerutscht, weil ihre Konzentration in Anbetracht dieses bizarren Gesprächs nachzulassen begann. Jetzt war es nicht mehr rückgängig zu machen.

»Christopher? Christopher … Ist das Lord Lowe?« Eves Miene veränderte sich. »Welch eine Überraschung. Oder auch nicht, wenn ich daran denke, wie dieser Kerl dich damals angestarrt hat. Natürlich passt er ins Schema: Wie deine anderen Verehrer und deine beiden Ehemänner ist er attraktiv und reich.«

Es schockierte Angelina, Eve so reden zu hören. Sie schien geradezu von Neid und Eifersucht zerfressen zu sein, und diese Frau hatte sie für ihre engste Freundin gehalten. Langsam dämmerte ihr, dass da früher schon Untertöne gewesen waren, die sie überhört hatte.

Weil sie es nicht wahrhaben wollte.

Heathtons Theorie schien sich als zutreffend zu erweisen: Eve war nicht ihre Freundin.

»Er meint es ernst, und ich habe seine Zuneigung von Anfang an erwidert«, verteidigte sie sich trotzdem.

Mit schräg gelegtem Kopf und tückischem Blick fixierte Eve sie. »Es ist mir nicht entgangen«, sagte sie, und aus ihrer Stimme klangen Bitterkeit, Missgunst und Hass. »In dem Moment, als er in den Salon kam – meinen Salon übrigens –, wusste ich es. Er hat genauso auf dich reagiert wie all die anderen. Sag mir, Angel: Wirst du ihrer Bewunderung je müde? Und wo wir gerade dabei sind, alles aufzurechnen: Was hättest du in den letzten Jahren eigentlich ohne mich getan? Mich hat es mit nicht geringer Genugtuung erfüllt, dass ausgerechnet du mich so verzweifelt brauchtest.«

Bei ihrem zynischen Tonfall lief es Angelina eiskalt den Rücken herunter.

Sie stand auf und ging ein paar Schritte, ehe sie sich mit versteinertem Gesicht umdrehte. »Ich weiß nicht, was ich sagen soll«, flüsterte sie. »Ich habe das Gefühl, überhaupt nicht mehr zu wissen, wer du bist. Du hast mich all die Jahre hinters Licht geführt. Deine ganze Freundschaft, die ich für so wertvoll hielt, beruhte auf einem Lügengebilde.« Sie atmete tief durch, doch ehe sie weitersprechen konnte, ergriff Eve das Wort.

»Wäre es nur ein Mann gewesen … Nein, alle waren es. Jeder hat um deine Aufmerksamkeit gebuhlt. Der ganze Ballsaal interessierte sich lediglich dafür, mit wem du als Nächstes tanzen würdest. Sogar die Klatschweiber waren von dir fasziniert. Du hast recht – ich habe dich gehasst.«

Entsetzt schlug Angelina die Hand vor den Mund. »Mir scheint, das ist nach wie vor der Fall.«

»Unsinn. Ich liebe dich, du bist meine beste Freundin«, versuchte sie ihre unbeherrschten Äußerungen wiedergutzumachen, aber ihren Worten fehlte die Überzeugungskraft.

»Ich denke, du machst dir manchmal selbst etwas vor«, sagte Angelina traurig. »Wahre Liebe sieht anders aus. Das weiß ich, seit ich Christopher kenne.«

Eve widersprach nicht. »Und natürlich wollte er dich heiraten.«

Angelina blickte alarmiert auf. Warum sprach sie von ihm in der Vergangenheit?

»Ja, er will mich heiraten, und ich habe seinen Antrag angenommen.« Mühsam formulierte sie die Sätze und wünschte sich nur, wegzukommen aus diesem Raum und sich irgendwo zu verstecken.

»Jetzt wird es natürlich nicht zur Hochzeit kommen«, hörte sie Eve schadenfroh sagen.

»Warum denn nicht?«, stammelte sie, nachdem sie ihre Stimme wiedergefunden hatte.

Dann sah sie, wie Eve erstarrte. Als würde ihr in diesem Moment zu Bewusstsein kommen, dass sie verloren hatte.

»Du meinst, er ist gar nicht tot?«, stieß sie hervor.

Kapitel 26

Er hatte in seiner wechselvollen Karriere schon viele Befragungen durchgeführt, speziell mit Verrätern. Zu verstehen, wonach diese Menschen strebten und wie sie dachten, war sein herausragendes Talent.

Vor allem wollten Verräter über jedes Ehrgefühl siegen.

Dennoch fand Benjamin Wallace es in diesem Fall besser, die Gesprächsführung zu gegebener Zeit jemand anderem zu überlassen, der direkter vorging als er und überdies den Vorteil des richtigen Geschlechts hatte. Noch verlief die Unterhaltung recht zivilisiert, doch unverkennbar lag Spannung in der Luft. Sobald irgendeiner im Raum auch nur nieste, konnte es zum Knall kommen.

Kein Wunder, denn Lady Eve hatte immerhin zugegeben, vom Mordanschlag auf Christopher Durham zu wissen. Was bewies, dass sie zumindest involviert war. Jetzt brauchte er Details, um die vielen losen Enden dieses Falles verknüpfen zu können.

»Wie begann alles?«

Die junge rothaarige Frau saß steif auf einem Stuhl mit hoher Rückenlehne, den sie in die Mitte des Frühstückszimmers gerückt hatten, und musterte ihn aufmerksam. Ihre Miene drückte gleichermaßen Schuldbewusstsein wie defensive Feindseligkeit aus.

»Ich verstehe nicht recht, was Ihr meint, Mylord. Und was

Euch das angeht. Das ist eine Sache zwischen Angelina und mir.« Sie deutete auf Janelle. »Was hat *sie* eigentlich hier zu suchen?«

»In der Kutsche war ich noch der Meinung, wir kämen wunderbar miteinander aus«, warf Janelle kühl ein.

»Ich hatte ja keine Ahnung …«

»Wovon hattet Ihr keine Ahnung?«

»Ach, nicht so wichtig.«

»Ich brauche fünf Minuten mit ihr, Ben. Mehr nicht.« Janelles Stimme klang selbstbewusst und zum Fürchten kalt. »Warum lässt du uns nicht alleine? Ich hole die Wahrheit in Nullkommanichts aus ihr heraus.«

Heathton zögerte, denn der Vorschlag widerstrebte ihm. Schließlich wusste er genau, wie wenig zartfühlend die gute Nell bisweilen vorging. Andererseits …

»Ich habe Euch eine Möglichkeit zum persönlichen Gespräch geboten. Ihr und ich, unter vier Augen. Das habt Ihr abgelehnt.«

Eve bewahrte eine Haltung, der er widerwillig Respekt zollte.

»Ihr habt mir wenig mehr angeboten als ein paar unbequeme Fragen, die ich ohne Zeugen beantworten sollte«, erklärte sie mit ruhiger Souveränität. »Ich schulde Euch gar nichts.«

Als sie verstummte, senkte sich ein lastendes Schweigen über den Raum.

»Und was ist mit Angelina?«, hakte Janelle nach einer Weile nach. »*Ihr* schuldet Ihr ganz gewiss etwas, und zwar die Wahrheit. Zumal sie Euch angeblich so nahesteht.«

Abwechselnd bedachte Eve den Mann und die Frau mit einem verärgerten Blick, bevor sie entschieden den Kopf schüttelte. »Ich schulde ihr gar nichts. Immerhin habe ich sie unterstützt, als niemand sonst es getan hat. Sie sollte eher *mir* dankbar sein.«

»Das war sie auch. Und genau das habt Ihr vermutlich bezweckt.«

»Was soll das Ganze überhaupt? Und wo steckt Angelina?«

»Sie nimmt mit Lady Heathton ihren Tee ein«, sagte Janelle, die in dem tief ausgeschnittenen Kleid hinreißend, wenngleich für die Tageszeit unpassend gekleidet aussah, und wechselte sogleich das Thema. »Wie kam es, dass Ihr ihn angeheuert habt?«

»Wen soll ich angeheuert haben?«

»Den Bastard, der für Euch die beiden Ehemänner aus dem Weg geräumt hat, natürlich.« Die gewiefte ehemalige Spionin ließ sich keine Gefühlsregung anmerken. »Wir wissen, dass Ihr es getan habt, und möchten von Euch erfahren, wo wir ihn finden können.«

Eve wurde blass. »Was für eine haltlose Anschuldigung! Lord Heathton, wer ist diese Frau? Mir sind Gerüchte zu Ohren gekommen, dass sie gar nicht mit dem Duke verwandt sein soll. Dass sie nichts ist als eine Luxushure.«

»Da könntet Ihr Euch irren. Überdies ist für Euch nur eines interessant: dass sie eine alte Freundin von mir ist.«

Janelle warf ihm einen tadelnden Blick zu. »Alt? Ich bin sechsundzwanzig. Nicht gerade taufrisch nach Meinung der Gesellschaft, aber ebenso wenig vertrocknet. Jetzt redet endlich, Lady. Ich will Antworten.«

»Ich habe keine Ahnung …«

»Doch, habt Ihr.« Er bemerkte, wie ein bedrohliches Lächeln sich auf Nells Lippen stahl. »Ich hasse Lügner und schlechte ganz besonders. Wenn Ihr uns schon etwas vorzumachen versucht, sollte es wenigstens überzeugend sein. Allerdings würdet Ihr bei mir trotzdem auf Granit beißen, denn ich erkenne jede Unwahrheit aus einer Meile Entfernung. Und das ist der Grund, warum Seine Lordschaft mich zu diesem Gespräch hinzugebeten hat. Also raus mit der Sprache, werte Lady, sonst werde ich unangenehm. Erspart Euch und uns unnötigen Ärger und gebt uns die Informationen, die wir brauchen. Zwei Männer sind gestorben, und ein dritter hat eine schwere Verletzung davongetragen. Wie ist es dazu gekommen?«

»Ich habe nichts …«

»Ihr habt sehr wohl damit zu tun«, unterbrach Heathton sie kühl, »obwohl niemand Euch beschuldigen kann, selbst einen Mord begangen zu haben. Wenn Ihr erlaubt, werde ich Euch schildern, wie sich die Sache meiner Meinung nach zugetragen hat. Vielleicht erleichtert das die Sache.«

Er nippte an dem Brandy, den er sich eingeschenkt hatte, während Janelle ihm mit einem knappen Nicken ihr Einverständnis zu seiner Vorgehensweise signalisierte.

»Ich gehe von Folgendem aus«, begann er. »Als Ihr vor vielen Jahren mitbekamt, dass die erste Ehe der heutigen Lady DeBrooke arrangiert wurde, habt Ihr auf eine kleine Anzeige in der *Times* geantwortet. Für ein relativ geringes Entgelt wurde dort ein Service angeboten, der Hilfe bei der Lösung persönlicher Probleme versprach. In Eurem Fall sollte die Hochzeit verhindert werden. Alles unter Wahrung strikter Anonymität.« Er hob fragend eine Braue. »Liege ich bis zu diesem Punkt richtig?«

Eve saß reglos auf ihrem Stuhl und zog es vor zu schweigen.

Janelle lachte leise und spann von sich aus die Geschichte weiter. »Die Hochzeit fand trotzdem statt, und Ihr fühltet Euch vielleicht betrogen, dass die Ehe nicht verhindert worden war. Dafür wurde sie vier Monate später durch Williams Tod beendet. Diesen Ausgang hattet Ihr vermutlich weder erwartet noch gewollt. Vielleicht habt Ihr den Zusammenhang zunächst nicht einmal begriffen. Oder ihn verdrängt und Euch eingeredet, dass es ein Zufall war. Erst als Ähnliches ein zweites Mal passierte, ließ sich das Offensichtliche nicht mehr ignorieren. Trotzdem habt Ihr nichts gesagt. Natürlich nicht. Weil Ihr nicht mit diesen Todesfällen in Verbindung gebracht werden wolltet, aber letztlich wart ihr der Auftraggeber. Daran ändert selbst die Tatsache nichts, dass ihr nicht explizit von Morden gesprochen habt.«

»Das war ich nicht«, protestierte sie lahm und sichtlich erschüttert.

»Doch, das wart Ihr«, bekräftigte Janelle lapidar. »Hinzu kam, dass Ihr über das Resultat froh wart, selbst wenn Ihr die Wahl der Mittel missbilligt haben mögt. Hauptsache, die Männer waren weg. Wirklich verwerflich ist indes, dass Ihr selbst dann noch geschwiegen habt, als Eure Freundin unter Verdacht geriet und ihr der Prozess gemacht wurde. Sie hätte durch Eure Schuld am Galgen enden können. Euer Verhalten zeugt von einer geradezu unvorstellbaren Herzlosigkeit und Grausamkeit, findet Ihr nicht?«

»Sie weiß, dass ich niemals etwas Derartiges im Sinn hatte.«

Die Sommersprossen auf Eves Nasenrücken leuchteten im Licht der spätnachmittäglichen Sonne fast kupferfarben, während der Rest ihres Gesichts aschfahl war.

»Ich muss sehr bitten, Mylady«, wies Janelle sie mit zynischer Herablassung zurecht, »hört endlich auf mit dem Selbstbetrug. Ihr habt aus reiner Gehässigkeit gehandelt, und das ist in meinen Augen die ehrloseste Motivation, die mir einfällt. So etwas kommt selbst im kriminellen Milieu höchst selten vor. Desgleichen unter Huren, zu denen Ihr mich ja offensichtlich zählt. Und was meinen Ehrbegriff angeht, dürfte ich weit über Euch stehen, Lady Eve.«

»Ihr …«

Janelle unterbrach sie drohend. »Sprecht es nicht aus. Ihr habt mich bereits einmal beleidigt – ein zweites Mal erlaube ich Euch das nicht.«

Zeit zum Eingreifen, beschloss Heathton, bevor Janelle endgültig Maß und Ziel verlor. Nicht dass am Ende das Gegenteil von dem bewirkt wurde, was er erreichen wollte.

»Erzählt mir einfach, wie ich den Mann finde«, wandte er sich ruhig an Eve und beugte sich mit dem Glas in der Hand vor. »Liefert ihn mir aus. Da der Anschlag auf das Leben des Barons zum Glück vereitelt wurde, verzeiht Angelina Euch vielleicht, sofern Ihr uns helft. Habe ich eigentlich bereits erwähnt, dass um ein Haar sie erwischt worden wäre? Lord Lowe hat sich schützend vor sie geworfen. Ihr habt wahrlich einen Pakt mit dem Teufel geschlossen, Mylady, und es wäre mir ein Leichtes, Euch allein dafür vor den Richter zu zerren. Im Übrigen wäre es mir durchaus eine gewisse Genugtuung, wenn Ihr Ähnliches wie Lady DeBrooke erleiden müsstet.«

»Das würdet Ihr nicht tun.« Hektische rote Flecken übersäten mittlerweile Eves Wangen.

»Fordert ihn lieber nicht heraus«, murmelte Janelle leise, die diese Befragung sichtlich genoss.

»Niemals habe ich mit dem gerechnet, was damals mit William und nach ihm mit Thomas passiert ist«, erklärte Eve kleinlaut. »Ich war außer mir vor Angst.«

Heathton wiegte zweifelnd den Kopf und nahm ihr die Pose der reuigen Sünderin nicht wirklich ab. Ebenfalls nicht die Behauptung, nicht das Geringste geahnt zu haben. Spätestens beim zweiten Mal hätte sie misstrauisch werden und die Sache öffentlich machen müssen. Stattdessen beteiligte sie sich ungerührt daran, auch noch Lowe aus dem Weg zu räumen.

»Angst mögt Ihr ja gehabt haben, allerdings lediglich um Euch. Um Euer Ansehen, Eure gesellschaftliche Stellung. An Lady DeBrooke hingegen dachtet Ihr nicht. Da saht Ihr Euch am Ziel Eurer Wünsche. Nachdem die Ehemänner fort waren, wurde sie abhängiger von Euch als je zuvor. Alles schien in bester Ordnung, bis wieder ein Mann in ihr Leben trat. Sehe ich das richtig?«

»Ihr könnt nichts von alledem beweisen«, entgegnete sie trotzig und erweckte zugleich den Eindruck, als würde sie sich in die Enge getrieben fühlen.

Heathton entging diese Veränderung nicht. Dennoch würde sie so lange wie möglich leugnen. Ohne den Drahtzieher zu enttarnen, der ihm wie der unsichtbare Puppenspieler in einem Marionettentheater vorkam, würden sie kaum Beweise für ihre Schuld in die Hand bekommen. Nicht einmal für ihre Beteiligung an der Inszenierung des Morddramas.

»Auch nicht so schlimm«, warf Janelle ein. »Es reicht, Euch gesellschaftlich unmöglich zu machen. Mein Gott, die Klatschweiber in den Salons werden sich genüsslich darüber das Maul zerreißen. Die alten Fledermäuse haben ja nichts anderes zu tun. Ich verspreche Euch, diese Geschichte wird ein Leckerbissen, wie London ihn noch nicht erlebt hat. Die verwöhnte Tochter des Earl geht in ihrem Neid so weit, dass sie nicht einmal vor einem Mord zurückschreckt. Ich sehe die Schlagzeilen in den Gazetten bereits vor mir. All die hässlichen, mitleidlosen Kommentare. Keine Menschenseele wird nämlich interessieren, ob ihr die beiden Männer eigenhändig um die Ecke gebracht habt oder nicht. Der Verdacht allein reicht. Genauso wie seinerzeit bei Angelina. In dem Moment werdet Ihr erkennen, was ihr Schreckliches widerfahren ist. Durch Eure Schuld. Niemand wird Euch mehr kennen, und Eure Eltern werden Euch fortschicken. Es sei denn, es findet sich ein Dummer, der Euch trotzdem heiratet und in einem miesen kleinen Haus auf dem Land versteckt. Schöne Aussichten, nicht wahr?«

Janelle lief wirklich zur Hochform auf, dachte Benjamin Wallace. Er selbst hätte Eve nie so skrupellos damit gedroht, ein Gerücht zu streuen, das die Tatsachen bewusst verdrehte. Aber vielleicht wäre sein Ehrgefühl bei der Wahrheitssuche in diesem Fall bloß hinderlich gewesen. Die schillernde Nell hingegen focht so etwas nicht an.

»Schlampe.«

Eve, nach wie vor kerzengerade auf ihrem Stuhl sitzend, zischte wie eine Schlange, als sie die Beleidigung ausspie. Ihr Gesicht war zu einer wütenden Maske verzerrt, doch ihre Augen huschten hin und her wie ein gehetztes Tier.

»Niemand wird einer Nutte glauben«, ereiferte sie sich. Die Cousine des Duke – dass ich nicht lache. Seine Dirne wäre wohl zutreffender, was? Macht die Beine breit für den alten Narren, während die Duchess drei Zimmer weiter schläft.«

»Und in meinen freien Stunden plaudere ich mit der reizenden alten Tante, die so viele interessante Geschichten auf Lager hat und immer begierig ist auf Neuigkeiten«, erwiderte Janelle ungerührt und zog ihre Brauen in selbstgefälliger Überheblichkeit hoch. »Sie hat mich ihres tief empfundenen Bedauerns über meinen Weggang versichert und mich gebeten, weiter mit ihr in Kontakt zu bleiben. Und das werde ich in jedem Fall tun, wenn Ihr versteht, was ich damit sagen will. Zudem denke ich, dass sich der Friedensrichter ebenfalls der Sache annehmen wird. Insbesondere wenn zwei Peers ihn darum ersuchen. Mag ja sein, dass die Untersuchungen im Sande verlaufen wie bei Eurer Freundin. Wahrscheinlich wird das sogar so laufen, aber der angerichtete Schaden lässt sich ebenso wenig rückgängig machen wie die Blamage. Fragt mal Lady DeBrooke.«

Angesichts dieses unverhüllten Erpressungsversuchs fiel Eve förmlich in sich zusammen. »Ich weiß ja nicht mal, ob ich Euch helfen kann«, flüsterte sie tonlos, »denn ich kenne weder Namen noch Adresse.«

»Wie kontaktiert Ihr ihn?«

»Per Post. Als Thomas starb, ging ich zu der angegebenen Adresse – es handelte sich um das Büro eines Anwalts. Ich bin aus nachvollziehbaren Gründen nicht hineingegangen und habe desgleichen keine weiteren Nachforschungen angestellt.«

Endlich eine Spur.

Heathton vermochte das Triumphgefühl, das ihn erfasste, kaum zu verbergen. Wie lange hatte er darauf warten müssen. Seinerzeit, als er das Verschwinden von Alicias Cousine Elena untersuchte, gab es nicht einmal einen solchen Anhaltspunkt.

Andrews' Tante hatte leider die Umschläge von Schreiben des geheimnisvollen Unbekannten weggeworfen.

»Ich werde nicht weiter wegen letztlich unwichtiger Details in Euch dringen, wenn Ihr mir im Gegenzug für meine Großzügigkeit die Adresse gebt und mir alles erzählt, woran Ihr Euch erinnert. Einverstanden?«

Es dauerte einen Moment, dann nickte die junge Frau. »Einverstanden.«

»Versucht lieber nicht, ihn zum Narren zu halten«, warnte Janelle sie aus dem Hintergrund. »Das hat bislang niemand geschafft.«

Die Teestunde erfuhr eine Unterbrechung durch das Eintreten von Christopher Durham. Er war einigermaßen anständig gekleidet, nur dass das Hemd sich wegen des Schulterverbands nicht vollständig schließen ließ.

Bei seinem Eintritt verstummte das Gespräch der beiden Damen.

»Störe ich gerade? Ich hoffe nicht, denn ich würde den Ladys gerne Gesellschaft leisten.« Er lächelte Angelina und Alicia gewinnend an. »Der Arzt hat mir nämlich geraten, mich ein wenig zu bewegen, weshalb ich mich auf die Suche nach angenehmer Gesellschaft gemacht habe.«

»Milch und zwei Stückchen Zucker?«, fragte Angelina.

»Ganz genau, du kennst meine Vorlieben«, scherzte er, doch niemand war wirklich entspannt.

»Ich schenke ein, bleib du ruhig sitzen«, wandte Alicia sich an Angelina, die nach wie vor bedrückt wirkte durch das unerfreuliche Gespräch. »Es freut mich, Euch wohlauf zu sehen, Mylord«, sagte sie und reichte Lowe eine Tasse.

»Danke.« Als er sich vorsichtig niederließ, verzog er das Gesicht und schaffte es nicht, die Schmerzen ganz zu verbergen. »Was ist geschehen?«

»Es ist so, wie du gesagt hast«, antwortete Angelina düster. »Derzeit nimmt Lord Heathton sie sich vor. Hoffentlich rückt sie bei ihm mit mehr Details raus. Vor allem damit, wer ihr Komplize ist. Denn den scheint es zweifelsfrei zu geben.«

»Man fragt sich schon, ob es für sie nicht eine Erleichterung wäre, ein Geständnis abzulegen und sich gewissermaßen alles von der Seele zu reden.«

»Ehrlich gesagt, denke ich im Moment wenig daran, wie sie sich fühlt. Dazu hat sie mir und dir zu viel angetan. Ich finde, sie hätte allen Grund, sich zu entschuldigen. Insbesondere bei dir.«

»Unsinn.« Er führte die Tasse zum Mund und nahm vorsichtig einen Schluck. »Meine Schulter wird heilen, und der Schmerz ist bald vergessen. Hauptsache, der Mann im Hintergrund wird gefasst und der ganze Spuk damit beendet. Damit du endlich aufhören kannst, dich schuldig für alles und jedes zu fühlen. Obwohl ich Eve nichts Böses wünsche, kann man ihr den Vorwurf nicht ersparen, dass sie eine Menge Unglück über viele Menschen gebracht hat.«

»Das stimmt«, warf Alicia ein. »Selbst wenn sie keine Morde im Sinn gehabt haben mag, hat sie Schuld auf sich geladen. Und die Anmaßung, *dein* Leben nach *ihren* Vorstellungen auszurichten, ist desgleichen verwerflich.«

»Andererseits«, sagte eine Stimme von der Tür, »gelingt es uns mit ihrer Hilfe vielleicht, einen eiskalt kalkulierenden Verbrecher zu fassen.« Ben betrat den Salon und lächelte zufrieden. »Mrs. Dulcet begleitet Lady Eve zurück nach London - sie sind bereits unterwegs. Lasst mich hinzufügen, dass ich unendlich froh bin, nicht mit den beiden in einer Kutsche sitzen zu müssen. Am liebsten würden sie einander an die Gurgel gehen, wenn ich das so salopp ausdrücken darf.«

Alicia grinste. Die verführerische Mrs. Dulcet weckte kaum noch ihre Neugier und keinerlei Eifersucht. Ihr Mann hatte nun mal eine Vergangenheit, dachte sie pragmatisch. Aber wichtiger war die Zukunft, und die gehörte ihr. Dass er sie liebte, davon ging sie inzwischen aus, wenngleich er es bislang nicht gesagt hatte. Zumindest liebte er keine andere, das stand fest.

Alicia sah Ben auffordernd an. »Lass dich nicht so lange bitten. Was hat sie dir erzählt?«

»Eve? Leider wusste sie keinen Namen, doch mit etwas Glück kommen wir ohne weiter. Wir werden sehen, nicht wahr?«

Seine Frau verdrehte die Augen, weil er sich mal wieder völlig unbestimmt ausdrückte und nachdenklich zum Fenster hinausstarrte.

Lowe mischte sich ein, um ihm mehr zu entlocken. »Was genau plant Ihr als Nächstes, Heathton? Ich stehe zu Eurer Verfügung.«

»Das Angebot würde ich gerne annehmen, sofern ich wüsste, was auf uns zukommt«, erwiderte er sarkastisch und fügte scheinbar zusammenhanglos hinzu: »Kennt Ihr jemanden, der einen Anwalt sucht?«

Der Baron wirkte verblüfft. »Nein, nicht dass ich wüsste.«

»Denkt darüber nach. Es gibt einen Anwalt, der offenbar mit unserem Täter in Verbindung steht. Bestimmt schöpft er Argwohn, wenn einer von uns beiden bei ihm vorstellig wird.

Ich würde ja Sharpe schicken, bin mir aber nicht sicher, ob er den in seiner Eigenschaft als Detektiv nicht kennt.«

»Ich habe einen Cousin …«, begann Lowe. »Er ist vertrauenerweckend und klug und würde wohl mitmachen.«

»Könnte allerdings gefährlich werden.«

»Das dürfte ihn sogar reizen.«

Alicia schüttelte schweigend den Kopf über so viel Unvernunft. »Dann reisen wir also zurück nach London?«, fragte sie bloß.

Die Haselnussaugen ihres Mannes funkelten. »Ja, genau. Um die Aufmerksamkeit des Feindes zu wecken. Dreimal ist er inzwischen gescheitert. Das erste Mal, als er mein Arbeitszimmer durchsuchte, das zweite Mal bei dem Brand in unserem Haus und das dritte Mal bei seinem Versuch, Lord Lowe zu ermorden. Wir können davon ausgehen, dass er außer sich vor Wut ist. Insofern gibt es keinen besseren Zeitpunkt, um mit ihm die Schwerter zu kreuzen. Zumal er bestimmt von meinem Gespräch mit Lady Eve weiß. Wenn er es überhaupt auf eine direkte Konfrontation anlegt, dann jetzt.«

»Dieser Gegner hält sich offenbar für göttlich oder zumindest für überlegen und unangreifbar«, warf Angelina ein. »Er achtet menschliches Leben nicht und ist jederzeit bereit, es nach eigenem Gutdünken zu nehmen. Wir sollten auf der Hut sein, Mylord.«

»Ich denke«, sagte Alicia, ehe Ben antworten konnte, »dass unser Täter genau weiß, was er tut. Leider muss ich ihm sagen, dass mein Mann einen Plan hat.«

Kapitel 27

Obwohl Christopher jedes Schlagloch in der Straße spürte, biss er die Zähne zusammen. Schließlich hatte er selbst steif und fest behauptet, reisefähig zu sein. Und so unterdrückte er jedes Mal tapfer ein Stöhnen, wenn es ihn besonders heftig durchrüttelte. Was auf dieser holprigen Überlandroute fast dauernd der Fall war.

Angelina, die ihm gegenübersaß, ließ sich nicht täuschen. »Habe ich dir nicht gesagt, wir sollten lieber ein paar Tage mit der Rückreise warten?«

»Und ich ahne bereits, dass ich als Ehemann ständig von meiner Frau kritisiert werde.«

Ihre silbrigen Augen funkelten amüsiert. »Falls du dir eine demütige Frau wünschst, die sich dir unterordnet, hast du die falsche Wahl getroffen.« Sie zupfte am Rock ihres dunkelblauen Reisekleids. »Der Arzt fand die Idee ebenfalls nicht gut, oder?«

»Er hat nichts davon gesagt, dass es mir schaden würde. Vor den Schmerzen wurde ich allerdings gewarnt, ja. Aber wenn ich schnell wieder nach London zurückkomme, nehme ich das in Kauf.«

»Trotzdem hätten dir ein paar Tage Ruhe gutgetan«, beharrte sie.

»Darf ich dich daran erinnern, dass der Schütze offenbar gut über unseren jeweiligen Aufenthaltsort informiert ist.

Und da sind mir London und mein eigenes Haus mit dem vertrauten Personal einfach lieber. Dort ist im Notfall überdies schneller Hilfe zur Stelle, was sich in der ländlichen Einsamkeit deutlich schwieriger gestaltet. Außerdem will ich mich um eine Sondergenehmigung kümmern. Wir heiraten so schnell wie möglich. Immerhin bekommen wir bereits jetzt ein Siebenmonatskind.«

»Um den Skandal mache ich mir keine Sorgen«, wehrte Angelina ab. »Mein Ruf ist ohnehin ruiniert, und selbst wenn es Lord Heathton gelingt, die Wahrheit herauszufinden, werden sich alle im Zusammenhang mit meinem Namen stets an den Verdacht und den Prozess erinnern. Im Bewusstsein der Öffentlichkeit bleiben einfach zwei Morde an mir hängen. Und den anderen jungen Frauen, deren Leben er zerstört hat, wird es nicht anders ergehen. Machen wir uns nichts vor.«

Christopher legte ihr den gesunden Arm um die Schultern, denen man in den vergangenen Jahren so viel aufgebürdet hatte. Vielleicht war jetzt der Zeitpunkt gekommen, um ihr ein Hochzeitsgeschenk zu machen, das sie hoffentlich erfreute.

Er räusperte sich. »Ich habe mit deinem Vater gesprochen.«

Ihre Reaktion fiel anders aus als erwartet. »Bitte sag mir nicht, du hast ihn um Erlaubnis gebeten, mich heiraten zu dürfen«, meinte sie ein wenig verärgert. »Ich kann sehr gut für mich alleine sprechen. Ich finde zudem, dass er durch sein Verhalten ein für alle Mal jede Einflussnahme auf mein Leben verwirkt hat.«

»Angelina«, mahnte Christopher leise. »Was glaubst du denn, wer dafür Sorge getragen hat, dass du einen fairen Prozess und einen dir wohlgesonnenen Richter bekamst? Dein Vater hat seinen Einfluss genutzt, damit nicht jemand über dein Schicksal entschied, der sich von den bösartigen Unterstellungen deines Schwagers oder von der Vorverurteilung durch die Gesellschaft beeinflussen ließ. Damit keine Spekulationen über unzulässige Einflussnahme und Ausnutzen seiner Stellung im Parlament auftauchten, musste er sich allerdings von dir distanzieren. Wenn ich deinen Vater aber richtig verstanden habe, hat er dir geschrieben, ohne je Antwort zu erhalten.«

»Gerade mal zwei Briefe waren es«, sagte sie hitzig, doch Christopher sah ihre Augen verräterisch glänzen.

»Was stand in den Briefen?«, fragte er in der Hoffnung, einen Anhaltspunkt zu entdecken, um sie mit ihrem Vater zu versöhnen. Das würde ihr vielleicht helfen, besser über Eves Verrat hinwegzukommen.

Sie schluckte und sah ihn kleinlaut an. »Das weiß ich nicht. Ich habe sie verbrannt.«

»Ohne sie zu lesen. Darf ich fragen, warum?«

Christopher stemmte die Füße in den Boden und hielt sich mit der gesunden Hand an der Bank fest, als sie über einen Widerstand, einen Stein oder eine Wurzel, rumpelten.

»Du verstehst das nicht. Als Mann aus dem Hochadel, dazu reich und unabhängig, kannst du deine eigenen Entscheidungen treffen. Niemand schreibt dir etwas vor. Nicht alle Menschen haben so viel Glück. Frauen schon gar nicht.«

»Du hast es sehr wohl«, erwiderte er liebevoll. »Mit mir, denn ich werde dir keine Vorschriften machen, Liebes.«

Ihr Lächeln geriet zittrig, aber es war wenigstens ein Lächeln. »Das weiß ich. Zwar ist es nicht der einzige Grund, warum ich dich liebe, jedoch ein wichtiger.«

Es war kein falsches oder unehrliches Versprechen. Christopher hatte der herrschenden Meinung, dass Männer den Frauen überlegen seien, nie etwas abgewinnen können. Und dass die daraus resultierenden Ehegesetze ebenso widersinnig wie ungerecht waren, das sagte ihm sein gesunder Menschenverstand. Schließlich waren beide Geschlechter gleichermaßen wichtig, wenn die Menschheit überleben sollte, und in vielerlei Hinsicht waren Frauen sogar das stärkere Geschlecht. Nur trug die Gesellschaft dem nicht Rechnung und benachteiligte sie in geradezu eklatanter Weise. Zum Beispiel hatte der Vater das Sagen über die Kinder, obwohl die Frau sie zur Welt brachte und sich um sie kümmerte. Ein Skandal, fand Christopher. Deshalb schwor er sich, es selbst anders zu halten.

Und er wollte Angelina mit ihrem Vater versöhnen. Immerhin hatte er versucht, das Bestmögliche für seine Tochter zu erreichen.

»Würdest du nicht gerne wissen, was er dir damals sagen wollte?«

Angelina musterte Christopher angelegentlich. Ihre Gefühle befanden sich in Aufruhr, waren gespalten, weil sie sich nicht sicher war, ob sie seine Einmischung wünschte.

»Ich weiß nicht. Will ich das?« Sie faltete die Hände im Schoß und schien nachzudenken.

»Er möchte es dir erklären.«

»Christopher, ich fürchte, du versuchst eine verfahrene Situation zu bereinigen, die meiner Meinung nach nicht mehr zu retten ist …«

»Was ist, wenn ich dir erzähle, dass er William inzwischen als einen Fehler ansieht? Er geht sogar so weit, sich bei dir zu entschuldigen. Allerdings scheint ihr beide ganz schöne Dickschädel zu sein, stolz und unbeirrt. Zwei Briefe, über die er tagelang gebrütet hat, blieben unbeantwortet. Er hat deine Botschaft verstanden, Liebes.«

Gegen ihren Willen rann eine Träne über ihre Wange. »Er kam nie zu mir. Nicht ein einziges Mal. Es war eine so schreckliche Zeit, und ich …«

»Tut mir leid, wenn ich dich zum Weinen gebracht habe. Das lag mir fern.« Er streckte die gesunde Hand aus. »Komm näher zu mir. Und glaub mir eines: Ich will dich glücklich machen und dir nicht irgendwelchen Kummer bereiten.«

Nun, das tat er gewiss nicht. Ganz im Gegenteil. Durch ihn hatte ihr Leben wieder einen Sinn bekommen, und dafür war sie ihm unendlich dankbar.

Sie legte die Hand auf seine Wange. »Küss mich einfach.«

»Das lasse ich mir nicht ein zweites Mal sagen«, erwiderte er und suchte ihre Lippen. »Bin ich zu weit gegangen mit meiner Einmischung?«, fragte er, nachdem sie sich voneinander gelöst hatten. »Falls das so ist, entschuldige bitte. Ich habe bloß versucht …«

»Ich weiß«, unterbrach sie ihn. »Gerade kommt mir etwas ganz anderes in den Sinn. Du wirst es nicht erraten.«

»Nein.« Christopher lehnte sich zurück und betrachtete ihr Gesicht. »Aber ich würde es gerne erfahren.«

»Ich habe erkannt, dass alles Schlechte, was ich erleben musste, auch sein Gutes hatte. Denn ohne diese Ereignisse wären wir beide nie ein Paar geworden.«

Ihre Eltern nahmen an der Hochzeit teil.

Es war eine schlichte Zeremonie angesichts der Eile. Als die Sondergenehmigung eintraf, war seine Schulter nicht einmal verheilt.

Dass Angelina eine überwältigend schöne Braut sein würde, überraschte niemanden, doch in ihrem silbrigen Kleid, das mit der Farbe ihrer Augen korrespondierte, überstrahlte sie alles. Die schwarzen Haare waren kunstvoll aufgesteckt und mit Perlennadeln geschmückt.

Lord und Lady Heathton fungierten als Trauzeugen. Von Christophers Seite waren sein Cousin Neville und ein älterer Onkel erschienen. Als er auf einen Stock gestützt die Kathedrale betrat, warf er einen kurzen Blick auf die Braut und murmelte: »Gut gemacht, mein Junge.«

Es folgten ein Lied, ein Gebet, die Trauformel und die Segnung. Dann war es vorbei, und sie gehörte endlich ihm.

Als er sie küsste, geschah es fast andächtig. Es kam ihm vor wie eine Verschmelzung sowohl auf körperlicher wie auf geistiger Ebene. Bewegt umfasste er ihre Hände. Obwohl sonst kein besonders religiöser Mann, glaubte er an eine göttliche Macht, die ihm diese Frau beschert hatte.

»Ich entführe dich heute Abend an einen besonderen Ort«, flüsterte er ihr ins Ohr. »Dort werden wir ganz für uns und ungestört sein.«

Vorher allerdings stand eine kleine Feier in seinem Stadthaus auf dem Plan und natürlich das Gespräch mit dem Vater. Christopher zog sich bewusst zurück. Das war eine Sache zwischen Angelina und ihrem Vater.

In der Hoffnung, dass alles glattlief, machte er selbst sich auf die Suche nach seinem Cousin Neville, bevor dieser sich wie die anderen Gäste verabschiedete.

Er erwischte ihn gerade noch rechtzeitig im Vestibül. »Schenkst du mir einen Moment deiner Zeit, Cousin? Ich möchte dich um einen kleinen Gefallen bitten.«

Kapitel 28

Der Gasthof war bescheiden, das Dinner hingegen hatte köstlich geschmeckt, und das gemütliche Zimmer erfüllte durchaus ihre Ansprüche und Erwartungen. Es gab ein Himmelbett, dessen Decke bereits zurückgeschlagen war. Zweifellos eine kleine Aufmerksamkeit der Gastwirtin, die es unglaublich romantisch fand, dass ein frisch verheiratetes Paar bei ihnen übernachtete.

Für Angelina war es die dritte Hochzeitsnacht, doch sie würde so vollkommen anders sein als die vorherigen. Weder die Ernüchterung der ersten noch die leise Enttäuschung der zweiten stand zu befürchten, denn sie war glücklicher als je zuvor in ihrem Leben.

Christopher, der ihr an diesem Abend besonders attraktiv vorkam, streifte etwas ungelenk den Mantel ab. Nach wie vor beeinträchtigte ihn die verletzte Schulter.

»Das war ja bisher ein rundum gelungener Tag, aber ich erwarte trotzdem, dass sich das noch steigern lässt.«

»Du solltest dich eigentlich schonen«, erwiderte sie mit leisem Spott, wenngleich sie wusste, dass daraus nichts würde. Wie hungrig er sie bereits während des Essens betrachtet hatte. Als wollte er sie verschlingen …

»Keine Sorge«, konterte er anzüglich. »Dieser Teil von mir ist nicht verletzt. Falls du allerdings ernstlich besorgt bist, kannst du ja den Takt angeben.«

Eine verräterische Wärme durchströmte sie. Er hatte ihr viele einfallsreiche Möglichkeiten gezeigt, wie sie die Lust genießen konnten, und die Glut in seinen Augen verhieß ihr eine weitere unanständige Lektion.

»Ich entnehme deinen Worten, dass du etwas Bestimmtes im Sinn hast, Mylord.«

»In der Tat, Mylady.«

»Lass mich dir beim Ausziehen helfen«, sagte sie mit heiserer Stimme, in der Verlangen anklang. »Ich weiß, dass dein Arm wehtut.«

»Ich hoffe, dein Angebot erfolgt nicht nur deshalb, denn ich lasse mich grundsätzlich mit Vergnügen von einer schönen Frau entkleiden.«

»Nicht von irgendeiner Frau, hoffe ich.« Ihre Finger machten sich an seinem Hemd zu schaffen und knöpften es auf.

»Bist du nicht die einzige Frau auf Erden?« Seine Stimme verriet seine Erregung. »Falls es andere gibt, habe ich sie seit dem Tag, als ich dir begegnet bin, nicht mehr wahrgenommen.«

»Zu viel der Schmeichelei.«

Sie öffnete den letzten Knopf und wandte sich seiner Hose zu, die bereits eine deutliche Ausbuchtung zeigte. Sobald sie mit den Verschlüssen fertig war, fasste sie spielerisch nach seinem harten Schwanz.

»Jetzt spätestens merkst du, dass es nicht bloß leeres Geschwätz ist«, stöhnte er.

Selbst ohne seine nicht zu übersehende Erektion hätte sie das erkannt. Der brennende Ernst in seinem Blick sagte alles und machte sie geradezu sprachlos.

Stumm half sie ihm aus seinem Hemd.

»Zieh du dich jetzt aus. Den Rest schaffe ich alleine«, flüsterte er.

Sie hatte für den Abend ein einfaches hellrosa Kleid ohne Bänder und Spitzen gewählt, und gespannt beobachtete er, wie sie zuerst aus den Schuhen schlüpfte, sich dann bückte und ihren Rock anhob, um die Strumpfhalter zu lösen und die Strümpfe herunterzurollen.

»Ich liebe deine Beine. Sie sind wie geschaffen dafür, sie um meine Hüften zu schlingen. Zieh dich weiter aus.«

Sie öffnete die Knöpfe ihres Mieders und schob ganz langsam den Stoff über die Schultern, entblößte den oberen Teil ihrer Brüste und drehte sich im letzten Augenblick um, bevor das Mieder zu Boden fiel. Langsam, um ihn zu erregen, öffnete sie das Band ihres Unterhemds, wandte ihm jedoch weiter den Rücken zu. Sie hörte das Ächzen der Matratze, als er sich aufs Bett setzte.

»Du kleines Biest«, sagte er mit erstickter Stimme. »Habe ich mich so undeutlich ausgedrückt? Ich will *zusehen.*«

»Es gibt nichts, was du nicht schon gesehen hast.« Grinsend schaute sie über die Schulter zurück und schob das Hemd bis zur Taille herunter.

Inzwischen lag Christopher ausgestreckt auf den Laken. Nackt bis auf den Verband. »Du siehst hoffentlich deutlich genug, wie bereit dein Mann für dich ist.«

Der Hinweis war unnötig, denn groß und dick ragte seine Männlichkeit in die Höhe.

Langsam drehte sie sich um, lächelte provozierend und umschloss ihre vollen Brüste aufreizend mit beiden Händen. Das Unterhemd rutschte nach unten. »Du musst mir dein

Wort geben, dass du dich nicht verausgabst. Sonst erlaube ich dir keine Annäherung.«

»Ich gebe dir mein Wort als Gentleman, als Mitglied des House of Lords, als hingebungsvoller Ehemann und ehemaliger Chorknabe. Komm endlich her.«

Angelina musste sich das Lachen verkneifen. »Du hast in einem Chor gesungen?«

»Mein Vater glaubte, etwas fromme Denkungsart könnte mich bekehren. Angelina, wenn du nicht auf der Stelle herkommst, stehe ich auf und hole dich, das schwöre ich dir.«

»Du hast mir dein Wort gegeben, dich nicht zu überanstrengen.«

Sein Blick bohrte sich in ihren. »Dann sorge dafür, dass ich mein Wort nicht brechen muss. Vielleicht sollte ich allerdings erwähnen, dass der Sitz im Parlament mir egal ist, das Leben als Gentleman sehr langweilig sein kann und das Dasein als Chorknabe leider seine Wirkung verfehlt hat.«

Sie kam auf das Bett zu. »Wage es ja nicht, dich zu bewegen.«

Er hatte eine Sirene geheiratet.

Konnte ein Mann mehr wollen?

Ihre Brüste bewegten sich bei jedem Schritt, den sie sich ihm näherte. Ein unglaublich sinnlicher Anblick, der dadurch verstärkt wurde, dass er jeden Zentimeter ihres nackten Körpers betrachten konnte. Er war so schmerzhaft erregt, dass der Schmerz in seiner Schulter beinahe nebensächlich wurde.

»Das gefällt mir.« Sie trat an das Bett und berührte seine Härte. Für ihre Verhältnisse ziemlich wagemutig.

Er schloss die Augen. »Mach das noch einmal, und ich werde jedem deiner Befehle folgen.«

»Wie verlockend.« Ihre Finger fuhren an seinem Schwanz entlang bis zu der empfindlichen Spitze.

»Angelina …«

Sie schob sich vorsichtig an seinem Körper hoch und vermied es dabei, seine Schulter zu berühren, küsste ihn zärtlich und schüttelte den Kopf, als er die Arme um sie legen und sie an sich ziehen wollte.

»Nein. Lieg still. Lass mich alles tun. Obwohl es vielleicht merkwürdig klingt, will ich das. Schließlich bin ich keine verängstigte Jungfrau mehr und auch keine schüchterne Braut. Diesmal ist es anders, diesmal möchte ich dir ebenfalls Lust bereiten.«

Er wusste genau, was sie ihm damit sagen wollte. Durch ihre Heirat waren endlich die Fesseln ihrer Vergangenheit gelöst worden. Vielleicht hatte ja zusätzlich das Gespräch mit ihrem Vater, das einvernehmlich und harmonisch verlaufen war, befreiend gewirkt. Später würde er Genaueres wissen wollen, aber nicht in ihrer Hochzeitsnacht.

Angelina küsste ihn erneut, rieb sich an ihm und schloss genüsslich die Augen. Ihre langen dunklen Wimpern senkten sich auf die Wangen. »Oh, hm …«

Christopher lag vollkommen still, während seine Finger an ihrem Körper hinauf zu ihrer Brust glitten. »Beug dich zu mir«, flüsterte er mit rauer Stimme. »Ich will dich schmecken.«

Sie verstand und bot ihm ihre rosige Spitze wie eine reife Frucht und stöhnte leise, als er daran zu saugen begann. Erst sanft, dann heftiger, bis sich ihre Schenkel um seine Lenden zusammenzogen. In diesem Augenblick merkte er, dass sie bereit war.

Ihm ging es nicht anders. Als sie sich auf ihn setzte und ihm half, in sie einzudringen, atmete er tief durch, um die Kontrolle zu behalten. Doch als sie sich langsam ganz niederließ und ihn tief aufnahm, drohten ihn Verlangen und Lust zu überwältigen.

»Liebe mich«, sagte er und streichelte ihre Hüfte. »Denn du bist meine Liebe. Meine Frau. Mein Leben.«

»Christopher«, wisperte sie. Mehr brauchte sie nicht zu sagen, denn er sah es in ihren Augen, spürte es an der Intensität ihres Kusses. Dann begann sie sich zu bewegen. Ihre Körper, inzwischen gut aufeinander eingespielt, fanden in den gleichen Rhythmus, wurden eins mit jedem Stoß, mit jedem Keuchen, mit jedem Laut der Wollust.

Gemeinsam trieben sie auf den Höhepunkt zu, kurz griff er in sie hinein, und Sekunden später erbebte sie, schrie auf, und auch er ließ es geschehen, gedrängt vom Druck ihrer Muskulatur, die ihn umschloss.

Als sie eng umschlungen darauf warteten, dass sich ihr Puls beruhigte, fühlte Christopher sich in einer angenehm trägen Weise erschöpft, und lächelnd glitt er in den erholsamsten Schlaf seines Lebens.

Kapitel 29

Eine Falle zu stellen war schon schwierig genug, aber die eigentliche Herausforderung bestand darin, sie zuschnappen zu lassen.

»Vermutlich handelt es sich bei unserem Übeltäter um einen Mann namens Fetzer. Der Anwalt nannte zumindest diesen Namen, kennt ihn allerdings so gut wie nicht. Offensichtlich beschränkt sich ihre Beziehung auf das Weiterleiten der Post. Überhaupt, dieser Rechtsverdreher«, meinte Lowes Cousin abschätzig. »Der ist nicht gerade eine Zierde seines Berufs, wirkt irgendwie unseriös. Er stellte keine großen Fragen, scherte sich nicht um Diskretion – ich glaube, er würde ohne Zögern selbst mit einer Schlange Geschäfte machen, wenn für ihn genug dabei herausspringt.« Neville Durham machte eine Pause. »Vorsichtshalber habe ich mich zusätzlich an ziemlich dubiosen Orten umgehört, wo sich allerlei Gesindel herumtreibt. Es war kein Vergnügen, das könnt ihr mir glauben. Allerdings hielten die Spießgesellen diesen Fetzer für den Richtigen, wenn man nach einem Mann sucht, der skrupellos ebenso delikate wie absonderliche Dinge erledigt.«

Den Cousin einzuschalten war eine kluge Wahl gewesen. Darin bestand Einigkeit zwischen dem Baron und dem Earl.

»Wie soll man mit diesem Fetzer in Verbindung treten?«

Heathton musterte nachdenklich den Mann, der ihm an dem verschrammten Tisch in der kleinen Taverne gegenübersaß.

»Über diese Adresse.« Neville Durham zog ein Blatt Papier hervor und faltete es auseinander. »Der Anwalt sagte, jemand tauche dort zu festen Zeiten, die ich hier ebenfalls notiert habe, auf, um Briefe oder irgendwelche Nachrichten entgegenzunehmen. Diese Person sei absolut zuverlässig und verschwiegen.«

»Hochinteressant und wirklich clever«, murmelte Lowe. »Abgesehen von einem ersten Besuch in der Kanzlei lässt sich dieser Klient mit den speziellen Interessen nie mehr blicken. Alles wird über mindestens einen Mittelsmann abgewickelt. Vermutlich sogar über mehrere, was es äußerst kompliziert macht, an den Mann selbst heranzukommen. Brillant.«

Nachdenklich trank Heathton von seinem lauwarmen Ale. »Das sehe ich genauso. Die Adresse, die der Anwalt rausgerückt hat, ist eher unauffällig. Keine feine Gegend, aber auch kein anrüchiges Viertel. Mrs. Dulcet wird als Lady Eve getarnt eine Botschaft überbringen, und da die beiden Damen glücklicherweise dieselbe Haarfarbe haben und etwa im gleichen Alter sind, wird der Laufbursche von Mr. Fetzer kaum Verdacht schöpfen.«

»Kann ich sonst noch behilflich sein?« Der jüngere Durham schien Blut geleckt zu haben. Zwar stellte er keine neugierigen Fragen, doch sein Blick sprach Bände.

»Du hast uns bereits sehr geholfen«, beschied ihn sein Cousin. »Danke.«

»Und eines Tages erzählst du mir, um was es bei der ganzen Geschichte ging?«, fragte er, bevor er sich verabschiedete.

»Ich gebe dir mein Wort.«

Nachdem er die Taverne verlassen hatte, saßen die beiden anderen schweigend da und hingen ihren Gedanken nach, ohne dass jemand sie beachtete.

»Und was nun?« Lowe lehnte sich zurück. Seine Kleidung war wie die seines Begleiters betont leger, damit sie nicht allzu sehr in dieser Umgebung auffielen.

»Für einen erst kürzlich verwundeten Mann seht Ihr erstaunlich wohl und zufrieden aus«, bemerkte Heathton trocken. »Euch scheint die Ehe gut zu bekommen.«

»Das tut sie. Außerdem habe ich ein Angebot erhalten, das Angelina erfreuen wird. Es geht um die Wiederherstellung eines Palasts in Spanien, der während des Krieges schwer zerstört wurde. Wir würden monatelang dortbleiben, vielleicht sogar ein ganzes Jahr. Was meiner Frau, die England ohnehin für eine Weile entfliehen möchte, sicherlich sehr entgegenkommt.«

»Verstehe.«

»Ich schlage gewissermaßen zwei Fliegen mit einer Klappe. Beruflich ist es eine Herausforderung, die ich kaum ablehnen kann, und wenn ich Angelina damit einen Gefallen tue, umso besser. Für sie wäre ein Tapetenwechsel sicherlich gut. Als sie es zum ersten Mal äußerte, war ich dagegen. Jetzt stellt sich die Situation anders dar. Wir reisen schon bald ab.«

Gar keine so schlechte Idee, überlegte Heathton. Vielleicht sollte er ebenfalls an so etwas denken, um Alicia für eine Weile aus der Gefahrenzone zu schaffen. In einem richtigen Krieg brachte man Frauen und Kinder schließlich auch weg.

Es sei denn, es gelang, dem Gegner einen empfindlichen Schlag zu versetzen.

»Vielleicht sollten wir diese Geschichte vorher noch zu

einem Abschluss zu bringen versuchen«, entgegnete er. »Wir könnten ein Treffen arrangieren. Es gibt etwas, das dieser Mann haben will. Bieten wir es ihm an.«

Die Reaktion seines Gegenübers fiel wie erwartet aus.

»Nein, niemals.« Lowe schlug mit den Händen so heftig auf den Tisch, dass Ale aus den Gläsern schwappte. »Würdet Ihr das Leben Eurer schwangeren Frau riskieren? Dieser Kerl ist schließlich ein Irrer.«

»Nein«, erklärte Heathton unumwunden. »Habt Ihr etwa eine Sekunde befürchtet, ich würde Euch das vorschlagen?«

»Nein«, gab Lowe zögernd zu. »Tut mir leid. Ich bin einfach nervös. Aber was habt Ihr dann vor?«

»Ihn mit einer Herausforderung zu ködern, der er nicht zu widerstehen vermag, das schon.«

Der Baron sah ihn verwirrt an. »Womit denn, wenn nicht mit Angelina?«

»Mit Euch«, erhielt er zur Antwort.

Weder den gleichmäßigen Geräuschpegel in dem stickigen Schankraum schienen sie wahrzunehmen noch das vereinzelte grölende Lachen von Betrunkenen.

Lowe neigte den Kopf. »Klingt für mich akzeptabel. Wie stellt Ihr Euch das konkret vor?«

»Zunächst einmal gehe ich davon aus, dass er Eure Frau nie umbringen wollte. Sonst hätte er es längst getan, denn Möglichkeiten gab es genug. Wenn ich nur an das Cottage auf dem Land denke, wo er sie jederzeit greifen konnte. Nein, was ihn reizt, ist das Spiel mit dem Leben seiner Opfer. Tot sind sie für ihn nichts mehr wert.«

»Wenn man sich in die Gedankengänge dieses Verrückten zu versetzen versucht, ist das folgerichtig.«

»Bei Euch stellt sich das hingegen anders dar. Ihr seid in diesem Sinne nicht tabu für ihn. Euch betrachtet er lediglich als Ärgernis, als Störenfried, der ihm sein Spielzeug weggenommen hat.« Heathtons Finger spielten nachdenklich mit dem Henkel seines Bierglases. »Wenn er Euch umbringt, gehört sie wieder ihm. Um es mal so auszudrücken: Ihr habt ihm gestohlen, was er für sich beansprucht. Und er glaubt, ein Recht auf sie zu haben.«

»Sie gehört ihm nicht, und er bekommt sie nicht.« Lowe presste die Lippen zu einem schmalen Strich zusammen. »Eher sterbe ich oder bringe ihn um, bevor er sie in die Hände kriegt. Und natürlich spiele ich den Lockvogel, wenngleich das meiner Frau kaum gefallen dürfte. Ich bin normalerweise kein rachsüchtiger Mann, aber in diesem Fall erfüllt mich neben heißem Zorn das dringende Verlangen, dem Schuft all das Unglück heimzuzahlen, das er über so viele Menschen gebracht hat.«

Heathton verstand den anderen besser, als der ahnte und als er sich selbst eingestehen mochte. Denn je mehr Zeit ins Land ging, ohne dass sie einen Durchbruch erzielten, desto mehr wuchs die Gefahr für Alicia und natürlich für ihn selbst.

»Ich brauche Euch lediglich zu einer bestimmten Zeit an einem bestimmten Ort.«

»Und ich benötige eine große Portion Vertrauen, dass Ihr wirklich alles unter Kontrolle habt«, ergänzte Lowe trocken. »Ich möchte nicht enden wie das Lamm, das zur Schlachtbank geführt wird. Wie sehen Eure Pläne aus?«

»Gut, dass Ihr fragt.« Heathton, der das schale Bier nicht mehr so schlimm fand, gönnte sich einen großen Schluck und lehnte sich zurück. »Als Erstes gebt Ihr Eure Heirat durch eine Annonce in der *Times* bekannt.«

»Angelina wird dagegen sein.«

»Ich rede mit ihr. Und als Nächstes denke ich an eine öffentliche Wette bei Brook's.«

»Wenn ich Euch so ansehe, ahne ich Fürchterliches. Also, was für eine Wette?«

»Dass es unserem Unbekannten nicht gelingt, Euch umzubringen.«

»Mann, Ihr habt Nerven.« Lowe traute seinen Ohren nicht. »Ihr wollt ihn zusätzlich herausfordern?«

»Er wird es ohnehin erneut versuchen«, hielt Heathton dagegen. »Immerhin trachtet dieser Verrückte danach, die Ordnung, seine Ordnung wohlgemerkt, wiederherzustellen, und da seid Ihr ihm im Weg. Mein Plan hat allerdings den zusätzlichen Vorteil, dass man sein Interesse ein wenig von Eurer Frau ablenkt, wenn man ihn zur Fokussierung auf Euch zwingt.«

»*Ein* Mordanschlag auf mich reicht Euch wohl nicht?«, brummte Lowe. »Ich verstehe ja, was Ihr bezweckt, aber verzeiht mir, wenn ich mein Kind gerne erleben möchte. Und an Angelinas Reaktionen auf diesen Vorschlag darf ich gar nicht denken.«

»Das ist mir sehr wohl bewusst, und ich würde so etwas nicht zur Diskussion stellen, wenn ich nicht die vielleicht einmalige Chance sähe, den Spieß umzudrehen und wieder die Regie zu übernehmen. Außerdem überlege ich, ob ich nicht in Eure Rolle schlüpfe. Wir haben dieselbe Haarfarbe und sind ungefähr gleich groß. Aus der Nähe gleichen wir uns zwar nicht gerade, aus der Entfernung jedoch funktioniert die Täuschung vielleicht.«

Lowe schüttelte den Kopf. »Kommt nicht infrage. Euer Kind braucht Euch genauso sehr wie mein Kind mich. Und Ihr hängt bloß mit drin, weil Angelina Euch um Hilfe gebeten hat.«

»Dafür war es meine Idee, den Mann zu provozieren, und nachdem er mich mehrmals an der Nase herumgeführt hat, betrachte ich es als persönliches Anliegen, ihn dingfest zu machen.«

Als sie das Foyer betraten, erfasste sie die alte Nervosität.

Angelina straffte die Schultern und flüsterte erstickt: »Erzähl mir bitte noch einmal, warum ich mich und vor allem dich dieser Sache aussetze?«

Christopher an ihrer Seite trug einen Abendanzug, und von seiner Verletzung war nichts mehr zu bemerken. »Weil du geschworen hast, mich zu lieben und mir zu gehorchen. Und weil ich dich darum gebeten habe«, murmelte er.

Als sie Luft holte, um ihrem Ärger Luft zu machen, beugte er sich zu ihr herunter, schaute ihr in die Augen, als wäre sie die einzige Frau im Raum, und lächelte flüchtig.

»Das mit dem Gehorsam meinte ich nicht so. Wir sind hier, weil London sowieso in Kürze von unserer Heirat erfahren würde. Da gebe ich es lieber persönlich bekannt.«

Er hatte natürlich recht, was sie nicht daran hinderte, weiter um sein Leben zu fürchten. Ihre Hand krampfte sich fester um seinen Arm.

»Dann möchte ich mich im Voraus für die ganzen unhöflichen Blicke entschuldigen, die dich heute treffen werden.«

»Warum sollst *du* dich entschuldigen? Du hast schließlich nichts Falsches getan.«

»Sie werden trotzdem tuscheln.«

»Mir macht es nichts aus, wenn sie uns anstarren.« Leiser fügte er hinzu: »Ich vermute, die meisten sind eifersüchtig, weil ich die schönste Frau der Welt an meiner Seite habe.«

»Oder verblüfft und mitleidsvoll«, antwortete sie. »Vergiss nicht, dass ich für sie eine Aussätzige bin, der berüchtigte Schwarze Engel …«

»Nein, du bist die Liebe meines Lebens«, unterbrach er sie, und sein Atem strich über ihr Haar. »Und was sagt das über mich aus, sofern stimmt, was man über dich erzählt?«

»Dass du gerne gefährlich lebst.«

Sie dachte an den Schuss im Garten, an Eves Geständnis. In der Gesellschaftsspalte der Zeitungen war übrigens zu lesen gewesen, dass die einstige Freundin sich aufs Land zurückgezogen habe, um sich von einer chronischen Erkrankung zu erholen. Angelina war froh, ihr nicht begegnen zu müssen, und ob sie ihr je verzeihen konnte, schien fraglich. Jedenfalls nicht so bald.

»Hab's schon gehört, Lowe.« Ein Geck in lavendelfarbener Weste und mit glasigen Augen kam auf die beiden zu, in der Hand ein Champagnerglas. »Ein mutiger Schachzug, muss ich sagen, und zugleich ein lohnender.«

Christophers gute Laune verschwand augenblicklich. Er zog Angelina an sich und legte den Arm um ihre Taille. »Wenn Ihr auf meine kürzlich erfolgte Vermählung anspielt, Jakes, stimme ich Euch zu. Bitte entschuldigt uns.«

»Meinen Glückwunsch, alter Kumpel. Aber das meinte ich gar nicht, sondern die Wette.« Der betrunkene Jakes blickte Christopher voller Bewunderung an. »Das nenne ich eine Provokation.«

Welche Wette?

Angelinas Blick richtete sich fragend auf die beiden Männer.

»Über Wetten redet man in Gegenwart von Damen nicht«, warf Christopher rasch ein.

»O ja ..., natürlich.« Jakes wischte sich über die Stirn und schwankte noch stärker als zuvor.

Welche Wette?

»Entschuldigt Ihr uns jetzt bitte? Meine hübsche Frau hat mir einen Walzer versprochen.« Er führte sie weg, ehe der eitle Dandy mehr verraten konnte.

»Ich hoffe, du wirst mir das erklären.« Angelina klappte den Fächer zusammen, als sie die Tanzfläche erreichten.

Christophers Stimme war über der Musik kaum zu verstehen. »Das sollte ich lieber nicht tun.«

»O doch, mein Lieber.«

»Wenn du unbedingt darauf bestehst ...«, willigte er ein, ohne ihr indes ins Gesicht zu sehen. »Es war Heathtons Idee – dennoch stehe ich dazu. Schließlich habe ich mein Einverständnis erklärt...«

»Wozu genau?«

Angelina schaute sich um, ob jemand sie belauschte, denn das allgemeine Interesse an ihnen war größer, als sie es sich in ihren schlimmsten Träumen ausgemalt hatte. Die Tanzfläche, auf der sich sonst die Menge drängte, war wie leer gefegt. Einzelne Grüppchen standen am Rand und musterten sie mit unverhohlener Neugier, als wären sie eine Jahrmarktsattraktion.

»Tanz mit mir.« Er zog sie in die Arme. »Dafür hatten wir bisher nie Gelegenheit. Es kann uns egal sein, was die anderen sagen und denken. Sollen sie sich getrost das Maul zerreißen. Komm.«

»Niemand sonst tanzt.«

»Das ist doch perfekt! Ich hasse Gedränge auf der Tanzfläche. Wir stellen uns einfach vor, die Musik würde allein für uns spielen. Wollen wir?«

Sie gab nach. Irgendwie schaffte er es immer, sie aus der Reserve zu locken und die Mauern ihrer Vorbehalte und Hemmungen einzureißen. Aus seinem Mund hörte sich alles so einfach an. Da vergaß sie selbst die aufdringlichen Blicke ringsum, die sie zu durchbohren schienen.

Lag es daran, dass sie ihm vertraute?

Ja, das musste es sein. Das war der Schlüssel, erkannte sie. Etwas hatte sich verändert, sonst würde sie nicht mit einem Mal so unbesorgt mit ihm über die Tanzfläche schweben.

Und es machte ihr nichts aus. Zumindest nicht, solange er sie in den Armen hielt.

Verführt durch die schmelzenden Klänge der Musik und die Nähe seines Körpers, dachte sie unwillkürlich an die vielen Male, die sie inzwischen intim gewesen waren. Egal, ob der Mond auf sie hinabschien oder eine schwarze Wolkendecke die Dunkelheit verstärkte, der magische Zauber war immer der gleiche.

»Und wir segeln wirklich in zwei Tagen nach Spanien? Bist du sicher?«

»Ja.« Seine Hand ruhte in ihrem Rücken, und er zog sie sanft näher zu sich heran.

»Wolltest du nicht, dass dein Kind hier geboren wird?«

»Weil es immer so war in meiner Familie. Aber Traditionen sind dazu da, sie zu brechen. Wir werden irgendwann nach

England zurückkehren. Habe ich dir schon gesagt, wie wunderbar dein Haar duftet?«

Angelina sah ihn mit spöttischem Tadel an. Das war ja wohl so ziemlich der plumpeste Versuch, das Thema zu wechseln. »Sehr oft sogar, doch habe ich dir bereits gesagt, dass du mich langsam ernstlich verärgerst? Wozu hat Lord Heathton dich überredet?«

»Nun, es geht gewissermaßen um eine Herausforderung …«

Eine bange Vorahnung erfasste sie. »Was für eine Herausforderung?«

In diesem Moment verstummte die Musik ebenso wie alle Stimmen im Saal, während von draußen unerklärlich lauter Lärm ertönte. Dann stürzte ein junger Mann, der leicht derangiert wirkte, herein.

»Draußen brennt eine Kutsche. Die Pferde sind durchgegangen, und es ist ein unvorstellbares Chaos ausgebrochen«, rief er.

»Offensichtlich zeitigt meine Herausforderung Wirkung. Zum Teufel mit Heathton«, hörte Angelina ihren Mann fluchen. »Um die Kutsche ist es echt schade.«

Verwirrung zu stiften war immer hilfreich, wenn man überraschend zuschlagen wollte. Benjamin Wallace hatte alle möglichen Szenarien entworfen und wieder verworfen, wie ihr Gegner wohl in aller Öffentlichkeit an Christopher Durham heranzukommen versuchte. Eines hingegen wusste er genau: Was immer er inszenierte, er würde vorher für eine wirkungsvolle Ablenkung sorgen.

Von seinem Beobachtungsposten in der Nähe der hohen

Gartenmauer sah er, wie eine lichterloh brennende Kutsche die Straße entlangraste und die Menschen entsetzt angesichts der in Panik geratenen Pferde zur Seite sprangen. Niemand interessierte sich mehr für etwas anderes als dieses Schauspiel und die eigene Sicherheit.

Der Täter war wirklich clever.

Aber nicht clever genug.

Leise bewegte Heathton sich in den Schatten und öffnete das zugesperrte Gartentor mit einem Nachschlüssel. Dann schlüpfte er hindurch und hielt sich am Rand des Weges, der zum Haus führte. Es war so weit, und Zeit war jetzt der mit Abstand wichtigste Faktor.

Wenigstens wusste Lowe, dass ihm Gefahr drohte, und verhielt sich hoffentlich entsprechend vorsichtig. Wenn dem Mann irgendetwas passierte, würde Alicia ihm den Kopf abreißen. Natürlich forderte er gewissermaßen das Schicksal heraus, doch im Leben gab es leider nur wenige Dinge, für die man nichts riskieren musste.

Die Terrasse lag verlassen da unter einem mondlosen, wolkenverhangenen Himmel. Lediglich das Licht der Kandelaber im Ballsaal beleuchtete sie ein wenig. Die Gäste rannten aufgeregt hin und her, viele Männer waren aus dem Haus geeilt, um nach ihren Kutschen zu sehen.

Lady Lowe mit ihrem rabenschwarzen Haar stach aus der Menge heraus, und so entdeckte er sogleich auch ihren Mann, dessen Blick wachsam über die Gesichter der Anwesenden glitt.

Heathton drückte sich mit dem Rücken gegen die Wand und wartete.

Woher würde dieser Frenzel, oder wie er wirklich heißen mochte, kommen? Spazierte er dreist zum Haupteingang herein? Möglich, denn er würde kaum auffallen in dem derzeitigen Durcheinander, zumindest nicht in entsprechender Kleidung. Allerdings würde er persönlich dem Garten den Vorzug geben, und deshalb hatte Heathton beschlossen, sich bei der Terrasse auf die Lauer zu legen.

Eine Bewegung erregte seine Aufmerksamkeit.

Eine Gestalt im Mantel, nicht mehr als ein Schatten.

Da war er …

Zwar konnte er noch die Pistole aus seiner Tasche ziehen, aber zu mehr kam er nicht. Plötzlich zuckte ein Blitz in der Dunkelheit, ein Schuss peitschte durch die Nacht, und klirrend ging eine Glasscheibe zu Bruch. Drinnen erhob sich Geschrei, das es ihm unmöglich machte, auf sich entfernende Schritte zu lauschen. Dennoch war er zufrieden.

Sehr gut. Sein Gegner hatte seine Anwesenheit bemerkt.

Der Earl duckte sich und rannte im Schutz der Balustrade los. Seine Augen gewöhnten sich rasch an die Finsternis und waren auf die Stelle gerichtet, wo er die Gestalt zuletzt gesehen hatte.

Eine sinnlose Darstellung deiner Kunst, dachte er mit Genugtuung. *Du musst nachladen, mein Freund.*

Er sprang die Stufen mit wenigen Sätzen hinunter und täuschte, als er eine Bewegung zu seiner Rechten registrierte, einen Sprung in diese Richtung vor, ehe er hinter einem Busch in Deckung ging.

Dann nichts mehr.

Nach einer Weile richtete er sich auf und schlich zurück zum Gartenweg. Als er erneut einen Schatten bemerkte, zog er blitzschnell und feuerte. Genau, wie er es als Heranwachsender von seinem Vater, einem exzellenten Schützen, gelernt hatte.

Er traf fast immer.

Auch diesmal, wie ihm ein leiser Fluch eindeutig verriet.

»Keine Ahnung, ob es uns etwas gebracht hat.« Heathton wirkte gleichermaßen zerknirscht wie verbittert. »Ich weiß, dass ich ihn getroffen habe, nur ist er mir leider entwischt.«

Eine Tatsache, die der sonst so selbstbewusste Earl zweifellos als persönliche Beleidigung betrachtete. Obwohl er naturgemäß keinen Abendanzug trug, war er nach seinem Misserfolg in den Ballsaal gekommen, um Lowe Bericht zu erstatten.

»So ein Jammer«, hörte Angelina ihren Mann murmeln, bevor er hinzufügte: »Immerhin konntet Ihr wenigstens einen Treffer landen, was ich als eine gewisse Satisfaktion für meine Schussverletzung werte. Deshalb vergebe ich Euch die Sache mit der Kutsche.«

Männer.

Obwohl sich nach wie vor die Gäste im Saal und im Foyer drängten, beachtete sie niemand mehr. Jetzt stand die brennende Kutsche im Vordergrund des allgemeinen Interesses, und niemand kam auf die Idee, dass dieses Ereignis unmittelbar mit ihnen zu tun hatte.

»Nun ja, dass unser Widersacher ein fulminantes Ablenkungsmanöver starten würde, damit habe ich gerechnet. Und ihn zugegebenermaßen provoziert, sich uns zu zeigen. Ich werde Euch nach Hause bringen – das ist das Mindeste, was ich für Euch tun kann. Sharpe ist bereits unterwegs und holt meine Kutsche. Er hat das Ganze von der Vorderseite des

Grundstücks aus verfolgt und ist ebenfalls schwer enttäuscht. Genau wie Ihr hat er mit dem Täter noch ein Hühnchen zu rupfen.«

»Ach ja, die Nacht im Brunnen. Ich kann es ihm kaum verdenken.«

»Nein, ich genauso wenig.«

Angelina begriff nicht, wie die beiden scheinbar so harmlos plaudern konnten, wo erneut einer von ihnen um ein Haar erschossen worden wäre. Und angesichts der Tatsache, dass der Täter trotz aller Bemühungen schwer oder gar unmöglich zu fassen war, erschien ihr ein Aufenthalt in Spanien mehr und mehr erstrebenswert.

»Lord Heathton, ich ziehe meine Bitte zurück.«

Beide Gentlemen drehten sich zu ihr um, der Earl mit seiner gewohnt undurchschaubaren Miene. Allenfalls in seinen Augen ließ sich ein überraschtes Funkeln erkennen.

»Was tut Ihr?«

Epilog

Alicia wachte vom Duft nach Kaffee und gebratenen Würstchen auf.

Verschlafen erinnerte sie sich, welcher Tag heute war und rollte sich auf die andere Seite. Die Vorhänge waren noch zugezogen, aber als sie die Augen einen Spalt öffnete, entdeckte sie Ben, der im dunkelblauen Morgenrock und mit Hausschuhen an einem kleinen Tischchen saß und frühstückte. »Guten Morgen«, sagte er zwischen zwei Schluck Kaffee.

»Was machst du da?« Träge setzte sie sich auf und schob die langen Haare aus dem Gesicht.

»Ich beobachte dich beim Schlafen.« Er lächelte. »Hat dir eigentlich schon einmal jemand gesagt, dass du schnarchst?«

»Tue ich nicht«, protestierte sie empört, bevor sie ihn unsicher anschaute. »Oder doch?«

»Ein bisschen. Ganz dezent und durchaus bezaubernd.«

»Du ziehst mich bloß auf.«

»Vielleicht ...« Seine haselnussbraunen Augen funkelten im gedämpften Morgenlicht. »Ich wollte bei dir sein, wenn du aufwachst. Lord und Lady Lowe sind heute Morgen in See gestochen. Ab in die Sonne und Sicherheit Spaniens.«

»Ich bin froh, dass sie sich dazu entschlossen haben. Angelina hat genug durchgemacht.«

Er nahm einen Umschlag vom Frühstückstablett und legte ihn ihr aufs Bett. »Das muss gestern Abend abgegeben worden sein. Ich fand den Brief auf meinem Schreibtisch, weiß allerdings nicht, wie er dort hingelangt ist.«

Sie fürchtete sich fast, ihn zu berühren. Wer wusste schon, ob er nicht mit den Ereignissen der letzten Wochen zusammenhing? Sie war die Anschläge auf Personen und Sachen ziemlich leid. Behutsam zog sie das Büttenpapier aus dem Umschlag.

Mylord,
wie freundlich von Euch, so viel Interesse an meinem kleinen Hobby zu zeigen. Ich gebe zu, die Wette war ein Geniestreich. Ich konnte ihr nicht widerstehen, doch bin ich nicht so arrogant zu glauben, dass ich der Falle, die Ihr mir gestellt habt, unter allen Umständen entkommen wäre. Ich finde, wir sollten diese Partie als ausgeglichen werten. Niemand hat den Sieg davongetragen.
Weder gelang es mir, Lord Lowe zu ermorden, noch habt Ihr es geschafft, mich endgültig außer Gefecht zu setzen. Um Euch Zeit zu sparen und als Geste meines guten Willens teile ich Euch mit, dass ich die Geschäftsverbindung zu einem gewissen Anwalt beendet habe.
Ich freue mich bereits sehr auf die nächste Saison.
Der Zuchtmeister

Sie hob den Kopf. »Das stammt von *ihm*, oder?«

»Ja, daran besteht kein Zweifel. Vermutlich ist er verletzt, und das verschafft uns eine Atempause.«

Sie erstarrte. »Was meinst du damit?«

»Genau das, was ich sage. Solange er die Schusswunde, die ich ihm beigebracht habe, auskuriert, wird er uns nicht be-

helligen. Für ihn ist die Jagdsaison vorbei. Deshalb verweist er auch auf die nächste.« Benjamin Wallace hob die Schultern. »Was hältst du von der Geschichte?«

»Eine Atempause ist nicht gerade viel, wenn man weiß, dass das Ganze bald wieder losgeht. Jedenfalls bin ich froh, dass ich bestimmt nicht die Frau sein werde, die in der nächsten Saison von der Gesellschaft gefeiert wird.«

»Ich denke, das ist eine sehr vernünftige Einstellung«, erwiderte ihr Mann.

»Und was werden wir konkret machen?«

»Wir? *Ich* werde weitere Erkundigungen einziehen, während du dich ganz deiner Aufgabe widmest, meinem in deinem wunderschönen Leib heranwachsenden Kind unnötige Aufregungen zu ersparen. Und dann ziehen wir uns fürs Erste nach Heathton Hall zurück. Alles andere wird sich finden.«

Wie immer wollte Alicia widersprechen, aber er trat zu ihr, küsste sie und legte seine Hand auf ihren Bauch.

»Ich hätte nie damit gerechnet, die Veränderungen deines Körpers so faszinierend zu finden«, flüsterte er. »Ich kann förmlich sehen, wie das Baby wächst. Es ist … ein Wunder.«

Ja, das war es wirklich. Doch seine unverhoffte Anteilnahme empfand sie ebenfalls als Wunder. »Du wirst bestimmt ein wunderbarer Vater – genauso wie du ein liebevoller Ehemann bist.«

»Nein, Alicia, ich fürchte, das bin ich nicht«, wandte er bedrückt ein. »Ich habe dir nie gesagt, wie sehr ich dich liebe.«

Endlich.

Sie glaubte keine Luft mehr zu bekommen. »Und wie sehr?«, brachte sie stammelnd hervor.

Er erhob sich, blieb einen Moment neben dem Bett stehen, ehe er sich zu ihr herabbeugte und sie zart küsste. Einmal, zweimal. Dann war sein Mund dicht neben ihrem Ohr, und er flüsterte kaum hörbar: »Mehr, als ich mir je hätte vorstellen können.«

Wärme durchströmte sie. Typisch Ben, dezent und ein wenig zurückhaltend und dennoch ein Eingeständnis seiner tiefen Gefühle. So war er eben, und schließlich liebte sie ihn genauso. Mit all seinen Besonderheiten, Ecken und Kanten.

Ihre Fingerspitzen streichelten seine Wange. »Weißt du, was ich nicht erwartet habe?«

»Hm?« Er knabberte verführerisch und lockend an ihrem Ohrläppchen.

»Wie leicht erregbar ich in anderen Umständen sein würde.« Sie legte die Arme um seinen Hals. »Glaubst du, du könntest dich dazu herablassen, Mylord?«

Seine Finger zogen bereits an der Schleife ihres Negligés. »Ich schwöre dir, der hingebungsvollste Ehemann der Welt zu sein.«

Danksagung

Großer Dank gilt meiner Schreibgruppe: Lara Santiago, Morgan Ashbury und Raina James. Ihr seid immer auf meiner Seite. Außerdem ein herzlicher Gruß an Juanita Brand, Leshia Stoltz und Celesta Hoffman. Ein Mädchen kann nie genug Freunde haben. Besonders dann nicht, wenn man sich über die Arbeit unterhält.

Bill Dikis ist ein ausgesprochen talentierter Architekt, und ich finde diesen Beruf vor allem deshalb faszinierend, weil er Form und Funktion kombiniert. Hoffentlich habe ich diesen Anspruch angemessen dargestellt.